庫

スクランブル

イーグルは泣いている

夏見正隆

徳間書店

目次

CG／漆沢貴之

904

第一章　君を護《まも》れない

東京・白金

風谷修《かぜたにおさむ》は、坂道の上の教会の扉が開くのを、人垣の後ろで見上げていた。

人垣から歓声が上がり、白いウェディングドレスが現れた。ぱっと弾《はじ》ける白い光のように、三月の午後の陽光の下に白い裾《すそ》が広がった。見上げる風谷はまぶしそうに目を細めた。

ウェディングドレスは赤いじゅうたんを踏んで、スローモーションのように風谷の目の前を通り過ぎていく。結い上げた髪と、白のヴェール。人垣の中からため息が漏《も》れた。

「きれいねぇ」

「きれいねえ、瞳《ひとみ》」

「肌なんかあんなにきれいなのね」

「まだ二十一だもの」

「旦那さん幸せね」

「――――」

風谷は、人垣の後ろから通り過ぎる花嫁の横顔を見送った。ただでさえ無口と人に言われる風谷は、黙って白いドレスの背中を見送る。まぶしいのか、辛《つら》いのか、外からだけではわからない表情だ。

（あんなに――）

花嫁は、背の高い肩幅の広い男のタキシードの腕に、白い手袋の手をあずけ、坂道の下に横づけされた赤いアウディのカブリオレのドアへゆっくりと進み、男の手に助けられてシートに収まった。

（あんなに――きれいだったんだ、あいつ……）

風谷は心の中でため息をついた。参ったな――こんなものを見せられるなら、来るんじゃなかった。

ハンカチを取り出そうとスーツの上着のポケットに手を入れると、ポケットの底で小さな冷たい金属の塊が指に触れた。手のひらにちょうど納まるそれは、翼を伸ばしたような形をしていた。

赤いオープンカーは、クラクションを鳴らして走り出す。おめでとう、おめでとうと声がかかる。

カラン、カランと空き缶を引っ張って『JUST　MARRIED!』という白いペイント文字と花で飾られたアウディは坂の下へ小さくなる。あんな無邪気な演出をしようと決めたのは、相手の男なのだろうか。それともあいつ——瞳だったのだろうか——?　相手の男は確か瞳よりも——つまり同時に風谷よりも——十も歳上だと聞いた。大手の商社に勤めているらしい。

「社内結婚なんだって。入社して受付にいたら、すぐプロポーズされたんだって」

「短大出て、一流商社に入ってすぐ結婚かぁ」

「うまくやったね」

「相手の人、凄《すご》いエリートなんでしょ」

「ため息出るね」

「————」

風谷は人垣から抜けて、唇をかむと、一人空を見上げた。

三月の終わりだ。移動性高気圧が関東を覆って晴れている。でも明日には日本海の低気圧に伴う寒冷前線が本州にかかってくるな、と半ば無意識に風谷は考えていた。

「よう、風谷」

ふいに肩をたたかれた。振り向くと、三年ぶりに顔を見る同級生が笑っていた。

「浜松に、ちゃんと案内状届いたか」

「しかし悪かったな風谷、無理に呼び出したみたいで――訓練のほうは大丈夫なのか?」

「あ、ああ」

「ああ」

風谷は、前髪の下の眼でうなずいた。甘い面差しには不釣り合いに、眼が鋭い。それは後天的に獲得した訓練の賜物《たまもの》だ。小さい頃に美形と騒がれはしたが、クラスで先頭にたってあばれるタイプではなく、高校では目立たなかった。

「ちょうど浜松の課程が終わって……移動のための休暇なんだ。でも町田、ひどいじゃないか」

「何が?」

「お前から、同窓会だっていう通知はもらった――けれど、あいつの結婚式の後でだなんて、一言も」

風谷は、案内状をくれた同級生に抗議した。

「一言も書いてなかったじゃないか」

「『びっくりするようなとびきりのイベント付き』と書いてあっただろ?」

「とびきりのイベントって――これが……?」

「そうだ。パーティー会場は知ってるよな?」

「案内状は持ってきたけど……でも本当に、高校時代の男の同級生が、邪魔しちゃってもいいのか」

「いや。自分の結婚披露パーティーを、『昔の仲間を呼んで同窓会兼ねてやろう』って発案したのは、月夜野《つきよの》本人なんだ。あ、いやもう月夜野じゃないんだっけな。柴田だっけか、あいつの新しい名字」

「そうなのか……」

「みんなを集める幹事は俺が引き受けたけど、元はと言えば、あいつが自分から言い出して——でも調子狂うよな、高校の同級生がこんなに早く結婚するなんてな。俺なんかまだ、大学の三年なのに」

かつての級友は、頭をかいた。

「パーティー出るだろ風谷？」

「いいよ。俺」

「そんなこと言うな。都内の大学へ行っているやつらはみんな集まるし、月夜野の会社の同僚の女の子たちもたくさん来るってさ。ほら、奥宮があっちにいるぞ。島村も池内も来てる」

おおい、と手を上げて、同級生はかつてのクラスメートたちを呼び集め始めた。

「来いよ風谷。こういう時でなきゃ、みんなはお前に会えないじゃないか。みんなお前と違って、東京で普通の生活をしてるんだ」

風谷修は、今年の二月で二十一歳になった。三年前に東京近郊にある私立高校を卒業してからというもの、いったいどれ程の土地を渡り歩いただろう。山口県の防府《ほうふ》、静岡県の静浜、福岡県の芦屋、そして再び浜松――数か月ずつ居ては、すぐに移動するというあわただしさを繰り返していた。すべて、一つの〈目標〉のために――現在彼が目指している仕事上のポジションに近づくために、不可欠なステップだった。東京へ帰ってきてかつての同級生たちに逢《あ》うのは、三年ぶりのことだった。

（三年、か――）

見上げた東京の空は、建物が多いせいで風谷には少し狭く感じた。

――『お前は、覚悟ができるか』

ふいに、数日前教官に言われた言葉が蘇《よみがえ》った。

――『できないなら普通の暮らしに戻るんだ』

同級生の『普通の生活』という言葉は、風谷にふと数日前の出来事を思い出させた。

風谷は、ある極めて特殊な仕事に就《つ》いている。いや、正確に言うとまだ一人前ではなく、就くための訓練をしている。同窓会の案内状が届いた数日前のその日、彼はその訓練中に死にかけたのだ。

ウォォオオンと耳元でうなるような双発のジェットエンジンの排気音、管制塔の呼びかけるざらついた交信の声とともに、数日前のその日の出来事は風谷の脳裏に蘇った。

『ウッドペッカー・ツー、クリア・トゥ・ランド。ウインド、１８０ディグリーズ・アット・20ノッツ。ガスティング35ノッツ（ウッドペッカー二番機、着陸を許可。風は磁方位一八〇度から二〇ノット、ただし時々突風が三五ノット吹いている）』

その日——風谷は双発・高翼のＴ４中等練習機を駆って、遠洲灘の上空にいた。航空自衛隊のオレンジ色の訓練飛行服にヘルメット、酸素マスクをつけ、操縦桿を握っていた。後席にはベテランの担当教官がつき、風谷の操縦操作から空中における判断、操作のすべてを鋭い眼でチェックしている。

ヘルメットのイアフォンに管制塔から着陸許可が入った。だが風谷はバイザーの下で顔をしかめる。

（ひどい横風だ——）

風谷修は、パイロット訓練生だ。

三年前に風谷は、受かった大学をすべて蹴《け》り、進学の代わりに航空自衛隊の航空学生になった。

　空自の航空学生制度とは、全国から高校卒業者を選抜し、四年間をかけて戦闘機パイロットを養成するコースである。地上における基礎教育課程に始まり、初等プロペラ練習機から中等ジェット練習機まで段階をこなして戦闘機を目指すためには、全国に点在する訓練基地を次々と渡り歩かなくてはならなかった。

　その日、風谷は訓練三年次の最終段階に当たる浜松課程——Ｔ４ジェット課程の、最後の仕上げの修了試験《チェック》フライトを飛んでいた。すでに一時間のチェック課目をほぼ終えて、遠洲灘の波が遮《さえぎ》る物のないＴ４練習機の前面風防に展開していた。高度一五〇〇フィート。浜松基地の滑走路が目の前に近づいて来る。この最後の着陸さえうまくこなせば、修了試験は合格だ。そしてこのＴ４課程をクリアすれば、次はいよいよ四年目の『戦闘機操縦課程』に進級できる。長い間憧れた機体が、自分を待っている。あと少しだ、あと少しで練習機は卒業だと風谷は自分を励まし、着陸態勢に入ったのだが——

（左真横から三五ノット——!?　参ったな、こんな強い横風経験したことがない）

　酸素マスクの中で舌打ちした。こんな試験の時に限って……！　滑走路にうまく正対できる自信がないまま、風谷は操縦桿を左へ倒すとＴ４の機体を着陸パターンのダウンウインド・レグへ旋回させた。

　４Ｇかけて一生懸命回ったが、案の定、楕円状のパターンを回り切り滑走路へ正対しようとすると、風谷のＴ４は最終進入コースよりも大きく北側へオーバーシュート、つまりはみ出してしまった。

（くそっ！）

パイロットとして最も技量を試されるのが、着陸だ。航空自衛隊・浜松訓練基地の滑走路は、ランウェイ27――つまり磁方位二七〇度でほぼ東西を向いている。太平洋上の訓練空域で所定の試験課目をこなし終え、海側から進入して行くと、運の悪いことに地上の風は滑走路に対して南側からかなり強く吹いていた。これまでの訓練では経験したことのない、着陸安全制限値ぎりぎりの横風だ。Ｔ４の横風着陸は難しい。クチバシのような機首をもつ中等練習機を必死に操って、風谷はコースを修正しランウェイ27の延長線上にやっとのことで機体を正対させる。汗で手袋がぐっしょりと濡《ぬ》れた。

だが運の悪いことは続くものだった。訓練生たちが『豆腐《トウフ》』と呼んでいる、滑走路の白い接地帯標識を目指して機体を必死に安定させ、最終着陸進入をしていくと、ふいに風防の目の前を黒い影が猛烈な疾《はや》さで横切った。あっ、と思った時には遅く、ガスンッ！　と機体が揺れ、次の瞬間には激しい振動と右サイドへの強いコーイング――偏揺《かたゆ》れを感じた。機首が右へ取られるのだ。さらに前方に見えていた滑走路を含む大地が、急激にせり上がって来るように見えた。機体が、激しく沈降しているのだ。

（しまった、バード・ストライクだ！）

あの時は危なかったな――と風谷は思う。こうして穏やかに陽の当たる坂道に立って空を見上げていられるのは、運が良かったからだ。あの時風谷のT4練習機は、滑走路の直前で野鳥と空中衝突したのだ。それもかなり大きな鳥――鳩《はと》や雀《すずめ》ではないだろう、野生の大きな鳥だった。

(右エンジンに飛び込んだか!? 畜生っ)

風谷はとっさに左ラダーを踏み込み、スロットルレバーで無事な左エンジンの出力を上げた。あわてて機首を上げるなよ、と自分に言い聞かせる。高度がほとんどない。速度が回復しないうちにあわてて機首を上げて失速すれば、そのまま地面に激突だ。まずパワーを出して、ゆっくり引き起こすんだ。右エンジンの火災警報が鳴り出す。いや、構うな。今は機体を安定させるんだ。消火剤なんか着陸してから出せばいい――!

風谷はランウェイ27の滑走路末端をフェンスすれすれに通過して、右エンジンから煙を噴き出すT4を何とか滑走路に接地させ、ドラッグシュートのハンドルを引いた。バサッというショックとともに、T4の尾部から制動用パラシュートが開いて機体の速度を殺す。風谷のT4はふらつきながら滑走路を一杯に使って減速し、誘導路へ出て停止する。すでに基地の消防車が緊急出動していて、機体胴体部はたちまち消火剤をかけられ真っ白になっていく。

コクピットの前席キャノピーを跳ね上げると、風谷は顔から酸素マスクを外し、飛行ヘルメットの黒いバイザーを上げた。

「はぁっ、はぁっ」

マスクを外すと、大きく肩で息をした。全身から汗が噴き出している。エンジンの火災が鎮火しひとまず無事と分かると、すぐには立ち上がれず、飛行手袋で前面風防の枠につかまって喘《あえ》いでしまう。

「はぁっ、はぁっ」

風谷の緊急着陸操作を、何も言わずに後席で見ていた教官が、成績を書き込んだクリップボードを手に立ち上がる。

「よし。早く降りろ風谷。ブリーフィングだ」

「は、はい」

脱いだヘルメットを手に、エプロンと滑走路を見渡すガラス張りの飛行隊オペレーション・ルームへ戻ると、一緒にこの浜松基地でT４ジェット課程の訓練を受けている同期生や後輩たちが、教官一人に訓練生二人のグループを作ってブリーフィング用のテーブルにさしむかいになり、今日の訓練飛行の講評を受けたり、質問をしたりしている。

「そっちじゃない。奥だ」

教官の木崎二尉は、顎《あご》でオペレーション・ルームの奥の別室を指した。何か問題がある時に呼ばれる小部屋である。有り難くない。今の自分の操作は、何かまずかったのだろうか……？

みんな、今の自分の緊急着陸を見ていたのだろう……。風谷は背中に同期生たちのそれとない視線を感じながら、奥の特別ブリーフィング・ルームへ入ると背中でドアを閉じた。

「よろしくお願いします」

ある程度の覚悟を決めて、小さなテーブルを挟んで礼をすると、航空学生で五年先輩のまだ若い教官は「まぁ座れ」と言う。仕方なく、座る。

「なあ風谷」

風谷は「は、はい」と女の子のように色の白い横顔を上げる。空自で鍛えていると誰でも日灼《ひや》けするものだが、風谷の場合はあまり黒くならない。

「今日は、T4ジェット課程の最終修了チェックだったわけだ。早いものだな。お前が高校を出てすぐに航空学生として空自に入り、いつの間にか三年が過ぎたわけだ」

木崎二尉は、今の緊急事態に対する対処とは、直接関係のない話をした。「もっとも、苦労している身には早いとは感じないかも知れんが」と笑う。

風谷を担当する木崎は、F2戦闘機の実戦部隊からこの浜松基地の訓練飛行隊に教官として転任してきた若手の戦闘機乗りだ。対地・対艦攻撃を主任務とする支援戦闘機F2のパイロットには、どちらかというともの静かで緻密《ちみつ》・知的なタイプが多い。海面すれすれの超低空亜音速飛行がF2の御家芸だから、今のバード・ストライクによる緊急着陸など緊急事態のうちにも入らないのかもしれない。

　木崎はもの静かな調子を崩さずに続けた。

「この三年間で、お前は、防府での地上準備教育に始まって静浜のT7初等プロペラ課程、芦屋でのT4基本操縦前期課程にここでの後期課程と、順調に進んできた。お前の技量は決して抜群とは言わないが、そこそこだ。さっきの緊急着陸は、悪くない。最後まで後席の俺に手を出されず、冷静に対処できた。T4が完全に手のうちに入った証拠と言っていいだろう。今日の修了チェックは、文句なしに合格だ」

　緊急着陸がまずかったから修了チェックを不合格にする、という宣告ではなかったのだ。風谷は一応ほっとした。しかし、それではなぜ別室へ呼ばれたのだろう。

「もっとも、今のは運も良かった。もし鳥が右だけでなく、左のエンジンにも飛び込んでいたら――今ごろお前も俺も、あの世行きだ」

「は、はい」

「ところで風谷。変わったことを訊《き》くが――お前の高校時代の同級生たちは、今ごろ何をしている？」

「昔の――友達ですか？」

「そうだ」

今度はフライトとも関係なさそうな質問だ。

「みんな、普通に大学へ通っています。女の子で短大へ行った子は、もう就職して働いていますし」

風谷は思い出して答えた。受かった大学へ進んでいたなら、今ごろは三年の終わりの春休みだろう。

「普通の暮らしか」

「はい」

木崎二尉は、いったい何が言いたいのだろう?

「なぁ風谷。お前は、戦闘機パイロットを目指してここへ来た。これまでの三年間の訓練で脱落した者も多いが、お前は生き残った。技量も悪くない。やる気もある。このまま空自の保有するどの戦闘機へ進んでも、そこそこやっては行けるだろう。ただ戦闘機を飛ばすだけならな」

「飛ばすだけなら——?」

「そうだ」

木崎は成績を書き込んだクリップボードをテーブルにからんと置くと、煙草《たばこ》をつけた。

「俺が心配しているのは、お前の性格のことだ」

「僕の——性格、ですか……？」

「お前をここ半年間見てきたが——俺が見るところお前は優しい。戦闘機パイロットになるには、少し優し過ぎる」

「——」

「この浜松を出て、実戦機の操縦課程を終えれば実戦部隊に配属される。この日本の自衛隊という組織の中で、戦闘機の操縦者として歯車の一個にされた時、時には俺たちは、非情にならざるをえない時がある。腕を磨くことだけ考えていればよかった訓練時代が、幸せだったと感じる時が——必ず来る」

「教官」

風谷は顔を上げた。

「僕は——いえ私は、戦闘機のパイロットになるなら、敵と戦う時に尻込みするつもりはありません」

「そういうことを言いたいんじゃない、風谷。うまくは言えないが——実戦部隊へ出れば、想像を超えるようなしがらみが俺たちを待っている。あまりの理不尽さに我慢のできない時もやってくるだろう。それでも俺たちは、日本の憲法と、俺たちを取り巻く政治や社会の中で、我慢して生きて行かなければならない。あまり優しい者には、辛い世界だ」

「よく……分かりません」

「実戦部隊へ出てみなければ、俺の言ったことは分からないだろう。だが、たとえば目の前で友人や同胞が殺されかけていても、『手を出すな』と命じられれば、俺たちは従わなければいけない。命令なら見捨てる非情さを持たなければならない。それが自衛隊だ。風谷、お前を戦闘機操縦課程に薦める前に、俺はお前の覚悟を聞いておきたい。いざという時、お前は覚悟ができるか。非情になれる覚悟ができると思うか——？」

「——」

風谷は唇を嘗《な》めた。

「よく分かりません」

正直に答えた。

「そうか……。ま、いい。あっちの大部屋では話せないことだが、お前は五年前の俺に、どこか似ている。俺と同じ辛さを味わう前に、一言だけ言っておきたかった。いいか風谷。もしも実戦部隊で、こらえ切れぬほど辛い思いをしたなら、今日俺が言ったことを思い出すんだ。非情になり切る覚悟ができないと思ったら、無理をするな。できないなら自衛隊をやめて、普通の暮らしに戻るんだ」

「——」

言われたことを噛み砕けずにいる風谷の前で、木崎二尉は修了チェックの書類にサインをした。

「よし。これでT４は卒業だ。俺はお前を、F15Jに推薦しようと思う。新田原《にゅうたばる》基地へ移る準備をしておけ。夕方にも辞令が出るだろう」

木崎は、風谷に向かって右手を差し出した。

「おめでとう、風谷候補生」


パーティー会場は、教会にほど近い白金台の通りに面した、〈ブルーポイント〉というカフェを借りきっていた。緩く曲がった坂道には、ブティックが目立つ。そのカフェはブティック街の中ほどの歩道にオープンテラスを張り出していた。午後遅い時間になり、ざわざわとざわめく店の中では、知らない顔の恰幅《かっぷく》のいい新郎と、ワインレッドのドレスに着替えた新婦が二人で手を取って挨拶《あいさつ》に回っていた。企業の地位のありそうな紳士から、新婦の同僚らしい着飾ったOLたち、そして三年ぶりの同窓会を兼ねて集まった新婦の高校時代の同級生の男女が、入り乱れて立ち話に興じていた。時々フロアに女の子の嬌声《きょうせい》が上がった。

風谷は、フロアの隅に立って、水割りのグラスを手にしながら挨拶に回る新郎新婦を眺めていた。

(――普通の暮らし、か……)

新婦が同級生の女の子三人組を見つけて、華やかな笑顔を見せる。また嬌声が上がる。

「遊びに来てね」と手袋の手を軽く振り、新婦は次のテーブルへ移動していく。風谷の前を通り過ぎていく。

「よう、飲んでるか」

せわしなく場内を回っていた幹事役の町田が、風谷の肩をたたいた。

「ああ、うん」

「今日は会社や学校関係の仲間内のパーティーだ。親族どうしの披露宴は、新婚旅行から戻ってから旦那の出身地の神戸でやるんだと。俺の大学の先輩らしいけど、いい家の人らしいな」

「ふうん」

「ところでさ風谷。今ふと思ったんだけど、月夜野は高校時代につきあっていたやつとかいなかったのかな？　あいつ、アイドルだったじゃないか」

級友はフロアを回っていく新婦のドレスの、大きく開いた白い背中を見やりながら言った。

「いないだろう、そんなやつ」

風谷はつぶやいた。

「いたとしたら、同級生全員をこうして呼べるわけがない」

「それもそうだな」

そこへ、パーティー用に着飾った女の子が二人、グラスを手に寄ってきた。

「やっぱりそうだわ。町田さんじゃありません？　慶應の」

「え、わかります？　どっかで会いましたっけ」

級友は相好《そうごう》を崩した。女の子二人は、知らない顔だ。新婦の会社の同僚か、短大時代のクラスメートなのだろう。

「どこで会ったかなあ。ポリポリ」

「ほら」

一人がはしゃいで言った。

「去年、ラケットボールのインカレで。私、山脇の短大だったんですけど、エントリーしてたんですよ。打ち上げで一緒に飲んだじゃないですか。経済学部の野口原さんも一緒で」

仲間内でする、狎《な》れた口ぶりだ。

「ああ、あの時ね。はいはい、はいはい」

「そちらの方も、お友達？」

もう一人の子が、風谷を見て言った。

「ああ。高校で一緒。風谷っていうんだ」

「どうも」

風谷はグラスを持ったまま、ぎこちなく会釈《えしゃく》をした。

「あのう、私さっきから向こうで気になっていたんですけど」

クリーム色っぽいワンピースドレスの胸に花をあしらって、風谷の知らないブランドの茶色のバッグを手にした女の子は、風谷の顔を見上げながら、

「風谷さん、ボクシングとかする人ですか？」

「え」

「見ていたら、バスケット選手みたいに凄く大きくはないし、でも引き締まっていらっしゃるし、この人は何をする人だろうなぁって」

「あのね。有里香がさっきから、優しげだけど鋭いあの眼がいい、あの眼がいいって。あっちで」

「んもう、からかわないでよ。でもね風谷さん、私思ったの。慶應の体育会の、ボクシング部の人じゃないかしらって。M不動産の海外企画開発部にやっぱり慶應ボクシング部のOBの人がいて、仕事でいっぺんご一緒したことがあるんですけど、凄くかっこいいんですよ。矢田部さんっておっしゃる方。先輩じゃありません？」

「いや、僕は――ボクシングはしません」

風谷は目を伏せた。

「闘うのは、仕事だけど。一応……」

「いや。こいつはね、航空自衛隊のパイロットなんですよ」

町田が笑って風谷の背をたたいた。

「俺と同じ大学も受かったのに、全部蹴って、高校出てすぐにその道に入りやがってね」

「まだ訓練生さ。半人前だよ」

風谷は困った顔で言った。

だが、

「え――」

二人のOLの、反応は早かった。

「じ、じえいたい……？」

さっと顔から血の気が引くように表情を変えると「じゃ」「どうも」とだけ言って、二人の女の子はあっという間に目の前からいなくなった。

「何だ、あいつら――俺、悪いこと言ったかな」

「いいさ」

風谷は、頭を振った。

「俺、高卒の自衛隊員だもの。こういう場所に来るエリートの好きな女の子たちには、はなからもてないよ」

グラスを置くと、風谷は出口へ向かった。

「おい帰るのか？　気を悪くするなよ」

「そうじゃない。休暇は今日で終わりで、明日の午後には宮崎県の新田原へ出頭なんだ。新しく始まる訓練の準備もある」

「そうか残念だな。二次会で飲みたかったのに」

「久しぶりに、みんなの顔が見られたからいいよ。きれいな花嫁も、見られたし」

店の喧騒《けんそう》から外へ出ると、夕方近いブティック街には風が吹いていた。オレンジ色の西日が、ゆったりと立ち並ぶウインドーに反射している。

――『風谷君』

ふいに呼ばれたような気がした。

振り向くと、オレンジ色の逆光の中に、制服姿の少女が立っている。懐かしいエンブレムを左胸につけたブレザーに、チェックのスカート。長い髪を風に躍らせ、少女は風谷を見つめている。

（瞳……？）

風谷は目をこすった。

だが幻は、すぐに消えた。

誰もいない歩道に、風が吹いているだけだ。

(俺は──)

ため息をつき、風谷は歩き始めた。

(俺は、何をしているんだ。帰ってマニュアルでも見よう。こんなところで遊んでいる暇などない)

浜松基地の課程を修了して、進む機種が決まった時の興奮を、風谷は胸の中に呼び起こそうとした。渡された新しい機種のマニュアルが、少し読んだだけで置いたままにしてある。移動休暇は四日間しかなかった。こんな場所へ来ずに、勉強していれば良かったのかもしれない──そう思いかけた時、
ピルルルッ
胸ポケットが鳴った。

「はい」

電話を耳に当てると、少しためらう息づかいの後で「風谷君」と声がした。

『風谷君』

「──」

『わたし。わかる?』

「――ああ」

〈ブルーポイント〉のアンティークで飾られた化粧室では、入口の鍵をかけ、今日から名前の変わる二十一歳の月夜野瞳という女が、ワインレッドの手袋に小さな携帯を握り締めていた。風谷が記憶の中に残している、高校時代の化粧しない長い髪の少女の印象はもう、どこにも見えない。

「風谷君、来てくれたんだ……」

結い上げた髪の花嫁は、小さな声で言った。

「ありがとう」

ああ、と電話の向こうで風谷がうなずいた。高校でクラスのアイドルだった少女と、一見無口な少年が密《ひそ》かに心を通わせていたことなど、当時の同級生たちは誰も知らない。

「嬉《うれ》しかった。来てくれて」

『――一度も見てくれなかったね。俺の方』

「見られないよ」

花嫁は、小さくすすり上げた。

「招待しといて、凄く失礼だったけど……でも無理だよ。やっぱりまともに見られないよ……」

『相手の人、いい男みたいじゃないか』

「いい男じゃなきゃ、選ばないよ」

『それはそうだ』

「風谷君、遠くに行っちゃうし――わたし、待つのやっぱり無理だった。寂しくて、女ってそうなのかなぁ、遠くにいるあなたより、毎日誘ってくれる人の方が……。わたしだんだん、あなたのこと――」

『――』

「寂しいから、プロポーズしてくれた彼に飛び込んじゃったってところ、わたし確かに……。結婚式の演出うんと派手にして、たくさんお友達呼んで、まぎらわせようってところがなかったとは言えない。こんなこと誰にも、言えないけど」

『言うなよ、そんなこと』

「お嫁に行く前に、どうしてもあなたの顔が見たくて、彼に無理言って、町田君に幹事を頼み込んで、高校のクラスのみんなに集まってもらったの」

『――』

「でもわたし、あなたの顔、見られなかった。辛くて見られなかった。ごめんね、せっかく三年ぶりに逢ったのに、ごめんね」

『いいよ』

電話の向こうで、無口な男は息をついた。

『俺、今の仕事じゃいつ死んじゃうかわからないし、君のこと護ってやれないし――』

それを聞いて、花嫁はすすり上げた。

「そんなこと言わないで。いつ死ぬか、なんて言わないで」

『そうやって、君はすぐ泣くじゃないか。やっぱり一緒に歩くのは、無理だったんだ』

幸せになれよ月夜野、という言葉を最後に電話は切れた。

ううっ、と花嫁はドレスの膝《ひざ》の上に泣き伏した。化粧室のドアが外からたたかれ、「瞳どうしたの。酔っちゃった?」と女の子の声がした。


風谷は電話を胸にしまうと、立ち止まった歩道の上で、ジャケットのポケットに手を入れた。

指先に触れた小さな金属のバッジを取り出すと、手のひらに載せた。鷲《わし》が翼を広げた姿をかたどったそれはずっしり重いブラス製で、風谷の手のひらの上でオレンジ色の西日を浴び、鈍く光った。

(俺にはもう――これしかない)

風谷は、浜松基地の修了式で授与されたばかりの航空徽章《きしょう》を眺めて思った。ウイングマークと呼ばれるその金属製の重いバッジは、航空自衛隊のパイロット訓練生として基礎的な課程をすべてクリアした証《あかし》として授与される。すべての空自パイロットは、この徽章を一生制服の胸につけるのだ。でもそれはまだ、第一線の制空戦闘機を操縦できると保証したものではない。あくまで訓練の修了章だ。

（俺は――）

風谷は心の中でつぶやいた。俺には、もうこれ以外に何もない。立派な大学へ通ったという学歴もない。これから先の訓練課程でも脱落してしまう危険はある。もし脱落をすれば、高校を出て三年間自衛隊にいたという記録が残るだけだ。一人前の戦闘機パイロットになれなければ、俺には何も残らない。好きだった女の子も――もういない……。

（本当に、これだけになってしまった……）

ピルルルル

電話がもう一度鳴った。

誰だろう……。取り出して着信ボタンを押すと、

『風谷、俺だ』

都内に実家のある航空学生の同期からだった。

「菅野か」

『なあ、Ｆ15のマニュアルで、わからないところがあるんだ。これからうちで一緒に調べないか』

電話してきたのは、一緒に新田原基地でF15戦闘機操縦課程に入ることになった、同期生の菅野一朗だった。

わずかな移動休暇の間にも家にマニュアルを持ち帰り、次の訓練課程の勉強をしているのだ。「ああ、いいとも」

風谷はうなずいた。

「俺もわからないところがある。一緒にやろう」

『呑《の》みながら、明日の出発まで夜通しやるか』

「望むところさ」

電話をしまうと風谷は息をつき、背筋を伸ばし、気持ちを切り替えるように早足で歩き始めた。そうだ。明日赴任する新田原基地では念願の機体が――小さい頃から憧《あこが》れ続けたF15Jイーグルが自分を待っている。今は、飛行機のことだけを考えよう。余計なことは考えずに、今はそうしよう。

風谷は、菅野の実家へ行くため山手線に乗ろうと、目黒通りをJRの駅の方へ歩いて行った。

東京・目黒

　ところが、目黒通りの突き当たりのＪＲ目黒駅に近づくと、異様な光景が目の前に展開していた。

　何だろう、と風谷は思った。長蛇の行列が、歩道の上に続いているのだ。それはＪＲの駅前広場を一周して、向こう側の権之助坂の下の方まで伸びている。並んでいる人々の末尾は見えない。東京ドームの日本シリーズではあるまいし、いったい何の行列だろう？　と先頭の方を見ると、駅前ロータリーに面したビルの一階に金融機関らしい店舗がある。

〈山海証券目黒駅前支店〉

　宝くじでも売っているのか、と一瞬思ったが、証券会社の支店らしい。入口のガラスドアは両側へ一杯に開かれ、三列に整理された人垣が、歩道にあふれ出しながら並んでいる。その入口のドアが行列の先頭らしい。ぎっしりと並ぶ人々の表情がみな不安そうで暗い。宝くじなどではなさそうだ。ハンドスピーカーを手にした、職員らしい中年の男たちが、

「整理券は一日三百枚です、それ以上の処理はできません。整理券をお持ちでない方は、本日中に解約はできません」「お客様全員が、いずれちゃんと解約できます。明日も朝から受けつけますから、大丈夫です！」と大声で告げながら駆け回っている。

（ああそうか、確か大手の証券会社が自主廃業したって、テレビで――）

立ち止まって風谷がそう思った時、突然どよめきとともに歩道の人垣が割れ、店の中からピンク色のベストとスカートの制服を着たＯＬらしき女性が悲鳴を上げながら飛び出して来た。

「きゃぁあああっ」

「待てえっ、漆沢《うるしざわ》！」

間髪を入れず、ジャンパーを着た小柄な中年の男が追いかけて飛び出してきた。何だ――!?　風谷は驚いた。あろうことかジャンパーの中年男は、幅広の包丁を手にしていたのだ。

「待ちやがれ、この詐欺師っ！」

「た、助けて」

歩道の通行人がざざざっと脇《わき》にどいて、次の瞬間ピンクの制服の女は長い髪をなびかせ、風谷のスーツの胸にまともに飛び込んで来た。

「うわ!?」

「助けて、助けてっ」

「死ねこのアマーっ！」

いったい何事だ――!?

ハンドスピーカーの職員たちが気づき、男を追って走って来ようとするが、とても間に合わない。風谷はこういう場面に対した時、身を護るためのそれなりの訓練は受けていた。とっさに制服の女を背後にかばうと、中年男の持つ出刃包丁を見た。刃の軌道を見切った。

（くそっ）

突っ込んでくる男をかわし、同時に足払いをかけた。体術は習っていたがあまり得意ではなかった。しかし興奮した中年男は、つまずいて歩道へ見事に転がった。ずざざっ、と音がした。だが「畜生」とうなると男は包丁を握り直し、すぐに立ち上がってまた突っ込んできた。「ち、畜生、畜生っ！」

二人の職員が追いつき、背後から男を「お客様」「お客様っ」と取り押さえようとするが、振り回される包丁の刃にのけぞって「ウッ」と後ずさる。

「漆沢っ、てめえ殺してやるっ！」

「きゃあっ」

「誰か警察――この男をおさえてくれっ！」

風谷は怒鳴ったが、刃物を振り回す危険さに、周囲に助けてくれそうな通行人はいない。

突然、何という騒ぎに巻き込まれてしまったのか――だがもう、『自分は当事者じゃないから』とその場を抜け出せる雰囲気ではなかった。

「くそっ、逃げるんだ」

風谷は女の手を引いて、権之助坂を駆け下った。中年のジャンパーの男は、不精髭《ぶしょうひげ》の口から泡を飛ばすようにして、うなりを上げて追いかけてきた。

「ま、待てぇえっ、殺してやるぅっ！」

一体どうして、この女性は包丁を持って追いかけられているのだろう――？　だが考える暇もなく、果てしなく並んだ行列の人垣が悲鳴を上げてのけぞる前を、風谷は女の手を引いて全力疾走した。男は包丁を振り回し、どこまでも追いかけてくる。

「止まれ、この詐欺師ーっ！」

「きゃあっ、まだ来る」

「何で――何でこうなるんだ!?」

前方が交差点だ。横断歩道が赤信号だ。車の通りが激しく、とても信号無視では渡れそうにない。背後に包丁を持った男が迫る。

（しまった――！）

風谷は止まって振り向くと、制服姿の女を背後にかばい、仕方なく男に対峙《たいじ》した。

「待て、止まれ！」

風谷は叫んだ。

だが、

「漆沢っ、てめえのせいで俺はーっ！」

男は制止されるどころでなく、口から泡を飛ばして叫びながら飛びかかって来る。

「俺はおしめえだぁーっ！」

「きゃあっ！」

「止まれ！　止まるんだっ」

「し、死ねぇーっ！」

中年男の包丁が、突き出される――！

それを風谷は息を呑んで見ていた。

（ど、どうしてこんな……）


数時間後――

日がとうに暮れ、赤い球形電灯をあんこうの提灯《ちょうちん》のように灯《とも》した目黒警察署の正面玄関で、風谷は解放された。

「とんだ災難だったな……」

斬りつけられるすんでのところで、駆けつけた駅前交番の警官に男は拘束された。そうでなければ、風谷は刺されていたかもしれない。あの怒り狂った中年男は本気だった。

「――――」

隣には、さっきまで一緒に事情聴取の調書を取られていた証券会社の制服の女が立っている。さらりとした長い髪を警察署前の夜風に吹かれ、女は黙ってうつむいた。

「会社の人、迎えに来ないんですか」

「――」

長い髪の横顔に、結んだ唇だけが見えた。ピンク色の制服が寒そうだ。仕方がないなと風谷は自分の黒いジャケットを脱ぎ、女の肩に掛けてやった。

「これ、着て」

女は小さな声で、ありがとうと言った。

「僕はもう行くけど――ああ、でも」

こういう時は、送った方がいいのだろうか。それにしても、警官にパトカーで同行を依頼された時、一緒に警察署までつき添って来たハンドスピーカーの職員はどうしたのだろう？

「会社の人は、どうしたのかな」

「みんな――それどころじゃないの」

「え」

「あたしが包丁持ったお客さんに追い回されても、死んだり怪我《けが》したんじゃないなら、もう構っているどころじゃないの。さっき支店に電話を入れたら、今夜だけはこのまますぐ帰っていいって」

「もう夜の八時だし、そんなこと――」

「当たり前ではないの。みんな、十時過ぎまで残務整理をしているの。翌朝は、六時に出社して、お客さんに整理券を配って、行列を整理して、解約手続きを一日中やるの。かかってくる電話を取るの。申し訳ございません申し訳ございません、大丈夫でございます大丈夫でございますって、一日に三万六千回ぐらい言って頭を下げるの。これがもう一週間続いていて、これからも一か月ぐらい続くわ。みんなその合間に履歴書を書いて、再就職先を捜すの」

女はうつむいたまま、小さな声でつぶやくように言った。

「だから、あたしを警察へ連れていったら、会社の人たちその後は構っていられないの。ハンドスピーカー持った課長と係長、いたでしょう？　一応あのお客さん取り押さえる振りはしたけれど、本気で取り押さえはしなかった。どうしてだかわかる？」

「――どうして？」

「こんな時期に怪我して入院でもしたら残務整理に響くし、自分の再就職活動できなくなるから」

「そんな」

「ただでさえ四十歳以上のおじさんたち、分が悪いの。転職できても同じ給料を取れる人は、専門知識を持っている一握りしかいない。あとのおじさんたちは子供とか家族抱えてない」

……。だからカウンターレディー一人が命を狙《ねら》われても、本気で護ってくれる人なんかい

風谷は、特別職国家公務員だ。訓練で忙殺されていたから、日本の現在の不況がそれほどひどいとは、今まで肌で感じられることがなかった。だが訓練基地の外の世間は、百年の歴史をもつ大手の証券会社が不良債権隠しで自主廃業に追い込まれ、こんな女性が包丁で追い回されるような状況なのだ。

包丁男が「漆沢」と怒鳴りつけていた女は、桜色の唇でため息をついた。自分よりも二つか三つ歳上だな――と風谷は思った。

「タクシー拾いましょう。帰って休んだ方がいいですよ」

警察署の前の山手通りで、手を上げてタクシーをつかまえた。「お財布、持ってますか?」と訊くと女はうなずいた。

「じゃ、気をつけて」

風谷は、目黒の駅まで歩いて戻るつもりだった。すっかり遅くなってしまった。

電話で約束をした同期生の菅野一朗の実家は、阿佐谷の住宅街にある外科の個人病院だ。前に一度訪れたことがあるが、救急も受け入れる病院なので夜遅くまで人の出入りがあり、遅く訪問しても迷惑にはならないはずだった。

だが、歩道を十歩と行かないうちに、

「――待って」

苦しげな声に、風谷は振り向いた。

女はタクシーの開かれたドアに手をかけたまま、立ってうつむいていた。点滅するハザードランプが横顔を黄色く染めている。

「待ってよ……」

お客さん乗るの？　乗らないの？　と運転手が訊いた。ごめんなさい、と女が言うと、乱暴にドアを閉めて走り去った。

「どうしたんですか」

「――――」

制服姿のＯＬは、顔にかかった長い髪を払うこともせず、うつむいて唇を噛みしめた。

「あたし……お酒のみたい」

「え？」

「部屋、帰りたくない……」

三十分後。

風谷は、中目黒の山手通り沿いにある小さなバーのカウンターに座っていた。こんなことをしている場合じゃないとは思ったが、仕方がなかった。あれから女は歩道にしゃがみこみ、長い髪の頭を抱えて激しく振り、「ああ、あたしもう嫌！」とわめき始めたのだ。放って立ち去るわけにはいかなかった。

「あたしね」

隣で水割りのグラスを置き、女は言った。

「ふだんは、もっと洒落《しゃれ》たところで飲んでいるの。青山とか、麻布とか。でも今の気分には、こういう場末の店がぴったりだわ」

「ちょっと――」

初めて入った店だ。カウンターの向こうで水割りを作っている三十代の髭のマスターに遠慮して、風谷は「こちらに失礼じゃないですか」と小声で言った。だがピンクの制服の女は、まるで気にしない。いいですよ、うちは場末ですからとマスターが笑った。

「だいたい、会社の制服のままお酒飲んで、いいんですか？」

「いいのよ。どうせもうつぶれるんだから。ねぇマスター、知ってるでしょう？　山海証券」

ええ大変そうですね、とグラスを磨きながらマスターは相づちを打った。

「あたしそこの目黒駅前支店で、営業をやっていたの。あたしは九州の女だから、神経は太いの。神経は太いつもりだったけど――もうやってられない。ええとあなた、名前なんていったっけ」

「風谷です。風の吹く谷」

「学生さんだったっけ？」

「さっき調書取られる時、横で聞いていたじゃないですか。漆沢美砂生《みさお》さん」

「耳に入ってこないよ。頭の中に、バカヤロウ、詐欺師、死んでしまえ、そんな声ばかり反響して――ああ頭が割れそう」

警察で係官に調書を取られる時、女が自分の名前を「漆沢美砂生」と答えたのを風谷は覚えていた。珍しい姓は、九州のものらしい。

「ああ嫌だ、怒鳴り声が染みついて離れない」

漆沢美砂生は、肩までのストレートの髪に指を差し入れ、耳をふさいだ。形の良い、白い耳だった。さっきまでのどさくさで感じている余裕がなかったが、風谷はその横顔を『博多人形のようだな』と思った。営業用の濃い化粧がすっかりおちて地の肌が見えているが、その額と頬《ほお》は抜けるように白い。

（化粧しないほうが綺麗なんじゃないかな――）

漆沢美砂生の眉《まゆ》はひゅっと細く、切れ長の眼は、意志が強そうだ。ただ、疲れて辛そうな目の光だった。整った白い横顔には色気で媚《こ》びを売る女性営業部員という印象はない。むしろ秘書とか女弁護士とか、切れるキャリアウーマンの匂《にお》いがした。ピンク色のリボン付きの制服が、不似合いに幼い感じだ。年齢は二十三、四歳といったところだろうが、さっきのパーティー会場にいたOLたちのようにきゃぴきゃぴしていない。

「ねえ風谷君、聞いてくれる？　あたしね、大学受かって久留米から出て来て、それから六年間ずうっと、東京で一人で頑張って来たんだ。これでも結構いい大学出てるんだよ」

美砂生は、出身校を口にした。『結構いい』どころではなかった。風谷は驚いた。高田馬場にある私立有名大学の、しかも法学部だった。三年前、風谷は昼間のパーティーで再会した同級生の町田と一緒に慶應大学の法学部を受験し、合格している。しかし慶應の法学部というのは慶應義塾の中でも例外的に偏差値は低く、法学部なら中央大学の方がレベルは上、と言われている。漆沢美砂生の出たという大学の法学部は、それよりさらに偏差値が高い。

「でもさ、超氷河期じゃない？　就職。あたしみたいに地方から出て来て独り暮らしで、親のコネも何もない女子学生は、いちばん就職厳しいの。いい家のお嬢さんたちはコネで商社へ入るけど、あたしは早稲田の法学部出たって、証券会社の支店採用の、カウンターレディーだよ。こんな制服にリボンつけてさ。これが十年前のバブル期だったら、本社採用の総合職でニューヨーク支社へ派遣されてたかも知れないって夢みたいな話……。でも、支店の営業でも就職があったあたしは、まだいいほうだった。だから仕事、一生懸命に頑張った。入社二年目だけど、営業成績結構良かったんだよ。押し出しいい方だったし、勤務時間外でも家で株価チェックして商品知識勉強して、お客さんに勧めて、支店でベスト

5に入ってご褒美のグアム旅行にも行っちゃった。

でもさ、今度の突然の自主廃業で、今までやって来たこと、全部裏目に出ちゃった——」

美砂生はそこまで一気にしゃべると、急に声をおとして、うなだれて水割りを飲んだ。

「あたし……一生懸命仕事しただけなのに。なんでこうなるんだろう」

「よく知らないけど、経営が何か悪いことを隠していて、突然こうなったんでしょう」

風谷は言った。忙しい浜松基地でも、新聞ぐらいはちゃんと読んでいた。

「お客が損をしたのだって、自己責任なんだから。あなたが責任感じることは——」

「あたしあの包丁持ったおじさんに、いくら損させたと思う？」

「わからないけど」

「五千万よ」

「五千万？」

「うちの抵当証券、廃業になる直前にあのおじさんに五千万売ったの。うちがつぶれなければ、本当に儲《もう》かるはずだったんだよ。あたしは知らなかった。廃業になるなんて……『これで店を新しくできる』ってあの酒屋のおじさん喜んで……全財産だったみたい。でも翌朝、五千万全部紙屑《かみくず》になっちゃった。他の種類の株とか、金融商品は廃業してもほとんど影響なかったんだけど、抵当証券を買ったお客さんだけは、全滅——」

「そうなのか……」

「買ったお客さんの自己責任とは言うけれど——でも包丁で刺されても、文句言えないよあたし。儲かりますよってさんざんおだてたんだもん、廃業迫っていること知らないで。騙《だま》して買わせたようなものだもん。あのおじさんの他にも、何人か——」

ああ、と美砂生は頭を抱え、カウンターに肘《ひじ》をついて大きく息を吐いた。

「バカヤロウ、詐欺師、人でなし……。お客さんの声が染みついて、離れないよ。たまらないよ」

風谷は、不意のハプニングとはいえ、数時間前にぶつかるように出会った歳上の女性とこうしてバーで並んで飲んでいるのが、不思議な感じだった。その少し前までは、風谷が五年間好きだった女の子が永久に他人のものになっていく、決定的な別れの現場にいたのだ。『忘れたい』と願い、同期生と夜通しF15イーグルのマニュアルをひっくり返して飛行機のことだけ今夜は考えようと思っていたのだ。

世の中には、自分の他にもいろいろと大変な人間がいるものだ。

「慰めてくれる彼氏とか、いないんですか?」

風谷は訊いた。これほどの美しい女が東京に住んでいて、何もないわけがない。さっきも『ふだんは青山で飲んでいる』と言った。しかし、

「護ってくれる恋人はいないわ。ボーイフレンドはいたけど……みんな逃げた」

「え？」

「ボーイフレンドは、いっぱいいたの。上場企業のサラリーマンに、外資系のディーラーに、日本に駐在してるアメリカ人のビジネスマンもいたわ。自慢するわけじゃないけど、結構もてたの。かっこいい連中と、いっぱいつきあって、食事なんかいつも男におごらせてた。でもみんな、逃げちゃった」

「逃げた——って」

「あの連中……ふだんは調子いいこと言ってあたしのこと口説《くど》いてたくせに、あたしの会社があんなふうになって、損させたお客から追い回されるようになったとたん、まるで潮が引くようにあたしの周りからサーッといなくなっちゃった。面倒かけられると思ったのかな——」

ちょっとはすっぱな話し方が、美砂生の品のいい横顔に不似合いだと風谷は感じた。でも、大学一年から女一人でずっと東京に居るのだという。必要以上に、つっ張っているのかも知れない。

「でも——おたがい様かも知れない」

「どうして——？」

「あたしも、普通の子よりちょっと男にもてるのをいいことに、一人の相手に決めないであちこちから引っ張らせて、楽しんでいたようなところがないとは言えないもの」

「そう……なんですか」

「求愛されるとね、凄く自分が必要とされてるって実感がわくの。就職の時に『お前なんかいらない』って言われ続けて傷ついたところが、癒《いや》されるような気がしたの。だから『もっと、もっと』って——調子いいのは、あたしの方だったのかも知れない。気がついたら、いざという時に護ってくれる人が、誰もいないんだもん」

「護ってくれる人、ですか……」

「またやり直しだわ」

美砂生は、水割りのグラスをカランと鳴らし、ため息をついた。

「仕事も、恋人も、一から捜さなくちゃ……。ねえ風谷君、パイロットっていい仕事？」

「何だ、ちゃんと聞いてたんじゃないですか」

「好きでしてる仕事なんでしょ」

「そりゃ、百パーセント、そうですけど」

「どうして、今のこの世の中で『航空自衛隊のパイロットになろう』なんて思ったの」

「僕の場合は——」

風谷は、口をつけかけたグラスを止め、揺らめく冷たい液体をじっと眺めた。

「僕の場合は——『イーグルに乗りたい。この手でF15イーグルを飛ばしたい』それだけかな」

「それだけ？」

「うん」

「単純ねえ」

「単純って言われても――本当にこの十年くらい、それしか考えてないから。でも『単純』を貫き通すのって、結構大変です」

「訓練とか、大変なんでしょうね」

「それもあるけど……。単純な目標ってそれ以外に替えがきかないんです。彼女と一緒にいたいから、こっちの進路でもいいやとか、そういうこと、一切できないんです」

風谷は唇を噛み、ため息をこらえた。ふだんはあまり人に自分のことを話さないのに、今夜の俺は変だな、と思いながら続けた。

「目指しているものと引き替えに、いろんなものを捨てていくんです」

「いろんなものって――？」

「――いろいろ」

「好きな子、いたの？」

美砂生は、潤《うる》むような眼を見開いて、風谷の顔を興味深そうにのぞき込んだ。

「どんな子？」

「――」

風谷はまぶたに白いウェディングドレスがちらついて、言葉が出なくなった。

そんなこと訊かないでくれと思った。

「純愛ねえ。いいわね」

「からかわないで下さい」

東京・阿佐谷

風谷が航空学生・空幕六〇期の同期生である菅野一朗の実家へたどり着くと、もう深夜十二時近くになっていた。記憶にある路地をたどって、外から携帯で訪問を告げ、開けてもらった。

「何だ、遅かったじゃないか」

「すまん」

「どうした」

「ちょっと、いろいろあった」

「いろいろ?」

菅野は笑った。

「まぁ上がれ。いいものを用意してある」

あれから二時間後――風谷は店を出て、漆沢美砂生を部屋まで送っていった。目黒区の外れの、祐天寺という住宅街にワンルームを借りているという。夜の街路には星が出ていた。

「ねえ風谷君」

美砂生は、夜空を見上げながら、

「あたしの久留米のお祖父《じい》ちゃんもね、昔飛行機乗りだったらしいよ。戦争中」

アルコールでストレスを発散して少しは気が紛れたのか、美砂生は穏やかな声で話した。

「へえ。帝国海軍？」

「よく知らない。不思議にお祖父ちゃんから直接、飛行機の話を聞いたことってないの。あの頃って、自分の希望というより、好むと好まざるとにかかわらずだったでしょう」

「そうだったのかもしれないけど――」

美砂生は、あれから水割りをロックに替え、ボトル半分一人で飲んでしまった。ふらつく色白美女を時々支えながら、風谷は夜の住宅街を歩いた。美砂生は背が高く、パンプスを履いて歩くと風谷と並ぶくらいだった。

「でも、好きでないと務まりませんよ」

「飛行機に乗るのって、怖くない？」

「飛行機のことを知っていれば、怖くはない」

「死んじゃう人もいるんでしょう？」

「地上にいたって、死ぬ時は死ぬから」

少し格好をつけた。鳥がエンジンに飛び込んで片発やられて降りた時、自分は大汗をかいて射出座席から立てなかった。しかし後席にいた木崎二尉は、眉一つ動かさず最後まで黙って見ていた。自分もああいうふうにならなくては、と思った。

「日本が危なくなったら、命をかけて闘う？」

「それを訊かれると困っちゃうんだけど」

風谷は苦笑した。

「実を言うと、そんなこと普段は考えてないです。明日のフライトをうまくやれるだろうかとか、そこまで考えるので精一杯」

「彼女のことを、考える暇もない？」

美砂生にそう言われると、風谷は黙ってしまう。

「――――」

「ごめん。悪いこと訊いたかな」

ああ、ここがうち、と美砂生は角にたたずむ白い三階建てを指さした。

「ねえ風谷君」

「ん」

「ありがとう」

「え？」

「今日、ありがとうね。あなた、あたしのこと、護ってくれたものね。命がけで」

「――大変だろうけど、仕事頑張って」

マンションの入口で風谷が帰ろうとすると、美砂生は風谷のジャケットの袖をつまみ、止めた。

「ねぇ……」

「え」

「ねぇ風谷君……」

急に優しくなった声に風谷が驚いて顔を見ると、気の強そうなきつい日をしおらしく伏せ、美砂生は小さな声で言った。

「……泊まって行っても、いいよ」

「何を考えてるんだ？」

菅野の声で、風谷は我に返った。

医院の二階にある菅野の勉強部屋だ。訓練生活で長く空けていた証拠に、本棚に並ぶ本や雑誌やビデオなどがみんな古い。

「ぼうっとしやがって。昔の彼女にでも逢って来たのか、風谷」

「そんなんじゃないさ」

風谷は頭を振った。

「彼女には、とっくに振られたよ」

「ふん、女が何だ」

ラグビー選手だった菅野は、畳の部屋の真ん中に、分厚い百科事典のようなバインダー式マニュアルを三冊、どさりと威勢よく置いた。

〈TECHNICAL　ORDER　F15J〉

「俺たちは、これだ」

「菅野──お前三巻全部持ってきたのか」

山のように積まれたマニュアルを眼にして、風谷は驚いた。わずか四日間の移動休暇だ。読めるのはせいぜい最初の一巻だろうと、自分は残りを全部、荷物と一緒に新田原へ送ってしまった。

「なぁ風谷」

菅野はマニュアルを前にどっかとあぐらをかくと、〈F15J〉と刻まれた分厚い革表紙を叩いた。

「風谷、俺たちはこれまで三年間、こいつのためだけに生きてきた。

いつかこいつに乗ることだけを考え、ファイターパイロットになることだけを考えて、受かった大学も安定した進路も、ついでに高校時代の彼女も全部捨てて、これだけに賭けてきた。これまで三年間の地獄のしごきにも耐えてきた。想いは同期生全員同じだったが、入隊した時七十六名いた同期の仲間は、もう三十名になってしまった」

これまでの過酷な三年間を振り返るように、菅野は濃い眉のいかつい顔で目を伏せた。

風谷にも、苦しかった過去が思い起こされた。毎週のように繰り返される技量チェックにどうしてもパスできず、訓練途中で涙を呑んで辞めていった同期生たちの顔が浮かんだ。

Ｆ15Ｊイーグル――鷲という名をもつ、双尾翼・双発単座の制空戦闘機。

中学二年の時、百里《ひゃくり》基地の航空祭で初めて出逢ったその超音速戦闘機の鋭い爆音とシルエットが、無口でおとなしかった少年に初めて〈目標〉というものを持たせた。理由など言葉になるものはない。滑走路すれすれを高速低空通過《ローパス》していく淡いグレーの機体が頭上をかすめた瞬間、爆音を浴びながら十三歳の風谷は『俺はこれだ』と思ったのだ。

しかし『戦闘機のパイロットになりたい』という夢は、小学生ならばともかく、大人の世界の現実に向き合うことを要求される中学から高校という時代には、口にすることもどこか面映《おもは》ゆい。無口な少年は、自分の〈目標〉を誰にも言おうとしなかった。月夜野瞳にさえ、航空学生の採用試験に合格するまでは何も話さなかった。訓練のためには長い期間、遠くへ行かなければならないということも――

「風谷、呑むぞ」

「え」

「呑みながら勉強だ」

菅野がマニュアルの上にどかっと置いた一升瓶に、風谷はのけぞった。ラベルに勢いよく躍っている文字は、〈さつま白波〉。

「鹿児島の焼酎だ。新田原で訓練するなら、事前準備としてこれにも慣れておく必要があるぞ」

「そ、それもそうだけど……」

「何だ風谷、同期の酒が呑めねえって言うのか」

「いや、俺もうウイスキーさんざん呑まされて」

「馬鹿野郎っ」

菅野は一喝した。

「酒を呑みながらマニュアルの内容も理解できないようで、上空で正しい判断ができるかっ」

「菅野、お前の言うことは、いつも無茶苦茶だ」

「うるさいっ」

菅野一朗は、いきなり風谷に飛びかかると、鍛えた二の腕でがしっとヘッドロックを掛けた。

「さっきから見てりゃ、優男がしみじみ雰囲気出しやがって！　女のことを考えてるのはこの頭かっ」

「う、うわ、何するんだ⁉」

「目を覚ませこの野郎！　新田原でお前まで脱落しやがったら、俺が容赦しねえぞ。これ以上仲間の泣く顔なんてな、俺は見たかねえんだっ」

菅野は悲鳴を上げる風谷をさらに締め上げた。

「雑念を絞り出せぇっ！」

「うぎゃあぁっ」

同期生二人の勉強会は、明け方まで続いた。

沖縄

その国籍不明機は、航空自衛隊那覇基地にベースを置く南西航空混成団第八四飛行隊の、徹夜のアラート待機の交替時刻を狙ったかのように、明け方の空に突然出現した。

午前五時二十分――東シナ海と太平洋に挟まれ、日本列島の西の端に位置する沖縄本島の空は、三月のこの時期ではまだ白み始めてもいない。

ヂリリリリリッ
スクランブルの警報ベルが、壁を震わせて鳴り響いた時、月刀慧《がとうけい》は一人トイレに座っていた。

ヂリリリリリリリッ
「待て待てー、あわてるんじゃない。ちゃんとふかないとミッション中くさいぞ」

幸いだったのは、すでにふく段階に入っていたことだった。長身の月刀は、個室の中で窮屈そうに上半身を折り曲げ、「よしあわてるな」と自分に言い聞かせるようにして仕上げの作業を入念に行った。

Gスーツのファスナーを上げながら廊下へ飛び出すと、アラートハンガーに徹夜勤務する全隊員が、コンサート会場の開門と同時に自由席へ殺到するミュージシャンの親衛隊みたいに猛烈な勢いで駆けずり回っていた。その真ん中を、二十六歳の陽に灼けた長身のパイロットは悠然と走った。

「月刀二尉!」

二機のF15Jイーグルが臨戦態勢で並べて置かれたアラートハンガーの格納庫へ駆け込

むと、すでに一番機のコクピットに飛び込んだ日比野一尉がヘルメットに酸素マスクをつけながら大声で叱咤《しった》した。「何やってた、遅いぞっ」

「はい、わかってます」

月刀は二番機の機体に掛けられたラダーを駆け登り、コクピットに飛び込むと射出座席に引き締まった尻を据えた。〈ＳＷＯＲＤ《ソード》〉と自分のＴＡＣネームがペイントされたライトグレーのヘルメットを被《かぶ》り、整備員の手を借りながらＧスーツのホースを機体の高圧空気系に接続し、座席のハーネスを締め上げる。操縦席周りの準備をほとんど一挙動で行いながら、ちらりと格納庫の両開き扉の上を見やると、ＳＴＢＹ、ＢＳＴ、ＳＣと下から三段階に文字を浮き出させる、放送局のスタジオにあるような状況表示灯が、一番上の赤のＳＣの位置で点灯している。ＳＣ――ホット・スクランブルだ。

珍しいな――月刀は思う。

通常は国籍不明機の領空接近に応じて、パイロットをコクピットに乗せた状態で待機させるＳＴＢＹすなわちコクピット・スタンバイ態勢、要撃戦闘機を滑走路の手前まで進めて、いつでも離陸できるよう準備させておくＢＳＴすなわちバトル・ステーション態勢と呼ばれる段階を踏み、いよいよ不明機が領空を侵犯しそうだとなったら、那覇の南西航空混成団防空指揮所か、もしくは府中の総隊司令部中央指揮所より緊急発進――すなわちスクランブルが下令されるのが普通だ。今回のように前段階を踏まずに何の前ぶれもなく、いきなりスクランブルの警報が鳴り響くのは、ソ連がとうの昔に崩壊して世界有数の貧乏空軍に成り下がった現在ではきわめて珍しい事態と言える。

(こんな明け方に、どんなお客さんだ——?)

最近やる気のないロシアにしちゃ変だな……そんなことを思いながら、月刀は計器パネルのチェックを素早く進めていく。

月刀慧は、F15Jに乗り始めて五年になる。二十六歳。航空学生出身の戦闘機パイロットだ。この那覇基地には昨年の秋から勤務している。

月刀は、希望してこの那覇基地へやって来た。これは珍しいことだった。

沖縄は、北方のロシアには一見して遠いが、過去にソ連軍電子偵察機の直接領空侵犯を受けた事件があり、その時にはスクランブル発進した空自のF4EJファントムが機首の20ミリバルカン砲によって警告射撃を行った経緯がある。最近では中国、台湾、韓国、北朝鮮(朝鮮民主主義人民共和国)に地理的に近いことから、やる気のない北方の大国に面した地域よりも政治情勢的にはホットな状況にあると言える。単なる勢力維持のためのルーティン・ワークとして日本海を南下して来るロシアのバジャーやベアと違って、東シナ海を横切って時折日本領空へ接近して来る未確認の軍用機は、所属する国も、機種も、行動パターンも目的も読めないことが多い。油断のできない場所なのだ。

もう一つ沖縄は、大東亜戦争以来の歴史的経緯から、自衛隊に対する住民感情が決して良いとは言えない。必ずしも自衛官にとって暮らしやすい土地ではないのだ。だから地元出身者ならともかく、本土からわざわざ希望して沖縄へ転勤して来る航空自衛隊の隊員など、ほとんどいないと言っても良いくらいだ。

だが月刀は沖縄へ来た。その理由は色々あるが、いったん緊急発進の準備にかかったら、戦闘機パイロットにはそんなことを思い出して嘆いたり感慨にふけったりする暇はなくなる。

一八三センチの長身を取り囲むように配置された操縦席の計器パネルの上を、月刀の飛行手袋の左手が慣れ親しんだダンスを踊るように滑って行く。始動前チェックだ。左サイドから順に、敵味方識別用ＩＦＦスイッチ、スロットルレバー、燃料コントロールスイッチ、ＶＨＦ航法装置、緊急用Ｖｍａｘスイッチ、これらはすべてオフ位置にあること。緊急制動フックは〈上げ〉位置にあることを確認。続いて右手は前面と右リイドの計器パネルを滑る。着陸脚レバーは〈下げ〉位置、兵装管制パネル、警告灯パネル、飛行データを表示するヘッドアップ・ディスプレー、過負荷から電子回路を護るサーキット・ブレーカーのパネルをチェック。緊急用ブレーキのハンドルは〈ＦＷＤ〉位置。酸素系、防氷装置、与圧装置、異常なし。機を導くＩＮＳ慣性航法装置は自立準備モード。操縦席の複雑な計器パネル全体を『一枚の絵』として見ることができる月刀にとって、これらのチェックには二十秒あればよかった。

その間に、機付きの整備員が機体の下腹へ潜り込んで、機体中心線下の六〇〇ガロン増槽と主翼内側2番および8番ハードポイントに装着された二発のAIM9Lサイドワインダー熱線追尾ミサイルの付け根から落下防止用安全ピンを抜き取り、エンジン始動の準備が整ったことを手信号で知らせて来る。徹夜の勤務の終わり近くになっていきなりスクランブルを命じられ、整備員たちは全力で動きながらもみんな眼を赤くしていた。

馬鹿野郎っ、と一番機のコクピットで編隊のリードを取る日比野一尉が整備員を怒鳴った。安全ピン抜き取りの操作が、遅いと言うのだ。

「国の安全を何だと思ってる、この馬鹿野郎！」

「許容範囲狭いんだよ、あんた」

月刀は酸素マスクを顔につけながらつぶやいた。月刀は野性味ある彫りの深いマスクだが、黒い酸素マスクをつけると鋭い眼がさらに精悍《せいかん》さを増す。

月刀の位置からは、一番機の操縦席でガチガチに緊張して固まっている日比野のフライトスーツの肩が見える。普段からパイロットが緊張してガミガミどやしつけているのでは、下につく若い整備員などは緊張して『また何か間違えて怒鳴られるのではないか』と萎《い》縮《しゅく》してしまい、かえって操作が遅れたりミスを犯してしまうことがある。そういうの分からないのかなぁ、と月刀は思う。月刀の機についた整備員も日比野の機についた整備員も技量に変わりはないはずなのに、先に準備を始めた一番機に月刀の二番機は簡単に追いついてしまう。エンジン始動の準備が整ったのは二機がほとんど同時であった。

（よし、右から始動だ）

月刀は風防の外へ右手の人差し指を一本上げて、『エンジン始動』を合図すると同時に前面計器パネル下のジェット燃料スターターのレバーを引いた。グィングィングィンッ、と操縦席の背中で内蔵電源によるクランキング・モーターが回転を始める振動が伝わって来る。F15はエンジン始動に外部電源を必要としない。地上支援設備なしで緊急発進ができる唯一の戦闘機だ。またたとえどこへ緊急着陸する事態となっても、燃料さえ残っていれば、自力でエンジンを再始動させて帰ってくることが可能だ。

スターターが必要トルクを得て、グリーンのライトを点灯させた。月刀は警告灯パネルに火災警報灯が点いていないことを確認すると、左手をスロットルレバーに置いた。バスケット選手のように大きな手が米国製のスロットルレバーをすっぽりと覆う。同時に右手の人差し指と中指の二本を上げ、機付き整備員に『点火』の合図。

「さぁ機嫌よくかかれ、お姉ちゃん」

つぶやきながら、左手の人差し指でスロットルについた右エンジン用のフィンガー・リフトレバーを引き上げた。

グンッ
軽い衝撃と共に内蔵電源スターターが右エンジンのクランキング・シャフトに接続され、プラット・アンド・ホイットニーＦ一〇〇エンジンのメイン回転軸を最大トルクでぶん回し始めた。
ゴロンゴロンゴロンゴロン
機体重量の四分の一を占める巨大なエンジンだ。回転軸の重みでスターターのグィングィンという回転音はいったんウィィィと苦しげに沈み込むが、すぐにＪＰ４ジェット燃料が着火してドンッ、というシートを突き上げるような響きが背中を叩き、聞き慣れたジェットの排気音へと高まっていく。
キィイイイインッ
回転計の針が跳ね上がった。スロットルを探るように前方へ出す。排気温度計はリミットの六八〇度へ向けて跳ね上がるように見せるが、すぐに下がって六〇〇度前後で落ち着く。警告灯パネルで油圧、電圧の警告サインが消灯する。アイドリングを始めた右エンジンの駆動軸に油圧ポンプと発電機が自動的に接続され、正常出力を出し始めたからだ。
「朝から機嫌いいじゃないか。頼むぜ」
右エンジンの回転が安定し、右側面のエア・インテークが自動的にガクンと下がって離陸ポジションを取った。月刀は途切れることなく左エンジンに対しても同じ操作を行い、左右両方のエンジンの始動を完了した。その間に、右手の指で右脇のＩＮＳ慣性航法パネルのキーボードに北緯二六度一二分、東経一二七度三九分の位置を入力した。打ち込んだ数字は那覇基地アラートハンガーの地図上の位置だ。自立準備モードだった慣性航法装置が自分の居場所を記憶してライトを点滅させ、飛行可能な自動航法モードになる。

発進準備が完了した。

『ドラゴリー・フライト、チェック・イン』

ヘルメットのイアフォンに、一番機の日比野からコールが入った。緊張しているのか、甲高い声だ。月刀は酸素マスクの中で「ツー」とだけ答える。ドラゴリー編隊の編隊長としてリードを取る日比野機がドラゴリー・ワン、月刀の機はドラゴリー・ツーというコールサインなのだが、単に「ツー」と答えるだけで『二番機準備よし』または『二番機了解』の意味は十分に伝わる。

『出るぞ！』

「ツー」

ヒィイイインッ、と高周波のエンジン音で格納庫の扉や壁を震わせ、ヒアリング・プロテクターを耳につけた整備員たちの敬礼に応《こた》え、二機のイーグルは那覇空港のただ一本の滑走路、ランウェイ36へ走り出て行く。

『ドラゴリー・フライト、クリア・フォー・テイクオフ。ウインド・イズ・カーム（ドラゴリー編隊、離陸を許可する。風は無風）』

まだ定期便の飛び始める時刻ではない。空自が管轄する那覇空港管制塔から、スクランブル編隊への離陸許可はただちに出された。

『ドラゴリー・フライト、クリア・フォー・テイクオフ』

日比野が無線に答える。

よし、滑走路へ入ろう。

編隊長が管制塔に応答すれば、二番機の月刀は答える必要がない。月刀は日比野一尉のF15に続き、幅六〇メートルある滑走路へ進入した。編隊長機は滑走路の右半分、二番機は左半分を使うように進入し、たがいに翼が重ならぬよう、翼幅の半分ほどの横間隔を開けて前後斜めに並ぶ。これは、二番機のエンジンやブレーキがいきなり故障したりして暴走を始めても、一番機に後ろから激突しないようにするための措置だ。

右前方に一番機を見るように月刀が機体を停止させると、編隊長である日比野一尉のF15は、軽くステアリングを左右に振って、位置を合わせ直した。滑走路の走行方位に機首の軸線を合わせ損なったのだろう。

（一発でちゃんとやれよ、ラインナップぐらい）

月刀は心の中でつぶやいた。隊のスケジュール表で、今夜のアラート待機のパートナーが日比野だと分かった時、月刀はよほど風邪をひいたことにして休もうかと思った。夜明けが近づいて、緊急発進は今夜は無さそうだと思い、やれやれと内心ほっとしてトイレに座っていたのだが――

右前方の日比野機は、ブレーキで滑走路上に停止したまま、ズゴォッ、ズゴォッと片発ずつエンジン出力を上げてマックスパワー・チェックをすると、左右両方のエンジンを全開してアフターバーナーに点火した。

『ドラゴリー・ワン、テイクオフ』

ダーンッ、と路面を打つような衝撃音と共に、双発のノズルからピンク色の炎を二本噴き出させ、後ろ姿の機影は滑走路上をみるみる遠ざかっていく。ものの五秒と走らず、機首を大きく引き起こす。Ｆ15は大きく背中を見せて、急上昇する。

月刀は、一番機が走り出した瞬間にコクピットのストップウォッチをスタートさせ、針が動き出すと一番機と同様にスロットルを右、左と片側ずつミリタリーパワー・レンジに進めてエンジンの回転計と排気温度計の指示を確かめた。異常なし。針がかっきり十五秒の位置を通過した瞬間、自分も左右のスロットルを前方へ進め、ミリタリーパワー・レンジを越してアフターバーナー位置へぶちこんだ。同時に両足の爪先《つまさき》で踏んでいたブレーキを離す。

「ツー、テイクオフ」

ドーンッ、という衝撃が背中を叩き、顎が天井へ持っていかれるような加速度が月刀の鍛えた長身をシートに押しつけた。視野が急に狭くなり、滑走路の両脇に並ぶ高輝度滑走路灯の赤い灯火の列が猛烈な勢いで後方へ吹っ飛び始める。風が無風だから直進に苦労はしない。軽くラダーペダルで前輪の走向を調整してやるだけで月刀のF15はセンターラインをやや右横に見つつ、滑走路上を疾走する。

手前に滑走路を吸い込むような、淡いグリーンのヘッドアップ・ディスプレー。その左サイドの速度スケールがスルスルと増加してたちまち一〇〇ノットを超え、一二〇ノットを超えた。

「あらよ」

無造作なつぶやきとは正反対なそっと優しい動作で、月刀の腕が操縦桿を引く。滑走路が機首の下へフッと消えて、明け方の夜空だけになる。紫色の、明け切らぬ東シナ海の空だ。

そのまま機首を水平線に対して四〇度のピッチ角まで引き上げる。着陸脚を上げる。離陸位置に出していたフラップを上げる。油圧ポンプが着陸脚を上げ切るまでの四秒間がもどかしい。脚が出たままだと、二五〇ノット以上に加速できないのだ。あまりの風圧に壊れてしまうからだ。月刀は振り向いて、滑走路を確かめる。機体後部に二枚屹立《きつりつ》した双尾翼の間に、今離陸したばかりの那覇の滑走路が小さな定規のようなサイズに見え、たちまち雲に隠れて消えた。

東シナ海上空
日本国防空識別圏

高度計の針がクルクルと吹っ飛ぶように回っているが、わざわざ視線を下げてそんな計器を見る戦闘機パイロットはいない。前面風防に嵌《は》め込まれるように立てられたヘッドアップ・ディスプレーに、必要な飛行データ、戦闘に必要なデータまでがすべて見やすく投影されるからだ。上昇に移ったら、着陸脚、フラップなどのレバーの位置が中途半端なところに止まっていないかだけ、所定のアフター・テイクオフ・チェックの手順に従って軽く触って確かめるだけでいい。

ほんの二呼吸もすると、月刀のF15は高度一〇〇〇〇フィートを超えた。

『ドラゴリー・フライト、ベクター・トゥ・ボギー。ヘディング270、エンジェル40バイゲイト、フォロー・データリンク（ドラゴリー編隊、国籍不明機へ向け誘導。機首方位二七〇度、高度四〇〇〇〇フィートへアフターバーナーを使用し上昇せよ。以後はデータリンクに従え）』

ヘルメットのイアフォンに要撃管制官の声。

『ドラゴリー・ワン、フォロー・データリンク』

先に離陸した日比野が答える。月刀も「ツー」と短く返事しながら、ヘッドアップ・ディスプレーの速度表示がマッハ〇・九五になるよう機首の姿勢を調整し、同時に方位二七〇度、つまり真西へ向けて旋回する。マッハ〇・九五――すなわち音速の九五パーセントというスピードが、F15にとって最も効率の良い上昇速度なのだ。要撃管制官の言う『バイゲイト』という用語は、アフターバーナーを点火したまま最も速い上昇率で目標高度へ到達せよという意味だ。月刀は左右一体のスロットルレバーを最前方へ入れたままにする。機首が水平線に対して四〇度も上を向いていると、操縦席に座った感じはほとんど垂直上昇に近い。

（バイゲイト上昇か――お客さんはベアやバジャーじゃないな……）

F15は、アフターバーナーを切ってミリタリーパワーで上昇しても、今日のAIM9L二発に六〇〇ガロン増槽一本の装備重量で四〇〇〇〇フィートまで六分あれば昇れる。さらにアフターバーナーを点火しっぱなしにすると実に一分三十秒でその高度に到達できる。しかし普段はあまり必要がなかった。ロシアの電子偵察機バジャーはジェット機だが水平速度は五三〇ノットしか出ないし、ターボプロップ機ベアにいたっては四〇〇ノットと高知の市電並みに鈍足だ。F15は増槽をつけていても高度四〇〇〇〇フィートでマッハ一・五、増槽を捨てればマッハ二・四まで出る（この高度で音速であるマッハ一は約六〇〇ノットに相当する。マッハ二・四は一四四〇ノット）から、ロシアの旧式大型機が相手ならばゆっくり昇っても領空の十分手前で会敵でき、通常はバイゲイト上昇など指示されない。しかも今日は相手の侵入高度が高い。ベアは高度四〇〇〇〇なんてはなから昇れないし、バジャーだって民間旅客機で言えばＤＣ８の時代の機体だから、四〇〇〇〇まで無理して上がればアップアップの瀕死の金魚状態でものの役になんか立ちっこない。つまり今やって来ている国籍不明機は、ロシアの大型機ではないのだ。

（相手は大型機じゃない……戦闘機か――？）

月刀は眉をひそめた。

ならば、どこから来たんだ……？

日本の領空へ接近する国籍不明の航空機、というものがどれだけ存在するかというと、一般には知られていないが、航空自衛隊のスクランブル回数を統計すると、多い年で年間九百回を超すことがある。一般の日本国民が安穏と暮らしている今この時にも、多い日で一日に三回、日本全国のどこかの基地から空自の要撃戦闘機が接近する国籍不明機へ向けて緊急発進し、警告・監視の任務に当たっているのだ。日本の領空へ進入するための正規の許可を得ていない国籍不明機とは、まれに飛行計画を出し忘れた民間の小型機であったりする場合もあるが、その大部分は他国の軍用機である。旧ソ連が元気だったころは主にソ連空軍の大型偵察機が主流を占めていたが、最近はロシア以外の国の軍用機も急増している。日本の領土へ近づいて、電子情報を収集しているのか、写真を撮っているのか、あるいはその他に何か目的があるのか、定かではない。

月刀は、接近して来る国籍不明機の正体が気になったが、残念ながら地上のレーダーサイトに質問してよけいな会話をすることは許されていない。国籍不明機への誘導も、最初の指示を受けた後はすべてデータリンクで行われる。ヘッドアップ・ディスプレーに進むべき方角の指示や、高度・速度の増減などの指示が円形や矢印の表示となって現れ、パイロットはそれに従って黙って機を操縦する。もし地上との交信で『右だ、左だ』『何時の方向、あと何マイルだ』とやっていたら、侵入機に傍受された場合こちらの接近を気付かれ、身構える余裕を与えてしまう。実戦ならば向こうから先制攻撃される危険性もある。だからスクランブルで上がる要撃機はなるべく静かに接近し、領空へ近づこうとする国籍不明機の傍らに突如として出現するのが望ましい。できれば、機上のレーダーで索敵するのもやめた方が良い。Ｆ15の射撃管制レーダーでロックオンすれば、相手機の高度・速度・加速度・進路、ミサイルを発射した場合何秒で命中するかなどのデータが自動的に解析され画面に表示されるのだが、それをやると相手機のコクピットではロックオン警報が鳴り響き、こちらの接近を教えてしまうのだ。

月刀はレーダーをわざと入れずに、三マイルほど前方を先行する日比野一尉の一番機のテールノズルの炎を目印に上昇を続けた。一番機のアフターバーナーのピンク色の火焔《かえん》が、明け方の紫色の空にぽつんと浮いて見える。これならレーダーを使わなくても、目視で三マイルの間隔を空けて日比野機について行けるだろう。

高度四〇〇〇〇フィートに達し、アフターバーナーを切ってそのままマッハ〇・九五の巡航速度で真西へ向け進出すると、ヘッドアップ・ディスプレーの指示は右へ、すなわち北の方へ旋回しろと言う。国籍不明機は沖縄に対して、北西から接近して来るらしい。三マイル前方に小さく見えている日比野機が右へバンクを取り旋回するのを確認した上で、月刀もやや遅らせて右へと大きく旋回する。一番機の左後ろ、やや上方に占位しておくのがベストだ。月刀は高度を少し上げ、三マイル間隔のコンバット・スプレッド隊型（やや広く離れた戦闘編隊の型）を取った。周囲の空が明るく、青くなってくる。夜が明けたのだ。東シナ海の空は快晴だ。この高空からも海面の島々の形がはっきりと見える。

（いたぞ、あれか――――！）

月刀は前方一五マイル――――すなわち約二五キロほど先の白いちぎれ雲の上に、けし粒ほどの黒い点を発見した。高度は自分たちよりやや低く、三九〇〇〇フィートといったところか。機種はまだわからないが、大型機ではない。速度は日測だが、自分たちと同程度の亜音速だろう。今のところ一機しか目に入ってこない。単機で飛んで来たのか、離れたところに僚機がいるのかはまだはっきりしない。

『ドラゴリー・フライト、侵入機を目視確認したか？』

無線の声は、南西航空混成団防空指揮所の先任指令官だ。今ごろ地上のレーダーサイトでは、真っ暗な指揮所の前面スクリーンの上に、北西から領空へ近づく国籍不明機のオレンジ色のシンボルと、月刀たちのF15を示す緑色の三角形のシンボル二つが今にも重なるように見えていることだろう。先任指令官を始め十数名の要撃管制官たちは、固唾《かたず》を呑んでスクリーンを見上げているはずだ。いつものロシア機とは違う状況に、航空団司令が急きょ指揮所に駆けつけているかもしれない。八七年の沖縄領空侵犯事件の時も、ソ連のバジャーに対し警告射撃の実施を命じたのは当時の南西航空混成団司令だった。

だが、

(何やってんだあいつ……？　あそこに見えてるじゃないか)

月刀は首をかしげた。

先行して侵入機に接近している日比野がなかなか『目標発見』のコールをしない。日比野機は、月刀より三マイルも侵入機に近いのだから、とっくに目視確認できていていいはずなのだが——月刀のやや前方を飛ぶ日比野のF15は、ふわふわと上下動を繰り返すような不安定な動きをしながら、指示された会敵コースを飛び続けている。

「あーあ、何やってんだよ」

ふわふわ上下動するのは、操縦桿がしっかり手で保持されていないからだ。きっとコクピットの中で日比野は身を乗り出し、周囲をきょろきょろ見回しているのだろう。緊張していると、見ているつもりでも目標が目に入ってこない。未熟なパイロットにありがちな行動だった。

「俺が『発見』って言おうかなあ――でもあいつ、後で癇癪《かんしゃく》起こすからなあ……」

月刀は酸素マスクの中でつぶやいた。『自分が発見を通報するところだったのに、二番機がよけいな口出しをした』と地上に降りてからきんきん怒る思いつめたキツネみたいな日比野の顔を想像すると、月刀はげんなりした。別にあの防衛大学校出の同い歳の兄ちゃんは怖くも何ともないが、いっぺん絡まれるとしつこいので、帰るのが遅くなってしまうのだ。

(俺、今日の勤務が明けたら、早く帰って寝たいんだよなあ)

しかし侵入機は、斜め前方からみるみる接近し、こちらの目の前を通り過ぎようとする。捕捉するのが遅れて取り逃がしたらまずい。月刀はぎりぎりまで我慢してから、「目標発見《タリホー》。侵入機《ボギー》一二時方向」と無線にコールした。その声でやっと発見できたのか、日比野機も『目標発見、エスコートに付く』と発信し、近づいて来る機影に向け緩降下旋回をかけた。だが侵入してきた国籍不明機の鋭いシルエットは、あっという間に正面を通過してしまう。捕捉機動にかかるのが遅れ、日比野機はあわててアフターバーナーを点火すると超音速に加速し、侵入機に追いすがった。

「相手は、スホーイかっ――!?」

灰色の機影だ。

月刀は侵入機の先鋭なシルエットを確認すると、自分も機影を追って旋回し、同時にスロットルを前方へたたき込んだ。アフターバーナー再び点火。軽いマック・ジャンプとともに高度計、昇降計の針が大きく振れ、ヘッドアップ・ディスプレーのマッハ数表示が一・〇を超えた。F15は軽々と音速を突破し増速する。マッハ一・一、一・二、一・三。今は機体の下に増槽を装備しているから、マッハ一・五は超えられない。月刀は増槽投棄スイッチに指をかけて、ヘッドアップ・ディスプレーの中に背中を見せている侵入機を睨《にら》んだ。可変後退翼を持った大型の超音速戦闘機――

あれは――スホーイ24だ!

『侵入機はスホーイ24フェンサー。超音速で追っている』

『了解、ドラゴリー・ワン。侵入機は那覇へ向け直進中。あと三〇マイルで領空に入る。警告せよ』

『ドラゴリー・ワン、了解』

月刀も承知したという意味で「ツー」と答え、旧ソ連製の可変翼機の背中を睨み続けた。

こちらの速度はマッハ一・四。灰色の機影が、少しずつ大きくなって来る。だが、

(国籍マークを――つけてねえぞ、こいつ……)

月刀は不審に思った。

スホーイ24フェンサー――旧ソ連製だが、ロシアだけでなく、中国、北朝鮮、その他旧共産圏のアジア諸国も保有しているはずの機体だ。戦闘爆撃タイプと電子戦偵察タイプがあり、戦闘行動半径はかなり広く、中国大陸と日本を無給油で往復できるくらいの長距離航続性能を持っているらしい。だが灰色の大型戦闘機は、主翼にも、垂直尾翼にも何の標識も描き込んでいなかった。軍用機ならば国籍マークを表示するのが、世界でも最低限の常識なのだが……いや、米軍のと同様なロー・ビジビリティ塗装（目立たない塗装）なのかもしれない。もう少し近づいて、よく見なくては――

『スホーイの国籍は、確認できない。さらに接近し確認する』

日比野がうわずった声で報告したその時。後姿の侵入機は双発のテールノズルから赤い光を閃《ひらめ》かせ、ぐんと加速した。大きくなりかけたシルエットが、また小さくすぼまっていく。

『侵入機はアフターバーナーに点火、加速した』

「くそっ」

月刀はすかさず増槽投棄スイッチを押した。バスッ、と軽い衝撃がして機体の腹から六〇〇ガロン増槽が外れ、Ｆ15は一瞬で身軽になる。機首が上がろうとするのを操縦桿で押さえる。アフターバーナーを五段全開にし、加速する。背中がシートにグンと押しつけられる。この局面になれば、レーダーの使用を控える必要はもうない。加速して追いすがりながら左の中指でスロットルに付いた目標指示コントロールスイッチを動かし、レーダー画面上で侵入機をはさみ、クリックした。ロックオン完了。侵入機の速度が表示される。マッハ一・二五。やつは増槽を付けているようだ。こちらと同様、増槽付きでは音速の一倍半ぐらいがリミットだろう。しかし日本領空目がけて超音速で突っ込んで行くなんて、何を考えてやがるんだ、こいつは――！

こいつは何か変だ、と感じた瞬間、月刀の左の親指が本能的にスロットルの脇についた空対空モードスイッチを〈短距離ミサイル〉にセットした。ヘッドアップ・ディスプレーにASEサークルがパッと現れ、同時に四角い目標コンテナが小さく見えている侵入機の背中を囲んだ。まだ二〇マイルと距離が遠く、サイドワインダーの最大射程には入らない。しかしレーダー火器管制装置《FCS》を攻撃準備モードにしたのは、戦闘機パイロットとしての本能だった。

だが次の瞬間、月刀はがくっと来た。

（何やってんだよ、本当に！）

三マイル先行していた日比野機が、いつの間にか目の前すぐ下に見える。まだ増槽も捨てていない。マッハ一・四のままで追い続けているのだ。確かに前方のスホーイよりも優速ではあるが、領空境界線はすぐそこなのだ。水平線から霞《かす》むようにして、沖縄本島が姿を現わし始めている。

『ドラゴリー・フライト、領空まで二〇マイルだ。まだ捕捉できないか』

「増槽捨てたらどうですか」

たまりかねて月刀は無線で言った。

だが日比野のヘルメットが、風防のキャノピーの中で頭を振る。

『増槽は捨てられない。下の慶良間《けらま》諸島に落下する恐れがあるから駄目だ』

「大丈夫、海におちますよ」

『駄目だ。漁船のそばにでもおちたら問題になる。下がってろ月刀、二番機は前に出るな』

くそっ、と悪態をついて月刀はスロットルを絞った。編隊の中での無線のやり取りも、すべて地上の防空指揮所に届いている。こんなところでスクランブル中に喧嘩するわけには行かなかった。

国籍マークをつけていない灰色のスホーイは、二機のF15の前方一五マイルを悠々と直進する。

『あーあー、き、貴機は日本領空に、接近しつつある。ただちに進路を変えて、退去せよ』

棒読みのロシア語で、日比野が侵入機に呼びかけ始めた。

まったく反応はない。

領空まで一五マイル。

『あーあー、貴機は日本領空に近づいている。領空侵犯だ。ただちに退去しろ』

日比野は中国語でも呼びかけるが、スホーイは無視。さらに朝鮮語でも、無視。

領空まで一〇マイル。ふいにスホーイがアフターバーナーを切った。点火しっぱなしでは、帰りの燃料がなくなるのだろう(どこへ帰るのかわからないが)。そんなに超音速を使えるわけがない。

スホーイ24は徐々に減速する。二機のF15は、じりじりと近づく。

領空まで七マイル。

畜生、このままじゃ領空へ入れちまうぞ。

月刀は酸素マスクの中で唇を嚙んだ。

何だってこういう日に限って、アラートの相棒が日比野なんだ……!

せめて、俺が編隊長だったら——!

月刀が歯嚙みするのも無理はなかった。

しかし、いくら自分のほうが飛行経験が豊富で、腕前が遥かに上だとしても、所属する第八四飛行隊での組織上の序列は日比野のほうが上なのだから、月刀は二番機を務めるしかないのだった。月刀は、Ｆ15で『四機編隊長』の資格を持っている。航空学生の後輩と組む時は、文句なしに編隊長としてスクランブル編隊を指揮して飛べる。しかし組む相手が防大卒だと、今日のように自分より経験が浅いのに階級が上であることがほとんどだ。そういう時は、何か言いたいのを我慢しながら二番機を務める。

増槽を抱えたまま、マッハ一・四を保って日比野の一番機はスホーイ24の背後にじわじわと近づく。月刀は仕方なく、日比野の左後ろ一〇〇フィートまで下がり、近接編隊を保って追った。自分ならとっくに侵入機の前方へ割り込んでやるのに、と思ったが今日は二番機である。編隊長を無視して、勝手な行動を取ることはできなかった。

日比野は引き続きロシア語、中国語、朝鮮語で警告を繰り返す。しかし国籍マークをつけていない灰色の長距離戦闘機は平然と直進を続け、二機のＦ15に追いつかれる直前、沖縄本島の沿岸から一二マイルの領空境界線を通過してしまった。

日本領空の侵犯である。

『国籍不明機は領空に入った。警告し、進路を変えさせよ』

沖縄本島上空

『国籍不明機は領空境界線を突破。ただちに進路を変えさせよ』

月刀のヘルメットイアフォンに、防空指揮所・先任指令官の声が響く。日比野一尉を一番機とするスクランブル編隊がやっと追いついた時には遅く、国籍不明のスホーイ24フェンサーは沖縄本島西海岸沖の日本領空に侵入してしまった。

（くそっ、入れちまったじゃないか！）

操縦桿を握る月刀の左前方一〇〇フィートに日比野のF15、そのさらに二〇〇フィート前方に国籍不明のスホーイの機体が浮かんでいる。これだけ近づくとはっきりと見える。灰色の可変翼戦闘機は、やはり国籍マークはおろか所属を表わす識別記号らしいものすら、何もつけてはいない。車で言えばナンバー不表示で公道を走っているようなものだ。直進を続ける非常識な正体不明のスホーイを先頭に、三機の戦闘機は編隊を組むように密集したまま青緑の珊瑚礁にふちどられた沖縄本島へ近づいて行く。

（いったい何者なんだ、こいつ——？）

畜生、悠々と飛びやがって、と月刀は唇を嚙む。

このスホーイはいったいどこから、そして何をしに来たのだ？　このままでは、領空どころか領土上空まで直接入れてしまう。この先の沖縄本島西海岸には、月刀たちの発進してきた航空自衛隊那覇基地（那覇空港と共用）があり、基地に隣接して本島最大の人口を持つ那覇市の市街地が広がっている。さらにその一〇マイルほど内陸には米海兵隊普天間《ふてんま》基地、海岸づたいにやや北方へ行けば極東最大の米空軍嘉手納《かでな》基地もある。その他にも通信傍受施設など自衛隊・米軍の重要軍事施設は数知れず、この南北に細長い沖縄本島は、島そのものが東シナ海に浮かぶ要塞《ようさい》と呼ばれてもおかしくはない。

灰色のスホーイ24は、アフターバーナーを切ったため亜音速まで速度をおとしていた。スクランブル編隊の指揮を取る日比野機はスホーイの真横まで追いついて並び、警告の意味を込めて主翼を振った。しかしスホーイは無視。直進を続ける。

『スホーイは警告に反応なし。さらに警告する』

『了解。海岸線まで一〇マイル。侵入機は現在、那覇基地方向へ直進している。進路を変えさせせよ』

那覇基地直上へ直進――!?

月刀は眉をひそめた。

(どこから来たのか知らないが、野郎何をするつもりだ――？)

戦争でも始めるつもりか？　いや、それはあまりに非現実的だ。それに前方のスホーイ24は増槽タンクを二本抱いているだけで、主翼下、胴体下のハードポイントに対地攻撃用のミサイルも爆弾も搭載してはいない。スホーイ24フェンサーには胴体内爆弾倉は無かったはずだ——月刀は二〇〇フィート前方に浮かぶ灰色の機体の各所に鋭い視線を走らせる。垂直尾翼先端の形状からして、こいつは電子戦偵察タイプのフェンサーE型だろう。主要装備は電子戦用各種アンテナに偵察カメラのみ、固定武装は胴体下面の23ミリ機関砲だけのはずだ……。

いや待て、月刀は自分の先入観を戒《いまし》める。そんな知識は西側に流布《るふ》された古い推測情報でしかない。目の前のこいつが、胴体内にウエポン・ベイを持っていないと誰が言い切れる？　非現実的なことが今ここで起きないと誰が言える？　どこの国から来たのか知らないが、もしもあいつが改造を受けていて胴体内に爆弾倉を持っていたら？　そして、たった一発で沖縄全島の軍事施設を無力化できるような兵器をその中に抱いているとしたら……？

月刀が二番機の位置で詮索《せんさく》している間に、先行する日比野機はふらふらと高度が定まらない飛び方でスホーイの右前方まで進み出ると、さらに主翼を振った。警告のつもりなのだろうが、後方から見るとふわふわと上下に踊っているようにしか見えない。心の中の緊張が操縦桿を握る手の動きに出てしまうなんて、『私は未熟な戦闘機乗りです』と宣伝しているようなものだ。

『き、貴機は日本領空へ、侵入しているっ！　た、ただちに進路を変更せよっ』

うわずったロシア語で、戦闘機に乗り始めて二年の日比野一尉は叫ぶ。

「あーあ……」

月刀は頭を抱えたくなった。俺が編隊長だったら、あんなみっともない真似をする前にぶつけてでも領空外へ追い出してやるのに……！

と、ふいに国籍不明のフェンサーEは可変後退翼を開き、ふわっと高度を上げながら急に減速した。日比野のF15のライトグレーの機体はつんのめり、たちまち前方へ置いて行かれた。

「くっ」

月刀は可変翼の動きを見た瞬間、反射的に左の親指でスロットルの横についたスピードブレーキのスイッチを後方へ引いていた。機体背面で抵抗板が起立するのと同時にスロットルをアイドルまで絞り、F15を急減速させる。減速Gで上半身がハーネスに食い込むのを「ウッ」とこらえ、上目遣いに前方上方を睨む。スホーイは、可変翼を広げることで急に減速し、同時に速度のエネルギーを高度に変えて少し上昇したのだ。月刀は操縦桿を引き、フェンサーEの機体の運動に追随して減速上昇する。灰色の侵入機はそれ以上派手な機動はせず、ゆったり波動を描くように今度は徐々に下降を始める。双発のエンジンをアイドルまで絞っているのだろう、可変翼は中間位置へ広げた状態のまま、緩降下して三五〇〇フィートまで高度を下げると再び水平飛行に戻った。速度は四〇〇ノットまで下がっている。

(減速降下したのは撮影準備のためか? それとも爆撃か——?)

胴体内爆弾倉を開くためには速度をおとし、可変翼を開いて機体を安定させるだろう。しかしどうやら、目の前のスホーイ24は爆弾倉は持っていないようだ。やはり偵察タイプの機体だ。

月刀はスピードブレーキをたたむとスロットルを出し、フェンサーEに速度を合わせて灰色の機体の右横約五〇フィートにつけた。どんなやつが乗っているんだ、とコクピットを見たが並列複座の風防ガラスには黒いフィルムが張られ、中は見えない。

「畜生、暴走族かこいつ……?」

そこへスピードブレーキを立てた日比野機が上方からやっと降りてきて、月刀のすぐ前方で止まると抵抗板をたたみ、水平飛行に入った。あいかわらず高度が細かく上下する。

『そこをどいて下がれ。俺が警告する』

「前をフラフラ飛ぶと撃墜されますよ」

『うるさい、二番機は下がれ!』

はいはい、とつぶやきながら月刀は減速した。

二番機は後方でバックアップするのが、忘れてならないスクランブルの鉄則だ。日比野が一応上官で編隊長である以上、仕方がなかった。月刀は舌打ちして一〇〇フィートほど後退する。本当なら三マイル後方のやや高い位置から全体をウォッチするのだが、とてもそこまで下がる気にはなれなかった。日比野もそれ以上後ろを振り返っている余裕はないらしく、月刀がすぐ後ろの位置にとどまっても、何も言わなかった。

（よし、機関砲でロックオンしてやる）

月刀はスロットルの横についた空対空モードスイッチを〈機関砲〉に選択し直した。ヘッドアップ・ディスプレーに円形のリファレンス・サークルが現われて直前方のスホーイの後ろ姿を囲むと、すぐにシュート・キューの十字シンボルが重なって表示された。射程距離内に十分過ぎるほど入っている。月刀が引き金を引けば、機首の20ミリバルカン砲が作動してたちまち全弾命中するだろう――撃墜命令が出ればの話だが。

その間にも三機はついに本島上空に達し、那覇基地の滑走路がすぐ足元に見える位置まで入り込んでしまった。さっき緊急発進したばかりの滑走路が朝日を浴びて、くっきりと見えている。偵察写真を撮るのなら、絶好の撮影日和《びより》だろう。

『侵入機は領土上空に入った。那覇基地直上へあと三マイル。編隊長の判断で機関砲による警告射撃を許可する』

『確認する。警告射撃を許可か？』

『その通りだ、日比野一尉』

しわがれた声が割り込んだ。

『いいか一尉。状況を判断の上、あくまで編隊長の決断で行え。君の判断力に期待するぞ』

これは南西航空混成団のトップ、団司令の柳空将補《やなぎ》——定年間近かの爺《じい》さんの声だ。やはり防空指揮所に駆けつけていたのだろう。

『了解』

日比野の声が答えたが、しかしフェンサーEの真横に並んだ日比野機は、前方に向けての警告射撃をなかなか始めようとはしなかった。

（どうせ当てやしないんだから、さっさとぶっぱなしゃいいじゃねえか）

月刀は後ろで見ながらやきもきした。月刀のヘッドアップ・ディスプレーには、ほんの三〇メートル前方のすぐ触れるような距離に、スホーイの後ろ姿が射撃用リファレンス・サークルからはみ出すようにして浮かんでいる。双発エンジンの排気ノズルの整流板の一枚一枚までが判別できる近さだ。ジェット後流を避けるために真後ろは外しているが、その気になればものの三秒で月刀は射撃位置に占位し、スホーイを撃墜できるだろう。

（しかしこいつ——俺の射撃レーダーのせいでロックオン警報が鳴り響いているだろうに、ピクリとも動かねえぞ……）

大した神経だ、と月刀は唸《うな》る。ヘッドアップ・ディスプレーの片隅で、目標距離表示の数字が一〇〇を境に細かく増減している。月刀のF15の機首からは、バルカン砲の射撃に備えてレーダーがスホーイにロックオンし、距離をフィート単位で測定し続けているのだ。普通、こんなふうに真後ろにつかれて射撃レーダーをロックオンされたら、平常心でいるのは易しくない。すぐ背後からピストルを突き付けられているのと同じ心理効果があるからだ。ところが、灰色のスホーイは平然と飛び続ける。

（それともなめてんのか、こいつ……？）

月刀には、この突然現れたスホーイの意図がまるで理解できなかった。会敵してまだ五分しか経《た》っていないが、もう一時間もこの旧ソ連製の長距離戦闘機にへばりついて、領空侵犯につきあわされているような気がした。

『貴機は日本領空を侵犯している！　ただちに変針せよっ』

スホーイは無視。

音声で警告を続ける日比野機と黙ってついて行く月刀の二番機、二機のF15を張り付かせたまま、国籍不明のフェンサーEはついに那覇基地直上へ到達した。そのまま水平飛行で通過する。下には雲一つなく、通信塔のアンテナの数からアラートハンガーの格納庫の扉の形状まではっきりと見えている。

（くそっ、やつの目的はやはりカメラ・ミッションか。これじゃ完璧な偵察写真を撮られたぞ！）

攻撃してくる気はないとわかったものの、月刀は後ろで見ながらいらいらした。

（何やってんだ、早く撃てよ、この正体不明の暴走族みたいなやつをぶっぱなしておどかしてやれ！）

だが日比野機は警告射撃を行わず、音声警告を繰り返しながらつき添って飛んで行くだけだ。

『貴機は日本領空を――』

するとスホーイは左旋回する。だが外洋へ向かうコースではない。

風防に黒い遮光フィルムを張った正体不明のフェンサーEは、張り付いた自衛隊機の警告など我関せずとゆったりしたバンクで機首をめぐらせ、北へ進路を変えた。今度は嘉手納基地へ向かうつもりだ。すぐ先に、米空軍極東最大の嘉手納基地が、那覇基地とは比べものにならない広大な緑のフィールドとなって広がっている。二本の平行滑走路がはっきりと見える。嘉手納基地周辺の空域は米軍が管制権を持っているが、日本の領空である以上、侵入機に対する対抗措置は第一義的に航空自衛隊が行わなくてはならない。

「警告射撃しないんですかっ」

たまりかねて月刀は無線で言った。目の前のフェンサーEは電子戦偵察タイプだ。偵察写真の他にも島内各施設の電子情報を収集しまくっているだろう。米軍に義理立てするつもりはないが、航空自衛隊がアジア中の電波を傍受・解析するのに使っている特殊通信施設もこの先にあるのだ。

『警告射撃は駄目だ。この方向では、撃った弾丸が民家におちる可能性がある』

「し、しかし」

『黙れ月刀、安全第一だ』

　これが安全な状況ですかと言い返したいのを、さすがにぐっとこらえた。航空学生出身とはいえ、月刀とて立派な空自の幹部である。作戦行動中に仮にも指揮官と口論するわけには行かなかった。ただ、フェンサーEの乗員が日本語を解さなければいいがと思った。『撃った後の弾丸が民家におちるから』という理由で警告射撃もしないなんて知られたら、自衛隊はなめられてしまう。

　いや、スクランブル編隊は、すでになめられていた。嘉手納上空へ直進するスホーイの右前方に出て日比野機が例の動作で主翼を振ると、急にスホーイは安定した水平飛行をやめ、日比野機にそっくりのふらふらした動きで主翼を振って見せたのだ。ぶざまな動きを、そのまま真似して見せたのだ。

（あぁっ、馬鹿にされた！）

　月刀はいきりたった。

　日比野機はなおも中国語、朝鮮語で同じ警告を繰り返すが、スホーイはあざ笑うように無視。それどころかいきなり可変翼を開くと、さらに減速した。月刀は双発のテールノズルが眼前に迫るのを見て、スピードブレーキを立てて急減速、等距離を保って後方の射撃可能位置を維持したが、日比野機はその動きについていけず、また前方へ置いていかれた。日比野機があわててスピードブレーキを立て、減速にかかったと見るや、スホーイは今度は突然アフターバーナーに点火して加速、すれ違うように前へ出る。日比野機は技量の差を見せつけられ、横に並ばせてすらもらえない。スホーイ24はF15Jより数段性能が劣るとは言え、月刀の見たところ操縦者の腕前は一流だった。そうこうしている間に、スホーイは嘉手納基地の上空も悠々と水平飛行で通過してしまった。

(完全におちょくられてるぞ。くそっ!)

月刀はスロットルを握っていた左手の拳でフライトスーツの膝を叩き、酸素マスクの中で歯ぎしりした。これじゃ、俺たちがスクランブルになど出ず、米軍にパトリオットで撃ちおとさせたほうがずっと増しだったじゃないか! 自衛隊機が横についているのでは、下の米軍も手の出しようがないだろう。このスホーイはまるで、法の抜け道を知り尽くして悪事を重ねるヤクザのようではないか。

「あの野郎、俺たちが憲法の制約で撃てないと知っていて、完全になめてやがる!」

これがもし、日本以外の国の上空で起きた出来事ならば、このスホーイ24は領空に侵入した直後、その国の空軍機によってたちまち撃墜されてしまっただろう。正体不明の軍用機が領空へ押し入ろうとしたのだ。そうされるのが、当たり前である。

ではどうして、この国籍不明のスホーイは航空自衛隊のスクランブル編隊を無視し、日本領空に堂々と侵入し、こうも傍若無人に振る舞えるのか？

それは、自衛隊が撃てないからである。

自衛隊は武力を持っている。しかしその武力を行使できる場面は、極めて限定されているのだ。

自衛隊が武力を行使できるのは、日本国が外部の敵からの武力攻勢にさらされ、『このままでは侵略されてしまう』と内閣総理大臣が安全保障会議において判断し、国会の承認を得て、自衛隊法第七六条に基づいて〈防衛出動〉を発令した場合だけと決められている。それ以外の場合は、陸・海・空の各自衛隊は、たとえ武器を持っていても、隊員自身が攻撃されて命が危ない時の正当防衛をのぞいて、その武器を使用することはできないのだ。たとえば外国の軍艦が大挙して襲来し、いきなり海上自衛隊の艦隊に襲いかかったとしても、それが侵略行為だと安全保障会議で認められ国会の承認が取れるまでは、自衛隊艦は自分の身を護る正当防衛以外の反撃は、一切できない。

そんなことがあるのかと一般の国民は驚くが、我が国が憲法で軍隊を持つことを永久に放棄している以上、仕方がないのである。自衛隊は一見軍隊のように見えるが、実は軍隊ではなく我が国が独立国家として有している正当な自衛権を行使するための組織なので、

『外敵からいきなり攻撃されたら現場の指揮官はこのように反撃してよい』と規定したROEと呼ばれる交戦規定も存在しない。他国の軍隊には当たり前にある規定だが、自衛隊には現場の指揮官の判断で反撃を開始できる規定は無い。すべて、内閣と国会が『これは明らかに侵略だから、自衛権を行使してもよい』と判断するのを待たなければ、正当防衛以外に武器の使用は一切できない。

では、我が国がいきなり高速の航空機によって攻撃されたらどうするのか？

さすがに外国から航空機によって攻撃された場合は安全保障会議なんか開いている余裕はないので、例外的に航空自衛隊にだけは〈対領空侵犯措置〉という名の一種の交戦規定に近いものが定められている。国籍不明機が接近した時、今回の月刀たちのようなスクランブル編隊を発進させ、これに対処させる規定である。ただ自衛隊法に定められているその〈対領空侵犯措置〉の内容は、『外国の航空機が我が国の領空を侵犯した時、スクランブル機が侵犯機を領空外へ退去させるか、または着陸させるなどの措置を取るもの』とあり、他国軍隊の交戦規定のように『警告を無視したら撃墜してよい』とははっきり書かれていない。はっきりしているのは『退去させる』と『着陸させる』だけである。では撃墜してはいけないのか？　というところは、いわゆる解釈の問題となる。ちなみに現行の解釈では、『着陸させるなどの措置』の『など』の中に撃墜も含むとみなし、『領空内で急迫した直接的脅威が発生した』場合に限って、スクランブル機は現場指揮官の判断で発砲ができるとしている。

ではここで言う『急迫した直接的脅威の発生』とは何だろうか？　それはたとえば国籍不明機が爆弾やミサイルを抱えていて、日本領土に向かって急降下を開始して明らかに攻撃態勢に入った場合や、火を噴いて墜落しつつある外国の航空機が、洋上でただちに撃墜しなければ日本の都市に突っ込んで甚大な被害を出してしまいそうな場合、などとされている。つまりただちに発砲・撃墜しないと日本国民の命が危ないような時に限って、スクランブル機は現場指揮官の判断で武器を使用できるわけである。

この〈対領空侵犯措置〉があれば、一応、国籍不明機が突然来襲しても日本の安全は最低限護られるように感じる。しかしその〈解釈〉を裏返して見ると、重大な事実が浮かび上がるのだ。

もし今回のスホーイのように国籍不明の軍用機が突然出現して、領空を侵犯したとしても、領空内で別に攻撃態勢も取らないでただのんびりと水平飛行をしているだけだったら、それを『急迫した直接的脅威』とは呼べないのである。ただまっすぐのんびり飛んでいるだけでは、すぐさま日本国民の命が危ないとは言えないからだ。こういう場合、月刀たち自衛隊のスクランブル機は、侵犯機に対して撃墜を目的として発砲することはできない。できるのは退去するか着陸するよう呼びかけつつ、命中させないよう注意して警告射撃を行うのが精一杯だ。では、それでも侵犯機が警告に従わず、退去も着陸もしなかった場合には、どうすればいいのか――？

答えは『どうしようもない』。そうなったら自衛隊のスクランブル機になすすべはない。この『言うことを聞かなかったら自衛隊機はどうしようもない』という事実は、日本の国家機密でも何でもない。


数分後。

嘉手納基地を直上通過し、本島中央部までカメラに収めたと見られる灰色のスホーイは、やっと機首を北西へ向け、可変翼を閉じると亜音速まで加速し洋上へ飛び去った。

ついに何もできなかった月刀たちドラゴリー編隊には、帰還せよとの命令が出た。

「追尾して行き先をつきとめないんですかっ」

『駄目だ月刀。我々の任務は、領空外へ退去させることだ』

「しかし――！」

『帰るぞ月刀』

燃料は一時間分残っていたが、防空指揮所の指示が『帰還せよ』なのだからどうしようもない。要撃戦闘機が勝手な行動を取るわけには行かない。

（畜生――！）

悠々とどこかへ飛び去る長距離戦闘機のシルエットを歯ぎしりしながら見送って、月刀は日比野機に続いて降下し、那覇基地の滑走路へと向かった。

那覇基地

「どうして撃たなかったんです！」

基地に帰還して機体を降りるが早いか、月刀は汗で蒸れたヘルメットを脱ぐのももどかしく、隣に駐機したF15から降りてきた日比野に詰め寄った。

「どうして、警告射撃をしなかったんですっ!?」

陽が昇り、照りつけ始めた那覇基地のエプロンは、真夏のテニスコートのように暑くなっていた。怒鳴ると髪の毛から汗が飛び散った。

国籍マークを何もつけていなかった灰色のスホーイ24——どこの国から飛来したのか分からないが、あの傍若無人な侵入機に対して、結局月刀たちは何もすることができなかった。

「うるさい」

月刀よりもずっと小柄な日比野一尉は、月刀以上に大汗をかいてオリーブグリーンのフライトスーツをぐしょぐしょにしていた。まるで服を着たままサウナに入ったみたいだった。戦闘機パイロットが一時間もフライトするとたいていい大汗をかくものだが、日比野の場合は月刀の軽く三倍は発汗していた。ヘルメットを抱えたまま全身から汗を飛び散らせ、日比野は言い返した。

「うるさい月刀。お前は、警告射撃をすればあのスパイ機がおとなしく領空外へ退去するか、強制着陸に応じるとでも思ったか？」

攻撃できないスクランブル編隊をあざ笑うように、悠々とそこら中を撮影し、洋上へ飛び去ったあの電子戦偵察型スホーイ。あれはどこから来たのか——疑わしい国の見当はつくとしても、証拠が無い以上、その国の政府が関与を否定してしまえばそれまでだ。昔沖縄上空で領空侵犯事件を起こしたソ連空軍、あの連中はまだ真面目《まじめ》だったと月刀は思う。連中のバジャーにはちゃんと赤い星の国籍マークがついていた。だがおそらくあのスパイ機には、強制着陸させたって機内に所属を示す証拠の物件など一切無かっただろう。

「それはわからないけど——いえ、わかりませんけど、だからといって何もしないなんて情けないじゃありませんかっ」

「黙れ月刀！」

たとえ防大卒で上官だといっても、同い歳で自分よりも操縦がへたくそな日比野に対して敬語を使い続けるのは難しかった。それが分かるのか、汗だくの日比野は向きになって月刀を怒鳴りつけた。

「お前は、今沖縄がどんな状況にあるのかちっとも認識していない。この馬鹿野郎っ」

「どんな状況って――」

　あんたこそ、さっき沖縄がどんなに危険な状況にあったか分かっていたのか――？　あのスホーイがもし単なるスパイ機でなく、何かとんでもない兵器でも抱いていたとしたら……。そういうものを開発している疑いのある国が、そう遠くない距離にある。だが次の瞬間、日比野はこう言った。

「いいか月刀。来月は、沖縄県知事選挙だ！」

「そ、それがどうしたんですかっ」

「いいか」

　思いつめたキツネのような、と月刀が評した日比野一尉は、吊り上がった一重瞼《ひとえまぶた》の両眼をさらに吊り上げてきんきんと怒鳴った。

「いいかっ。俺たちがもしあのスホーイに警告射撃をして、その流れ弾がどこの砂浜でもいい、沖縄本島の地面のどこかにおちてみろ。万一どこかの民家の屋根瓦か窓ガラスの一枚でも割ってみろ。県民は俺たちが国を護るために努力したなんて思わない。俺たちは単に物騒な危険物を庭先におとした、犯人にされるんだ。それが俺たち自衛隊を取り巻く環境だ。そして自衛隊の危険性が声高に叫ばれ、来月の知事選では現職保守知事は圧倒的に不利になる。反自衛隊を掲げる革新候補が勝ってしまう。そうしたらこの那覇基地の、沖縄の自衛隊員の処遇はどうなる？　また新入隊員の連中が成人式の会場へ入れてもらえなかったり、道路で石を投げられたり、下手をすれば俺たちは沖縄から追い出されるんだぞ！　自衛隊が那覇基地にいられなくなったら、日本の安全保障はどうなる？　俺は、自衛隊の組織全体のことを考えて行動したのだ」

「では、基地を写真に撮られてもいいのですか。あれがもし北朝鮮の――」

「那覇空港の航空写真なんて、新宿の紀伊國屋の地下で五千円も出せば買えるんだ。今さら撮られたって関係ない」

「しかし施設の電子情報までは――」

「うるさい。いいか月刀、少しくらい操縦がうまいからといっていい気になるなよ。お前のようにただ飛行機が好きなだけで、高校を出てすぐ自衛隊に入ったようなやつに、国防上の高度な判断などできるものか。腕前で国は護れん。お前たち航空学生出身のパイロットは、俺たちの言うことを黙って聞いていればいいんだ」

ここで『俺たち』というのは、防大出身のパイロットや幹部のことを指すのだろう。防大卒のパイロットは確かに高卒の航空学生出身者より遥かに出世するエリートだが、腕前では大したことのないやつが多いと思っていた月刀は、ムッと来た。しかし日比野は月刀の顔を指さしてさらにまくしたてた。

「だいたいお前たち高卒の隊員には、『ただ飛行機に触っていれば幸せ』というような、オタクみたいなやつらが多過ぎる！　航空自衛隊はオタクの遊園地ではない！　俺はそういうやつらが大っ嫌いだ。そういうやつらに、国は護れないっ」

「何ですと？　自分の方がオタクみたいな顔して、舌先三寸で国が護れるんですかっ。撃墜されてから説教したって敵機は引き揚げて行きませんよ！」

月刀が怒鳴り返すと、防大出のエリート士官は顔を真っ赤にしてさらに眼を吊り上げた。

「上官に向かってその口の利《き》き方は何だ月刀っ!?　もう一度言ってみろ！」

日比野が「言ってみろ」と月刀の胸倉をつかもうとした時、背後からしわがれた声がした。

「日比野一尉。実にいい判断だった！」

司令部の建物から早足で近づいて来た制服の一団があり、先頭の高級将校が日比野の肩を叩いた。

「こ、これは団司令」

日比野は背筋を伸ばすと、緊張して敬礼した。月刀も隣で仕方なく姿勢を正す。しわがれた声の高級将校は柳空将補だった。先程、防空指揮所から『編隊長の判断で警告射撃を許可する』と指示して来た南西航空混成団司令だ。沖縄の航空自衛隊の総元締めというべき存在である。その左に那覇基地の飛行群司令で月刀たちの上司である小清水一佐、右に南西警戒管制隊長、その横に第八四飛行隊飛行隊長、南西航空混成団防衛部長に装備部長、人事部長といずれも一佐、二佐の高級幹部たちがずらりと並んでいる。何だ、領空侵犯に対処した編隊長を基地幹部が総出でお出迎えかよ、と月刀は思った。俺が編隊長でスクランブルに上がった時には、誰も出迎えになんか出て来ないくせに……。姿勢を正しながら素早く眼で見渡すと、一団の端に制服ではなくダークスーツに身を包んだ長身の若い男も混じっていた。その男の顔を見るなり、月刀は『嫌なやつが来た』という表情になった。

「事態を悪化させず、よく冷静に対処してくれた。早速報告を聞こう」

柳空将補の言葉に、日比野は緊張して「はっ」と答える。飛行隊長がやや緊張した笑顔で「さ、司令部へ行こう」と日比野の肩を押した。暑いのか、鳴島飛行隊長はハンカチでしきりに汗を拭《ふ》いている。月刀も続こうとすると、鳴島二佐は「ああ、君はいい」と制した。「君は来なくていい。月刀二尉」

「は？」

「そ、そうだ」

飛行群司令の小清水一佐も振り向いて、やっかい者を置いてきぼりにするように言った。

「ご苦労だった、月刀二尉。ベースオペレーションに戻って休憩に入りたまえ」

「……なんでぇ――？」

釈然としない面持ちで、月刀はエプロンにぽつんと残された。高級将校を先頭にする幹部の一団は、飛行服の日比野を囲うようにして、管制塔の立つ司令部の建物へ消えてしまう。電源をすべておとしたF15の機体を背にして、月刀はそれを所在なく見送った。エプロンはうだるように暑くなり、胸のジッパーを開けても汗が乾かなかった。

（何なんだよ、畜生……）

イーグルの機体が並ぶ飛行列線の向こうでは、午前中の到着ラッシュが始まっていた。東京から来たらしい全日空のボーイング747が誘導路をゆっくりとタキシングして、最近オープンした新ターミナルへ入って行く。那覇基地はこれから夜までの間、那覇空港として忙しくなるのだ。

観光客か――気楽なもんだ、と月刀は思った。

「月刀」

ふいに呼ばれ、月刀は振り向いた。声がした瞬間に誰なのかは分かっていた。先程の高級幹部の一団の端にいた、ダークスーツの男がポケットに手を入れてこちらを見ている。同じくらいの長身。年齢も同じくらい。パイロットではないようだが、月刀に負けない強靭《きょうじん》そうな体格と、鋭い眼をしている。

「月刀、ひさしぶりだな」

男は、鋭い眼つきはそのままに、唇の端を歪《ゆが》めるようにしてにやりと笑った。月刀と対照的なのは、鋭い眼に荒削りな野性味がなく、代わりに冷たい知性を感じさせる光があることだ。

「お前か――」

月刀は鼻を鳴らした。

「こんなところで逢うとはな」

「ふふん。なぁ、最近こんな話を聞いた……」

日灼けしていない、冷たい眼の男は言った。

「ある戦闘機パイロットが千歳基地近くのバーで、巡回訓練に来ていた飛行教導隊の副隊長を殴ったそうだ。それもせっかくスカウトに来てくれた先輩を。馬鹿なことをする」

月刀はため息をつく。

「そんな話、どこで聞いたんだ」

「俺は中央にいる。その気にならなくても、人事情報なんていくらでも耳に入る。型破りのパイロットが上官を殴って、千歳にいられなくなって転属願いを出したと聞いた。すぐに名前をチェックしたよ。笑ったぜ、高校時代から全然変わってないな」

「防衛省本省のキャリアが、こんな島に何の用なんだ？　夏威《なつい》」

「ちょっとな」

男はまた唇をキュッと歪めて笑った。

「たまたま昨夜から出張で来ていた。今の騒動は、防空指揮所で一部始終見せてもらった」

「あの団司令たちと、行かなくていいのか」

月刀は司令部の建物に顎をしゃくった。

だが男は頭を振って「いい」と言う。

「俺がいないほうが、やりやすいだろう。俺の所属している本省内局の防衛局は、統幕議長よりも上位にある。あの団司令だって、報告書をあーだこーだ作成しているところなんか見られたかなかろう」

「お前、そんなに偉くなったのか？」

月刀は、かつての高校の同級生を、頭のてっぺんから足の先まで見回した。

月刀が高校時代の同級生である夏威総一郎に会うのは、実に八年ぶりのことだった。まさかこんな場所で、こんな形で再会しようとは——

「四年前、お前が国家公務員I種で入省したとは聞いたが……」

「俺が偉いんじゃなくて、組織がそうなってる」

夏威は肩をすくめた。

「俺たち文官——制服を着ない防衛省官僚の勤務する防衛省内局は、省の組織では事務次官の下に位置し、統合幕僚会議よりも上位に置かれている。いわゆるシビリアン・コントロールというやつだ。だが侵犯事件の後処理は、俺の仕事とは直接関係ない。俺は本省防衛局防衛政策課の信頼醸成企画官だ」

「何だそりゃ？　漢字ばっかり並んでるってことは、やっぱり偉いのか？」

「出世の順番で言えば、同期入省では早い方だ」

「ふうん」

月刀は、文官のキャリア官僚が市ヶ谷で何をやっているのか、ちょっと想像ができなかった。

夏威は、管制塔の立つ司令部を振り返ると「あの編隊長の男、防大か」と訊いた。月刀が「そうだ」と答えると、「どうりでな」と鼻を鳴らした。

「どうした」

「指揮所でさっきの交信を聞いていたら、二番機のお前よりも編隊長の方がうわずっていた。あの男、戦闘機の経験はどのくらいなんだ？」

「二年っていうところかな——でも俺の二年目は、あんなにひどくなかった。はっきり言って、今日のアラートは俺が編隊長だったらと何度も思った」

「それでか。あの飛行隊長、お前を報告に同席させると編隊長を差し置いてまずいことを口走りそうだから、外したわけだな」

「まずいもんか」

月刀はムッと来て言った。

「俺は後方位置で真剣に心配していた。あのスホーイが偵察目的だったから今回は運良く助かったが、もし核テロリストだったら……」

「そういう台詞《せりふ》を、マスコミが聞き耳立ててる場所で口走られたら困るんだよ。だからお前を外した。飛行隊長の判断は正しい。確かに、某国が航空機でテロを仕掛けて来る可能性は無いとは言えない。だがそういう可能性を指摘してしまうと、あのスホーイを領空に入れてしまった自衛隊の責任は重大となる。一方、警告射撃をして20ミリ弾を本島にばらまいても危険行為と糾弾《きゅうだん》される。お前が報告の場で何かしゃべると、どっちに転んでも自衛隊の立場はまずくなるんだ。その点、あの防大出の秀才ならそつなく報告するだろう。マスコミに発表しても自衛隊の評判がおちない程度に、『冷静』にな」

夏威は苦笑した。皮肉な笑い方は昔と変わらないな、と月刀は思った。気に食わない。

「何が冷静だ。団司令はわけも分からずほめていたが、あいつは『冷静に対処』したんじゃない。何もできなかったんだ。右往左往して、一つ間違えば日本を危うくしたんだ」

「いや、あの日比野一尉とかの判断は、あながち間違ってはいないぞ」

「どうしてだ」

「月刀、お前はあの侵犯機に対して、本当に警告射撃をするべきだったと思うか？」

「当然だ」

「だが、たとえ領空を侵犯されても、国籍不明機にあんな飛び方をされたんでは自衛隊機には攻撃することができない。憲法の制約があるからな。あの侵犯機は、航空自衛隊の〈対領空侵犯措置〉の内容など全部知っていたんだ。ああすれば撃墜されることはないと熟知した上で、堂々とやって来たんだ。そんな確信犯に向かって、命中させない警告射撃なんて意味があると思うか？」

「あるさ。理屈じゃない。力を見せるんだ。飛んだことのないやつには分からないだろうが、自分の腕しか頼りにならない上空で、目の前でバルカン砲をぶっぱなされてみろ。理屈では当てられないはずと思っていても、曳光弾《えいこうだん》が真横をかすめて飛べば、ビビらないやつなんかいない」

「いや。自分の意思でやって来た犯罪者なら、それでビビッて逃げ出すかも知れん。だが国の命令を受けてやって来た軍のパイロットなら、たとえビビッたって逃げないだろう。どこの国の機体だかはっきり口にはできないが、多分命令に逆らったら命がないような国から来たんじゃないのか？　だったら本島上空で発砲して自衛隊の評判をおとすより、何もしないでただ行かせた方が我々の怪我は少ない」

「情けないことを言うな。夏威、お前あの日比野とキャリア同士で肩を持ち合うつもりか」

「キャリア同士――?」

「そんなようなものさ。教えてやるが、俺たち航空自衛隊のパイロットの世界にも、中央省庁と同じようにキャリアとノンキャリアがあるんだ。防大卒のパイロットと、航空学生出身のパイロットだ。他に一般大学の出身者も少数いるが、大きく分ければ大卒のキャリアと高卒のノンキャリアだ。同じフライトスーツを着て同じF15に乗っていても、将来の道は大きく違う。別にうらやましくはないが、日比野一尉のような防大出のパイロットはいずれ飛行機を降りて、お前と同じように市ヶ谷の地下でごそごそやってる連中の仲間入りをするんだ。俺たちは一生現場だけどな」

「別に肩を持つつもりはない。俺は大局的にあの一尉は正しいと言っただけだ。今のこの日本で、自衛隊の立場を護るのは重要だ。月刀、お前は去年の秋からここにいるそうだが、この沖縄で自衛隊が年間何件の訴訟を起こされているか、知っているか」

「訴訟――?」

「そうだ。実は俺は、その対応処理のために定期的にここへ出張している。新聞には出ないが、防衛政策課信頼醸成班の仕事とは、訴訟の処理とマスコミ対策だ。大は騒音問題から、小は牛が乳を出さない、鶏が卵を産まないという苦情、果ては基地の隊員の車が塀をこすったといういちゃもんまで、自衛隊は年間数百件の訴訟を起こされている。人権派と称する反自衛隊弁護士グループが本土から乗り込んできて手弁当で引き受けるから、年々訴訟の数はうなぎ登りだ。それをマスコミにばれないよう密かに押さえこむのに俺たちがどれだけ苦労しているか」

「そんなことが、あるのか」

「いいか月刀、沖縄の人々は、かつての戦争の影響で自衛隊のことをまったく良く思っていない。しかしこの島は、東シナ海のキーストーンだ。誰がなんと言おうと米軍も我々自衛隊も、この戦略的重要拠点から追い出されるわけには行かない。お前はその問題の重要性を、まだまだ理解していないんだ。お前のようなただの飛行機屋には、そんな大局は分からんかも知れんが」

かつての高校の同級生にも『ただの飛行機屋』などと呼ばれ、月刀はまたムッとした。

「大局だか何だか知らんが」

月刀はうだるようなエプロンの熱気に顔をしかめながら、言い返した。

「上空に上がって目の前に武装した国籍不明の戦闘機が現われた時、そこで新聞の見出しなんか考えるやつは、戦闘機パイロットじゃない！　誰が何と言おうと俺はそんなやつ認めない」


ひさしぶりに再会した同級生との会話は、最後までかみ合わなかった。

月刀が渋い顔でヘルメットを下げ、飛行隊のオペレーション・ルームへ戻って来ると、黒いサングラスをかけた細身の長身が迎えた。月刀より数年だけ先輩なのだが、口の上に黒い髭を生やしている。

「ご苦労だった、月刀」

男はフライトスーツの襟に、一尉の階級章をつけている。ここ第八四飛行隊の飛行班長を務めている火浦暁一郎だ。航空学生出身の先輩である。

「火浦さん――」

月刀が何か言いかける前に、火浦はそれを制し、「口を開くな。ちょっと来い」と別室へ引っ張って行った。飛行隊の隊舎では午前中の訓練の準備が始まっている。国籍不明機に対処した月刀を、廊下ですれ違うパイロットや一般隊員たちが「お」「お」という顔で見ていく。使われていない士官ラウンジのドアを後ろ手に閉じると、火浦は初めて「ご苦労だった」と苦笑した。

「大変だったか月刀？　日比野一尉のお守りは」

「どうもこうもありませんよ」

煙草が吸えるなら、一服つけたいところだった。月刀は室内の冷蔵庫からオロナミンCを取り出すと「失礼」と断って一気呑みした。ぷはーっ、と息をつく月刀に、火浦は「お前のお陰で助かったよ」と言った。

「お前が二番機だったのが、不幸中の幸いと思って見ていたんだ。お陰で心臓が破けずに済んだ」

火浦はため息をついてサングラスを外す。意外に優しい眼が現われる。飛行班長とは、飛行隊のパイロットをまとめるリーダー役だ。上役の飛行隊長は整備班の統括もしなければならないので、パイロットたちの技量管理や人事面の面倒は、実質的にすべて火浦が見ている。

「日比野一尉に二機編隊長の資格を付与してから、わずか一週間だからな。アラートのベルが鳴った時には『しまった』と思った」

「どうしてあの一尉に二機編隊長資格なんか取らせたんです、火浦さん」

「そう言うな。技量チェックの時に特段のミスがなければ、合格させないわけに行かないだろう？　彼は、来月には三佐になるというんだ。『僚機だけやってたんじゃ格好がつかない』と団司令からも暗に言われた」

「三佐？　あいつもう三佐になるんですか？」

「そうだ。操縦技量とは関係なく、日比野一尉は柳団司令の覚えめでたい出世頭だ。防大弁論部の先輩後輩にあたるらしい。再来月には幕僚幹部課程《CS》に入校するという話だ。戻って来れば、どこかの基地の飛行班長だな」

「弁論……」

月刀はため息をついた。

「それで、司令やあのキツネ目の兄ちゃんはどこに？」

火浦は「二階《うえ》だ」と天井を指さした。

「公式発表の文案を、幹部総出で練っているところだ。昼のニュースの締切が近いらしい。基地の広報部にはテレビ局が殺到してる。文案作りは苦しいだろうな。領空侵犯させちまったんだ」

「何だったんですかね、あのスホーイの野郎」

「まだ非公式な情報だが――あの後、米軍のＥ３Ａが緊急発進して追尾した。しかし朝鮮半島の西側海域で見失ったそうだ」

「見失った？　早期警戒管制機《AWACS》が目標をロストするなんてことがあるんですか」

「朝鮮半島西岸の群島の陰で、超低空に降りられたらしい。島陰から出て来なかったそうだ。逃げられたな」

「北朝鮮領海内ですか」

「公海上だ。北朝鮮の実効支配海域ではあるが」

「さんざんなめやがってあのスホーイの野郎――しかし証拠がない以上、どうしようもないか……」

「いや、北朝鮮機でない可能性もある。島陰で早期警戒管制機の追尾を巻いても、北朝鮮機なら半島の空軍基地を全部ウォッチしていればいずれはどこかに降りるはずだ。だがそんな報告はない。増槽付きでも、燃料はとっくに切れている時間だ」

「逃げ切れないと知って、着水したか……」

「すべては推測の域を出ないな」

「あの野郎……」

月刀はつぶやいた。

火浦は立ち上がると、汗まみれの月刀の肩を「とにかくご苦労だった」と叩いた。

「帰って休め。月刀」

だが月刀は、座ったままで唇を噛み、頭を振った。頭の中には、馬鹿にしたように警告を無視し続ける灰色の可変翼戦闘機の姿が浮かんでいた。

「火浦さん……」

月刀は、噛み付くのを無理やり自制する野生の狼《おおかみ》のように、宙を睨みつけて静かにうなった。

「火浦さん、俺たちはいったい――」

「どうした？」

「俺たちはいったい――何なんですか。俺たちは本当に、日本を護る軍隊なんですか？」

「軍隊じゃない。自衛隊だ」

「いや、俺たちは『白衛』隊ですらない」

月刀は頭を振った。

「俺たちは撃てない。たとえ領空を侵犯されても、写真を撮られても馬鹿にされても、あのスホーイの野郎にバルカン砲一発、剣道で言えば小手一本すら決めることができなかった。こんなんで俺たちは、日本を護れるんですか？　イーグルがあってもバルカン砲一発撃てないんじゃ、何のための航空自衛隊なんですか？」

「お前の気持ちは分かるが……」

「火浦さん。俺たち航空自衛隊は、犯されても抵抗できない女ですか。朝の電車の中でスカートに手ェ突っ込まれてもひっぱたき返すことすらできない、おとなしくて気の弱い女子高生ですかっ」

しまいには強い口調になって、月刀は訴えた。

「領空侵犯と痴漢は違う」

「違いませんよ。俺たちが憲法の制約通りに何も抵抗できないと知れば、やつらは俺たちをなめきって、多分また何度でもやって来る。卑劣な行為をくり返す痴漢と、どこが違うんです！　このままじゃ日本は、パンツまで脱がされて泣き寝入りですよ！」

「よせ。大声で問題発言はやめてくれ月刀。うちの飛行群司令は来月で満期退役なんだ」

だって悔しいじゃないですか、と拳を握りしめる月刀の肩を、火浦は両手でつかんだ。

「よせ月刀。いいか。俺は、お前が嫌いではない。しかしこの自衛隊の組織の中で生き残っていきたいなら、そんな物言いはやめるんだ。今、航空団上層部のお前に対する評価は真っ二つだ。お前の腕前を評価する人もいる。しかし大部分は『口の利き方を知らない不良』だと言う。千歳で上官を殴った評判は、ついて回っているんだ。俺はそれについては何も訊かない。しかしお前はこのままじゃ、永久に二尉止まりで干されてしまうぞ。俺は後輩のお前を、そんなふうにはさせたくない」

「――――」

「那覇基地を希望して、俺の下に来てくれたのは嬉しかった。右腕になる後輩が欲しかったところだ。月刀、今、居ずまいを正してやり直せ。せめて俺たちの手で、一緒にいい飛行隊を創ろうじゃないか。法の制約は仕方ないにしても、腕を磨きたいやつが切磋琢磨《せっさたくま》できる、いい飛行隊をな」

火浦に肩を叩かれても、月刀の顔は晴れない。

「班長――」

「ん」

「来週、休みもらえませんか」

月刀はため息をついた。

「なんか俺、むしゃくしゃしちゃって……」

「そうだな、座間味《ざまみ》あたりで海にでも潜って、少し頭を冷やして来い。確かお前ダイビングは、プロ級だったよな」

那覇市内

基地のパーキングには、一台のホンダS２０００が幌《ほろ》を開けたままの姿で月刀を待っていた。

「帰るか。S２０００子」

月刀には、自分の搭乗する機体を女のように呼ぶクセがあった。この銀色のホンダS２０００は、本来ならディーラーに注文しても二年は待たされる稀少《きしょう》な人気スポーツカーなのだが、つてを頼りに真っ先に手に入れた先輩が長期の海外研修へ出かけることになり、特別に譲ってもらったのだ。月刀は千歳からここへ赴任する時にも、海を渡る時のフェリーをのぞいてすべて陸路をこのS２０００で走り倒してきた。月刀にとってこの２シーターのオープンスポーツは、地上での愛機であった。

エンジンは、キーを回すのではなく、押しボタンでかけるのだ。回り出した二〇〇〇CC・四気筒DOHCの鼓動が、心地よいバイブレーションとなって月刀の緊張をほぐしてくれた。エンジンをウォームアップする間にFMラジオをつけると、

『──未明に沖縄上空へ迷い込んだ国籍不明の航空機は、自衛隊のスクランブル機が厳重に見守る中、何事もなく洋上へと飛び去りました。これについて小金塚防衛大臣はたった今防衛省で会見し、航空自衛隊が迅速に対応した結果、特に我が国にとって危険な事態とはならずに済んだと──』

「──────」

舌打ちして、ラジオを切った。「何が『迷い込んだ』だ」とつぶやきながら、月刀は背中のCDラックからブルーのジャケットの一枚を取り出すと、「口直しだ」とセンターコンソールのスロットに放り込んだ。両肩の上にあるスピーカーから、大編成のブラス・サウンドが響き始める。

曲は、〈THE THRILL〉というバンドの『BLUE SUBMARINE No.6』。威勢のよさとクールさを併《あわ》せ持つサウンドに乗って、月刀は幌を開けたS2000をスタートさせる。

基地を出ると、二五〇馬力のエンジンをなだめるようにゆっくり、市街地への道をたどった。超音速の世界から生還した後、月刀は不思議と飛ばす気にならない。流線型のボンネットを越えて吹きつける風が熱い。すでに沖縄は初夏になり、観光客も増え始めている。

「──何が『厳重に見守る』だ……」

つぶやきながら中心街を抜け、シフトダウンして丘陵へ続く二車線の道路を駆け上がった。那覇市の住宅地は、中心街の背後の高台を切り刻むように上方へと広がっている。ほとんどが丘の斜面の窮屈な傾斜地だ。島だから仕方がない、と言うのではない。米軍が軍事施設と自分たちの住宅のために平坦な土地をみんな押さえてしまったので、沖縄の住民の大部分は山に住むしかなくなったのである。

いくつかの観光ホテルを横に見ながら、ワインディングした上り坂を頂上近くまで走ると、崖《がけ》に半分張り付くようにして建つコンクリート打ちっ放しの真新しいマンションが見えて来る。月刀は道路に向いた開口部からガレージにＳ２０００を滑り込ませると、物足りなさそうにしているエンジンを切り、四階に借りている自分の部屋へと降りた。道路に面した入口が五階だから、四階へは降りるのである。薄暗い部屋のカーテンをシャッと開けると、市街地のビル群の向こうに海が見下ろせる。通勤も買物も坂道の上り下りだから不便極まりないが、見晴らしだけは良かった。

月刀の部屋はフローリングで二十畳近くあるリビングのほかに、倉庫代わりに使える小さな一部屋がついている。空自のジェットパイロットの給料は、同じ格づけの地上の幹部の八割増しだ。基本給の八割が、飛行手当として技量を磨き続けることと危険に対することへの報酬として支払われるのだ。それでも家庭を持って住宅ローンや子供の教育費などに追われれば決して楽ではないらしいが、独り者の月刀にはローンもないし貯金に興味もない。その代わり、住居の見張らしにこだわる月刀は、高い家賃にも目をつむってこの新築マンションを住みかに選んだのだった。少年時代から海に面した家で育ったので、部屋の窓から水平線が見渡せると、何となくほっとする。

月刀は黙って、しばらく海を眺めた。水平線の上の空を、那覇空港へアプローチするトランスオーシャン航空の白いボーイング737が、ゆったりと小さく横切って行く。この窓から眺める景色は、早朝からの事件など何もなかったかのように明るく穏やかだ。

「――――」

月刀はため息をつくと、キッチンへ歩き冷蔵庫を開いた。よく冷えたバドワイザー・アイスの銀色の缶が、まぶしいくらいにぎっしりと並んでいる。だが手を伸ばしかけた時、ふと、

――『千歳基地近くのバーで、殴ったそうだ』

頭の中に、声が蘇った。

――『ある戦闘機パイロットが千歳基地近くのバーで、巡回訓練に来ていた飛行教導隊の副隊長を殴ったそうだ』

「――くそっ」

舌打ちし、冷蔵庫のドアを開けたままで振り向くと、壁に掛けて飾った何枚かの写真パネルが月刀の目に入った。

新田原基地で初めてF15の単独飛行に出た時の記念写真の横に、もっと古い写真の額がある。写っている二つのシルエットは、竹刀を手にした少年だ。剣道の袴《はかま》に防具を着けた姿で、二人の少年が笑っている。二人とも、坊主頭だ。左が月刀、肩を組んで右にいるのは、知的な鋭い眼の少年だ。平成××年高知県高校体育大会決勝戦、とマジックで上書きされている。

「あの野郎……」

アルコールを飲む気が失《う》せてしまった。月刀はビールを取らずに冷蔵庫のドアを閉めると、コーヒー豆の入った缶を手に取った。エチオピア・モカの豆を手回し式ミルで手早く挽《ひ》き、コーヒーメーカーにセットした。徹夜のあげくに侵犯機へのスクランブルだったから、相当疲れている。コーヒーを飲んでも十分眠れるだろう。高ぶった神経が、むしろモカの香りを欲していた。

コーヒーができるまでの間、部屋の中央に置かれた革張りのリラックス・ソファにどさりと仰向けになる。リモコンで、車の中で聞いていたCDの続きをかける。一人掛けの革製ソファは、米軍基地のアウトレットで買い求めたものだ。月刀の長身を受け止めて包み込むのに十分な大きさがある。部屋の中に他に家具といえばセミダブルのベッドと、マニュアルを勉強するためのライティングデスクが一つ。テレビは床に置いてあるが、あまり見ることはない。その代わりオーディオのセットには、引っ越しが多いにもかかわらず最上級のハイコンポを張り込んでいる。別に音楽マニアなのではないが、リラックスするためのイクイプメントに金を惜しまないのが月刀の主義だ。戦闘機パイロットが、神経の疲れを癒すことに金を惜しんでいたら、たちまち心身ともに擦り切れてしまう。月刀は地元のコーヒー専門店で、すでにいいお客になりつつある。最上等の豆を、惜し気もなくどっさり買っていくからだ。

仰向けになったまま目を閉じて、神経の高ぶりを鎮めようとした。コーヒーの香りがし始めるころになると、ようやく月刀は、早朝からの出来事をおちついて思い出すことができるようになった。戦闘機パイロットはみな神経がずぶといように見られるが、実は繊細なところがなくては技量を向上させられない。月刀はふと手を伸ばすと、半ば無意識にサイドテーブルからシステム手帳を引き寄せ、仰向けになったままでさっき見たスホーイ24の特徴や、運動の特性はどうであったかなど、思いついたことをシャープペンシルで走り書きしていた。疲れてはいたが、こうするのが本能のようなものだった。自分だったらあの可変翼機とどう闘うだろうか……？　剣道の試合前に対戦相手との闘い方を頭の中でシミュレートするように、ああきたらこうする、こうきたなら――と月刀は格闘戦のやり方を頭の中でイメージした。

（やつの可変翼の角度が変わり始めてから、速度の変化になって現れるまでのタイムラグは——）

心の中でつぶやきながら、思いついたイメージを書き込んでいく。バインダー式の分厚い手帳には、他にも項目を分けて空戦機動《ACM》での工夫や、F15の操作で気づいたことや気をつけねばならないことなどが、びっしりと書き込まれている。興が乗った月刀は立ち上がってコーヒーを注ぎ、ひとしきり対スホーイ戦のシミュレーションに集中した。疲れているはずなのだが、空戦のことが気になり始めると、自分の中で納得が行くまで眠れない。これは性分だった。

「主翼の角度を無理やり変えるのだから——旋回半径は小さくなっても、速度エネルギーの損失《ロス》はそれ以上に大きいはずだ……。構造的に主翼が重いのだから、ロール系の運動は苦手なはずだ……」

これまでの経験を総動員してイメージをふくらませ、よし、こう攻めればいいんじゃないか、と月刀は対策を絞り込んだ。「やれやれ、これで眠れる」と一応の確信をつかんでつぶやいた時、

——『操縦がうまくて何になるんだ』

ふいにまた、〈声〉が蘇った。

――『腕前で出世ができるのか？』

「うるせぇな」

月刀はつぶやくと、システム手帳を置いてベッドに倒れ込んだ。仰向けになり、ため息をつく。

「出世なんて、関係ない。ほっといてくれ」

だが、いくら頭を振っても浮かび上がって来るのは、一時間前、うだるようなエプロンの上でかつての同級生と交わした会話の後半の部分だった。

「月刀」

熱いコンクリートの上で、F15の機体を背にした月刀に、ダークスーツの夏威総一郎は言ったのだ。「お前はそうやって戦闘機パイロットとして誇りを持っているかも知れんが、そんなものが何になる」

「な、何だと？」

「もう、高校時代とは違うんだ」

月刀は、その体格からバスケット選手だったのではないかとよく言われるが、実際は中学・高校と六年間、出身地の高知市で剣道をやっていた。海の近くの実家は祖父の代まで漁師をしていたらしいが、現在はダイビングショップを経営していて、小さいがクルーザーも所有している。部活のかたわら家業も手伝っていたので、月刀はマリンスポーツも得意だ。戦闘機パイロットになってからはあまり潜らなくなったが、ＰＡＤＩのダイバーズ・ライセンスはインストラクター級を持っている。去年、ある事情で千歳基地に居づらくなった時、那覇基地勤務を希望したのは『どうせ飛ばされるなら海に近い場所』という、懐かしさから来る欲求もあったのだ。

だがひさしぶりに再会した月刀に、かつてのチームメートの言いようは容赦がなかった。

「いいか月刀、確かに高知第一高の剣道部ではお前が主将で、俺が副将だった。お前は俺より少しだけ強かった。それは認めよう。しかしな、腕力や戦闘能力などで人の上へ出られる時代なんて、せいぜい高校時代までで終わりなんだ」

「何だと？」

「いいか。これから先は、頭脳と機転と根回しで組織を制する者が、人の上に立っていくんだ。お前は飛行教導隊にスカウトされたくらい操縦がうまいと評判だそうだが、操縦がうまくて何になるんだ。腕前で出世ができるのか？　航空自衛隊では、一番操縦のうまい者が基地司令になるのか？　団司令になるのか？　戦技競技会で優勝したパイロットがその成績でもって出世したなんて話を、お前は聞いたことがあるか」

「うう——それは」

口ごもる月刀に、夏威は続けた。

「そうだろう。操縦の腕前なんか、いくらあったって組織での出世には何の役にも立たない。要領よく昇進して人の上に立つやつがどんな種類の人間だか、お前だって見て知っているはずだ」

そう言われると、月刀は自分の努力が全部否定されたようで凄く嫌な気持ちになった。

「お、俺は」と月刀は言い返す。

「俺は、最初から出世になんか興味はない」

「では、お前はこれからもずっと人の下で、理不尽な命令ばかり聞かされて、逆らうこともできずに仕事をするのか」

「あ、う——」

「仕事の実力がずっと下でも組織での序列が上だというだけで、馬鹿なやつにぺこぺこし続けるつもりなのか？　お前はさっきの編隊長みたいなやつに、一生顎で使われても平気なのか」

「な、夏威、お前そうやって組織で出世して、将来俺を顎でこき使って喜ぶつもりか？　まったくちょっと東大の法学部出たと思って、偉そうに——」

「ちょっと、ではないぞ月刀。組織を甘く見るんじゃない。俺は市ヶ谷で、組織の序列の厳しさを嫌と言うほど眼にしている。だが俺はいつか、組織を登り詰めて防衛事務次官になってみせる。それはお前に剣道で負けたとか、森崎若菜を取られたとか、そういうことで仕返ししたいのではなくてだな」

「あー、まだあんなこと根に持ってるのかお前？　まったく暗いやつだな」

「うるさい！　いいか月刀、お前は、この日本の安全保障体制が、こんな今のままでいいと思っているのか？」

「そりゃ――全然思ってないよ」

「そうだろう。だが体制を変えるには、組織を変えるには、自分が組織の頂点に立たなければ駄目だ。偉くならなければ思い通りの仕事なんかできっこない。だから俺は偉くなる。お前には将来、俺の下で働いてもらうぞ。そのためにはお前も、俺が次官になるまでに一佐くらいにはなっておけ」

「こ、航空学生出身で一佐なんて無理だ、馬鹿！　無理なこと言うな」

「馬鹿野郎」

ベッドに仰向けになったまま、月刀はつぶやいていた。

「八年ぶりに会ったと思えばあの言いぐさ……あいつ全然変わってないな」

月刀はため息をついて寝返りを打つと、部屋の隅の一角を見やった。床の上に黒いゴム製のフィン、BCジャケット、マスクにレギュレーターとスキューバダイビング用の器材一式が置いてある。一見無造作に積み重ねてあるようだが、手入れはよく、埃《ほこり》一つついていない。

（やっぱり潜りに行くか、来週——）

最近、海に入っていない。慶良間諸島の座間味あたりへ行って、海の底で頭を冷やして来よう。嫌な疲れが溜《たま》っている。

月刀は、壁の写真パネルの中の訓練生時代の自分をうらやましく思った。まったく、フライトのことだけ考えていた訓練生時代には、ハードではあったがこんな嫌な疲れ方はしなかった。

「——馬鹿野郎」

自分を疲れさせた連中の顔を思い浮かべると、月刀はもう一度悪態をついた。

東京・目黒

「馬鹿野郎っ！」

山海証券目黒駅前支店。一階のフロアには、罵声《ばせい》が響いていた。

「馬鹿野郎っ、もう一度言ってみろっ」

カウンターで怒鳴っている客。ごった返す解約手続きの行列。大手証券会社の突然の自主廃業に、今朝も店内は満員の大混乱だった。

「お客様、ですからリスクはちゃんと説明をしたはずで――」

「うるさい、お前らのせいで俺は大損させられた！　馬鹿野郎馬鹿野郎馬鹿野郎」

廃業直前に抵当証券を買ったらしいその中年の客は、明け方の五時からシャッターの前に並び続けていたらしく、すでに完全に頭に来ていた。

「営業の漆沢を出せぇっ！」

ピンクの制服にリボンをつけたカウンターレディーの一人が、おびえながらオフィスに戻って、

「ちょっと美砂生、あんたにお客が来てるよ」

だが昨日の大騒動に懲りて、オフィス内に隠れて残務処理をしていた漆沢美砂生は机に顔を伏せ、ストレートヘアの頭を抱える。

「嫌よ、あたし出て行きたくないよ」

「そういうわけに、行かないわよ」

「だって、お客ってあそこで怒鳴ってるおじさんでしょ？　あたしあのおじさんにこの間『儲からなかったら芝の増上寺の山門から飛び降りて見せます』って言っちゃったのよ」

「どうしてそんなこと言っちゃったのよ、抵当証券はハイリスク商品なのよ」

「だってもうちょっとで、先月の売り上げトップテン入りだったのよ。つい口が滑って――」

「どうするのよう」

ううう、と美砂生はうなって両手で髪の上から両耳をふさいだ。

すると、

「漆沢を出せーっ！」

フロアから別の客の声がした。その声を聞くと、美砂生は「うぇっ」とさらに顔をしかめた。

「や、やばい――あたしあのお客さんには『儲からなかったら東京タワーの第二展望台から飛び降りて見せます』って言っちゃった……」

「東京タワー？」

「漆沢の姉ちゃんはどこだぁっ!?」

また別の声。

「や、やばっ！」

美砂生はのけぞる。

「今度はどこから飛び降りるのよ」

「違うのよ、あたしあのお客に、『儲からなかったら処女あげます』って言っちゃったのよ」

「えっ？　だってあんた――」

「冗談よ、みんなあくまで冗談」

「あのさ美砂生、余計なことかも知れないけど」

同僚の女の子は腰に手を当て、うろたえる美砂生に言った。

「あんた何か、無理してない？」

「え」

「はたで見てればさ、美砂生は仕事バリバリやって、営業成績トップクラスで凄いと思うけど――でもあんたって、元々そんなにバリバリやるタイプなのかなぁ？　こう言うと嫉《しっ》妬《と》みたく聞こえちゃうから今まで黙ってたけど、何か無理してるんじゃないかなって、ずっと思ってたんだ。二十四のみそらで眉間《みけん》にしわ寄せてさ、そんな何かに追いまくられるみたいに頑張ることないんじゃない？」

「う、うん……」

美砂生は唇を噛むが、

「漆沢はどこだーっ！　約束を守れーっ！」

しぶしぶフロアに出て行くと、美砂生はたちまち数人の男の客に取り囲まれ、髪の毛をひっつかまれてどやし倒された。

「漆沢っ、お前のせいでーっ！」

「きゃー許してっ」

「許さんこの詐欺師っ、お前が『抵当証券は絶対儲かる』とかぬかすから——！」

「そ、そんな……」

フロアの隅に美砂生は後ずさって逃げる。昨日と同じように、カウンターに向かって並んでいた人垣がどっと割れる。なまじ営業成績が良かっただけに、こういう事態になって噛み付いて来る顧客の数は美砂生が女子社員の中では群を抜いていた。

「ぜ、『絶対』なんて、あたし……」

「うるさいっ、俺は確かにそう聞いた！」

「そうだ金返せっ！」

男たちは迫ってきた。美砂生を締め上げたって金が戻らないのは分かっているはずだ。だが怒りのやり場がないのだろう、昨日の酒屋の主人と同じだった。誰か助けてと周囲を見回しても、ただでさえ怒っている客たちは中年男三人の暴力に近い行為も面白い見せ物のようにただ眺めるだけで、誰も間に入ってくれようとはしなかった。ハンドスピーカーで客の整理に当っていた課長と係長も、都合よくどこかに居なくなっていた。

（風谷君……）

心の中でその名を呼ぼうとしかけ、美砂生はまた唇を噛む。駄目だ、今日は誰も助けてくれない。このままでは袋叩きにされる――！

美砂生は次の瞬間、中年男性客たちに背を向けるとダッと駆け出して店から逃げ出した。

「あっ、こら待て！」「逃げるか詐欺師！」男たちが後を追って店を飛び出してくる。「なんでもう毎日こうなるのようっ」と半泣きになりながら、美砂生は駅前の歩道を走って逃げた。今日の客たちは包丁は持っていないから、生命の危険まではないだろうが……。

「待てぇーっ！」

「金返せ！」

「約束を守れぇっ」

だが男たちはしつこく追って来る。美砂生をつかまえて焼いて食おうとでもいうのだろうか――？

「勘弁してっ」

美砂生は目黒駅前通りの雑居ビルのわずかな隙間に開いた空間を見つけると、ビルに挟まれた古いコンクリートの塀に跳び上がってよじ登った。塀の上をスカートにパンプスのまま走って逃げる。追いかけて上がって来る中年の男たちは、興奮しているせいもあるのか平均台のような塀の上からポロポロと転げおちてビルの隙間《すきま》にはまり込む。逃げる美砂生は塀の上を走ってふらつきもしない。自分に非凡な平衡感覚があるのに驚いたが、それで中年男たちから逃れられるわけではなかった。かえって怒りを増幅させた客たちは、ビルの隙間の下を這《は》いずって突破し、裏通りに飛び降りた美砂生を執拗《しつよう》に追って来た。

「待てこの詐欺師ーっ！」

きゃあっ、と悲鳴を上げて逃げる美砂生。

どうしてこうなるの――!?

美砂生は心の中で巡り合わせに抗議した。あたしはただ一生懸命仕事しただけなのに――！

――『そういうの、似合わないと思うな』

走る美砂生の耳に、声がかすめた。

だが昨夜の出来事を思い出している余裕はなく、ついに追いつかれる美砂生。

「この詐欺師ーっ！」

「きゃーっ」

男が迫る。ピンクの制服のベストの胸を、背後からわしづかみにされかけた。

（助けて――！）

美砂生は目をつぶった。だが襲いかかる男を取り押さえてくれる者はなかった。美砂生はブラウスの上からぐわしっと胸をつかまれ、中年男のなま温かい息をぶふゎぁっと首筋に吹きつけられた。

「きゃあぁっ！」

「つ、つかまえたぞぉ詐欺師の姉ちゃん、グ、グフフフフ。さぁ約束を守ってもらおう」

「離して、離してっ」

美砂生は全身がゾクゾクッとして、思わず振り向きざま中年男の顔面に肘撃ちをかましていた。ガシッ、という手応え。力を加減する余裕などない。まともに顎を強打された中年男は「うぐわっ！」と悲鳴を上げてのけぞり、路上にぶっ倒れた。そのまま後頭部を打って「うぐっ」とうめいた。先頭の男が目の前で倒され、続く二人の客が一瞬ひるんだ。

「お客様っ」

そこへハンドスピーカーの課長と係長が、急いで駆けつけた振りをして走って来た。客たちが物騒な凶器を持っていないか、遠くから様子をうかがっていたらしい。

美砂生は課長と係長が倒れた中年男を助け起こすのを見て、いけないどうしよう――!?と思った。つい思いっきり強打してしまった。でも、背後からいきなり胸をつかまれたのだ。たとえ自分のせいで損をさせたとしても、胸を触らせてやる義理などはない。今の反撃は正当防衛のはずだ。

「お客様、大丈夫ですかお客様」

「うぐぐ」

しかし倒された客は、そんなふうには思ってくれなかった。

「うぐぐっ、こいつが殴りやがった、こいつが！　客を殴りやがった、傷害で訴えてやるっ！」

「も、申し訳ありません！　しっかりして下さいお客様っ」

「大丈夫ですかお客様っ。お、おいっ、ぼさっと立っとらんで君も謝らんか！」


騒ぎが一段落した三十分後。

美砂生は、支店二階の支店長室へ呼ばれ、部屋の真ん中に立たされていた。

「まったく、困るんだよまったく」

黒ぶち眼鏡をかけた五十代の顔色の悪い支店長が、デスクの表面にボールペンのキャップをトントン打ちつけながら美砂生を睨み上げた。

「申し訳――ありません」

しおらしく頭を下げる美砂生。

支店長の顔面は、死にかけているケニア動物保護区のアフリカ象みたいに茶色がかった土気色をしていた。デスクの脇には課長と係長が並んで立って、ハンカチで汗を拭いている。

「あの倒れた客——ごほん、あの君が殴り倒したお客様と、苦情を申し出られた二人のお客様には、支店の予算から特別にお見舞金をお渡しして、私が平伏して謝り、やっとお帰りいただいた。『警察に訴える』と言われるのを、やっとのことで思い止《とど》まっていただいたのだ」

　はは、大変なご面倒を、と脇に立った課長と係長が合いの手を入れるように頭を下げた。

　でも美砂生は、もし警察の取調べが入れば傷害罪に問われるのはあっちなんじゃないのかと思った。

「あーしかしだな」

　支店長はうざったそうに、デスクの大きめの椅子にふんぞり返ってネクタイを緩めた。

「しかし何だな漆沢君。聞くところによると君は、あのお客様方に抵当証券を『絶対儲かります』などとオーバートークをして売りつけたそうだな？」

　いやーこれは、いやーどうもこれは、と脇で課長と係長が合いの手を入れる。

「『絶対に儲かる』などというオーバートークがルール違反であることを、知っていてやったのかね漆沢君？　だとしたら重大なる業務規定違反だよ」

　いやーごもっとも、いやーそりゃまずいですな、と課長・係長が汗を拭く。

「そ、そんな——」

普通のＯＬだったら立たされて責められただけで泣き出したかも知れないが、美砂生は自分が『絶対』などと言ったつもりはなかったので反論した。

「確かに、それに近いような、勘違いされるようなことを冗談めかして口走ったかも知れませんけど、『絶対儲かる』だなんて……」

美砂生は前に立つ係長と課長を交互に見やると、

「それにオーバートークは業務規定違反だと言われますけれどでも支店の毎朝のミーティングでは証拠さえ残らなきゃ何を言ったって構わないから騙《だま》してでも客にはどんどん買わせろって――何が正しいかとか世間の常識が何なのかなんて一切棚に上げてお客の機嫌を持ち上げて目の前の金融商品をその時だけでも素晴らしいもののように思いこませて騙して買わせろ儲けた損したは商品の内容にも営業社員の能力にも全く関係なく時の運が決めるんだから儲けて感謝されるのも損して恨まれるのも自分の力と関係ないところで決まるんだから気にするだけ無駄だどうせ客は儲けたくて来るんだから儲かって当たり前損したら人のせいにするそんな連中を相手にするんだからいちいち真面目にぺこぺこ謝る必要はない客が損したら『いやー参りましたねお客さんでも次はきっといけますよ』と言ってさらにそこからもっと買わせるんだって、営業係長がいつも……」

美砂生がそう指摘しかけると、ハンカチで汗を拭いていた係長は小便を我慢する幼児みたいにブルルッと震え上がり、「とっ、とんでもありません！」とかん高い声で叫んだ。

「漆沢君は、何か勘違いをしておるようです。創業以来わが山海証券のモットーは、お客様と心のふれ合う温かいサービス。常にお客様の立場に立って考え、迷ったら必ずお客様の利益を取れと、私、営業係長みずから常日頃から、口を酸っぱくして営業部員の諸君には教育しているところでございまして、騙してでも買わせろだなどと、そんな非常識な滅相もないことを……」

「だって係長いつも――」

「君は黙りたまえ。支店長、漆沢君はどうやら、優秀な頭でもって今言ったようなことを自分で勝手に考え、実行していたようでございます。いやまったく私の教育が足らないところでありまして――」

係長は、美砂生があきれた顔で見ているのも構わず、いつも言っていることと全然反対のことを汗を拭き拭きまくしたてた。いやー面目ありません、支店長、まったく最近の若い娘は――

(何なんだ、このおっさん……。何が『優秀な頭』よ、男だったら自分の言ったことに責任持てよ)

高卒の叩き上げだという四十五歳の係長は、現場ではいつも「個人客なんかドブだ。かまわねえから騙してどんどん搾り取れ」と発破をかけていた。その上、部下の女子社員が有名大学を出ているのが気に食わないらしく、美砂生が朝のお茶を煎《い》れてやるたびに「悪いねぇー、早稲田出た人にお茶くみなんかさせちゃって」と厭味《いやみ》を言うのだった。会社では、実際男の上司たちがいちばん扱いに困った。同僚のＯＬの女の子たちの方が「女の学歴なんてどこの世界の話」みたいな感じで、美砂生の高学歴など気にせずに普通につき合ってくれた。ところが男性の社員たちは例外なく、特に年配になればなるほど美砂生の出身大学と学部を知るや急によそよそしい態度になって、「いやぁ、これからは学歴なんか関係ないよ、はっはっは」と無理に虚勢を張って見せるのだ。「学歴なんか関係ない、関係ない。ははは」と一生懸命口にしながら、凄く気にしているらしいのだった。

「係長、でもこの間、私の営業成績のおかげで一係は下半期トップになれたって喜んでらしたじゃないですか。『この調子でもっともっと売りまくれ、客なんか五、六人身代潰させたって構わん』って」

「そ、そんな事実はない！」

「ああ、ごほん。漆沢君ね」

支店長もそうだった。実は支店長も美砂生と同じ早稲田出身なのだが、まずいことに商学部だった。

「とにかく二日も続けて客とトラブルを起こされるとねぇ、うちとしても困るんだよ、かばいきれないしねぇ。現在我が社はマスコミにも注目されているしね、さっきもワイドショーが嗅ぎ付けてきちゃってね、困ったんだよ帰ってもらうのに」

襲われている最中に助けてもくれなかったくせに、何が『かばいきれない』だと美砂生は思った。

だが支店長は、デスクの上で斜に構えたままませかせかと続けた。

「君みたいに何でも正直にぺらぺらしゃべっちまう子はね、まずいんだよねぇ。今は大事な時でね漆沢君、実は外資系のリレルメンチ証券がね、ビッグバンに合わせ日本法人を設立するというんで、うちの会社のスタッフを大量に欲しがっているらしいんだな。本社に打診が来ていてね」

ほうそれは、ほほうそれは、と課長・係長がぱっと嬉しそうな顔になって合いの手を入れた。

「うちとしてはこれ以上、評判をおとしたくないんだよな、実際。ま、優秀な君ならば外資なんかに世話にならなくとも、再就職先はいくらでもあるだろう。今日から早速、捜しに行ったらどうかね？」

「は――？」

美砂生は、支店長の言った意味が分からない。

「今日から早速と言われましても支店長、わたしまだ残務整理が……」

「だからさ」

内臓の悪い象みたいな支店長は、ボールペンをトントンさせながら煩わしそうに言った。

「つまり、残務整理なんかいいから、本日只今《ただいま》限りでもう居なくなっていいってことだよ、漆沢君」

「――――」

美砂生は、唇をかみしめたまま、女子トイレの箱の中にもう三十分も座っていた。

「――なんで……」

ぐすっ、とすすり上げた。

「なんで、こうなるのよ……」

ひどい宣告を受けた支店長室から放り出されると、美砂生はどうしたらいいか分からなくて、オフィスの自分の机に戻ることも出来なかった。廊下ですれ違う人に、どんな顔をしたらいいのかも分からない。美砂生はそのままトイレに駆け込むと、鍵をかけて座り込んでしまった。

（どうしよう……）

顔からげっそりと血の気が引いていた。朝、コンビニの小さなサンドイッチを食べただけだったので普通ならそろそろお腹が空く時刻だったが、胃袋なんかなくなってしまったかのように食欲なんかわいて来ない。ああ、あたしはクビになったんだ……。こんなにもあっさりと、人は失職してしまうものなんだろうか……どうせもう潰れると決まった会社でも、残務整理が決着するまでのあと半年間は給料をもらえるはずだったのだ。それに、支店長の話が本当なら、相当数の社員が助かるかも知れないのだ。

「ねーねーちょっと聞いた？」

トイレの化粧台の方から、連れだって入って来た女子社員数人の声がする。声は弾んでいる。

「ひょっとしたらあたしたちさ、リレルメンチの新会社でそのまま雇ってもらえるかも知れないって」

「きゃー本当!?」

「すごい、やったラッキー」

「再就職先捜さなくていいじゃん」

「外資系なんてかっこいいわ」

「自主廃業決まった時にはどうしようかと思ったけどさー」

「よかったねぇ」

「ねぇランチ行こうよ、ランチ」

弾む会話をドア越しに聞きながら、美砂生はうなだれた。自分は、新会社には行けない。本当ならこの支店の女子社員の中で営業成績トップだった自分は、真っ先に誘われていいはずなのに……。これまであんなに仕事を頑張って来たのに。美砂生の上げた数字のおかげで営業一係が下半期トップになれたのは事実なのに……。結局、一生懸命やった成果はあの係長の成績を上げさせてやっただけで、当の自分はこんなにもあっさりと御払い箱なのか――

「そんな……」

美砂生は、唇をかみしめて小さくつぶやいた。

「そんなことって、あるかよう……」

声を出すと、泣いてしまいそうだった。

ぐすっ、とまた美砂生はすすり上げ、目頭が熱くなるのをこらえ続けた。両手で髪をかき上げた。

――『頑張って』

ふいにまた声が蘇った。

――『――大変だろうけど、仕事頑張って』

刃物に襲われた自分を、体を張って護ってくれた歳下の男の声――だが美砂生は、心に浮かんだその声に、助けを求めることはできなかった。

「ぐすっ。ああ、何であいつに、あんなこと言っちゃったのかなぁ……」

美砂生は、制服のベストの胸ポケットから小さなパールシルバーの携帯電話を取り出すと、手のひらに載せて見つめた。

「携帯の番号、聞いておけば良かった……。これじゃ謝ることもできやしない」

昨夜遅く、風谷修とワンルームマンションのエントランス前で別れた時のことを思い出し、美砂生はため息をつく。

「…………」


昨夜。成り行きで二人で呑んだ後、送られて部屋の下にたどり着いたのは十一時過ぎだった。

祐天寺の住宅街は街灯がぽつぽつ浮かぶだけで、静まり返っていた。

「──大変だろうけど、仕事頑張って」

優しげだが鋭い、不思議な眼をした風谷修はそう言うと、美砂生の手渡した黒いジャケットを肩に引っかけ、住宅街の路地を駅の方へ戻ろうとした。

「ねぇ……」

美砂生は反射的に、その袖をつまんでいた。

「え」

「ねぇ風谷君……」

美砂生は、あの時自分は酔っていたんじゃない、と思う。ただその白いシャツのほっそりした背中を帰したくないと思った。居なくならないで欲しい。そう思ったら、口走っていたのだ。

「……泊まって行っても、いいよ」

すると、振り向いた歳下の美形の青年は、前髪の下の眼を見開いて困った顔をした。

「嬉しいけど——やめておきます」

「どうして？　おいでよ」

「駄目なんだ。今夜だけは」

「どうして」

「ちょっと事情があって——今夜だけはそんなふうになるの、嫌なんだ。なんか当てつけるみたいで、自分が情けない男になっちゃいそうで……」

風谷はわけの分からないことを言い、目を伏せた。だが美砂生は、自分のほうから言い出した以上、引っ込みがつかないと思った。

「ちょっと風谷君、あたしに恥かかせるつもり？　事情って、何よ。あたしに恥かかせるよりも大事なことなの？　あたしからこんなふうに誘わせといて、自分だけいい格好するつもり？」

「いや、気取るわけじゃないんだけど――」

「だったらいいじゃない」

美砂生は立ったままの風谷の袖をつかみ、「さっさと来なさい」と引っ張った。酔った勢いみたいに見せていたが、今考えるとアルコールは醒《さ》めていたと思う。はしゃいだふうに声を出したのは、恥ずかしさを隠すためだった。

「送って来たっていうことは、半分はその気だったんでしょ？　いいじゃない格好つけるな、こら」

だが風谷は、「離してくれ」と美砂生の手を振り払った。


「――まったく」

美砂生は、個室の中でうなだれながら、小さく舌打ちした。

「純粋なだけで世の中渡ろうとするんだもんな、あいつ……。誰に操を立ててたんだか知らないけど、自分の中だけで筋が通ればいいってもんじゃないだろう。あたしの気持ちはどうなるのよ。歳上の女に恥かかせて、少しは思いやりを持て頑固者……」

あの時、風谷は「離してくれ」と美砂生の手を振り払うと、まっすぐな眼で美砂生を見つめ『そういうのはあなたに似合わない』とかぬかしたのだ。

「美砂生さん。よしなよ」

「え」

「そういうの、似合わないと思うな」

「似合わないって――」

「だから」

風谷は前髪をかき上げ、夜風の中で唇を嚙んで、街灯の光が映り込んだ黒い瞳で美砂生を見た。

「さっきから聞いてると、美砂生さん青山や麻布で夜遊びしてたとか、ふたまたもみつまたも掛けて男を手玉に取ってたとか、表彰されるくらい営業バリバリやってたとか言うけれど、なんか全然、あなたに似合ってないよ。おっとりした真面目なお嬢さんが、無理して虚勢張って、仕事も出来る遊び人の女のようになろうとしてるみたいで、不自然だよ」

「――」

美砂生は、絶句した。

風谷は続けた。

「初めて会った日にこんなこと言うの、変かも知れないけど――あなたは、そんな人じゃないと思う。無理して部屋に男を上げようなんて、するなよ。やけくそになってるみたいで、見てられないよ」

「な――何言うのよ」

美砂生はなぜか、風谷に『無理して虚勢を張ってる』と言われた途端、夜気の中で頬がカァッと熱くなるのを覚えた。

「な、何よ。やけくそで誘ったんじゃないわ。あたしはね、自慢じゃないけど泊まっていく男なんか何人もいるんだから。あなたみたいな坊やなんか本当は相手にしないんだけど、別に減るもんじゃなし、命を助けてくれた歳下のボクにちょっとお礼がてら教えてあげようかと思っただけよ。このあたしに誘われたんだから、光栄だと思いなさいよ。何よ、人をそんな言い方して――」

「だって、なんか見てられないから……」危なっかしくて、と歳下の男の顔は言っていた。

「せっかく人がこっちから誘ってあげれば、格好つけて分かったようなこと言って――分かったようなこと言わないでよ。あなたにあたしの何が分かるのよ？　年端も行かない世間知らずのくせに！」

世間知らず、という言い方に今度は風谷がムッとしたようだった。

「そんなことないさ。僕だって、高校出てすぐに親元を離れて訓練に入ったんだ。東京で大学に通っているような連中より、世間は知ってるつもりさ。その僕から見れば、やっぱりあなたは変だよ。真面目なお嬢さんが、無理して肩ひじ張って歩いて、はすっぱな口きいて、遊び人の女のように振る舞って見せてるの、変だよ。似合わないよ」

「あたしがどうして真面目なお嬢さんだって分かるのよ?」

「見てりゃ何となく分かるよ。自分らしくないことを、無理してすることないじゃないか。清純派なら清純派らしくしてたほうが――」

「うるさいわね、何言ってるのよ。あなた全然分かってないわ。この東京で地方から出て来た女の子が一人で身を立てて暮らして行くのがどんなに大変か、親の後ろ盾もなくて、手に職をつけて生きて行くのがどんなに大変か、あなたに分かるって言うの? 冗談じゃないわよ。偉そうに言わないでよ。何が清純派よ。おとなしくしてたら蹴落とされるのよ。虚勢張るくらいでなきゃ潰されるのよ。少しくらい肩ひじ張って、何が悪いのよ。偉そうに人のこと分析して、説教しないでよっ!」

「だけど僕は心配して――」

「余計なお世話よ。あたしが『おいで』って誘ったんだから、素直に喜んで上がり込んであたしのこと抱けばいいじゃないかっ」

「それが、無茶苦茶だって言ってるんだ。美砂生さん、少しは自分のこと大事にしろよ」

「自分のこと大事にしろ? 余計なお世話だっ」

自分のマンションの前の路上であるのも忘れ、美砂生は肩を上下させて大声で言った。

「あたしはね、あたしの苦労を何も知らないやつから『自分を大事にしろ』なんて言われるの、いちばん嫌なんだっ、頭に来るんだっ！」

　美砂生は喉の奥から熱いものが込みあげて来て、気がつくと唇を噛んでバッグを振り回し、「帰れ馬鹿野郎！」と怒鳴りつけていた。風谷は無言で背を向け、夜の街路を早足で歩み去った。


「どうして――あんなふうになっちゃったのかなぁ。昨夜……」

　美砂生は口の中でつぶやいた。

「あたし、ようやく見つけたと思ったのに……」

　もうあいつには、逢えないのだろうか。

　分かっているのは風谷修という名前と、彼が航空自衛隊のパイロット訓練生であるということ。しかし今日には宮崎県にある訓練基地へ赴任してしまうという。

（本当のことを言い当てられると頭に来るって――あるんだなぁ。あたしあんなにあいつのこと怒鳴っちゃって――身体を張って、あたしを護ってくれた人なのに……）

　どうして自分は、あんなに激昂してしまったのか――美砂生は今なら、冷静に思い出せる。

　原因は、少女時代に端を発している。

　高校二年の時、父親が冗談半分に『早稲田に受かったら東京へ出してやる』と口にしたこと。

ただ田舎の町から出たい一心で、髪をひっつめて勉強したこと。それまでは模試なんか受けたこともない女子高校生だったのが、『どうせ無理だ』という声に耳をふさいで頑張ったこと。大学に合格してからも、『女の子が一人で東京へ出てどうなる』『女の子がいい大学を出たところでどうなる』と周囲から言われ続けたこと。『傷物になって泣いて帰って来るに決まってる』『あんな子がものになるはずない』と陰で言われているのに気づいたこと。

そして六年前の十八の春――隣近所がお互いに監視し合うような九州の田舎町から単身上京してみると、地味な女子学生の多い早稲田大学だというのに男とキスしたこともないのはクラスに自分一人だけだと知り、美砂生は愕然《がくぜん》とした。『田舎から脱出できたのは良くても、自分は遅れている』と思った。だが美砂生は、原宿で何度もモデルクラブに勧誘されるくらい容貌に恵まれていたことと、育った土地柄かアルコールに強い体質だったことから初めてのクラスコンパで「漆沢さんは経験豊富な大人の女」と勘違いされ、みんなに一目置かれてしまう。そこで正直に自分のことを話せばよかったのに、『遅れている』という強迫観念は美砂生に「そんな大したことないけどね」と、そのまま『経験豊富な大人の女』を演じさせてしまった。周囲の見る眼は若い女の子を増長させもするし、落胆の底へ突きおとすこともする。それ以来、美砂生は周囲の眼を気にして自分を作るようになった。郷里の親に対しても、弱音は吐けなくなった。吐けば、「帰れ」と言われる。同じ学部から財務省に入って活躍している女子学生の先輩が社会人のパーティーに呼んでくれたのはいいが、男にもてながら華やかに格好よく仕事をこなしている姿を見せつけられて、『自分もああならなくてはいけない』と強迫観念はさらに強くなった。自分はそれを、現在までずっと引きずっている……。

分かっているんだ、あたしは。自分のことは、本当は言われなくても分かっているんだ。営業なんか好きじゃなかった。でも仕事で身を立てなければ、田舎に連れ戻されて「それ見たことか」と言われるから、死ぬ気でやっていたんだ。ずっと無理して、頑張っていたんだ。

「風谷君――」

美砂生は、閉じた便器の蓋の上で上半身を折り、膝に置いた両のこぶしに額を擦《こす》り付けてすすり上げた。

「風谷君、ごめん……。あたし謝りたいよ。素直に話したいよ……。あたし辛い。苦しい。助けて」

声にならない声を上げて、美砂生は泣いた。

「助けてよ……」

羽田空港

風谷は、早朝に一度実家へ戻ると、新田原へ向かうための支度をととのえて羽田へやって来た。

東京は快晴だった。しかし午後からは雨になると予報は言う。

ターミナルの出発階でバスを降り、エアライン各社の看板が並ぶ下をザックを肩に歩いた。タクシーやバスが、ひっきりなしに旅行者を降ろしてはターミナル前のランプを走り出て行く。春休みだから、転勤や進学など人の移動が多いのだ。その人波の中を、風谷は歩いた。ジーンズにシャツ、ジャケットという軽装だ。見た目には、旅行に出かける大学生と変わらない。すれ違って、風谷を航空自衛隊のパイロットだと気づく人はいないだろう。

爆音とともに、風が吹いた。

風谷は立ち止まると、上昇して行くボーイング777の白い機体を眼で追った。東京湾からの風が、見上げる風谷の前髪をなぶっていく。爆音はいい、と風谷は思った。俗世の嫌なことを吹き飛ばすように忘れさせてくれる——風谷は目をつぶり、頭に残った白いウエディングドレスの残像を消した。

ピルルルッ

胸ポケットで電話が鳴った。

「はい」

風谷はザックを降ろすと、通り過ぎる車とその向こうの駐機場、新設された国際線ターミナル、そして海側の滑走路をまぶしそうに眺めながら電話を取った。

『――風谷君』

「――!?」

一瞬、風谷は絶句する。消した去ったはずの花嫁姿が、また目の前に蘇ってしまう。

『……ごめんね。風谷君』

「――どうしたんだ」

風谷は、やっとのことで声を出す。声がかすれている。どうしてまた電話して来たんだ……? 昨夜菅野と徹夜でイーグルのマニュアルを勉強していたのは、君のことを忘れるためだったんだぞ――

「ごめんね――」

羽田国際線ターミナル。昨日で姓の変わった柴田瞳は、出発カウンターの列の後ろにスーツケースを置いて、ガラス越しに国内線ターミナルの方を見上げながら携帯電話を耳に当てていた。ベージュ色のカーディガンに白いパンツルック。携帯を持つ左手の薬指には、立て爪のダイヤが光っている。

「――今、国際線のターミナルなの。これから中華航空で出るの」

瞳は、新婚旅行の支度だ。

中華航空出発便の乗客が、目の前に列を作っている。彼女の新しいパートナーのスーツケースも、足元に並べて置かれている。昨夜で瞳の夫となった男は、急に仕事上必要なファイルをメールで送らなくてはならなくなり、タクシーが着くとすぐにターミナルのビジネスセンターへ寄りに行った。二人分の航空券とパスポートを片手に、瞳は周囲をちょっと気にしながら小さな声で電話に話しかけた。

「たった今、ここへ来るタクシーの中で、あなたを見かけたの」

『――』

「いけないって思ったけど、どうしても声が聞きたくなっちゃって……ごめんね」

瞳の、すっきりした、しかし大人の色香を漂わすパンツルックのヒップラインが、真新しいターミナルのガラスに映っている。

電話の向こうの風谷は、少し沈黙してから、

『これから訓練で宮崎なんだ。新田原』

声はかすれていた。

「そう。とうとう乗れるのね。昔言ってた……」

「ああ――F15イーグル」

風谷は、新しい国際線ターミナルの背の低い建物を見やった。羽田からも、数は少ないが国際線の定期便が発着している。台湾の中華航空もその一つだ。スポットに鼻先を入れるようにして、垂直尾翼に花柄をあしらったボーイング747―400が地下支援車両に囲まれ、出発前の補給を受けている。あれで瞳は新婚旅行へ行くというのか。行き先はホノルルか、それとも台北か――

『イーグル――そうなんだ……』

その吐息をつく瞳の声が、妙にせつなく、女っぽく聞こえて、風谷はむせるような焦りを覚えた。俺にそんな声を聞かせるな。奪われて失ったものを、目の前で見せびらかすような真似をするな――

――『寂しくて、女ってそうなのかなぁ、遠くにいるあなたより、毎日誘ってくれる人の方が……』

俺は、昨夜、夜通し勉強していたんだ。君が白金のホテルで今頃どうして――何をしているかなんて考えたくもなかったから、F15戦闘機の性能諸元のグラフを見るのに没頭していたんだ。ハネムーンへ行くなら行け。でも頼むから、そんな色っぽいため息を聞かせないでくれ。昨夜あの男とどうしていたかなんて、想像させないでくれ。俺はこれから、いちばん大切な訓練なんだ……！

『わたし、昨夜は凄く疲れちゃって――ほら、色々とたくらんだりしたから……。だから、パーティーはねてからすぐに部屋で倒れて寝ちゃったの』

そんな風谷の気持ちを感じ取ったのか、瞳は、少し無理して笑うような口調になり、

『ほんと、疲れちゃった』と言った。

「――――」

瞳とは、高校時代に一度、キスをしかけたことがあるきりだった。風谷は、制服姿で自分を見上げてきた月夜野瞳の真剣な眼差しを想い出し、あの長い髪の女の子はもう俺のもとには戻って来ないのだ、俺は失ったのだと思った。

『風谷君……』

「――――」

『風谷君、頑張ってね』

「あ、ああ」

『いい大学も受かったのに、サラリーマンにならないで、好きな道にまっしぐらに進んだ

んだものね。なかなか、できないよね。素敵よね』

女は勝手なことを言う、と風谷は思った。『素敵』とか思うんなら、君はどうして他の男とさっさと結婚しちまったんだ――？

もっとも、航空学生として入隊する時に、風谷は航空自衛隊のパイロットの生活がどんなものだか、瞳に話して聞かせてある。全国の空自の基地は例外なく田舎にあり、一生転勤の連続で、持ち家も持てずに官舎住まいが続く。男は飛行機が好きで毎日飛ばしていれば幸せかも知れないが、官舎で待つしかないパイロットの妻たちは、爆音がするたびに窓の外を見て、『今日は無事に帰って来るだろうか』と心配するしかすることがない。都会とは離れているから買物など東京に当然あるものもないだろうし、たとえ能力とやる気があっても、妻が自分の仕事を持つことはまずできない。結婚しても多分、家事と育児だけになってしまうだろう――

瞳にエリート商社マンからプロポーズがあった時、彼女が思わず将来の生活を比較しただろうことは風谷にも想像できる。取られたのは悔しいが、比べられたら、どうしようもない。

「瞳には」

『え』

「瞳にはその人生がいい。それで良かったんだ」

比較するな、とは風谷には言えない。瞳の家は確か、祖父の代から続く公認会計士の事務所で、瞳は親の転勤について引っ越したという経験もない。普通のサラリーマン家庭よりも裕福に育って、お嬢様学校と呼ばれる短大を出て、この不況の中でも親のコネで大手の商社に就職している。そんな安定した生き方しか知らない箱入りのお嬢様に、『明日をも知れない冒険の旅について来い』なんて、風谷にはとても言えなかった。

『わたし……』

電話の向こうで、しかし新婚の花嫁はかすかにすすり上げた。

『わたし……わからない。本当言うと、どうしてこうしちゃったのか、わからないよ』

その『わからない』という声には、わずかだが『助けて』と言っているような匂いがした。しかし、今さら風谷に何ができるというのか。寂しくて、どうしていいか分からなくなったのなら、なぜその時に相談してくれなかったのか——もっとも、泣きつかれたところで風谷にはどうもしてやれない。

「僕は、サラリーマンにはならない」

風谷は頭を振った。

瞳に何か話すのもこれが最後だろうと、風谷はこれまで思ってきたことを、言葉にして伝えた。

「僕はサラリーマンにはならない。大学を蹴った時に、そう決めたんだ。周囲には反対されたけど……でも、あのまま普通に大学へ進んでいたら——サラリーマンになるコースを歩んでいたなら、僕は、強くなるために闘おうとすることもせずに終わってしまっただろう。僕は、あのままのただのおとなしい無口な男で、普通に会社に就職をして、周囲に合わせて無難に、自分が集団から浮いていないか少しびくびくしながら、流されて行くだけになっただろう。うわべは瞳が安心できるような、小さな家庭を作れたかも知れない。でもそれは、僕が本当に君にしてやりたかったことじゃない。

僕はいつか、たとえ何が起きても君を護れる、強い男になりたいと思っていた。あの戦闘機の名前になった鷲みたいに、いつでも……。君がいなくなった今でも、そういう男になりたいと思ってる。戦闘機の世界へ進めば、そうなれると信じている。だから僕は行く。いつか君を護って暮らせるようになりたいと思っていたよ。だけど君は、別の道を選んだ。残念だけどここでお別れだ。瞳の選んだ彼が、瞳を護って生きて行ってくれるのを祈ってる。幸せになってくれ」

さよなら、と言い切って風谷は電話をオフにした。電源スイッチも切った。瞳に折り返し掛け直されたりしたらたまらない、と思った。どうせ飛行機に乗る時には、携帯の電源は切らなくてはならないのだ。

（行こう）

風谷は、出発カウンターへ進むと、自動チェックイン機で宮崎行きの搭乗手続きをした。

本能的に、何か緊急事態が起きた時にクルーの手助けができる、非常口に面した窓際の席を選んだ。同じ便に乗ると言っていた菅野のやつはどこにいるのだろう？　見回すが姿はない。せっかちなやつのことだから、すでに手荷物検査場を通り抜けてゲートへ行ったのかも知れない。菅野一朗は、飛行機をそばで見るのが三度の飯よりも好きな飛行機マニアだ。地方の公立医大に合格していたのに、あっさりと辞退して航空学生を選んだ時には、両親と大喧嘩したらしい。医学部を蹴ってわざわざ不安定な道を選ぶなんて、昨日のパーティー会場に来ていたＯＬの女の子たちが聞いたら『信じられない』とあきれ返るだろう。

航空自衛隊の制服の入ったザックを受託手荷物の受付に預け、ざわめくカウンターの前から手荷物検査場の列へ向かおうとすると、ふいに背中から声をかけられた。

「――風谷さん？」

国内線に比べれば遥かに小規模な国際線ターミナルの出発カウンターでは、すでに中華航空台北行きの搭乗手続きが始まっていた。列の後ろの車寄せに面したガラスにもたれ、ベンチにも座らずにうつむいている花嫁を見つけると、書類ケースを手に戻ってきた三十歳過ぎの男は心配そうに駆け寄った。

「どうした、瞳？」

「ううん」

　柴田瞳は、眼をこすって男を見上げた。「何でもないわ。少し疲れただけ」と頭を振った。

「昨夜から、元気がないじゃないか？　どこか調子が悪いのか」

　男は、体格に似合わず凄く心配そうな声を出すと、瞳にかがみ込んだ。

「大丈夫。心配しないで――」たぶん月日が経てば忘れて行くわ。ちゃんと、あなたとは仲良くやって行けるわと瞳が心の中でつけ加えたことを、向かい合った背の高い男は気づかないだろう。瞳はさりげない動作で、握りしめていたパールピンクの携帯電話をバッグにしまった。

「チェックイン、してしまいましょう」

「ああ。そうだな、そうしよう」

　背が高く、肩幅の広い男は、瞳の分の荷物も持つと、ビジネスクラスのカウンターへ先に立って進んだ。

　この広い背中の人と――知り合ってからどのくらいになるのだろう？　と瞳は思った。

　一年……いや十か月にもならないだろう。

　瞳が入社して、丸の内の本社の受付に配属されて間もなく、食品の輸入を担当しているという三十ちょっと過ぎの男性社員が声をかけてきて、その日の受付のメンバー全員を食品貿易部の飲み会に誘ってくれた。台湾に新しい食材輸入のルートを獲得した、祝いのパーティーだという。他社と競って、うちが獲ったのだという。同期の子たちも誘って、来てくれないかな。せっかくの戦勝パーティーが男ばかりの飲み会じゃ、みんな興ざめだよと男は言った。系列のゲストハウスを借りたパーティーの席で、瞳はその男から食事に誘われた。後で、実は瞳だけが目当てで声をかけたのだと男は打ち明けた。

「やっぱり、ホノルルの方が良かったかな」

男はスーツケースを両手で勢いよく運びながら、瞳の顔をのぞき込んだ。わたしにとても気を遣ってくれている、と瞳は思う。名門校のボート部出身で体格はいいのに、瞳にプロポーズする時は緊張してガチガチになって、汗を拭いていた。いい人なんだな、と瞳は思う。

「ううん。あなたの仕事場、見てみたいもの」

「そ、そうか」

男は嬉しそうにハンカチで汗を拭く。

台北を皮切りに、バンコク、シンガポールを回ろうと提案したのは男だった。僕はこれから、アジア地域を担当する。台湾、韓国、タイ、シンガポール、インドネシア、あちこちを出張で飛び回る生活になるだろう。君にも、僕の〈戦場〉を一度見ておいて欲しいんだ。

「ねぇ、転勤もあるの？」

「将来はね。台北かソウルに、オペレーションセンターを作る構想がある。二年くらいしたら、向こうへ行くことになるかも知れない。不安かな？」

「ううん」

瞳は頭を振る。「わたし、エスニック料理とか好きだし、きっと大丈夫よ」笑顔を作った。

「そうか、そうか」

男は、笑いながらカウンターの脇にスーツケースを二つ、どさどさと置いた。

「いやぁしかし嬉しいな、とうとう瞳とこうして新婚旅行に行けるのか。夢みたいだな、やっぱりあの時、誘ってよかったな」

「エコノミーで、よかったのに」

「何言ってるんだい、柴田家の長男のお嫁さんを、あんな狭いところに押し込められるもんか」

それを聞いて、瞳は、将来男が実家の貿易会社を継ぐ予定になっていることを思い出した。婚約の挨拶に訪れた神戸の屋敷は広く、使用人にうやうやしく迎えられた。自分がいつかここの若奥様になるのか、と思うと信じられない気持ちだった。男の父親は銀髪の見事な紳士で、パイプをくわえていた。柔和な面差しが、男に似ていた。彼も将来あんな感じの経営者になるのかと思った。母親だという五十代の女性が、瞳が短大卒だと言うと微妙に表情を変えた。そのことだけが、少し気がかりだった。でも、神戸に行くことになるのはずっと先の話だ。今から心配しても仕方がない。

「さ、これ。身軽になったら、出発までラウンジでビールでも飲もう」

男からビジネスクラスのブルーの搭乗券を手渡されると、あらためて瞳の胸に、経済力と地位のある男に嫁いだのだ、という実感が湧いた。このハネムーンは、安いツアーではない。出発時刻まで、専用のラウンジで過ごせる旅なのだ。これからは、自分が育ってきた以上に経済的に恵まれた環境で暮らすことになるのだろう。自分は、その環境で子供を産み、育てて行くのだ。

「さ、行こう瞳」

「——うん」

柴田瞳は、顔を上げると、差し出された男の腕を取った。

「風谷さん」

呼んで来た声は、女だった。風谷は振り向くと、出発ターミナルの人混みの中に声の主を捜した。何かの聞き違いだろうかと思った。自分を見送ってくれる女性など、いようはずがない。

(まさか——?)

一瞬、切れ長の眼をした歳上の女性の顔が脳裏に浮かんだ。風谷は背後を眼で捜した。

「風谷さん、でしょう？」

だが現われた声の主は、イメージとは違っていた。紺色のミニのスーツを着た、風谷と同い歳くらいのＯＬらしい女の子が、ターミナルの人波から歩み出ると風谷の前に立った。

誰だろう、と風谷は思った。きれいな子だ。風谷より少し背の小さい、スレンダーなシルエット。「こんにちは」と笑って会釈した。肩までの髪。手には書類袋を抱えている。

「君は……？」

風谷は眉をひそめた。声に、聞き覚えがないことはないが……どこかで会ったかな
――？

「昨日は失礼しました。覚えてます？　わたし」

「え」

「沢渡有里香です。月夜野さんの同期の」

「あ――」

――『じ、じえいたい……？』

「ああ。昨日のパーティーで……」

昨日のパーティーにいた子だ。そういえば、町田の知り合いの子に『有里香』と呼ばれていた……。風谷のことを『いい』と言って近寄って来た子だった。パーティー会場では髪をアップにして花を飾り、クリーム色っぽいワンピースドレスの裾を揺らしていた。風谷は、昨日のあの女の子と眼の前のスーツ姿のＯＬが重ならなくて困った。確かに、少し低めの落ち着いた声は昨日のあの子だが――服装や髪型で、ずいぶんと印象が変わるものだと思った。でも風谷が自衛隊員だと知ると、この子は顔色を変えて退散したのではなかったか。

「ごめんなさいね、昨日は」

「いや、別に……」

風谷は口ごもる。どうしてここに――？　と訊きたいのだが、面識のない女の子と会話するのはあまり得意ではない。昨夜漆沢美砂生と酒を飲みながらあんなに話をしたのは、風谷には珍しいことだ。女性と感情的に口論したなんてことも、昨夜が初めてだったのではないか。普段飲み会などでは、話し好きな連中が真ん中で騒いだり喧嘩したりしているのを、テーブルの端から眺めていることが多い。

「失礼なことしちゃったから、わたし――一言お詫びを言おうと思って、今朝町田さんに連絡したんです。あなたのご実家の連絡先を教えていただいて、電話をしたら羽田へ行かれた後で」

沢渡有里香と名乗ったOLは、仕事の相手に話すように、はきはきと言った。スーツに書類袋を抱えているのは、勤務中なのかも知れない。昨日のパーティー会場での甘えたような感じはなく、ていねいな言葉づかいにもそつがなかった。肩に下ろしたボブヘアも働く女性という感じがして、風谷には昨日よりも美人に見えた。

「ちょうど書類を届ける用事があったので、丸の内の本社、抜け出して来ちゃったんです。良かった、お会い出来て」

「僕に、何か……？」

町田に連絡して、家にも電話したって――？　どういう理由か知らないけど、たいした行動力だな、この子……。

「うん、だから……」

そこで初めて友達どうしで話すような口調に変わると、沢渡有里香はちょっと下を向いて、黒のパンプスのつま先でタイルの床を蹴った。

「昨日、あなたに凄く失礼なことしちゃったでしょう？　わたし――」

言いながら有里香は、上目遣いに風谷の顔を見上げた。風谷の顎の高さに、有里香の白い額がある。目鼻立ちのくっきりした、正統派の美人の顔に風谷ははっとする。昨夜の漆沢美砂生ほど目立って個性的ではないが、この角度から見下ろすととても綺麗な顔に見える。くっきりと紅を引いた小さな唇が、反省しているような顔つきの中でなぜか自信あり気だ。しおらしくしながら表情に暗さがないのは、瞳と同じ大手商社の正社員で身分が安定しているせいだろうか。そういえば美砂生さんは今、どうしているだろう？　喧嘩しちゃったけど——キュッと結ばれた形のよい唇を見下ろしながら、風谷はまたふと思い出した。

夜の路地でハンドバッグを振り回し「帰れ馬鹿野郎！」と涙声でわめく歳上の女。まったく、黙っていれば博多人形のような色白美人なのに、なぜあんなにわざとがさつに振る舞うのだろう——

「風谷さん？」

「え」

「だから、凄く失礼しちゃったから。わたし」

「失礼な——って」

「風谷さんが自衛隊って聞いて、わたしたちびっくりしちゃって……。気がついたら逃げ出してたの。本当にごめんなさい」

有里香はぺこりと頭を下げた。

風谷は苦笑すると、「ああ。慣れてるし、いいよ」と頭を振った。

「風谷さん、優しいのね」

有里香はぱっと顔を明るくすると、「許してくれますか？」と風谷を見上げた。大げさだな、と颯谷は思った。

「別に、怒るようなことでもないし」

　本当はあのパーティーの時、ちょっと気分は良くなかった。でも瞳のドレス姿に目を奪われ、有里香たち二人を不快に思う余裕もなかった。その後はあの騒動で、思い出す暇もなかった。

「ねぇ、颯谷さん——」

　有里香は、手荷物検査場へ入る手前の人波を、わずらわしそうに見回した。それから、頭上の出発便案内ボードの時刻表示を見上げた。それから、出発カウンターのずっと奥にあるガラス張りのカフェテラスを見やった。え——？　颯谷は、その仕草に首をかしげた。この子、俺に『お茶に誘え』とでも言うのかな？　まさか……。でも颯谷が何も言わないでいると、有里香は颯谷をまっすぐに見据えて、

「あの、颯谷さん。お時間あるかしら？」

　時間は四十分ほどあった。どういう成り行きか、颯谷は沢渡有里香になかば引っ張られるようにしてお茶を飲みに寄った。

　出発ロビーをガラス越しに眺めるカフェテラスのテーブルにつくと、颯谷は貴重品などを入れた小さなセカンドバッグを隣の椅子に置いた。大学生のような格好の颯谷と、あか

抜けたスーツ姿のOLがさしむかいで座っているのは、妙に似合わない感じだ。ひょっとしたら、お姉さんに見送られる弟、みたいに見えるかも知れない。

「だけどね、風谷さん」

コーヒーを注文すると、有里香はテーブルに肘をつき、風谷を少し見上げる角度で話した。真剣な面持ちだった。偶然かも知れないが、さっきと同じに整った顔立ちが一番きれいに見えるアングルだ。ブラウスの襟の隙間に細い銀色のチェーンが覗く。透明に光る小さな粒は、ダイヤだろうか。

「考えてみるとね、わたしたちが昨日してしまった反応って、言い訳するようだけれど、あれは決して珍しいことではないと思うの」

何を言いたいのだろう――？　風谷は有里香の顔を見た。

「風谷さん。今のこの日本でね、普通に学校に通って、普通に教育を受けて育って来たわたしたちがみんな、国を護っているセルフ・ディフェンス・フォースの人たちを何か異様なものでも見る眼で見てしまう、悪いものでも見るように見てしまう……。これはいったい、どういうことなのかしらって――昨日帰り道で、考えてしまったの」

有里香のくれた名刺には、株式会社M物産海外事業部、と部署が記されていた。セルフ・ディフェンス・フォースと発音する唇の動きが、リアルだ。日頃電話などで外国人と話すことが多いのだろう、英語慣れしているようだった。それとも単に、『自衛隊』というネーミングがださいので、口にするのが恥ずかしかったのかも知れない。

「たとえばアメリカでは、アーミーもネイビーもエアフォースもマリーンも、国民に期待されて、尊敬されているらしいわ。任地に向かうエアフォースの士官候補生が制服で空港のレストランに入ったりしたら、当然のようにお店の人にいちばんいい席に案内されて、周りに退役軍人の人でもいた日には、ビールを奢《おご》られて激励されるって聞いたわ」

「そうらしいけど……」

風谷は、遠慮がちにうなずいた。自分たちは世間からそんな扱いを受けたことは一度もない。それどころか、制服を着て街を歩いたことすらほとんどない。やはり、基地を一歩出ると自衛隊の制服に向けられる視線がわずらわしいのだ。もし自分が飛行幹部候補生一等空曹の制服を着てこのカフェテラスに入って来たとしても、いちばんいい席に案内されるどころか、じろじろと奇異なものを見る視線を周囲から向けられて終わりだっただろう。

「確かに、街中で制服を着る気はしない」

風谷は、伏し目がちに言った。

「こうして移動する時は、ザックに制服と制帽を入れて行って、基地の外にみんなでお金を出し合って借りている下宿に寄って、着替えてから出頭するんだ。実は今日も、先に新田原へ行っている先輩たちの部屋を使わせてもらうことになっているんだ」

風谷が『自衛隊にいる』と口にしたとたん、人々が見せる様々な表情。あからさまに口にはしないものの、たいていの人は風谷の身分を知ったとたんにのけぞるように距離を置こうとする。制服を歓迎してくれるのは、自衛隊がお金をおとしている基地の地元の人たちだけだ。三年たって少しは慣れたが、風谷たちにとって今なおいちばん辛いのは、同世代の女の子たちの〈拒否反応〉だった。昨日のパーティー会場で『じ、じえいたい……？』とのけぞられた時に、『ああまたか』と風谷は思った。

「ねぇ、でもどう思います？　風谷さんから見て、昨日のパーティー会場にいたＯＬの女の子たち」

「――え？」

「わたしも、偉そうなこと言えた義理じゃないけど……。でも何だか、ああいう場面のＯＬたちって、少しでも太くて高くて頼れそうな幹を捜してフワフワ、さ迷い飛んでいる蝶々みたいじゃないですか。自分の力で生きて行こうなんて、これっぽっちも考えていない。男、男、条件のいい男――それだけ。小さい頃から、親にいい学校に入れてもらって、就職も親のコネで、後は条件のいい経済力のある男に一生頼って養ってもらう。コネで商社に入って来たお嬢さんＯＬって、本当言うとわたし大嫌い。自分がその一人だっていうことも嫌い。考えるとすっごく嫌になるわ」

「そうなのか」

「昨日のパーティーは、実はうちの庶務の子たちがね、月夜野さんに『高校時代のクラスメートの男の子たちを呼べ、呼べ』って言って、ああなったらしいの。だって食品貿易部の柴田さんって、同期の人たちみんな結婚してるらしいから、柴田さんの同期が来たって仕方がないでしょう？　月夜野さん高校は私立星南だっていうから、それなら有名大学に通っている同級生の男の子がたくさんいるだろうって――馬鹿みたいでしょう？」

「そ、そうなのか……」

瞳は、風谷に会うために画策したとは言っていたが、背景にそういう事情もあったのかも知れない。「風谷さん。わたし、親に下から私立に入れられて、本当は四年制の国立大学に進みたかったのにそのままエスカレーターの短大に行かされて、気がついたらコネで商社に入れられてて、最近は親からお見合いの話なんか聞かされたりするんですけど、本当は自分の力でバリバリ挑戦して、マスコミとかで、働いてみたいんです。このままじゃ何のために生きているのか、分からないもの。いつかこのぬるま湯みたいな状況から抜け出して、自分の意思を通すつもりでいるんです。だからわたし、風谷さんみたいに自分の意思でリスクの高いコースを歩いているような人、親近感持っちゃうんです」

有里香は、大手商社のＯＬが自信たっぷりにプレゼンテーションする時みたいに、おとなしく聞いている風谷を相手にまくしたてた。でも、昨夜の漆沢美砂生の悲壮感を思い出すと、この不況の中で女の子が自分の力だけで道を切り拓くなんて想像以上に困難な気がするし、『自分の力でバリバリ』とか言いながらテーブルにつくとすぐに名門Ｍ物産の角の円い名刺を差し出して見せたし、どのくらい仕事ができるのかは別として、『自分の意思を通したい』というのがどこまで本気なのか、風谷にはよく分からなかった。親近感を持ってくれるのは、確かにのけぞられるよりはいいけれど……。

「戦闘機パイロットって、凄いですよね。定年までに、七人に一人が死んじゃうんでしょう?」

有里香は嬉しそうに言った。勉強家らしいのは、分かった。『七人に一人が殉職する』とかは、どこかで自衛隊OBの著書でも立ち読みして来たのだろう。でも昨日の今日だ。空自パイロットについての予備知識まで仕入れて、羽田にやって来たこの熱意は何なのだろう。

「あ、あの……」

風谷は戸惑った。この子にバード・ストライクで死にかけた話なんかしても、嬉しそうに聞くんじゃないだろうか——そんなふうに思っていると、有里香の次の一言に風谷は不意をつかれた。

「ねぇ、ところで風谷さん。あなたは月夜野さんのこと許せますか」

「えっ」

「時間ないから、単刀直入に訊きますけど——許せますか? 彼女のこと」

ゆ、許すって……? 聞き返す風谷を、有里香はまっすぐに見返した。でもすぐにまばたきして視線を伏せた。整った顔から嬉しそうな表情は消え、唇をキュッと結んだ。

「わたし、月夜野さん許せないわ」

「え」

「風谷さん。実はね、月夜野さんとわたし、会社では彼女は受付でわたしは海外事業部で、セクションは違うんですけど、一年前の入社の研修合宿では同室だったんです。寝床で遅くまでお酒飲みながら、お互いのことを話したりしたんです。その頃つきあってた彼のことも……。


わたしは、下から成城に通ってた当時の彼が、性格はいいけれど親の存在がなければ何にもできない人だと気づいて、もう別れるって話して……。そうしたら月夜野さん、そういう彼でもそばにいてくれるのは幸せよって言うの。『寂しくないでしょう』って。月夜野さんの彼は、遠くにいるんですって。自分の目標のために頑張っている高校時代のクラスメートなんですって――当分は迎えに来てくれそうにないわって。彼女、そう言ってため息ついてた。『どんな人?』って訊いたら、控え目で寡黙で、鋭いけど優しい眼をした男の子だって――『男の子』だなんて変だけど、彼女の中ではまだ、離れ離れになった頃の少年のイメージなのね」

「――――」

「わたし、昨夜の帰り道にフッとその話が浮かんで、『ひょっとしたら?』と思ったの」

「――」

「そうなんでしょう？　風谷さん」

「え」

「月夜野さんのつき合ってた彼って、あなたのことなんでしょう」

風谷は絶句していた。

「ち、違うよ」

驚いた。でも、とっさに『うなずくわけには行かない』と風谷は思った。瞳はいずれ結婚退職するのだろうが、同期だというこの子に二人の関係をばらしたりしたら、あっという間に広まってしまう。

「違うよ。僕は、月夜野とつき合ったことなんかない」

「本当に？」

「あいつ――高校の頃はアイドルで、すごくもてたんだ。僕なんか、たとえ好きでも相手になんかしてくれなかったよ」

「好きだったの？」

「たとえばの話さ。僕は、もてなかったし」

風谷は頭を振った。だが有里香はそう言う風谷の顔を、上目遣いに見上げた。真剣な眼差しだった。

「わたしには、あなたがそうして謙遜する理由が分からない。あなたのことを陰で想っていた女の子、きっとたくさんいたと思うわ。あなたが気づかなかっただけなんじゃないかしら」

「さぁ――分からないけど」

「月夜野さんとあなたとの間にはね、わたしは、特別な感情があったんじゃないかと思ってる」

「どうして――？」

「だって、昨日のパーティー会場で月夜野さんとあなた、眼を合わせようともしなかったじゃない？」

「えっ――」

「わたし、遠くから見ていたわ。普通なら、おめでとうくらい言うんじゃない？　月夜野さんだって、来てくれてありがとうくらい言うんじゃない？　二人とも何も言わないで、無視し合うみたいにすれ違うところを、わたし見たの。『あれ、変だな』って思ったの」

「どうして――そんなところを……？」

風谷は、有里香の白い整った顔を見た。確かに、本人が自信を持っているように、この容貌と頭の回転の速さなら大手のマスコミへ実力で入れたかも知れない。ただ、最近は局アナなども四年制大学卒が条件となっているらしいが……。

「月夜野さん、ひどいことするわ」

有里香は風谷の問いには答えず、むすっとした表情でブラックのコーヒーを口に運んだ。

「――ひどい？」

「そうよ。自分の結婚式に、あなたを呼ぶだなんて。裏切った前の彼に花嫁衣装見せびらかすだなんて何考えてるのかわからないわ」

「いや、そこまで……」ひどく言わなくても、と風谷は言いかけるが、有里香はきれいに化粧した眼できっと見返す。

「風谷さん、彼女のこと、かばうんですか？　裏切られたのに」

「いや――だから僕は、関係ないってば」

凄い直感だなと思った。

でも、この子に言うわけにはいかない。昨日の式に参列していた女の子たちのため息を思うと、瞳が周囲からうらやまれる結婚をしたのだと分かる。もし自分との関係が広まれば、瞳は昔の男を結婚式に呼んだとんでもない女、とたちまち後ろ指をさされるだろう。

瞳とのことは、言うわけには行かない。

「ただ……他人事《ひとごと》として言ってもいいなら――月夜野は寂しかったんじゃないかな、すごく」

風谷は、ついさっきの瞳の声を思い出す。

——『わたし……わからない』

「遠く離れてしまった恋人の存在なんて、日に日に薄れて行くものだろうし……。寂しくて、どうしていいか分からなくなった時に、周囲に誘って来るいい男がいれば……。それは仕方がないと思う」

でも、

「風谷さん、優しいから」

有里香は頭を振る。「あなたには、本当に好きな男と条件のいい男との間でどっちにしたらいいか分からなくなって揺れ動いてる女が、寂しくて震えてるみたいに見えるのよ」

「僕は月夜野の前の彼じゃないよ」やっぱりばれてるのかなぁ、と思いながらも風谷は否定する。

「じゃ、あなたがもし月夜野さんの前の彼だとしたら、あなたを捨てて条件のいい三十過ぎの男と結婚しちゃった彼女を、許せますか？」

「許す許さないって言うより……仕方がないんじゃないのか」

「どうして？」

「あの寂しがりを——いや、女の子って普通、遠く離れた人を精神的な繋《つな》がりだけで想い続けるとか、そういうこと出来ないって言うし——自分の目的のために遠くへ行ってしまって、月夜野を三年も放っておいたのは、その男のほうなんだろうし……」

「女にもいろいろあるわ。『精神的な結びつきだけじゃ女はやっていけない』なんて、それは女が遠くにいる恋人を裏切る時に使う決まり文句よ。近くで口説いてきた他の男が良くなっちゃっただけよ。好きな人のことを心の中に浮かべるだけで、何年も待てる女だっているわ。あなたはね、月夜野さんに丸めこまれたのよ」

「え」

「別れる時に、電話でそう言われた？　『女ってそういうものよ』とか」

「僕じゃないってば」

「わたしなら許さないわ。だって、入社研修の合宿でわたしにあなたのこと話してから、二か月もたたないうちに婚約しちゃったのよ。どれだけ条件がいいか知らないけど、あの御曹司のプロポーズにほいほい喜んで乗り換えて、たちまち結婚しちゃったのよ。遠くで訓練に苦しんでいるあなたがいるのに。ひどいじゃない」

「いや、だから僕は——」

「ひどいわっ」

顔を見ると、有里香が怒っているらしいのは、本当らしかった。

「でも、どうして——」

　風谷は有里香に、もう一度訊いた。

「沢渡さん。どうして君は、そんなに腹を立てたりするんだ？　他人のことじゃないか。僕と瞳が――いやその、パーティー会場で視線も合わせずにすれ違ったとか、そんなところまで見ていて、あいつのこと許せないとか怒るのは、どうしてなんだ？　君にとってはどうでもいいことじゃないか」

「どうでもよくないわ」

「ひょっとして、君、瞳に彼を取られたとか」

「そんなんじゃない」

　有里香は、頭を振った。

「そんなんじゃないわ。わたしあんな鈍そうな年増坊ちゃん趣味じゃないもの」

「じゃ、どうして」

　問うと、有里香は唇を噛んで視線を伏せた。

「――――」


　時間がなくなって、風谷は「悪いけど」とテーブルを立ち上がった。沢渡有里香は、手荷物検査場の手前まで一緒について来た。「書類、届けるんじゃないのか」と言っても、「いいの」と頭を振った。それきり、なんとなく黙って歩いた。

検査場で係員に搭乗券を見せ、セカンドバッグをX線の機械のベルトコンベアに載せようとすると、有里香は後ろで「——待って」と言った。

「待って。風谷さん」

「——?」

「ごめんなさい。怒っちゃいました?」

「別に——いいけど」

風谷は腕時計を見て、

「油売っててていいのか?」

「いいの」

有里香は、思いつめたような顔で風谷を見たが、すぐにしょんぼりと下を向いた。下を向いたまま、黙って立っている。しょうがないな——風谷はため息をつき、係員に「すみません」と言って、検査場の列を離れた。有里香を人のいない団体専用カウンターの前まで引っ張って行き、顔をのぞき込んだ。

「どうしたんだ?」

「………」

「何か言いたそうだけど」

「やっぱり、優しいのね」

「え」

「でも、風谷さん優し過ぎるわ。わたしがあんなふうに言っても、月夜野さんをかばうなんて」

「僕は……」

「わたしたまらないの」

「え？」

「わたしには――あなたのような優しい人が、女の身勝手に振り回されて、それでも文句一つ言わずにその女を優しくかばってるような様子が、我慢できないの。あなたが月夜野さんを見る時の寂しそうな優しい眼が、可哀相でたまらないの」

「可哀相って……」

「あ。ごめんなさい。凄く失礼だったけど――」

「別に、同情してくれなくていいよ」

風谷はため息をつき、「分かったよ。瞳とのことは、みんなには内証にしてくれ」と言った。有里香が下を向いたまま小さくうなずくのを確かめると「じゃ、時間だから」と行こうとした。だが、

「風谷さん」

ジャケットの袖を有里香はつかんで止める。

「え」

「わたし、本当言うと――」

風谷の袖をつかんだまま、我慢していたものを吐き出すように有里香は話し始めた。

「風谷さん。本当言うとわたし、昨夜は寝てないの。今日は風邪ひいたことにして、お休み取ったの。書類届けるついでに羽田に寄ったっていうの、嘘なの。この格好も会社に行く時のスーツだけど、仕事の時にはダイヤのペンダントなんかしない。本当は、さっきから必死で捜してたの。あなたのこと――逢えなかったらどうしよう、どうしようって、ターミナル中歩き回ってずっとどきどきしてた」

「え……？」

「最初に見た時から、ずっと気になっていたの」

「最初って――」

「昨日のパーティーが始まった時から、わたしずっとあなたのことを見てた。あなたが自衛隊の人だって聞いた時は、ちょっとショックだったけど――でもパーティーがはねた帰り道から、だんだんまた顔を見たくなって、どうしようもなくなったの。本当はそうだったの。一晩ずっと考えて、わたしやっぱりあなたに『一言だけ言おう』って、そう決めてここへ来たの」

「その割には、たくさんしゃべったじゃないか」

「そうじゃなくて……」

「気持ち、嬉しいけど──」

風谷は目を伏せた。

「僕は今、女の子とつき合ってる場合じゃないんだ。それに、もう東京には当分帰れない。戦闘機パイロットになれば──なれればの話だけど──どこか地方の基地に配属になるだろう。北海道の千歳か、石川県の小松か、ひょっとしたら沖縄かも知れない。君のことは、別に嫌いじゃないよ。僕にはもったいない女性だと思う。でももう遠距離恋愛なんてたくさんなんだ。東京でずっと働く人を好きになっても仕方がないし、変に期待を持たされたくもない」

「そんなことない、わたし……」

太平洋航空宮崎行きのお客様は、ただ今から8番ゲートよりご搭乗下さい、と天井から声がした。

「わたし、こんなに条件なんか無視して男の人好きになったのって初めてだし、わたしきっと……」

「ボーディングだから。もう行くよ」

風谷は振り払うように片手を上げると、有里香に背を向けた。

「風谷さん……！」

風谷はそのまま振り向かず、手荷物検査のゲートをくぐって出発ロビーの人混みに入って行った。

東京・目黒

美砂生は、シルバーの携帯電話をじっと見つめたまま、しばらく座っていた。

「――――」

何が望みなのかと、美砂生は自分に問うた。風谷修にもう一度逢いたいのか――？

もしあの歳下の坊やに連絡がついたとして、謝ることができて、『助けて、慰めて』とすがりつけばひょっとしたら一晩くらい任地へ行くのを遅らせて、一緒にいてくれたかも知れない。

でも、それでどうなるというのだ？　風谷修は自分の道を持っている。遠くへ行かなければならない人間なんだ。あたしのそばに、いてくれる人じゃない……。

そうだ。

今までと同じだ。誰も助けてくれない。

（――何とかしなくちゃ。自分の力で。これまでそうしてきたように、今度も自分で何とかするんだ。受験だって就職だって、何とかなったじゃない）

美砂生はスイッチを切った携帯を胸に入れると、歯を食いしばって立ち上がった。

「こうと決まったら……仕方がないわ。また就職活動しなくちゃ。家賃だって毎月かかるんだ――」

市ヶ谷・防衛省

夕刻、夏威総一郎が出張先の沖縄から帰着すると、内局はちょっとした騒ぎになっていた。

新宿区市ヶ谷に広大な敷地を持つ防衛省本省の堅固な高層ビルの上層階には、内部部局――通称内局と呼ばれる防衛官僚の組織がある。軍隊式の階級を持つ自衛官ではなく、主に東大などの出身者で占められる文官の官僚を中心とする組織だ。長身の夏威がエレベーターを二十三階で降りると、廊下ですれ違った制服の中年将校がさっと道を空けて敬礼した。

「ご苦労様です」

「どうも」

夏威は軽く会釈して通り抜ける。中年の将校は五十代、肩の階級章を見ると、一佐だった。夏威から見れば父親くらいの年齢ではある。しかし今朝夏威が月刀に言って見せたように、内部部局に勤務するキャリア官僚はたとえ若くとも庁内での序列は制服組よりも上なのである。全自衛隊の予算も、制服組の一佐以上の人事権も内局が握っている。もしこの本省で、制服自衛官が内局のキャリアにたてついたりしたら、たちまち奥尻島のレーダーサイトに飛ばされてしまうのだ。

夏威は、エレベーターを降りて手前から広報課、教育訓練局、経理局、装備局、人事局と黒い板に白抜きで表示された廊下を奥へと向かった。夏威の勤務する防衛局のオフィスはいちばん奥にある。薄暗い廊下には、制服や背広の職員たちが早足で行き交っていた。非常事態に対することが防衛省の商売であるから、職員たちの表情にことさら変わりはない。しかしいつもより廊下の人通りが多いな、と感じながら夏威は急ぐ。

〈今朝の騒ぎの続きか？　空港のＴＶニュースでは、発表した以上の情報は流していなかったが――〉

夏威の属する防衛局は、二十三階のフロアの一番奥、廊下が右へ折れ曲がった突き当たりに、大臣官房と向き合う形でオフィスを構えている。

〈防衛局〉と表示の出たドアを入ると右側に局長室、応接室があり、専用の給湯室の脇を抜けると東南の角に面した広大なオフィスに出る。首都を見下ろす窓を背にして防衛政策課（日本の防衛政策を立案）、運用課（防衛出動や災害派遣等のルールを作り運用する）、計画課（全自衛隊の組織や装備を計画）、調査第一課（国内情報の収集管理）、調査第二課

（海外情報の収集管理・いわゆる日本版ＣＩＡ）など各課それぞれの課長デスクが置かれている。騒々しかった廊下に比べ、防衛局の広々としたオフィス内は逆に人がいなくて閑散としていた。

「夏威企画官」

夏威が防衛政策課の自分のデスクにつくと、女性の課付き秘書がコーヒーを運んで来てくれた。

「出張、ご苦労様でした」

「みんな居ないってことは、何か起きたのか？」

夏威は、鋭い切れ長の眼で角部屋のオフィスを見回した。海外出張の時に、香港映画の有名な男優と間違われたこともある彫りの深い細面の横顔を見上げ、女性秘書は「はい」とうなずく。課付き秘書に専用の給湯室まで置かれているのは、この防衛省内局でも大臣官房と防衛局だけだ。

「つい先ほど、全員政府部内各所へ調整のために散って行かれました。局長は大臣と首相官邸です」

「官邸？」

何か事態が起きた時、忙しいほど閑散とするのがこの防衛局オフィスの特徴だった。国会の会期中は特にそうだ。また、もし防衛出動が発令された場合には、全員デスクを放棄して地下三階の統合指揮所へ移動するようマニュアルで定められている。

「留守番は、君だけか？」

「俺がいるよ」

声に振り向くと、夏威の同期入庁の団三郎が隅のデスクでワイシャツの襟の汗を拭きながら、パソコンの画面をめくっている。団は同じ防衛政策課の、総括班主任だ。顔を画面に向けたまま、「ちっきしょう」と舌打ちする。

「北朝鮮のやつらめ、コメの要求を一五〇万トンに上げやがった」

「どうしたんだ」

夏威が近づくと、団はメタルフレームの眼鏡を光らせ、覗くのにも機密保持資格の要るパソコン画面を指さした。首相官邸、外務省などと直結している情報管理画面だ。

「今朝の沖縄領空侵犯事件に関連して、米空軍のE3Aセントリーが黄海まで進出してレーダーによる捜索を続けている。侵犯機の機影が消えたのは、朝鮮半島西部沿岸に近い小群島の島陰だ。無人島に北朝鮮の秘密基地が隠されている可能性もある。韓国海軍のパトロール艇も多数出動し、付近の無人島をしらみつぶしに捜索している。また、着水して乗員だけ逃げた可能性もあるから、ソナーで海底探査も行う徹底ぶりだ。だがまずいことに、この動きが北朝鮮を刺激してしまった」

「沖縄で聞いたが、公海上なんだろう？」

「そうだが、以前にもワタリガニ漁の漁船を引き連れた北朝鮮の砲艇が韓国の警備艇と衝突した海域に近い。付近はカニの漁場だ。北の漁船、それを護衛する軍の艦艇も多数出ている。そこへ韓国の警備艇が侵犯機の捜索を名目に多数割り込み、上空には護衛戦闘機を従えた米軍の早期警戒管制機《AWACS》だ。刺激しない方がおかしい。心配された通りつい三十分前、とうとう南北の警備艇同士で衝突が起きた」

「発砲したのか」

「詳細は不明だが、したらしい。北朝鮮政府は『あのスホーイは関係ない、ひどい言いがかりだ』と非難声明を発表し、同時に日本政府に対して『沖縄領空侵犯事件は日本政府の悪辣《あくらつ》なでっちあげである、人民共和国の名誉を傷付けた謝罪として、コメを今すぐ一〇〇万トンよこせ』と要求して来た」

「日本は北朝鮮を非難していないんだろう」

「ああ。肝心の機体も見つかっていないんだからな。数年前の日本海不審船事件の時にも、海自の追跡を振り切ったスパイ船が北の軍港に入るのを米軍の衛星情報から確認した上で、ようやく政府は公式声明を出したんだ。しかし今回は、何も言わないうちから『言いがかりだ』と向こうが非難して来た」

「官邸は応じたのか？」

「初めは拒否した。しかしどういうわけか、先ほど『少量であればコメ支援してもよい』

という態度に急変したんだ。何があったのかはよく分からん」

「馬鹿な。なぜそんなことを――？　要求に応じてコメを出せば、『事件は日本がでっちあげた』というやつらの主張を認めて、謝罪することになるじゃないか」

「それが『今回の事件とは関係なく、新たな人道的支援をちょうど模索していたところだった』という言い訳を用意しているらしい。官邸のやることはよく分からん。内閣と自由資本党が、北朝鮮と親しい野党と何か取り引きをしたのか、あるいは外務省の連中が何か入れ知恵したか……」

「外務省は信用できん。真珠湾攻撃の頃から俺たちの足を引っ張って来た連中だ」

「とにかく五分前、政府は北京を通じて数万トン規模の新規コメ支援を打診した。そうしたら北朝鮮はその量にかえって怒り、『謝罪要求』を上積みして『もう五〇万トンよこせ』と言って来た。その上、中国も米軍の黄海での行動に懸念を表明している。沿岸地域の空軍基地で、中国空軍のスホーイ27の飛行隊が実戦配備につき始めた。黄海のＡＷＡＣＳのレーダーは、大連から北京までを嘗《な》め回すからな」

「やれやれ――」

夏威は腕組みして、ため息をついた。

「戦争にはならんだろうが――この火を消すには、時間と手間が要るな……」

第二章　ジェット・ガール

東京

バシバシバシッ、と一斉に焚《た》かれるフラッシュの中、報道カメラに向かって土下座をする経営陣の姿が美砂生の部屋のＴＶ画面に映っている。真ん中でぐちゃぐちゃに泣き崩れ『国民の皆様に謝罪』している東北なまりの男は、山海証券の代表取締役だ。しかしこのおじさんは数か月前に突然就任させられた無派閥の人だった。六十がらみの胡麻《ごま》塩頭とゆっくりしたイントネーションは大企業のトップというより村の駐在さんという印象で、とても大証券会社を電撃自主廃業に導いた悪人には見えない。きっと一生懸命謝っているこの人に全てを押しつけ、本当に悪い連中はとっくに逃げ出しているのだろう――美砂生は締め切った部屋のベッドで午後のワイドショーを眺めながら、そんなことを考えていた。

（組織で犠牲にされるのは――いつも正直者か）

——『君みたいに何でも正直にぺらぺらしゃべっちまう子はね、まずいんだよねぇ』

漆沢美砂生が二年間勤務した山海証券の目黒駅前支店を放り出されてから、三日が過ぎていた。

突然のひどい仕打ち。

死にかけているアフリカ象のような顔色の支店長が美砂生に宣告した『本日只今限りでもう居なくなっていいってことだよ』は、美砂生が六年間かかってこの都会に築き上げてきたささやかな生活《しあわせ》——自立した独身ＯＬとしての暮らし——を、砂糖菓子の城を象が踏むように一撃で踏みつぶし、谷底へ突き崩してしまった。いとも簡単に。

——『支店長、漆沢君はどうやら、優秀な頭でもって今言ったようなことを自分で勝手に考え、実行していたようでございます』

——『馬鹿野郎馬鹿野郎馬鹿野郎っ！』

——『漆沢君ね、とにかく二日も続けて客とトラブルを起こされるとねぇ、うちとしても困るんだよ、かばいきれないしねぇ』

「何が『かばいきれない』よ……」

あのまま自主廃業した証券業務の残務整理に携わっていれば――と美砂生は思う。あと少なくとも半年は給料が出て、生活には困らなかったはずだ。それに支店長の話が本当なら、その後で外資系の新会社に支店ごと丸抱えで再就職できたかもしれないのだ。しかしその道は、もうなくなってしまった。

「騙してでも売れって、発破かけてたくせに。襲われても助けてなんか、くれなかったくせに……」

――『漆沢ーっ！』

――『待てこの詐欺師っ』

――『うちとしてはこれ以上、評判をおとしたくないんだよな、実際。ま、優秀な君ならば外資なんかに世話にならなくとも、再就職先はいくらでもあるだろう。今日から早速、捜しに行ったらどうかね？』

『今日から早速と言われましても支店長、わたしまだ残務整理が……』

『だからさ。つまり、残務整理なんかいいから、本日只今限りでもう居なくなっていいってことだよ』

「畜生……」

でも美砂生には、部屋で一人ぼうっと沈んでいる暇はなかった。たった一人で東京に暮らす美砂生は、生きていくために――つまりは来月の家賃と明日の食費を何とかするために――行動しなくてはならなかった。ぼうっとしていたって、美砂生を襲ってきた中年の客たちの『馬鹿野郎馬鹿野郎』は頭の隅から消えはしなかった。『馬鹿野郎馬鹿野郎馬鹿野郎』『この詐欺師』『こいつが殴りやがった！　客を殴りやがった、傷害で訴えてやる！』『馬鹿野郎馬鹿野郎馬鹿野郎馬鹿野郎』銀行の口座には、いくら残っていただろう――？　将来自分のためにマンションを買おうと貯《た》めていた積み立て定期も、失業が長引けば生活資金のために取り崩さなくてはならなくなる。とにかく一日でも早く再就職先を見つけようと、美砂生は支店を放り出された次の日から、歯を食いしばって行動に移ったのだ。

だがその美砂生を、さらなる仕打ちが襲った。

「あなたの退職金はありませんよ」

再就職活動をするために、必要書類を手に入れようと山海証券の兜町本社ビルへ出向いた美砂生に、総務部の男性担当者は言った。

「ああ漆沢美砂生さんね。目黒駅前支店の。あなたの退職金はありませんよ」

「ど、どういうことですか？」

一つの企業をやめて、別の企業へ再就職しようとする場合、まず退社した会社から手に入れなければならないものがいくつかある。在籍していたことを証明する離職票、失業給付を受けるための雇用保険資格証明書、これまでに払い込んだ厚生年金の掛け金を証明する年金手帳といった各種書類。これらは再就職活動を始めるために不可欠だ。そして何より、わずかではあるが当座の生活費になる退職金だ。だが総務部の担当者は、窓口へやって来た美砂生に書類を手渡すどころか、開口一番「あなたの退職金はない」と言ったのだ。

「どういうことなんです？　在籍期間は短いけど、退職金がゼロのはずないでしょう？　それに、労働基準法では、予告せずに即日解雇したような時には、〈解雇予告手当て〉として三十日分の給与が付加されるはずだわ」

だてに法学部出身ではない。労働基準法の規定だって知っている。企業は通常、少なくとも三十日前に事前通告をしなければ、勝手に社員を解雇できない。もしやむを得ず即日解雇するような場合には、支払う退職金に三十日分の賃金を〈解雇予告手当て〉として上積みしないといけないのだ。

美砂生にとって、三十日分の賃金というのは大きい。ところが総務担当者が美砂生の前に出して来たのは、退職金と解雇予告手当ての支払明細どころか、逆に金二百五十万円と書かれた請求書だった。

請求書――？

なんだ、これは。

「ええと漆沢さん、まずやめるに先立ってね、会社に二百五十万円支払ってもらいますよ」

「ええっ!?」

美砂生は驚愕《きょうがく》した。どういうことだ――!?　しかし確かに、山海証券の社名が入った請求書には『漆沢美砂生殿』と宛名がついている。内訳は『貸金』。訳が分からない美砂生に、総務担当者は言った。

「漆沢さんあなたね、会社にお客への見舞金を肩代わりしてもらってるね？　それが三百万円。あなたの退職金と社内預金、解雇予告手当てをそこから差し引いても、まだ二百五十万円残るんだよねえ」

「お客への見舞金を肩代わりって――どういうことですかっ？　あたし全然憶えがないわっ!」それに三百万円だって――!?　そんな大金、会社に肩代わりさせたなんて、見たことも聞いたこともない。

　しかし担当者は、

「あなた、昨日解約のお客さんに怪我させたね？　それで傷害で訴えると怒っていたお客に思い止まってもらうために、あなたは個人として、三人のお客に一人百万円ずつ、合計三百万円の見舞金を出し、『私も責任を取って山海証券をたった今やめます、これは私からの気持ちです、どうか会社を訴えるのだけは許して下さい』と土下座して謝り、怒り狂った三人のお客に帰ってもらっている。その時あなたにお金の持ち合わせがなかったので、目黒駅前支店の総務課が支店長の寛大な指示で特別に、三百万円の見舞金支払いを、肩代わりしてやっている」

「まっ、まさか！」

　美砂生は目を剝《む》いた。

「そんな馬鹿な。あたしそんなことしてません！　支店長はお客さんへの見舞金は支店の予算から出したって——第一、傷害で訴えてやりたいのはこっちのほうだわ。目黒駅前支店の支店長に、事実経過をもう一度確認して下さい！」

「その目黒駅前支店の支店長から、そういう報告が来ているんだ。君は、会社に肩代わりしてもらった三百万円を、今すぐに返さなければいけない」

「あたしは、肩代わりしてもらった憶えはありません！　それにお客さんに対して個人として見舞金をあげますなんて言った覚えないし、お詫びのしるしにやめますなんて言った覚えないし、追いかけられてつかみかかられて抱きつかれて怪我しそうになったのはこっちのほうだし、会社が訴えるのをやめてもらう代わりにお金出すのは勝手だけど、それは支店長の責任で、会社の予算から出すべきだわ！」

事実、美砂生を目の前に立たせて、支店長はそう言ったではないか。

しかし美砂生がそう訴えると、総務部の中年社員は「馬鹿なことを」と相手にしなかった。

「そんなこと出来るわけないだろう？　会社として、損をしたお客に見舞金を払ったなんて知れたら、また損失補塡をしたと社会的に糾弾され、損をした他のお客全員からも同じように見舞金を請求され、わが社は莫大な損失を被るのだ。外資系新会社に救ってもらおうというこの大事な時期に、お客を怪我させたとか企業コンプライアンスに背く損失補塡をしたとか明るみに出たら、いったいどうなると思うんだ。君は、会社の組織と二千名の社員が、どうなってもいいと言うのか？」

「そんな。じゃああたしは、暴力ふるわれたあたしは、どうすればいいんですかっ」

「そんなの知らん。いいからさっさと、二百五十万円払って消えてくれ。二百五十万円持ってくれば、離職票と雇用保険資格証明書と年金手帳を渡してやる。それまでこれらは、預かっておく」

頭に来た美砂生は、その足で目黒駅前支店の支店長室へ乗り込んだが、

「支店の予算から見舞金を出したなんて、そのような事実はなかった。支店長もそのようなことは、一切おっしゃっておられない」支店長の姿はなく、総務課長が代わりに出てきてにべもなく言った。

「支店長に会わせて下さい！」

「支店長は多忙だ。君になど会う時間はない」

「ひどいわ。お客に暴力ふるわれたあたしをクビにして、おまけにお客にこっそり払った見舞金まであたしからむしり取るなんて――！　いくらなんでも、ひど過ぎるじゃないですかっ」

「ちっともひどくなんかないね。いいか。君は、二度にわたって客と暴力ざたを起こした。一度目は、君が一方的に刺されかかったのだからまあ良かった。女子社員が損をした客に刺されて死んでも、世間は同情してくれる。だが二度目は良くなかった。君は反撃して、客を転ばせ、軽傷といえども怪我をさせてしまった。このことがマスコミに広まれば、支店にどれだけ迷惑がかかると思っているんだ」

「あたしが刺されて死んだほうが良かったって言うんですかっ？　襲われて強姦《ごうかん》されたほうが良かったとでも言うの？」

「さぁね」

「わかったわ。支店長やあなたたち幹部のおじさん連中が何を考えてるのか、わかったわよ。あたしを襲って来たあのお客さんが転んで怪我したことがマスコミにばれれば、『山海証券の女子社員が解約客に暴力、怪我させる』とかいう見出しになって、支店長以下あなたたち幹部社員は管理責任を取らされるわ。それを防ぐには怪我をしたお客にこっそりお金を握らせて黙らせるしかないけど、支店がお金を払ったことが明るみに出れば、今度は損失補塡をしたことになって、企業コンプライアンスに背く行為をしたあなたたち支店幹部は外資系新会社に入れてもらえなくなる。どっちに転んでも、支店長も営業課長もあたしの直属上司の係長もお金を出した総務課長のあなたも、みんな身分が危うくなるわ。何よ、自分たちが助かりたいから、全部あたし一人に背負わせて、追い出そうとしてるんじゃない。悪いのはあなたたちじゃない。あたし一人を犠牲にして助かろうなんて、そんなこと許すもんですか！」

美砂生はいきりたって怒鳴りつけた。

「あたしをクビにするなら考えがあります。代わりにあたしはあのお客さん三人を傷害で告訴するわ。そうしたら警察の調査が入るわよ。マスコミにもばれるわ。それでもいいならクビにしなさいよ！」

「馬鹿なことを言うんじゃない」

「馬鹿なことしてるのはそっちじゃない。これでもあたし、法律は少しは知ってるんだから。卒業前にゼミの教授から司法試験受けたらどうだって言われたこともあるんだから。出るところへ、出てやろうじゃないですか！」

「君に訴訟費用なんか、払えるわけがない」

「会社にくれてやるくらいなら、定期を解約して弁護士に払ってやるわ！」

美砂生は肩で息をして、総務課長を睨みつけた。

「さぁ、どっかに隠れてる支店長やら課長やらと相談して来て下さいよ！　あたしのクビ、取り消して下さいよ。二百五十万の請求書なんて、取り下げなさいよっ」

すると、胃腸病で死にかかっている牛みたいな顔色の総務課長は「ちょっと待て」と奥に引っ込み、しばらくして出てきた。

「あー、ええとな」

「クビは取り消すんですねっ？」

「いや。決定に変わりはない。君は解雇だ。その上で、もし君が客を傷害で訴える場合、会社は君の解雇事由を『懲戒解雇』にするそうだ。そのように決まった」

「ええっ!?」

美砂生の顔から、血の気が引いた。

懲戒解雇――!?

どうしてそうなるんだ。

「君は、オーバートークをして客にリスクの高い商品を売りつけ、損をさせたそうだな？　したがって会社は業務規定違反で、君を懲戒解雇にできる」

「そんな馬鹿な」

美砂生は、二年間勤めて来た会社の組織が自分にしようとする仕打ちが、信じられなかった。

だが総務課長は続けた。

「漆沢君。君は、係長が『騙してでも売れ』と命じたとか、営業社員はみんなそうやっていたとか反論するかも知れないが、そんな証拠はどこにもない。あったら見せて欲しいものだ。また、客に払った金だが、この緊縮財政のおり、支店から三百万円もの交際費や使途不明金など出すわけには行かない。したがって客に払った三百万円も、やはりすべて君が個人として全額負担しなくてはいけない。これが結論だ」

「そんな――ひどいわ……」

カンボジアの不毛の湿地帯みたいな頭をした総務課長は、脂ぎったスダレのような毛髪を手のひらで撫《な》でつけながら、細い眼で美砂生をねめつけた。

「わかっておるだろうが漆沢君よ。一度懲戒解雇になったが最後、君は再就職活動の履歴書に『山海証券を懲戒解雇』と書かなければならなくなる。もしも嘘を書けば、有印私文書偽造だ。君はいい大学の法学部を出とるんだろう？　この意味は、よくわかるはずだ。それでもいいのかな――？　ん？」

「そんな……」

「それとも、不当解雇取り消しの裁判でも起こすかね？　費用はいくらかかるかな？　判決が出るまで何年かかな。五年かな？　十年かな？　君なら見当がつくだろう。それにもしも十年後に不当解雇の判決が出たところで、山海証券は来月にもなくなるんだ。なくなった会社にどうやって復帰するんだね。新しく出来る外資系新会社は、全然別の組織だよ。判決が出ても関係ない。『そんなの知らん』と言うだけだ。そんなことしている暇があったら、再就職先を捜したらどうかね？　君がまだ若いうちにな」

「………」

確かに、懲戒解雇になどされたら、美砂生はまともな再就職など出来なくなってしまう。もし怒りに任せて法的手段に訴えても、気の遠くなるような不毛の闘いが待っているだけだろう。

だけど、あたしが何でこんなひどい目に遭わなけりゃいけないんだ――!?

美砂生の怒りは納まらないが、総務課長は細い眼を少し哀しげに歪めて美砂生を見上げた。

「色白の美人がきんきん怒鳴って、見苦しいよ漆沢君？　いや、若いっつうのは、うらやましいねぇ。君ならば、贅沢を言わなければ働き口なんていくらでもあるんだからね。だけどおじさんたちにはちょっとねぇ……。だからおじさんたちとしてはね、自分らの再就職を妨害するようなものは、何としてでも叩きつぶさないといけないんだよねぇ。いやぁ世の中は厳しいね」

「………」

「漆沢君。今のまま、おとなしく肩代わりしてもらった金を払って出て行くのなら、普通解雇のままでいいと、オーバートークで客に損をさせた企業コンプライアンス遵守にあるまじき問題社員ではあるが温情を込めて目をつぶると、支店長はこうおっしゃっておられる。何という温情であろうか。悪いことは言わん。支店長のお気持ちが変わらぬうちに、君が個人として出した金をさっさと払って、出て行くんだ」

中年の総務課長は、歯を食いしばって立っている美砂生の肩を、後ろからぽんと叩いた。

「君が出て行けば、八方丸く収まってみんな助かるんだ。君だってみんなを不幸にしたくないだろう。みんなの幸せのために、出て行ってくれるな?」

「……ひどい」

「ひどい? 何を言う、こんな温情があるもんか。でもなんなら君のアパートの住所と電話番号を、抵当証券を買った客全員に公開してもいいんだぞ? 君だって夜はゆっくり眠りたいだろう」

「――――」

　涙が出そうで、美砂生は何もしゃべれなかった。

　歯を食いしばったまま、美砂生はすすり上げることしかできなかった。

「ほら、何泣いてるんだ。組織に歯向かおうなんて馬鹿なこと考えてねぇで、とっとと出てけ漆沢」


　美砂生は仕方なく定期を解約し、それでも足りなくて普通預金の口座からもなけなしのお金を下ろして本社の総務部へ持って行った。それでやっとのことで必要書類を手に入れることができたのだが、社長がＴＶで土下座してくれたお陰で本社には様々な企業から求人が来ているはずなのに、総務部は美砂生に求人情報を一つも紹介してはくれなかった。

「再就職先？　そんなの、自分で街に出て捜したらいいだろう。就職情報誌だってあるんだ」

「そんな。ニュースでは社長の会見のお陰で、求人がたくさん来てるって――」

「聞いたが、君はさっき目黒駅前支店で、こともあろうに総務課長を脅したそうだな？　そういう問題のある元社員に、再就職先は斡旋《あっせん》できないね。さぁ、用が済んだら出てった出てった」

何を言って抗議してももう無駄だった。企業の組織がいったんこの人間を『切る』と決めた時、どのような態度に出て来るのか美砂生は思い知った。

――『さぁ、用が済んだら出てった出てった』

「あーもう、もうっ！」

美砂生はベッドの上で頭を抱え、枕《まくら》をかぶって両耳をふさいだ。あれから、あまりのショックに二日間起きられなかった。部屋の雨戸を閉め切り、せめて溜った疲れを眠って癒そうとしたが、目が覚めるといろんな嫌なやつの台詞が頭の中を駆けめぐって消えなかった。お客の怒鳴り声、支店長、課長、係長、本社総務部の意地悪な担当者、そして世の中を分かったように言う支店の総務課長の声――

「……痛い」

右の脛《すね》のあたりがまだ痛む。三日前、客に追いかけられて塀をよじ登った時、ぶつけて擦り剝いたのだ。ストッキングが破れていることに気づいたのは、部屋に帰って来てからだった。

（あたしのこれまでって……）

美砂生は、毛布をかぶってうつぶせになったまま、これまでの東京での六年間を思い起こした。

受験戦争を必死に闘って大学に合格し、上京を果たしたこと。田舎の役所に勤める父親に多額の仕送りなど無理だったから、生活の自由が制限されるのを承知で安い大学の女子寮に住み、冬など誰も見ていない部屋ではどてらを着て勉強し、司法試験を目指してはどうかと言われるくらいの成績で法学部を卒業したこと。親のコネのない単身上京の女子学生には名の知れた企業への就職など不可能に近かったところを、支店採用とはいえ大手の証券会社に入ったこと。必死に頑張った甲斐あって営業成績も結構よく、支店の朝礼で表彰され、グアムのご褒美旅行にも行ったこと……。世の中は不況で苦しかったけれど、自分はそれなりに成果を上げて来た。私生活でも、背が高くて格好いいねと言われ、切り詰めて貯めたお金で服を買って外資系や大手企業の独身サラリーマンたちが集まるパーティーに出かけ、男たちにもてまくったりもした。東京で女一人、誰にも頼らず自分の生活を築いて来たのだ。楽しいこともそれなりにあった。無理してでも東京へ出て来て、良かったと思っていた。

でも、せっかく頑張って就職して働いていたのに、二年間尽くしてやった会社から、まるで身ぐるみはがされるようにして放り出されるなんて――

（これまでって、何だったんだよう……）

美砂生は枕に顔を埋め、すすり上げながらつぶやいた。「ひどいよう。どうしてこうなるのよう？　あたしが作って来た生活、どうしてくれるのよう。一生懸命やって来ただけなのに、どうしてのけ者にされたり、人に恨まれなきゃいけないのようっ」

そこへ電話が鳴った。美砂生は「ううー」とうなりながらベッドを這い降り、部屋の絨緞《じゅうたん》に散らばっている転職のパンフレットや就職情報誌をかき分け、電話機を捜す。

『美砂生、大丈夫？』

電話は友達からだった。

『目黒の会社に電話したらさ、漆沢さんはもういませんって言われたわ。どうしたの？』

「うー」

『そのうなり方は、ひょっとして――』

「うう」

『まさか会社が解散する前に、リストラされちゃったとか？』

「うう、うう」

『ひどいわねぇ。じゃ、ニュースで言ってた新しく出来る外資系新会社には、行けないの？』

「ううう」

『それは、大変だわ』

「うー、あんたはいいよ」

電話してきた友達は、南原《みなみはら》まどかという。外資系や大手企業の独身サラリーマンたちが集まって開いている、〈異業種交流会〉というパーティーで知り合った他社のＯＬだった。大手の航空会社に勤めている。勤めていると言っても、契約制のキャビン《C》アテンダン《A》トだ。

「あんたは自宅通勤だし。食う寝るところの心配はないし——」

『でも大変よ。仕事きついし、身分はアルバイトでしょう？　不況でお客さんはカリカリしてるしさ。お茶が熱いとか怒鳴られてぺこぺこしてばっかりだよ。ＣＡは絶対言い返さないの知ってるから、おじさんたちの不満の捨て場みたいにされるんだよ。時給千二百円でさ。思えばあたしの女子大からだって、バブル時代に就職した先輩たちは商社で総合職とかやってるのに、あたしは取引先に契約切られて帰る途中や左遷されて地方へ行かされる途中のおじさんたちにお茶を運んで、怒鳴られてあげる仕事だよ。何やってるんだろうって思うよ』

「ううう」

『うちの契約制の同期には、東大の文学部出た子もいるよ。やっぱりあたしたちみたいに親のコネがなくて、正社員の採用は全部ダメだったんだって』

「うう」

『まったく親のコネがない女子大生なんてさ、核兵器を開発してない北朝鮮みたいなものよね。どこの会社も馬鹿にして、相手にしてくれないわ』

「ううう」

『ねぇ美砂生、暇になったんなら、二人で気晴らしに南の島にでも行こうよ。パーッとさ』

「うー、それどころじゃないわよ。転職の面接、明日から回らないと」

『明日から？　いったん実家に帰って、おうちの人と相談したりしないの？』

「久留米の地元に就職しろって言われるだけだよ。冗談じゃない」

『でも、それもいいんじゃない？　田舎なら東京の企業より、人間扱いしてくれるかも知れないよ』

「まどか。あんた実家どこだっけ？」

『埼玉。生まれてからずっとよ』

「じゃあ分かんないだろうな」

『何が？』

「田舎の世界がどんなだか。言ってみればあたしね、東京では漆沢美砂生だけど、あっちでは『漆沢の家の長女』なのよ」

埼玉の実家から通勤している友達には、美砂生の言うニュアンスは理解できないようだった。

『よくわかんないけど——ああ、それで今日電話したのはね、今夜のパーティー、美砂生も来れるのかなと思って』

「パーティー——？」

『M物産の久保田さんから聞いてない？　今夜いつもの西麻布の店でやるって。美砂生来れる？』

「わかんない。とてもそんな気分じゃないよ」

美砂生は電話を切ると、ガラステーブルの上のカップスパゲティーを脇へどけ、書きかけの履歴書と職務経歴書を並べ、「あーめんどくさい」とうなりながら顔をしかめて記入し始めた。仕方ないから、とりあえず雇ってくれそうな中小の証券会社を明日から回るつもりだ。

何枚も同じ書面を書き続け、「あーあ、めんどうくさい」ため息をつく美砂生。

「パーティー、か……。男どもはともかくとして、先輩は来るのかな——」

西麻布

その夜。

貸し切りにされた西麻布のバーに入ると、パーティーはすでに始まっていた。

「美砂生。来たんだ」

昼間電話をくれた南原まどかが、グラスを片手に手を振った。ショートヘアのまどかは光る素材のワンピースを着てピアノにもたれ、数人の男たちに囲まれて笑っていた。顔ぶれを眺めると、いつものメンバーが集まっているようだった。二十代後半から三十歳前後の、上場企業や外資系などに勤める独身サラリーマンの男たちは、まどかが「おいでよ、飲もうよ」と美砂生を手招きすると、なぜかピアノの周辺からさーっと散っていなくなった。

美砂生は、その反応を黙って見て過ごし、まどかと連れ立ってカウンターに座った。

「出て来れたんだね。大丈夫?」

「なんかさ。部屋にこれ以上一人でいると、辛気くさくって」

「今夜は飲もうよ」

「うん」

そこへ、この〈異業種交流会〉の幹事役を務める若い商社マンが汗を拭き拭き「やぁ、漆沢さんじゃない」と巨体を揺らしてやって来た。大学ではラグビーをやっていたという、美砂生から見れば典型的な体育会系商社マンだ。

「久しぶりじゃないか」

「久しぶりって——久保田さん、あたしのこと誘ってくれないじゃない。最近」今夜の集まりだって、常連のはずの美砂生に、この男からは何の誘いもなかった。

「いやぁ、忙しいんじゃないかと思ってね」

久保田という体育会系商社マンは、いつも汗をかいている赤ら顔の頭に手をやって、

「あっはっは」と笑った。本当に営業に向いているのは、こういう男なんだろうな、と美砂生は思う。久保田茂明は、二十九歳にしてすでに会社で一つの地域を任されているというやり手だ。顔の広さを見込まれ、最初にこの交流会を設立したという人物から、今年になって幹事役を任された。

「トラブルに巻き込まれるとでも思った？　久保田さん鼻がききそうだものね。あたしとつき合うと、包丁持って追いかけて来るお客から身体を張って護ってやらなきゃならなくなるとでも――？　あなた将来あるしね。そんなこと出来ないわよね。みんなもそうだけど……」

店に入って来た時の男たちの反応から、報道はされなくても美砂生が刃物を持った客に襲われて警察ざたになった事件は、広まっているらしかった。

「そんなことはないよ。遠くから心配していたさ。漆沢さんのことはね」

久保田は、実は美砂生を口説きおとそうと寄って来ていた男の一人だった。何度か誘われ、食事もした。電話もまめにかけて来ていたのだ。しかし自主廃業騒ぎからこっち、ぱたっと連絡が途絶え、久しぶりに会ってみると『美砂生ちゃん、美砂生ちゃん』となれな

れしく呼んでいたのが、『漆沢さん』になっている。

「心配しなくていいわよ。『永久就職させてくれ』なんて、迫ったりしないわ」

振り向いて見渡すと、この久保田と競うようにして美砂生を口説こうとしていた独身サラリーマン数人の姿が、フロアのあちこちに見えた。だがみんな美砂生が来ていることに気づきもしないように立ち話に興じたり、新しく来たメンバーと名刺を交換し合ったりしている。特に美砂生を追いかけるのに熱心だったはずの大手民放TV局の制作社員は、初めて誘われて来たらしい紺のスーツの新人OLらしい女の子に名刺を渡し、素っ気ないクールな二枚目を装って話し込んでいる。美砂生よりも二、三歳若く見えるミニのスーツのOLはきゃあと喜び、「わたし商社にいるんですけど、本当はTV局志望だったんです。八巻《やまき》さんのところに転職しちゃおうかしら」とはしゃいでいる。

(何が『転職しちゃおうかしら』よ。苦労知らずのきれいな手なんかして——)

美砂生はムッとする。商社に勤めていると言った女の子は、造りの小さなきれいな顔をしていた。グラスを持つ手は遠目に見てもすべすべの傷一つない肌だ。食器を洗ったりしたことなどないのだろう。そして家には社会的地位のある父親がいて、就職の時には苦もなく商社へ入ったのだろう。TV局の男はクールさを装いながら実は軽薄で、美砂生の好みではなかったのだが、自分をほっぽらかしてあんな絵に描いたような苦労知らずのお嬢様に入れ込んでいるところを見せられると、胸がむかついた。

「あのさ」

唇を嚙む美砂生に、久保田は言った。カウンターに向き直ると、隣に居たはずの南原まどかはいつのまにかあっちの柱の陰で、外資系金融機関に勤務するという三十歳くらいの男と笑い合っている。女の友達には、見せない笑顔だ。自分も、男と話す時にはあんな表《か》情《お》をすることがあるのだろうか……。

「あのさ、漆沢さん」

二人きりになったカウンターで、久保田は声の調子をおとして言った。

「俺のほかにも、君のことが気にいって、追いかけてたやつがたくさんいるのは、知っているんだ」

「え」

「俺さ」

久保田はグラスのバーボンをぐいと呑んだ。

「俺、君の会社の自主廃業が決まった時、チャンスだと思ったんだ。君が困っている時にいいところを見せれば、君のことをものに出来るってね。ライバルの連中も、多分同じことを考えたと思うよ。でも結局、俺は退《ひ》いてしまった。君の前に出て助けることをせずに、逃げてしまった。怒ってもいいよ」

「怒り狂ったお客の、中年オヤジが怖かった?」

「そうじゃなくてさ」

「？」

「俺、君の悲壮感を知ってたから——だから、二の足踏んじゃったんだ」

「悲壮感……？」

「美砂生さん。君、本当は遊び人じゃないだろ」

「え——？」

「つき合いが良くて、遊び人みたいにしているけど、ちょっと違う。本当は古風な、真面目な子だ」

「そんなことないわよ。あたしは」

「いや、そうさ。美人だけど身持ちが堅くて、君を奥さんにしたりしたら一生浮気なんかできそうにない。遊び人みたいにしているのは、どういう理由か知らないけど、ポーズだな。俺はそう思う」

「あたしは、そんなお嬢さんじゃないわ。お嬢さんっていうのはね、ほら、あそこで大八《おおや》洲《しま》TVにちやほやされて喜んでいる、ああいうのを言うのよ」

「いや。お嬢さんというより君は——」

その時、バーの入口のほうで歓声が湧くと、男たちを磁石に吸いつく砂鉄のようにまとわりつかせ、赤いスーツの背の高い女が入場して来た。常連のメンバーらしい。「四条《しじょう》さん、四条さん」と口々に満面の笑顔で近づく若い男たちは、まるで宝塚星組のスターの周りで踊る若いステージダンサーのようだ。実際くっきりと美しい顔の女は、登場した瞬間にあたりの空気をぱっと華やかに色づけしてしまった。身を包む赤いスーツもかっちりしたビジネス向きのデザインなのだが、なぜかフロアの暗がりの中でナイトドレスのようによく目立つ。

女はゆったりした笑みを浮かべ、フロアの中央のボックス席にすらりとした脚を揃えておさまった。女の年齢は三十歳前後か、表情の豊かさからもっと歳上にも見える。短めのボブヘアに縁取られた彫りの深い美貌を知らない人が見たら、女優か有名ニュースキャスターでもやって来たのかと思ったかも知れない。たちまち周囲を取り巻きらしい男たちが囲み、その外側には懐から名刺を出して取り巻きの輪の中へなんとか割り込もうと構える者が様子をうかがう。女は、座の中心で運ばれた酒のグラスを受け取り、そんな騒ぎを鷹《おう》揚《よう》に見回す。いつものことなのだろう。

「四条真砂《まさ》さんか。相変わらずの凄い人気だな」

久保田は、フロア中央の騒ぎに肩をすくめる。

「女優にしか見えないけど、あれで財務省証券局の課長補佐だもんなぁ。あの若さで」

「――――」

「そういえばあの人、君の大学の先輩だったよな。凄いよな、三十歳で財務省の課長補佐、それも私学出身でだぜ。その上にあの美貌ときたもんだ。酒は強いし、よく遊ぶし——スーパーレディーだな」

「————」

美砂生は、でも辛そうに唇を噛んで、久保田が指さすフロアの真ん中を見ようとしない。四条真砂と呼ばれた女性エリートの華やかに笑う声だけが、バーの空気を伝わって背中に聞こえて来る。

「なぁ美砂生さん、それでさっきの続きだけど」

久保田は、うつむく美砂生の顔をのぞき込み、

「君ってさ、言ってみれば『求道者』じゃないのかな——それも、『迷える求道者』」

「——えっ？」

美砂生はグラスから眼を上げた。

「何だかさ、君ってつき合いがいい割りには、なんかいつも肩ひじ張ってて、妙にガード固くて、送って行っても部屋に上げてもらったことなんか一度もないし……。そりゃ、上げる上げないは君の自由だけれど、遊び慣れてるような君が遅くまで呑みにつき合ってくれて、送らせてくれて——そうしたら男は、少なくとも俺なんかは、半分は期待するぜ。でも変なとこで凄く固いんだよなぁ。ひょっとして、遊び慣れてるように見せてるのはポーズで、本当は男なんか未経験の処女なんじゃねえのか？　なぁんて疑ってみたくもな

る」

「――――」

「今まで言わないで来たけれど、そう感じてた」

「――――」

「いっぺん、マンションの前まで行ってキスしようとしたら、すっげえ真面目な顔で拒否したろ？　あれは傷ついたぜ。あのくらいは挨拶じゃないか。遊んでる子なら何でもないはずだ。でも君にとってはそうじゃなかった。君は本当は、こんな場所で何人もの男に口説かせて、悦に入るような女じゃない。どういう理由だか知らないけれど、まるで修行でもするように遊んでいる。向いてないのに、遊び人の女に努力してなろうとしてる。はたで見ているとそう見える。その証拠に男に迫られると、思わず本性が出てしまう。真面目な女の子の本性がね」

「――――」

「なんか、君は〈本来の自分〉はどこかへ置いといて、〈仕事も出来て遊びも出来る大人の女〉ってものに、努力してなろうとしていないか？　本当の君は、違うのにさ」

「――――」

「君を追いかけてた他の連中も、何となくそう感じていたんじゃないのかな。おたがい競い合っていた頃は考えなかったけれど、今、君を口説きおとしてステディーな関係になったら、君が失業中のこともあるし、遊びでは済みそうにない」

「そんなこと——ないわよ……」

「いいや、そうさ。もし君とそういう関係になったら、意外に真剣なつき合いになって、永久就職させてやらなきゃならなくなるような予感がしたんだ。俺は君のことは確かに気にいっていて、欲しかったけれど、結婚となると話は別で、本当のところはまだしたくないんだ。相手が君じゃ駄目だとか言うことではなくてさ。だから他の連中に譲るつもりで身を引いたんだけど、どうやら他の連中も、俺と同じ考えだったようだ」

美砂生はため息をつき、「もういいわ、帰る」とスツールを降りた。

「待てよ」

久保田はグラスを持ってついて来て、「美砂生さん、君の本当にやりたいことは何なんだ?」と訊いた。

「やりたいことって、どういうことよ?」

「だから——」

「知らないわよ、そんなの」

「まぁ待てよ。美砂生さん、俺から見れば、君が証券会社の営業で売り上げ成績抜群で支店表彰だなんて、驚異的なんだよ」

「どうして」

「君、向いてないから」

「失礼ね」

「君は営業向きじゃないよ。営業なんか好きじゃないはずだ。余程努力したんだな、凄いと思うよ」

その言葉に、美砂生は頭を後ろから小突かれたような気がした。思わず振り向くと、言い返した。

「ええ。あなたの言う通りよ。あたし好きで営業の仕事なんかしていないわ！

でも何が悪いの!? 田舎から脱出して一人で生きてみたい一心で大学受けて、就職の時は業種なんか構っていられなかったし、あっちのお嬢さんみたいに『何が志望なんですぅ』なんて甘ったれてる余裕なんかなかったわ。少しでも弱音を吐けば、田舎に連れ戻されて家の従属物に逆戻りさせられる現実と闘っていたわ。久留米の地元じゃ今でも、あたしが早稲田に受かったなんてまぐれだって言ってるわ。この不況で若い女の子が一人、東京でやっていけるはずはないって言ってるわ。だからあたしは、どこから見ても誰から見ても文句のつけようがない、仕事の出来る立派な大人の女にならなくちゃいけないのよ。甘えてなんかいられない。証券の営業は、必死で就職活動してて気がついたらやっていたのよ。仕事は、特別な才能も親のコネもないあたしが東京で一人で生きて行くための手段よ。趣味でも遊びでもない。やりたいもやりたくないも、好きも嫌いもない。そんな贅沢言っていられないわ！」

「そうかな」

「そうよ。自分の力で生きて行かなきゃならないのよ。あたしは——」

「そうじゃなくてさ。美砂生さん、君には特別な才能は、何もないのか？　本当にないのか」

「ないわよ。努力するしか、あたしに出来ることはないわ」

「やりたいことはないのか？　昔からやってみたかったこととか、好きなこととか——」

「そんなこと考えてみたこともない。あたしの田舎がどんなとこだか知ってる？　学校から帰って来れば町ぐるみで勉強する時間まで決めて掲示板に張ってあるような世界で、いまだに女の子は二十五までにお嫁に行かなきゃ行き遅れだとか言う世界で、どうやって夢を見ろというのよ。あたしはあそこから出たかっただけ。自由が欲しかっただけよ。それだけよ。それしか考えていなかったわ」


頭に来た美砂生は「さよならっ」と言い切ると、久保田に背を向けてフロアを横切った。

やっぱりパーティーなんか来るんじゃなかった、と思った。

誘ってくれた南原まどかに、先に帰ることを言おうと見回したら、さっきの外資系の男と一緒にとっくにどこかへ消えている。そりゃ友達だからって、四六時中あたしのことを心配してくれとか虫のいいことは言わないけど——とぶつぶつ口の中でつぶやきながら化粧室脇のクロークに預けてあったハンドバッグを受け出していると、背中からそっと肩をたたかれた。

「漆沢」

低い、聞き覚えのある女の声だ。まさか……？

「先輩——？」

振り向くと、さっきまでボックス席の座の中心にいた三十代初めの長身の美女が、美砂生の耳に息のかかるような背後に、魔法のように立っていた。美女はモデルのような背の高さなので、美砂生の耳に唇が触れるようだ。

「漆沢、どうした」

「せ、先輩……」

「どうした。美人が怒鳴り散らして台なしだよ」

四条真砂だった。

美砂生よりは六歳歳上。商社マンの久保田茂明を二代目として引き継がせるまで、この交流会を代表幹事として取りしきっていた女性だ。

四条真砂は、かつて早大法学部に伝説を残した女子学生だった。司法試験は在学中に一回でパス、ＮＨＫや新聞社の誘いもあったのに断り、国家公務員Ｉ種を受験してトップクラスで合格したという。以来、並みいる東大出の男どもを押さえて財務省の出世レースを突っ走る、文字通りのスーパーレディーだ。彼女が自分の人脈作りのために設立したのが、この〈異業種交流会〉だったという。真砂は後輩からの人気も絶大だ。六年前入学祝いに呼ばれた法学部の女子学生数名の中に、美砂生もいたのだ。

「大変だったね漆沢。でも私はね、あんたの会社が『業務停止処分』ではなく『自主廃業』で済むように、これでも骨を折ったんだよ」

真砂は低い声で言った。

「あ、ありがとうございます先輩。あたしのこと、覚えていて下さったんですね」

美砂生は就職してから、足繁くこのパーティーに顔を出すようにしていた。しかし真砂はいつも取り巻きに囲まれる会の中心人物で、一度就職の挨拶だけはしたが、ふだんは話しかけることなどかなわず遠くから眺めるだけだった。

「後輩の顔と名前は、三百人ぶん覚えてるからね」真砂は宝塚の男役のように笑った。そして急に真顔になると「漆沢。リレルメンチへ行くのだけはお止し」と言った。

「リレルメンチ——何か、問題でも……?」

「くさいね。やつら外資系は、救世主面をしてやって来るが、本当のところは何をたくらんでいるのか私にもよく分からない。かと言って漆沢、格下の中小証券会社へ移っても待遇が悪くなるだけだ。悪いことは言わないよ。大手都銀をお受け」

真砂は意外なことを言った。

「お、大手都市銀行って――そんな、山海証券より何ランクも格上じゃないですか」

美砂生は驚いて、自分が目標にして来た大先輩の、ほんのり染まった桜色の頬を見た。

でも、酔っていてもいい加減なことを口にする人ではない。

「冗談で言ってるんじゃないよ漆沢。いいか。都銀各行はビッグバンに伴って、投資信託の事業を始めた。即戦力の営業スタッフは足りない。必ず欲しいはずだ。あんたの営業経験が短いことはネックになるだろうが、挑戦する値打ちはあるよ」

「――――」

美砂生が息を呑んで見返すと、大女はニヤリと笑って、背中をどやしつけて来た。

「ま、色々無理してみるのもいい。世の中、これからどうなるのかも分からない。私のアドバイスが役に立つかどうかも不確かだけど、挑戦しなくてどうするんだ。頑張れ」

「は、はい」

それだけ言ってしまうと、男みたいな口ぶりで話す美人キャリア官僚は、フロアの喧騒の中へハンカチで手を拭きながら戻って行った。

「先輩……」

丸の内

翌日。午後一時。

オフィス街は、この四月に大学四年になる新卒予定者の就職シーズンを迎えていた。紺のリクルートスーツの波に混じって、美砂生は歩いていた。

（まいったなぁ。この子たちに比べたら、今年二十五のあたしなんてとうの立ったオバサンだよ……）

また就職活動するなんて想像もしていなかった。だから美砂生は、面接を受けに行くのにふさわしいリクルート向きのスーツなど持っていなかった。山海証券には制服があったので、日常の通勤は簡素なパンツルックで済ませていた。それなりにかっちりしたスーツも持っていたつもりだったが、鏡の前で合わせて見るとどれも面接向きではなかった。夜のパーティーに来て行くスーツは『仕事の出来る大人の女』を演出する服だったので、スカートにスリットが入っていたりする。じゃあ三年前に着た紺のリクルートスーツは、と出して見ると、今の美砂生には全然似合わない。

今朝、それでちょっとあわてた。

昨夜の四条真砂の『大手都銀を受けてみろ』というアドバイスには半信半疑だったが、

目標にしていた先輩の眼の力強さを思い出し、美砂生は朝食の後で気合いを入れ、都銀数社の人事部へ電話をしてみた。すると二社が会ってくれると言う。しかも今日すぐに来いという。自分でも思ってもみないうちにアポイントが取れてしまったので、着て行く服が見つからずに往生した。面接に着ていく服のことまでは、ここ数日考えが回らなかったのである。最初の銀行が午後一時の約束では、デパートの吊しのスーツを買っている暇もない。美砂生はワンルームのクロゼットを必死でかき回し、やっとのことでそれらしいグレーのスーツを掘り出した。一昨年買ったアルマーニの夏物である。しかし、

（やっぱりスカート短いかなぁ、これ……）

タイトミニのスカート丈は、パイプ椅子に座ったりしたら、美砂生の色白の脚が膝から上半分丸出しになりそうな短さだ。でも仕方がない。この服以外に適当なものがなかった。美砂生のワードローブはいつの間にか、面接のパイプ椅子ではなく夜のバーのカウンターのスツールに腰掛けることを想定して買ったスーツばかりになっていた。将来マンションを自分で買おうと切り詰めて暮らしていたつもりが、自分でも気づかぬうちにそんな服ばかりにお金をかけるようになっていたのだ。でもまさか『洋服が間に合わないのでアポを明日にして下さい』なんて言えない。こういうことは、勢いが肝心だ。いい、これで行こうと思い切り、かっちりと堅めに化粧も整え、部屋を出た。まぶしい春の日差しの下を、紙袋を胸に抱いて早足で歩いた。

（……つまりは、そういう充実した『都会の独り暮らし』をしていたわけなのよね——）

美砂生は、さっき部屋を出て来る時に、都会に築き上げた自分の城——祐天寺の住宅街に立つ白い三階建てのワンルームマンションを見上げ、自分はこれからもここに住み続けることができるのだろうかと思った。オートロック付きのワンルームの家賃は、もし条件の良い就職口が見つからない場合、アルバイトや派遣社員の時給いくらの賃金では払い切れないだろう。払えたとしても、洋服は確実に買えなくなるだろう。かと言って、節約のためにシャワーもついていないような部屋に移ったりしたら美砂生は全身から生きる力が抜けてしまいそうな気がする。第一、二年間で増え過ぎた美砂生の洋服と靴は、クロゼットのない部屋には入り切れない。

だがたとえ窮乏したとして、九州の実家の親に頼ることなど絶対にできないと美砂生は思った。生活に困っているなんてこぼしたら最後、自分は連れ戻されて故郷の地元に縛りつけられ、たぶん地元の社会の中で『漆沢美砂生』としてではなく『漆沢の家の長女』として見合いをさせられ、本人の意思なんかろくに取り上げられもせず、『行き遅れは親の恥、家の恥、親族の恥。身の程を知って贅沢言うな』とか『親から見ていい相手が、生涯通せば結局はいちばんいいんだ』とか『あそこの地主の家に嫁入り出来るというのに相手の見てくれで文句など言うな』とか言われて、周囲からせっつかれるように結婚させられ、地元の社会の中に封印されるだろう。そして、もう二度と東京へ出て来ることはできなくなる。東京でのこんな暮らしは、二度とできなくなる。

　それは地方から一人で上京して暮らしている女の子みんなに、共通して言えるだろう。親というものは誰でも、男の子は東京へ出して修業させても良いが、女の子は家から出したくないというのが実のところ本心だ。美砂生が久留米の実家を出て来れたのも、父親がつい口を滑らせて『早稲田に受かったら東京へ出してやってもいい』と言ったのを、言葉尻をとらえてしっかり利用したからだった。

　だからこそ高校時代は髪の毛をひっつめて必死に勉強した。そんな田舎の社会から東京へ脱出して、自分の力で生きてやろうと思った。

（――田舎は嫌いじゃないけど、住みたくはない。田舎の人たちも悪いとは言わないけど、一緒にいたくはないわ……。やっぱり当面着ない服は、リリイクル・ブティックに持って行こうかなぁ……）

　そんなことを考えていたら、目指す都市銀行の本社ビルの前を通り過ぎそうになった。

「あぁ、ここだ――大きいな」


　十五分後。

　その大手都銀の人事部の小会議室で、四十過ぎの人事担当者が一人で美砂生を面接した。

「知っての通り、金融ビッグバンに伴って今後投資信託の販売が拡大される。うちの銀行としても新規に手がける投資信託の事業にスタッフが必要だ。特に店頭での個人客向けの販売には、経験豊かな女性スタッフがぜひとも必要なわけなんだが――」

「はい」

美砂生はさしむかいでパイプ椅子に一人座らされ、凄いなぁ、ここ二十五階だもんなぁ、と窓の眺めに感心したりしながらうなずいていた。

「しかしね漆沢さん。せっかくのリレルメンチを蹴っぽって、外へ出てしまうのはなぜなんだね？」

「は、はい。いえあの、この際わたし、外の世界で自分の実力を試してみたいと思いまして――」

「ふうん。そう」

中年の人事担当者は仕立て物のワイシャツの袖をバンドで留めたりして、別に男っぷりがいいわけでもない秀才肥満児タイプなのだが、オックスフォードの黒ぶち眼鏡に二十五階から見晴るかす丸の内の景観が映り込んだりすると、『銀行』『エリート』という単語がぴったりはまっていて証券会社とは毛並みが違う感じだった。その代わり出世競争はここでも激しいのだろう、人事担当者の頭のてっぺんも、光の入射角の加減でテカテカの地肌が見え隠れする状態だった。

「でもね。実力っていうけど君の場合、営業経験がまだ二年きりなんだよねえ」

「は、はい。でも――」

今朝、美砂生からの売り込みの電話を取ったのは、目の前の人事部の男だった。美砂生は四条真砂のアドバイスの通りに、迫り来るビッグバンに備えて新たに証券営業の経験を持つスタッフを欲しがっていそうな都市銀行に片っ端から電話をしてみた。だが四条も『経験の浅さはネックになる』と言った通り、美砂生の年齢が二十四歳で営業経験が二年だけと聞くと、興味は示されたが初めの三社には敬遠された。どこの銀行も欲しがっているのは、投資信託の営業で実務経験が五年以上、年齢は二十六歳から三十代前半までという即戦力のスタッフだったのだ。専門職の再就職は、若ければ若いほどいいというものではない。

投資信託の販売スタッフになることにも、全く抵抗がなかったわけではない。銀行の人事担当者を相手に電話で売り込みをしている最中、『金融の営業なんかを懲りずにまたやるのか?』という自問自答が頭をよぎらなかったと言えば嘘になる。昨夜の久保田の『本当にやりたいことは何なんだ?』という台詞も何度か、頭をかすめた。『美砂生さん、君の本当にやりたいことは何なんだ――?』

(でも、今のあたしに自信の持てる分野はこれしかない。東京での今の生活を維持するために、あたしに出来ることといったらこれしかないんだ……)

もちろんワープロやパソコンを操作する事務職の派遣スタッフなら、美砂生の年齢と経験でも十分に口はあるだろう。でも実績次第で高収入が得られるのは営業職しかない。美砂生は証券や投資信託の営業なら経験も知識もある。投資信託の営業なら、三十代のベテランにも負けずに業績を上げられる自信がある。美砂生がそのように電話で強調すると、四社目にかけ合った都市銀行の担当者は『とりあえず履歴書をファックスで送って欲しい』と言う。すぐに写真付きの履歴書と職務経歴書を送ると、会ってもよいと返事が来た。続く五社目は、もう電話すると同時に履歴書をファックスで送りつけ、半ば強引に返事をもらった。

美砂生は、目の前の人事担当者をきっと睨みつけるようにすると、自分の長所を売り込んだ。

「先ほど電話でもお話ししました通り、わたし営業成績は良かったんです。支店表彰も、二回獲っています。業務知識だって十分自信があります」

「うーん、そうねえ――」

すると四十代の人事部の男は、まるまっちい指にはさんだボールペンで、頭の横をかきながら美砂生の送った職務経歴書を見た。写真付きの履歴書を送った直後の電話では、採用してもいいような雰囲気の物言いだったのに、いざ目の前で会ってみると気のなさそうな話し方をする。何なんだよこいつ。

「君の場合、学歴なんかは、まったく問題ないんだけど……」ポリポリ、とボールペンで耳の横をかいて、男は美砂生の履歴書を眺める。おっさん臭くはないが、勉強の出来る肥満児の坊ちゃんがそのまま歳を取ったような感じだ。

「他にも、実務経験の豊富な人が、たくさん売り込みに来ていてねえ」

ま、男としてあたしが相手にするタイプじゃないな、エリートかも知れないけど……と美砂生は面接の最中だというのに、そんなことをちらりと思った。勢いに乗っているしるしかも知れなかった。

「ぜひ、わたしを使ってみて下さい。三か月の試用期間で期待される数字を出せなかったら、切られても文句は言いませんから。お願いします！」

美砂生がスカートの膝頭に隙間が開かないよう気をつけながら乗り出して食い下がると、男は「君は一応候補の一人にはしとくけど、ま、難しいかも知れないよ」と言って、伏し目がちに書類を片づけ、帰るように促した。男の黒ぶち眼鏡のレンズには皇居の緑が映っていて、表情はよく読めなかった。

「ま、あとで結果は連絡するから」

「どうかよろしくお願いいたします」

美砂生はパイプ椅子を立ち、ストッキングの脚をそろえて深々とお辞儀をした。

最初の一社で決まるほど甘くはないだろうな、でもこの銀行に入れたら凄いだろうなぁ。

山海証券より十倍くらい大きいもんな——と丸の内を見下ろすガラス張りの廊下をきょろきょろ見回して、美砂生は次のアポを取った銀行へと向かった。

オフィス街に出てざわめく歩道をパンプスで歩くと、美砂生は少しずつ気分が回復するのを感じた。閉め切った部屋で泣きながら寝ているより、外を歩くほうが気持ちいい。ひょっとしたら山海証券を放り出されたのも、自分にとってステップアップするチャンスだったのかも知れない。四条先輩が言ってくれたように、挑戦すればもっといい未来が待っているのかも知れない——などと考える余裕が、その時点ではあった。

美砂生は、その先さらに理不尽な仕打ちが自分を待ち構えていようとは、想像もしていなかった。

市ヶ谷・防衛省

「課長がお戻りです」

盆にお茶を載せて配っていた課付きの女性秘書から小声で告げられると、ワイシャツ姿の夏威総一郎は「ありがとう」とうなずき、デスクの上で内容を確認していた書類の束を整え、早足で防衛政策課の課長デスクへ歩み寄った。

「課長」

あの沖縄の事件から、今日で四日。

朝鮮半島西岸海域での武力衝突が一応鎮静化し、米空軍のE3A早期警戒管制機《AWACS》が何の成果も上げられぬまま黄海上空から引き揚げると、防衛省内局はいつもの国会会期中の業務に戻った。

結局、沖縄を領空侵犯した謎のスホーイ24の正体は解明されぬまま、日本政府も特定の相手に抗議をすることもできず、ただ『ひどい言いがかりだ』と強硬に『謝罪』を要求して来た北朝鮮政府に対し、一〇万トンのコメ支援を新たに行う約束だけをさせられて、事態は何となく終わってしまった。

「課長。ちょっとよろしいですか」

午後三時過ぎ。国会の特別補正予算委員会の答弁補佐から戻った防衛政策課の課長に、夏威は分厚いレポートを突き出した。

「先日の沖縄領空侵犯事件に関連してなのですが、一つ見ていただきたいものがあります」

ワイシャツの襟を暑そうに広げていた五十代の課長は、秘書が運んで来た茶をがぶりと一口呑むと、うざったそうな横目で夏威が目の前に置いたレポートの束を見やった。

表紙には、

〈自衛隊法第八二条　明確化法案（試案）〉

その表題だけ一瞥《いちべつ》すると、外回りで日灼けした課長は汗を拭きながら立ち上がり、デスクの前に立った長身の夏威に「ちょっと来い」とうながした。

「来い。夏威」

「はい」


防衛局の広大なオフィスは、静かにざわめいている。使われていない応接室に入ると、今年で五十四歳になるという防衛政策課長は革張りソファにどさっと掛け、クリスタルの灰皿を引き寄せて煙草を出した。夏威が閉めたドアを背にして立ったままでいると、自分で卓上ライターをカチッと鳴らして火をつけた。

「課長。お忙しいところすみません。ぜひ見ていただきたいのです。私が、急いでまとめた試案なのですが――」

夏威が言いかけると、課長はうざったそうに煙を吐いて、手を振った。

「いい」

夏威は、徹夜で仕上げてきたレポートを課長が手に取ろうともしないので、たたみかける。

「まず、内容を説明させて下さい。これは航空自衛隊の――」

だが、

「いい」

うざったそうに課長はまた手でさえぎる。

「――!?」夏威はムッとして、防衛省キャリア官僚の先輩である五十代の男の顔を見た。

黒ずんだ熟年近い顔だ。

その顔はまるで、この世に面白いことなど何一つない、あらゆることが嫌でたまらないというような表情だった。国会で防衛大臣の答弁の補佐をして戻って来た官僚は、決まって似たような疲れた顔をするが、中には質問をして来た野党の議員をどのようにして丸めこんだかとか、地方選出の国会議員がどのくらいバカだったかなどという話題を得意気にまくしたてる者もいる。だがこの防衛政策課長がそのように明るく振る舞うところを、夏威は配属された一年前から一度も見たことがない。昔は『豪放磊落《ごうほうらいらく》』と人に言われた時期もあったと聞くが、現在のこの課長の、寄生虫に取り憑かれて死にかけているアフリカのサバンナの黒サイみたいな風貌からは、とてもそのような時代は想像出来ない。

「おう――夏威よぅ」

うっそりとつぶやくように、課長は唸った。

「は」

ちょっとそこに座れ、と課長は顎でうながす。さしむかいに座らせた若い長身の後輩に、防衛局防衛政策課長はふんぞり返ったまま言う。

「なぁ。疲れるよなぁ、まったく。お前は疲れないか？　え？」

「は――」

夏威は、答えようがない。課長はだるそうに天井を見ながら、「疲れるじゃねえか」と煙を吐く。

「は？」

「そうじゃねぇよ」

「は。確かに、予算委員会はちょっと……」

「疲れるだけじゃぁねえか、本当に」

「そうじゃなくて、俺たちの人生がだよ」

「――我々の、人生が、ですか？」

「そうだ。疲れるばかりじゃねぇか。

いいか夏威。俺はな、七五年の入庁だ。ガキの頃から受験戦争を必死で闘い、東大を出て、上級職で中央省庁に入った。そこまではいいよ。だが配属されたのは何の利権もない防衛庁と来たもんだ。うま味もなく、国民には尊敬もされず白い目で見られ、野党の連中には世界の平和を乱す犯罪者のように言われ、大蔵省の連中は肩で風切って歩いてるのに、俺たちはいつも『お勤めはどちらですか』と聞かれて『ちょっと役所のほうに』としか答えられねえ生活だった。転勤して、堂々と近所の人に勤めを言おうとすると、女房がやめてくれと言う。近所で『税金泥棒』と後ろ指をさされるから、やめてくれと言う。石油ショックの頃の話だ」

「――――」

「沖縄返還後間もない那覇に、施設庁の主任として赴任した。俺たちがあっちでどんな扱いを受けたか知っているか？　官舎の出すゴミを、収集車が持って行ってくれねえんだ。『自衛隊や防衛庁の人間が出すゴミなんか持って行けるか』と、まるで今の、長野や山梨の山林に住みついた質《たち》の悪い新興宗教に地元の連中がするみたいな仕打ちをされた。俺一人ならまだ耐えられるが、女房も、子供もいる。子供は学校でいじめられた。東大を出たエリートのはずが、　家で日陰者のように暮らした。

それでも若い頃は、日本の安全保障体制はこれでいいのかとか、国民の自分の国を護る意識は、次代の子供たちの教育はこれでいいのかとか、国の安全を預かる官僚となった以上はその責任感に燃え、仕事しようとしたよ。この俺だってな、一応は色々と、やろうとしたんだよ」

「は、はい」

「それが、頑張って仕事すればするほど、政治が足を引っ張る。こちとらが心配してやっているはずの国民にも引っ張られる。真面目な役人は、すぐに潰れて行く。現実世界のひどさについて行けなくて、自分から崩壊してしまう。残って偉くなっていくやつは、政治家とのつき合いに耐えられる、まともな神経を持っていない役人ばかりだ。今の局長や、参事官連中のようにな」

「――――」

夏威は、少なからず驚いていた。キャリアは自分の弱みや辛いことを、さらけだして他人に話すことを通常はしない。失敗談で笑いを取るのは並みのノンキャリア役人のすることだ。次官を目指して競争するキャリアたちは、自分の人格や能力に一点の曇りもないかのように振る舞う。酒の席でも、夏威は課長からこんな話をされたことがない。

もしキャリア官僚が自分の弱点をさらけだして昔話をするとしたら、それは彼が官僚の世界を去る時だけだろう。

課長は、寄生虫に内臓をむしばまれた瀕死のサイのように、ぷふぁっと大きくため息をついた。

「俺は、まともだったから出世しなかった。結局、筆頭課の防衛政策課とはいえ、課長で終わりだ」

「終わりって、課長、まだ……」

夏威が口をはさもうとすると、

「聞いてないのかお前？　こんど俺の同期の鱶島《ふかじま》が、次官になるんだとよ」

「あ――」

「お前もキャリアの端くれなら、この世界の〈掟〉を知らぬわけではないだろう。俺と、俺の同期は、事務次官になった鱶島一人を残し、みんなこの防衛省を去る」

「鱶島局長が……そうだったんですか……」

ふん、とため息をついて、課長は鼻から煙草の煙を吐いた。

「ろくに政策を上げもしないで、自由資本党の防衛族幹部と遊び歩いていたようなやつが次官になり、靴をすり減らして時差ボケになりながら国際安全保障調査専門官で世界中駆けずり回ってたこの俺が、まだまだ働けるこの歳でお払い箱さ――そのレポートだが、〈対領空侵犯措置〉の改定案だろ？」

「はい、そうです。自衛隊法第八二条、〈対領空侵犯措置〉の改定試案を作ってみたのです」

夏威は身を乗り出した。

「先日のような事態が起きないようにするために、我が国もすでに批准している国連海洋法条約にのっとって自衛隊法を一部改正し、第八二条〈対領空侵犯措置〉を改定するのです。具体的には、日本の領空を侵犯する航空機があった場合、それが国際民間航空条約によって保護される民間機でないことが明らかであり、かつ自衛隊スクランブル機の警告に従わない場合は、これを『撃墜してもよい』と法の本文中に明確に記載するのです。これは別に我が国が突出して定める行動ではなく、すでに国連海洋法条約には当たり前に記載されている世界の――」

だが、そこまで言うと課長はまた手を上げてさえぎった。

「『世界の常識』だって言いたいんだろ? 当り前だよそんなことは。常識だよ」

「そうです。ですから今こそその当り前の常識を、わが日本も――」

「やめてくれよ」

課長は言った。

「や、やめろって――?」

夏威は、言われたことが分からなくて言葉に詰まり、課長の顔を見た。その夏威を課長は、疲れた顔で尻上がりに怒鳴った。

「やめてくれって言ってるんだよ、夏威。頼むからそんな法案出そうとするのは、やめてくれよっ」

都内・地下鉄

市ヶ谷から乗り込んだN駅方面行きの地下鉄は、夕刻のラッシュだった。

夏威総一郎は、混み合った通勤客の群れから頭一つ出る長身をドア脇の手すりに預け、窓外を眺めていた。ドアの窓は、明るい駅を出ると高速で走り過ぎるトンネルの暗闇となり、窓ガラスは鏡のようになって夏威の顔を映し出した。夏威はその顔を見た。二十六歳。防衛省へ入省して四年、次第に仕事にも自信が出て来た顔だ。だがその顔に、『お前には分からんだろう』という声が重なった。

先ほど議論した、課長の声だった。

――『まだ分からんだろう。お前のような、若いエリートにはな』

（いじめられて喜ぶ趣味はない、か――）

昨夜は作成した法案の点検で徹夜をしたので、今日はさっさと帰宅して寝るつもりだった。

夏威は、結局取り上げられなかった法案の入ったアタッシェケースを網棚に上げると、腕組みをし、唇をキュッと歪ませた。

（俺たちを取り巻く〈現実〉、か――）

あれから、応接室の中で課長とやり合った。

夏威は、日本の防空の弱点を正し、四日前の沖縄のような事件が再発しないようにと自分なりに自衛隊法を国際法に沿って修正する案を検討し、課長に提出したのだ。沖縄を領空侵犯した謎の戦闘機――あのスホーイ24の正体も所属も、いまだにはっきりしていない。このままでは、同じ手口で日本の領空のどこかがまた侵犯されるおそれがある。スホーイを送り込んで来た謎の〈敵〉が何者で、何を企んでいるのかも定かではない。

もし正体不明の他国の軍用機が無断で領空へ侵入し、スクランブル機の警告にも従わなかった場合、武器を使用してこれを撃墜できるとするのは国際社会の常識だ。日本もその常識を明記した国連海洋法条約を批准している。だが現行の自衛隊法にはそれが反映されておらず、侵犯した他国軍用機が明らかな攻撃態勢でも取らない限り、領空内を好きに飛ばれても自衛隊機には何の実力行使もできない。月刀たちスクランブル機が必要ならば撃てるようにしてやるには、法の改正を急がねばならない。

しかし、

――『やめてくれって言ってるんだよ』

防衛に関する政策を検討するのが専門で、夏威の直属上司でもある防衛政策課長は、なぜか夏威の仕上げた自衛隊法改正案のレポートを手に取りもせず、一言のもとにはね退《の》けたのだ。

「やめてくれよ」

「や、やめろって——？」

その時夏威は、課長の反応が信じられなかった。不意の領空侵犯に対する日本のガードが甘過ぎるという事実は、勤続三十二年にもなる防衛官僚なら分かり過ぎるほど承知しているはずだ。むしろ今までガードの甘さを放置して来た責任を、追及されても仕方がないくらいだ。

だが、同期が次官になるので来月で防衛省を去るというベテランキャリアの課長は、そんな改正案を出すのは「やめろ」と言う。

「やめてくれって言ってるんだよ、夏威。頼むからそんな法案出そうとするのは、やめてくれよっ」

「どういうことなんです、課長!?」

夏威は課長の態度に抗議した。

「これは是非とも必要な法案です。却下するとしても、せめて中身を見てからにして下さい！」

課長はふんぞり返ったまま、「ふん」とうざったそうに鼻から煙を吐く。

「ふん。そんなもの、読まなくても分かる」

「よ、読まなくてもって——」

「分かるんだよ、俺には」

「なぜです?」

「なぜならな、俺も作ったことがあるからだ。二十年も昔に俺も同じ修正案を出そうとして、潰されたんだよ」

「——?」

どういうことだ? 夏威はソファに仰向けになって煙草をくわえる課長の顔をのぞき込んだ。

疲れた顔の課長は、まくり上げたワイシャツの腕で灰皿を引き寄せ、ピースをがしがしと消した。

「なぁ夏威」

「——は?」

「夏威よ、お前、防衛省を第一志望にしたんだってな? 四年前」

「四年前——は、はい。そうですが……」

課長はなぜか唐突に、四年前夏威が国家公務員I種の採用試験に合格して、東大から中央省庁のキャリア官僚となった時のことを話題にした。

「防衛省の志望は、在学中から決めていました」

「どうしてだ？」

「どうしてって――それは」

だが自分の志望動機と今回のこの法案と、何か関係があるのだろうか。

確かに、キャリア官僚を目指す大学生の第一志望は通常、国の予算を預かり最も権力を振るえる財務省だ。利権も多い。公にはされないが、次官クラスで生涯に十億の余禄に与かれると言われる。次いで世界に出て日本の代表となれる外務省の外交官か、日本の産業の進むべき道を決める経済産業省に人気があり、中央省庁御三家と呼ばれる。防衛省はと言うと、北海道・沖縄開発庁と並んで人気がない。

「なぁ夏威。お前は、東大法学部出身でトップクラスの成績でI種試験に合格し、財務省からの誘いもあったのにそれをわざわざ蹴って防衛省《うち》へ入って来た変わり者だ。さぞかし日本の安全保障のために、考えていることもあるんだろう。自分の力でこの日本を何とかしてやろうとか、その優秀な頭で考えているんだろう。確かにお前の能力なら――能力だけで言うなら、事務次官も夢ではないかも知れん」

「いえ、そんな……ただ私は」

「だが、お前は甘い」

「甘い？」

「いいか。能力があることと、世の中というものを肌で知っているかということは、全然別なんだ」

「――世の中って……」

「では夏威。一つ質問をしてやろう。今、その法案を国会に提出したとしよう。自衛隊法改正案。だが政治家どもが審議に入ると思うか。その法案を、通そうとすると思うか？」

「それは……通すべきです」

「来月は統一地方選挙だ。全国で知事選がある。選挙戦が繰り広げられようとしているこの時期に、あの自由資本党がわざわざマスコミに叩かれるようなネタを、抱え込むと思うか？　お前が考えて来た法案を仮に国会に出してみろ。マスコミの反応なんて目に見えている。新聞の見出しはこうだ。『政府、自衛隊に殺人許可証』あるいは『防衛官僚、国会に殺人法案を提出』だ。マスコミには、自衛隊が日本の安全を護っているなんて事実はどうでもいい、ただ自衛隊の存在自体が気に食わない、許せないというわけの分からん連中が大勢いるんだ。そいつらが政府与党と防衛省を叩く格好の餌を、お前は与えてしまうんだ。野党だってマスコミの政府非難を最大限に利用し、選挙戦を有利にしようと動く」

「国会は、日本の安全の危機を認識して、与党も野党もなく協力してこの法案を通すべきです」

「そんなことするわけがない」

「政治家たちだって、馬鹿ではないでしょう。日本人ならこの危険な状況は分かるはずです。もしあのスホーイが原爆を――」

「分からないと思うね。あの連中には。少なくとも与党と内閣には今、こんな法案を相手にする意識は全くない。首相も与党執行部も、来月の選挙戦の対応で頭が一杯だ。四日前の領空侵犯事件のことも、もう忘れているだろう。領空侵犯を防いだって選挙の票になんかならない。それが政治というものだ」

「政治政治と言われますが、課長。我々官僚は日本の国と国民のために働いているのです。政権与党に奉仕するために働いているのではありません！」

「ふん。『国民のため』か――ふん」

課長は再び鼻を鳴らした。

「その国民は――喜ぶかな。その法案を出せば」

「それは……ここでは分かりませんが、この法案は国民の安全を護るため、ぜひとも必要です」

「ふん。『国民の安全』か――」

「そうです。このままでは、先日の沖縄と同じ事態がまた引き起こされる危険があります。我々防衛政策課としては、国民の安全を第一に考え、〈対領空侵犯措置〉の改定に全力を注ぐべきでは――」

「あのな、夏威よ」

課長は、いきり立つ若い後輩を制して、だるそうに「ふぁあ」とあくびをした。そしてまた、夏威が唖然とする台詞を吐くのだった。

「実を言うとなぁ、夏威。俺にはもう『国民の安全』なんて、どうでもいいんだ」

目の前が、明るくなった。

地下鉄の電車は考え込む夏威を乗せ、駅に滑り込んだ。開いたドアから柱の駅名を見ると、いつの間にか恵比寿まで来ていた。夏威はN駅の先の学芸大学に、一人住いのマンションを借りている。

人波に押されるように、長い髪のOLらしき女が乗り込んで来た。紙袋を抱え、反対側に立つ。

ふと、まるで博多人形のようにきれいな子だな、と夏威は思った。黒い髪に縁どられた白い横顔に、切れ長の眼がのぞいている。長い睫毛《まつげ》は伏せられ、表情は見えないが大変な美人だ。ブランド物らしいグレーのスーツのスカートは短く、女のすらりとした脚線を強調している。これから夜のデートにでも行くのだろうか、そんな格好だ。

(でも、デートにしちゃ――表情が暗いな)

さしむかいに、ドア脇の手すりにつかまって立つ女の横顔を何気なくうかがって、夏威は思った。人形のように綺麗な顔だが、よく見ると睫毛の伏せられた整った横顔にはどこか苦労して成長したような大人っぽさがあって、ＯＬ特有のきゃぴきゃぴした感じはない。同い歳くらいに見えるが、実際は歳下かも知れない。民間企業は不況で大変らしいから、この子も就職で苦労したのかも知れない。もしかしたらキャリアの自分より、この疲れた感じの綺麗なＯＬは世の中の現実を知っているのかもしれない。

（上司に叱られたか、恋人と喧嘩でもしたかな——いやそれにしても、さっき課長の口にした現実……あれが世の中の〈現実〉なのだとしたら、俺はこれから、どうやって闘って行けばいいんだ……）

夏威はまた、課長との言い合いを思い出す。

「国民の安全なんかは、どうでもいいと言われるのですかっ——!?」

「そうさ」

驚く夏威に、課長は平然と「俺はどうでもいい」とうなずく。

「し、しかし課長」

「まぁ聞け、夏威。正直言うとな、俺の役職は確かに防衛政策課長だが、現実問題として、俺にはもう国民のことなんかどうでもよくなっているんだ」

「それは聞き捨てなりません」

「お前には分からんだろう」

「分かりません。いったい、どういうことです」

「まだ分からんだろう。お前のような、若いエリートにはな。我々を取り巻く〈現実〉というものは」

「いいか。日本の国民は、自衛隊や防衛省はいらないと思っている。俺たち防衛省や自衛隊は、アジアや世界の平和を乱す、悪いやつらだと思われている。国民は、自衛隊がなくなり米軍が出て行って日本が非武装丸腰になれば、中国も北朝鮮も台湾も韓国もロシアもみんな平和を愛する好い人たちで、アジアも世界もみんな平和にハッピーになれると信じている。半世紀も昔にアメリカ占領軍が作って押しつけて行った平和憲法とやらを一言一句でも変更したら、大戦争が起きると信じている。米軍を嫌うくせして、米軍の作った憲法だけは新興宗教の聖典みたいに祭りあがめて素晴らしい素晴らしいと信じ込んでいる。だがあれはなぁ、『アメリカには二度と逆らいません』とはっきり書くとまずいから、『二度と戦争はいたしません』とぼかして書いただけなんだぞ。その上、大東亜戦争で白人の植民地支配から解放してやったアジアの諸国に向かって『日本人は土下座して謝れ、あり金残らず差し出して謝れ』とか、わけの分からんことを主張する。いったい日本の国民は、どうなっているんだ？　誰がこんなふうにしてしまったんだ？　俺にはさっぱり、わけが分からん。わけが分からんが一つだけ言えるのは、俺や俺の女房や子供に向かって『税金泥棒』などと叫び石を投げたような連中に、何かしてやるつもりはもう全然ないということさ。三十二年間もそういう生活をしてみろ、誰だってそんな気持ちになるさ。

もしお前の法案を出せば、間違いなくマスコミも国民も我々を糾弾して来る。防衛官僚けしからん、日本を軍国主義にするつもりか、アジアの人々に謝れ、中国に謝れ、韓国に謝れ、北朝鮮に謝れとわめいて、お次は必ず『防衛官僚の勝手を許すな、天下りを許すな』だ。そしてめでたく、来月ここを去る俺たち同期生の民間企業や政府関連団体への再就職は、全部パーになる。夏威、お前はその法案で、三十二年間国と国民の安全のために尽くして来たこの俺の再就職天下りを、パーにするつもりかっ！」

「いえ、そんな――」

課長は右手で、ソファの革の表面をばしんっ、と叩いた。

「こんなに国民の安全を三十年あまりも心配してやって、あげくに心配してやった国民の糾弾で老後の生活の途まで断たれたら、いったい俺は、俺を含めて防衛官僚たちの人生は、何だったんだよ。俺たちゃ、いじめられて喜ぶような趣味はねえんだよ。そうじゃねえか夏威。そうは思わねえかっ？　だからそんな法案を出そうとするのは、やめてくれって言ってるんだよ」

「…………」

「俺たち三十年あまり勤め上げて来た防衛官僚の思いは、みな同じだ。もう国民の白い目や、マスコミの揚げ足取りにつき合わずに、静かに暮らしたい。国民に対しては、そんな感情しか持っていない。

政治家に対しては、もっとそうだ。政治家も国民の一部だが――夏威、お前与党でも野党でも政治家とつき合ったことあるか？」

「いえ、ありません」

「いずれお前のような若手も、政治家を相手にしなければならない時が来る。その時になったら分かるだろう。政治家と呼ばれる連中の、ひどさがな」

「ひどさって――どんなふうに……？」

「実際相手にして見なければ分からんことだが――一口で言えば俺はな、日本が中国に占領されて、永田町の政治家どもが与党も野党も全員逮捕されて、監獄で政治犯にされて処刑されてしまえばいいと半ば本気で願っているんだ。その位の、ひどさだ」

「………」

夏威はため息をついた。

地下鉄の電車は地上へ向かってトンネルを上がって行く。その先は、地上を走る私鉄線に乗り入れて横浜方面まで直通運転だ。

考えごとに疲れ、ごとんごとんというレールの振動に身を任せて何気なく窓を見ていると、混み合った車内の様子を映す窓ガラスの中に、とんでもないものが見えた。

（――!?）

ドアをはさんでさしむかいに立つＯＬの背後に、ひょろりとしたカマキリのような背広の男が立ち、節くれだった手を後ろからＯＬのミニスカートの中についと差し入れたのだ。まるで交尾を迫る昆虫のオスのように、中年男は混み合う中でＯＬのグレーのスーツの背中に張りつき、腕を触手のように下へ伸ばし、スカートの中で指を動かし始めた。

ＯＬが気づき、驚愕した顔で振り向いた。やっ、やめてと唇が動くのが見えた。とっさには大声など出ないのだろう。カマキリのような中年男は、ＯＬが息を詰まらせているのをいいことに、揺れと混雑を利用してさらに身体をこすりつけ、ＯＬの背中に覆いかぶさるように密着していく。

（くそ）

夏威は、そのような行為の現場を見たのは初めてだった。車内の人々は、気づかないのだろうか？　少なくとも見栄えのよい若い女の背中に中年男が不自然に張り付き、女が驚きと苦悶《くもん》の表情を浮かべれば、雰囲気を察するのではないか。偶然でも日にすれば、分かるのではないのか。それとも、面倒なことに関わりたくないので周囲の人々はみんな知らないふりをしているのか――？　カマキリのような男の顔に、『この国の国民のためになど、何もしてやる気がしない』と言い切る課長の顔が重なった。

次の瞬間、夏威はドアの反対側へ踏み出していた。行動に出たのは先ほどの課長の物言いへの不満が起爆剤となったのか、目の前のドア脇に立つＯＬの子が夏威にとって護ってやりたくなるタイプだったからか、自分でも定かではなかった。ともかく剣道をやっていた夏威は本能的に、人をかき分けて中年男の死角に回り込むように背後から近づいた。カマキリのような男は、はっきりと分かる形でＯＬのスカートの中に後ろから手を突っ込んでいた。さらに近づくと、カマキリ中年男は一見貧相だが意外に上等な背広を着ているのが分かった。無表情を装う骨張った顔の顎が、他人を見下すように上を向いている。背広の襟にはどこかの社員バッジらしきものが付いているが、裏表がひっくり返されている。

（確信犯か、こいつ――？）

出来心だろうと計画的犯行だろうと、痴漢を放っておくわけには行かない。夏威は背後から男の肩に手を掛けようとした。その時だった。長い髪のＯＬは意を決したように振り向き、中年男をきっと睨んだのだ。その目を見て夏威ははっとした。ほう、ちょっとした眼光じゃないか、この子……。

きっと睨みつけた女の目は、きれいなだけに迫力があった。普通の人間ならこんなふうに睨まれたらのけぞってしまうだろう。だが中年カマキリ男は顔を背けてその視線を無視した。女の腿の隙間に割り込ませた手の動きも止めようとはしなかった。それどころか、男は睨みつける美貌のＯＬに身体をすりつけ、口を動かして小さな声でこう言ったのだ。

「就職したくないのか、就職したくないのか」

何を言っているんだ、こいつ――？　夏威はわけが分からず、一瞬唖然として男を見た。

カマキリ中年男は、なおもＯＬに身体をこすりつけながら、視線をあさってに向けたままでつぶやき続けた。

「就職したくないのか、就職したくないのか」

すると、何か叫ぼうとしかけて開けられた女の唇がひきつり、口が苦しげに閉じられた。男を睨む女の顔が、クッと歪んだ。何て哀しそうな目だ、と感じた時、夏威はハッと我に返った。

「や、やめろ！」

夏威は女のスカートに突っ込まれたカマキリ男の右手をつかむと、スカートの中からぐいと引きずり出した。節くれだった男の指は独立して意志を持つ節足動物のようにわらわらと激しく動いていた。夏威は気味の悪さをこらえつつ、強くつかんだ男の手首をそのまま天井に向かって捩《ね》じり上げた。

「やめろっ、この野郎！」

都内・N駅

だが、事態は思わぬ方向へ進んだ。

十分後。

夏威は、地下鉄が地上の高架線に出て最初に停車する駅の駅長室にいた。

だがパイプ椅子に座らされて責められているのは夏威で、カマキリ中年男の姿はない。

夏威は窮地に陥っていた。

「早くそれを書けと言っとるんだ、若造！」

疲れた顔をした五十代の駅長が、座らせた夏威に向かって怒鳴った。テーブルの上には〈始末書〉と表題の書かれた白い紙とペン、拇印を押すための朱肉が並べられている。

「そこへ『今日のような迷惑行為は二度といたしません』と書いて、お前の住所と名前、それに拇印を押すんだ！　そうしないと警察に突き出してやるぞ」

くたびれた制服を着た五十代の駅長は腕組みし、半導体工場の廃液で体内を蝕《むしば》まれて死にかけているインドネシアのマレー土モグラみたいな茶色い顔から脂汗を滴らせ、夏威を怒鳴りつけた。

「さぁ書け。早く書け、このうすのろ！」

「嫌だ」

夏威は我慢して座りながら、頭を振った。

「どうして俺が、こんなものを書かなければいけないのか分からない」

「何だと？」

「どうして俺が始末書なんか書かなければいけないのか、納得できないと言っている。それにあんたはどうして、俺を警察へ突き出せるんだ？」

夏威が怒鳴りつける駅長を見上げ、努めて冷静な声で抗議すると、顔色の悪い五十代の男は「生意気な口をきくんじゃない若造」とさらに怒鳴った。

「若造、お前は目上に対する口のきき方ってものを知らないのかっ」


くそっ、やっかいなことに巻き込まれたな——夏威は思った。電車の中で痴漢に襲われていたＯＬを助けようとした。そこまでは良かったのだが……。

夏威は舌打ちし、この十分間に起きた出来事を頭の中に反芻《はんすう》した。その経過には、どうにも納得が行かなかった。

それとも、これが世の中の〈現実〉というものなのか——？

夏威が「やめろっ、この野郎！」とカマキリ中年男の腕を捩じり上げたのとほぼ同時に、地上へ出た電車は高架駅のホームに滑り込んだ。私鉄との接続がある、大きな駅だ。高架をぐるように幹線道路が走り、ホームに大勢の乗り換え客が列を作っているのが見えた。

「貴様、今この人に何をしていたっ⁉」

夏威は手に力を込めた。うぎゃっ、と中年男が悲鳴を上げて離れると、スカートに手を入れられていたOLは前を押さえ、突然助けに現われた夏威をはっとして見上げた。一瞬目が合いかけたが、その時電車のドアが開いた。夏威は男の腕をつかんだまま、ホームへあふれ出る客の群れに押し出された。

カマキリ中年男は不意の妨害にうろたえたようだったが、ホームの冷たい外気の中へ出ると、腕をつかまれたままおとなしくしていようとはしなかった。「何すんだお前、ふざけんな！」と怒鳴り返し、夏威の腕を振りほどこうとして来た。

「貴様は痴漢だ、駅員に突き出してやる。来い」

「ふざけるなっ、俺が何をしたって言うんだ！」

中年男は開き直った。「無礼だぞ放せ、この若造！」と叫ぶと手足を無茶苦茶に振り回し、いきなり夏威の脚を蹴って来た。少なくともちゃんとしたスーツを着た会社員が、駅のホームで他人を足で蹴って来るとは——なりふりかまわぬ反撃に夏威が驚いた隙を突き、中年男は拘束を振り払って逃げた。

「こ、こら待てっ」

夏威は追った。カマキリ中年男の背を指さし、

「誰かつかまえてくれ！　そいつは痴──」

だが、

「助けてくれぇっ！」

カマキリ中年男は、夏威よりも数倍する金切り声で夏威の声を打ち消すように、走りながら「助けてくれぇぇっ！」と叫び散らした。

「助けてくれ、暴漢に襲われた、助けてくれ！」

「何を言うっ」

夏威はダッシュし、人混みのホームの真ん中で男に飛びかかり、取り押さえた。ホームの乗車位置に行列を作っていた人垣がわっと割れて下がった。

「駅員はっ？　駅員を頼むっ」夏威は叫んだ。夏威に羽交い締めにされ、男はハエタタキで柱に叩き付けられたゴキブリみたいにバタバタ暴れた。「助けてくれっ、こいつが乱暴する、助けてくれぇ！」

人垣は中年男を羽交い締めにする夏威を取り巻いて見ていたが、その中に駅員を呼びに行ってくれる者はなかった。

「くそっ、誰か駅員を呼んでくれ！　こいつは」

「こいつは強盗だっ、助けてくれ殺されるっ！」

「うるさい、静かにしろ」

「ぎゃあ、首を絞められる！　誰か助けてくれっ、私は殺されるっ！」

まるで、香港のアクション映画で二枚目カンフー俳優が悪の頭目を取り押さえているような画《え》だったが、中年男は観念せず、あらんかぎりに手足を振り回し「助けてくれ助けてくれ」と叫び続けた。なりふり構わず暴れる男を取り押さえながら夏威は舌打ちした。畜生、これではどっちが悪いやつなのか、はた目からでは分からないではないか……！

「貴様、女の子にあんなことをしておいて、開き直るつもりかっ？　恥ずかしくないのかっ」

締め上げながら夏威は男を首筋越しに責めるが、

「ふん。うるさい、どこに証拠があるんだ？」

カマキリ中年男は、かすれた小声で開き直る。

「生意気な若造、何をとち狂って正義の味方気取ってるのか知らねえが、余計なことするんじゃねえ。俺を放して失せないと、ひどい目に遭わせるぞ」

中年男の吊り上がった細い眼が、横目で夏威をねめつける。中年独特の体臭が鼻を突く。

「黙れ、証拠ならある。あの子が――」

夏威はホームを振り向いた。人垣が割れて谷間のようになったホームの真ん中に、グレーのスーツを着たＯＬが呆然と立ってこちらを見ていた。長い髪がほつれ、ミニスカートの裾は皺になっていた。

「あの子が、被害を証言するさ。観念するんだ」

「ふん、どうだかな」

「何だと――?」

そこへ、騒ぎを聞きつけた若い駅員が一人、だるそうにやって来て「何したんすかー?」と訊いた。「なんすかー、何したんすか?」

疲れているのか、どんよりした目のだるそうな若い駅員は、迷惑そうな声だった。

すかさず、

「助けてくれっ!　この若いのは頭のおかしい暴漢だ。いきなり殴りつけて来た、助けてくれっ!」

カマキリ中年男は叫んだ。

「なっ、何を言う――!?」

夏威は面食らった。どうしてこんなにも恥知らずに、このおっさんは開き直れるのだ?

さっきの行為は立派な婦女暴行だ。犯罪行為ではないのか。

だが、

「こいつは暴漢だっ、車内暴力だっ!」

カマキリ中年男は突き出た喉仏を上下させ、そり返って今にも殺されそうな金切り声を張り上げた。

「私を助けてくれっ！　この若いやつを逮捕して、警察に突き出してくれっ！」

「何を言うんだっ」

夏威は締め上げる。男はさらに悲鳴を上げる。唾を飛ばすカマキリ男の必死の形相に、若い駅員は不審そうな眼で夏威を斜めに見た。が、くたびれた制服の若者はそれ以上近づいてこようとはせず、

「とにかく喧嘩なら駅の外でやって下さーい」

それだけ言うと、行ってしまおうとした。

「ちょっ、ちょっと待ってくれ！」

夏威は再び面食らった。何だ、ドラマなどでは、すぐに痴漢の犯人は駅員に取り押さえられ、警察の防犯係に突き出されるのではないか。いったいこの駅員の責任感のなさは、どういうことだ――!?

「君、駅長室はどこだっ？」

夏威は若い駅員の背中に怒鳴った。駅員は、嫌そうに少しだけ振り向いて「え？」とだけ言った。

「君、駅長室へ案内してくれ。俺がこの痴漢犯人を、連れて行く」

若い駅員は、やる気なさそうに「え……？」とだけ反応したが、また背を向けて行こうとした。

「おいこら待て、この野郎っ」

ふいに、夏威の中で理性が『自分はいったい何をしているんだ――？』と言った。

自分は、今何をしているんだ――？

自分は、何の得にもならないトラブルに、今顔を突っ込んでしまっている。自分は本来なら、保身に長《た》けたキャリア官僚らしく痴漢など無視して放っておけば良かったのではないのか。日常社会の小さなトラブルに顔など突っ込まず、無視して通れば良かったのではないのか？　乱闘の末に痴漢を捕まえて警察に突き出したところで、出世のためには何の役にも立たないばかりか、怪我でもすれば損するだけだ。トラブルに巻き込まれれば、損をするばかりだ――夏威の中の理性は、『こんなことは放っておけば良かった』と言う。

しかし夏威の中の感情は、傍若無人に振る舞われて何の抵抗も出来ないでいる女の子を、はたでただ見ていることが出来なかった。『悪いやつに何をされても、なめられても、何の抵抗も出来ないなんてそんな我慢のならぬことがこの世にあるか？　俺は目にしたこの状況自体が、我慢ならないんだ』そう主張していた。

（そうだ。やられたらやり返すのが、まともな人間じゃないか。弱いものを助けるのがまともな人間のすることじゃないか――俺はまともな人間だ）

夏威は剣道で鍛えた怒鳴り声を、逃げようとするやる気のない駅員の背中に叩き付けた。

「駅長室へ案内しろと言ってるんだっ、聞こえないのか、ぶっ殺すぞこの野郎っ！」

だが、暴れる中年男を引きずってホームの階段下の駅長室へ押し入ると、騒ぎを聞きつけてやって来た五十過ぎの駅長は、脂ぎった顔の汗を拭きながらあからさまに嫌そうな顔をした。夏威が「警察を呼んでくれ」と言っても、「あー、うう」と曖昧《あいまい》にうなるばかりで動こうとしない。その駅長を見上げ、カマキリ中年男はパイプ椅子にふんぞり返って怒鳴りつけた。

「俺が痴漢をした？　どこにそんな証拠がある。証拠があるなら出してもらおうっ」

このカマキリ中年男――こいつはどうしてこんなに、自信たっぷりに振る舞えるのだ？

あきれる夏威の後ろで、ＯＬは駅長室のドアを背にして呆然と立っている。さっき夏威が中年男を引きずりながら「君も来てくれ」と頼むと、一瞬ためらうように睫毛をしばたたかせたが、無言でついて来た。

「どうしたんだね？」

駅長は汗を拭き、面倒くさそうな声でドアの前のＯＬを詰問《きつもん》した。

白い顔のＯＬは、切れ長の眼を見開き、何か言おうとするが、言葉が出ないようだ。

「君、辛いかもしれないが、こんなやつを許しちゃ駄目だ」

「おい、それよりもこの若造は、俺に言いがかりをつけて締め上げたんだぞ！　みんな見ただろう現行犯だ。被害届を出すから警察を呼んで来い！」

「何を言うんだこの野郎――！」

　見るといつの間にか、カマキリ男の襟の社章が表になっている。見覚えがあった。確か、有名な旧財閥系都市銀行のマークだ。こいつは大銀行の行員なのか――？　対する夏威のほうは、上着の襟には特に身分を示すような物などはつけていなかった。

「おい、早くしろ駅長。警察を呼ぶのか、呼ばんのか！」

　カマキリ男は、さらに居丈高に怒鳴った。命令し慣れているような口ぶりだ。

「い、いやちょっと、待って下さいよ……」

　五十代の脂汗まみれの顔の駅長は、なぜかカマキリ男に敬語を使い出した。

「いや、どうか、警察とかそういうのはなしにしてですね、ここは穏便に――あなたも怪我はされていないんでしょう？　おいあんた、この人にホームで乱暴したそうだが、そのことについてちゃんと誠意をもって謝罪するんだろうな」駅長は、カマキリ男には『あなた』で、振り返って夏威に言う時は『あんた』だった。

　夏威はムッとした。

「そいつは痴漢だ、駅長！　なんでそいつに向かってていねいな物言いなんか――」

「うるさい若いの、お前がホームで乱暴を働いたことだけは事実なんだ。それに私に向かって『駅長』などと呼び捨てで怒鳴りつけるな、不愉快だ。この礼儀知らずめ」

「何だって」

「とにかく、そっちのお嬢さんが『この人にいつどこで、身体のどことどこをどのように触られた』と証言して、被害届を出さない限り、駅側としては警察なんか呼べないね。お嬢さんね、あんた被害届を出す気あるの？　出さないの？　こっちも忙しいんだからね、言っとくけど泣いてるのにつき合ってる暇なんかないからね。早くしてくれよ。嘘なんかついたら大変なことになるよ？　ほら、早く」

「………」

「証言出来るわけがない。そのような事実は、なかったんだからな」

「何だとこの――！　貴様この人のス――」スカートの中に手を入れて、とカマキリ男を怒鳴りつけかけて夏威は唇を噛む。立っている女の子本人の目の前で、『この子はスカートに手をつっこまれて痴漢された』などと大声で叫んで恥をかかせるわけには行かないと思った。

「とにかく、警察の女性係官に聴取を受ければ、この人は全部話せるだろう。警察を呼んでくれ」

「その必要はない」

カマキリ男はまた尊大に言った。

「そのような事実は、なかった。だから証言などできるわけがない。たとえ証言したとしても――」

カマキリはギロッと吊り上がった横目で立っているＯＬをねめつけ、

「それは嘘の証言だ。名誉毀損、いや俺を陥れようとした詐欺罪だな。この女は詐欺師だ」

詐欺師、と言われた瞬間、なぜかＯＬは内面の怒りを示すようにきっと眼を上げかけたが、カマキリ男に「この不況の厳しいさなか、詐欺を働くような女が就職出来るわけがない」とわけの分からぬことを言われると、唇を噛んで下を向いた。

「そら、どうするんだ？　警察を呼んでもらって、嘘を言うか？　早くしろ。こちらの駅員さんたちはな、忙しいんだよ」

「………………」

「ふん。何も言うつもりは無いようだな。では」

「ちょっと待てっ」

帰る、と立ち上がりかけたカマキリ中年男を制し、夏威は下を向いた美しいＯＬの肩をつかんだ。

「君、言うんだ。恥ずかしいかも知れないが、こんなやつを許しておくつもりかっ？　抵抗しなければまたやられるんだぞっ」

「あたし――」

すると桜色の唇が、震えるようにかすかに動いたが、

「——あたし……」

「そら見ろ。無かったことが言えるものか。全く大変な迷惑だ！　帰るぞっ」

カマキリ男は堂々と帰ってしまい、夏威は小さくすすり上げるＯＬと二人で、駅長室に残された。

「仕方がない」

夏威はため息をつき、立ち尽くすＯＬの背中を押して「帰ろう、送るよ」とうながした。

だが、

「ちょっと待った！」

五十代の駅長の咎《とが》める声が、部屋を出ようとする夏威を引き止めた。駅長は若い駅員に顎で指図し、出口のドアをブロックさせると、「あんたね、これだけ駅で騒ぎを起こしといて、ただで帰れないよ」とねめつけた。カマキリ中年男に対して何故か低姿勢だった分だけ、夏威には逆に高圧的だった。

「何だって？」

「今日、あんたはこの駅のホームでこれだけの騒ぎを起こしたんだ。構内で騒ぎが起きたということは駅長の私の管理責任になる。ちゃんと当事者を捕まえて迷惑行為に対する謝罪と始末書を書かせなければ、上への報告も出来やしない。『申し訳ありません、今後このようなことは二度といたしません』と始末書に書いて、ハンコを押してもらうよ。そっちのお嬢さんもだ」

「ば、馬鹿な。何を言うんだ。悪いのは――」

「うるさい。いいか、こういう場合は当事者の始末書を取り、報告書に添付する。それが決まりだ。体裁が整ってないと困るのは私なんだよ。ほら、さっさと書くんだ若いの。お嬢さんも座って書け」

「――」

女は、博多人形のようだと夏威が印象を持った白い顔を向け、心配そうに夏威を見た。

「駅長。ホームで起きた騒ぎに対してなら、この人は関係ないだろう」

夏威は、自分よりも頭一つ小さい女の細身をかばうようにして、脂ぎった顔の五十男に対峙《たいじ》した。

「彼女は帰してくれ」

「ふん、いいだろう。お前が書くというのなら、お嬢さんは帰ってもいい。じゃあさっさと帰れ」

駅長は、若い駅員に命じてドアを開けさせると、女のグレーのスーツの背を押し出すように「ほら早く帰れ」と部屋から追い出した。そしてテーブルの前に夏威を座らせ、〈始末書〉用紙とボールペン、拇印を押させるための朱肉を出して来て並べた。

「それじゃ書いてもらおう。『私が悪うございました』と早くそこに書くんだ、若造」

だが夏威は、簡単に言うことを聞くつもりはなかった。

「やっぱり嫌だ」

夏威は、座らされたパイプ椅子で腕組みをすると、頑としてペンを手に取ろうとしなかった。

「正しくないことは、出来ない」

夏威が拒否する姿勢を示すと、それからたっぷり連続五分間、くたびれた外見のどこにこんな精力が残っていたのかと驚くほど、顔色の悪い脂ぎった土モグラのような駅長は座ったままの夏威に向かって、「さぁ書け。早く書け、このうすのろ！」とか「さっさと書かないと警察に突き出してやるぞ！」とか、唾をとばして罵《のの》り続けたのだった。

「嫌だ」

夏威は我慢して座りながら、頭を振った。

「どうして俺が、こんなものを書かなければいけないのか分からない」

「何だと？」

「どうして俺が始末書なんか書かなければいけないのか、納得できないと言っている。それにあんたはどうして、俺を警察へ突き出せるんだ？　さっきはあの彼女の被害届がなければ、警察など絶対に呼ばないと言っていたじゃないか」

「生意気な口をきくんじゃない若造、お前は目上に対する口のきき方ってものを知らないのかっ」

「俺はあんたが目上だなんて思わない」

「何だとっ!?」

「あんたは正しくない。どう見ても正しくなんかない。俺は始末書なんか書かない。俺は、悪くない。俺は正しくないことなんかするつもりはない」

「うるさいっ、何が正しいかなんて関係ないんだよ！　あたしゃ仕事を増やされたくないだけなんだ。浮かれたＯＬが車内で何人痴漢に遭おうが、あたしの成績には関係ない。だがホームで乱闘騒ぎなんか起こされたら、あたしの勤務評定に響くんだよ」

「駅長、あんたはそれでも、鉄道の駅を預かる責任者かっ」

「うるさい若造！　こちとらはなぁ、リストラで人員減らされて、少ない人手で切り回してるんだ！　勤務時間は増やされているのに休憩は減って、休みも取れやしない。誰かが風邪でも引いて倒れたら、駅長のあたしに休日はないんだよっ」

　モグラのような駅長は、さらに唾をとばしてテーブルをガンと叩き、主張し始めた。

「そりゃ、うちは電鉄会社だ。人身事故なんか起きるとまずいから、そういうところは気をつけてる。起きないようにしているよ。だがな、ただでさえ人員減らされて休む間もない、駅長のあたしにはここ三年間休暇もない、そういう状態のところにもってきて浮かれたOLの姉ちゃんが変態オヤジに手ェつっこまれて触られたの痴漢されたのって通報されたってなぁ、迷惑なんだよ。仕事が増えるだけなんだよ。その上駅のホームで乱闘騒ぎまで起こされて、あたしの評価まで下げられた日にゃ、たまんねぇんだよ。やってられねぇんだよ。あたしたち中高年はなぁ、日常勤務でミソつけるとやばいんだよ。だからあたしは今夜の報告書にお前の始末書をつけて、上へ出さなきゃならないんだよ、分かったかっ！」

「分からない。ならなおさら、あの痴漢の男から始末書を取るべきだろう」

「分かってねぇな馬鹿野郎。あの人はなぁ、変態の痴漢かも知れねぇが、うちの会社のメインバンクの社員なんだよ。バッジと偉そうな態度見ただろうが？　もしもメインバンクの本社勤務のお偉いさんなんかを痴漢容疑でしょっぴいたりして見ろ、あたしの立場はどうなるんだ？　どんな仕返しをされるか分かったもんじゃねぇ。下手をすりゃうちの電鉄会社が北海道の田舎町に第三セクターの合弁で造った、炭鉱の跡地の一日に客が千人も来ない沈没寸前のテーマパークへとばされてしまうんだ。家のローンと大学受験で浪人中の息子を抱えているのにだぞ。だからな、あの人とお前とどっちが悪いかなんてどうでもいいんだ。当事者の始末書さえあればいいんだ。分かったらさっさとここに、『電鉄会社に落ち度はありません、すべて私が悪うございました』と書くんだ！　書くまで帰さねえぞつけた。

「さぁ書けっ、書かなきゃ殺してやる！」

　自分の言葉に興奮したのか、駅長は顔を赤黒く染めながら眼をひん剝いて夏威を怒鳴りつけた。

「この野郎っ！」

　夏威は、深呼吸を一つすると、ジャケットのポケットに手を入れて黒い艶消しの電話を取り出した。「勝手に電話なんか使うんじゃない」とつかみかかろうとした駅長を、鋭い眼で見据えてひるませる。その隙に短縮番号を素早く選び出し、発信した。

（あまりこんなことは、したくないのだが……）

　この事態を切り抜けるには、やむを得ないがこの方法しかないと思った。プルルッ、と短いコールで相手が出た。案の定、この時刻でも掛けた相手はまだ仕事中だった。

「轍原《わだちばら》か。すまない、ちょっといわれないトラブルに巻き込まれて困っている。助けてくれないか」

　夏威が電話をしたのは、国土交通省の大臣官房で秘書官をしている同期のキャリア官僚だった。夏威と同じ東大法学部の出身だ。

『よう、どうしたんだ夏威？』

「実はな――」

夏威は駅長と駅員を睨みつけたまま、トラブルの内容をかいつまんで説明した。剣道四段の夏威には隙がない。いきりたつ駅長は、つかみかかるきっかけをつかめずにただ唸った。その間に、頭の回転が速い同期生は『よし分かった、任せろ』と請け合って電話を切った。

轍原という国交官僚は、大学では競争相手だったが、何故か最近夏威には親切だった。中央省庁のキャリア官僚の中にも、ランクというものがある。かつて上級職と呼ばれていた国家公務員I種を受ける大学生たちの間で最も人気があり、格が高いのはもちろん財務省だ。それからわずかに下がって外務省、経産省が並ぶ。いわゆる〈御三家〉である。これらに入れなかった学生は、次のランクとして国交省か厚生労働省を目指す。国交・厚労の二省は利権が大きく、将来大手ゼネコンや大手製薬会社に役員として天下りが出来るのだ。それらにも入れなかった学生は、仕方なく農水省、文科省、法務省などのどれかに入ることになる。初めからその分野を希望して入った者はともかくとして、これら省庁の官僚たちは大なり小なり、財務省の官僚に対してコンプレックスを抱いている。

夏威が電話した轍原という男も、東大での成績順位は夏威より下だったが財務省志望だった。だから財務省に内定していた夏威が自分から希望して、国交省よりもはるかに人気のない防衛省へ入った時には『お前も物好きだなあ』と笑った。出世志向のキャリア候補生から見ると、夏威の選択は馬鹿げた行動に見えたのだろう、以来優越感を抱くようになったようだ。夏威が「困っているんだ」と助けを求めると『そうか、そうか。任せろ』と鷹揚に機嫌よく救援を引き受けてくれた。

夏威は電話を切って胸ポケットにしまうと、睨みつける駅長を無視して腕組みをし、再び黙秘の態勢に入った。同期生が変に機嫌よく『任せろ』と請け合ったのがちょっと気にかかったが、ここは信じて待つより方法はない。

果たして〈救援〉の効果は、三分としないうちに現われた。駅長室の専用電話のベルが、沈黙を破って鳴り響いたのだ。駅長が不機嫌丸出しに受話器を上げ、「はいＮ駅長室」と答えた。

「こっちは今忙しいんだがね、何の――」

何の用だ、と言いかけた五十男の脂ぎった顔が、次の瞬間驚きで凍りついた。

「こ、これは――本社の管理部長じきじきに……。ど、どのようなご用件でしょうか。は？　どういうことでしょうか、当駅の乗客に関する保安管理体制に不備手抜かりなどあるはずがござ――は？　痴漢に襲われ助けを求めている女件客の訴えを無視した疑いがある――？　私がですか？　滅相もない、そのような事実は……何ですと!?」

駅長の土気色の頬が、激しくひきつった。

「こ、国交省鉄道管理局から『不法行為に対する保安体制不備の疑い』で特別検査の通知が――!?　たった今突然に？　た、対象が当駅ですかっ!?　国交省本省に通報があったって——そ、そんな馬鹿な。と、当駅では痴漢に襲われて困っている女性のお客様がいらっしゃった場合、すべて全力を挙げて親身に訴えを聞き、痴漢を働いた犯人に関してはすべて漏れなく所轄警察署の防犯係へ届け、一件残らず遺漏なく完璧に処理をいたしておりますが——ま、まさか。そのような事実など、あるはずが……！」

ぶるぶる震え出した駅長の顔は、中生代のモグラの化石のようにどす黒く褪色《たいしょく》し、受話器を持つ手は声が入らないくらいわなわなと痙攣《けいれん》し始めた。

「お、お待ち下さい部長、すべて駅長の私の管理責任などと——そ、そんな！　私はちゃんと職務を果たして——ちょ、ちょっと待って下さい、待って下さい部長！」

N駅前商店街

駅の改札口を出た夏威が、とっぷり日の暮れた雑踏に歩み出すと、駅前商店街のドトールコーヒーのウインドーにもたれてさっきの女が待っていた。夏威と目線が合うと、小さく会釈をした。

「君か——」

長い髪のOLは、歩み寄ると唇をきゅっと結んだ顔で夏威を見上げ、「さっきは、ありがとうございました」と頭を下げた。小さいがはっきりした声音だった。

「ここで、待っていてくれたのか」

「助けてもらって、そのまま逃げ出すような恩知らずじゃありませんから。一応」

白い顔が、少し青ざめて見えた。「何も、お礼できませんけど、あたし……」と口ごもる。

「礼なんかいい」

夏威は頭を振った。ついさっきの、五十代の駅長の見たくもない姿を思い出してしまう。


――『正義の味方にでもなったつもりかっ？』


つい数分前、夏威の見ている前で、本社かららしい電話の受話器を取りおとすと、駅長はわなわなと両腕を震わせそのまま駅長室の床に膝をついてしまった。鼻をすり上げ「ああ、ああ俺はもう終わりだ！」と駅長はあろうことか泣き始めたのだ。

その光景が、いやでも夏威の目に蘇る。「ああおしまいだ、俺はもうおしまいだぁ」と突然泣き声を上げ始めた上司に若い駅員が驚いて駆け寄り、「え、駅長？」とのぞき込むが顔も上げず、五十代の管理職の男は床に頭をこすりつけると、瀕死のモグラのようなうめき声を上げて泣いた。

「うううううっ、もうおしまいだ。これで俺は『日常業務怠慢かつ管理能力不十分』の烙《らく》印《いん》を押されてリストラだ！　三十年もかかって、やっと駅長になったのに——うううっ、うぉううぉうっ」

電鉄会社は、国交省から事業免許を交付されて初めて商売が出来る許認可事業だ。監督官庁である国交省の、影響力は絶大であった。国交省から駅の保安体制の不備を疑われ、特別検査に入られるような事態は即、事業免許停止、営業停止、厳重注意などの処分や勧告に結びつく。担当役員の首がとぶこともある。鉄道管理局から突然不意打ちの検査通知を突きつけられたこの会社の上層部は、今ごろひっくり返るような大騒ぎだろう。現場監督者の責任追及はどう考えてもまぬがれまい。

（まいったな……）

膝をついて泣き叫ぶ駅長を見下ろして、夏威は舌打ちした。あいつめ……！　電話をした同期生の顔が浮かぶ。『助けてくれ』とは頼んだが、ちょっとこの会社の上層部に口をきいて、駅長を諭してくれるだけでよかったのだ。それをいくらなんでも、保安体制不備による特別立ち入り検査などふっかけてくるとは——轍原のやつ、自分の権力の大きさを見せつけて、俺に自慢でもするつもりなのか……？

「くそ、これはやり過ぎだ」

思わずそうつぶやくと、駅長はぐしゃぐしゃの顔を上げ、夏威を睨みつけたのだった。

「あ、あんただな。あんたのさしがねだな？　誰だか知らないが、どんなコネを持ってるお人だか知らないが、あんた、何が面白くてこんなことをするんだ？　定年近い老いぼれをこんな目に遭わせて、何が面白いんだ⁉　え？　あんた、何の関係もない娘を痴漢から助けて、大騒ぎ起こして、メインバンクのお偉いさんをちょっと目こぼししただけで国交省にまで言いつけて、自分は正義の味方にでもなったつもりなのかっ？　おかげでこの俺は何の落ち度もないのに、リストラか、よくて定年までずっと北海道の明日にも潰れそうな遊園地のゲートで切符切りだ！　家には大学受験の息子がいるというのに――！　ううう、どうしてくれるんだ。人の人生を目茶苦茶にして、どうしてくれるんだよぉっ⁉」

夏威は頭を振り、駅長の悲鳴をかき消した。駅長に落ち度がなかったかどうかは別にして、自分たちキャリア官僚が持つ権力の大きさに、夏威はあらためて身震いする思いだった。

「よかったらコーヒーを一杯、ごちそうさせて下さい。お礼の代わりに」

ＯＬは言って、明るいが手狭なコーヒーショップを指さした。

「ああ。いいとも、ごちそうしてくれ」

店の止まり木のような椅子に並んで、夏威は女とカフェラテを買って飲んだ。「漆沢美砂生です」と女は名乗った。泡立つ牛乳入りコーヒーの香りに少しほっとして、夏威も名乗った。でも自分の役職までは口にしなかった。

「始末書、書かされたんですか？」

「いや。書かずに済んだよ」

「あくまで抵抗したの？　すごいわ」

「謝ったのさ。誠心誠意ね」

「それで引っ込んだの？　あの駅長が？」

漆沢美砂生、と名乗ったＯＬは不思議そうに微笑して「なんか信じられない。ああいうおじさんって、自分が責任取らないで済むなら女子社員の一人や二人、軽く会社から追い出しそうだわ」とつぶやく。笑ってはいたが、疲れた感じの微笑だと夏威は思った。

「そういう目に、遭ったのかい。君は」

「え」

「話が、具体的だから」

「さあ」

「俺、余計なことをしたのかな……」

「どうして？」

「騒ぎになった責任を、取らされるらしいんだよ、あの駅長。『正義の味方にでもなったつもりか』って言われたよ。そう言えばあのカマキリみたいな痴漢のおっさんにも言われたな。揉み合ってる時」

夏威はため息をついた。

美砂生は「ふうん」と苦笑して、

「そう。確かにね、夏威さん？　あなたは余計なことをしてくれたのかも知れないわ」

「え？」

「あたしね」

漆沢美砂生は、白い横顔を見せて、カフェラテの表面の白い泡をスティックでつついた。

「あたしね、失業中なの。貯金もないの。それで、今朝から雇ってくれそうな会社を、回っていたの。あの痴漢のおじさんはね、今日二社目に回った銀行の、人事部長なの」

「えっ？」

「なんだか変なの。履歴書を送って面接のアポを取ったのはいいんだけど、会ってくれたのはあの部長一人で、面接も応接室みたいなところでさし向かいで二人っきりで、それで帰りがけに、『電車の中で痴漢させたら採用してやる』って……。あたし冗談かと思った。冗談かと思ってたら、本当にあの人、帰るあたしを追いかけて電車に乗って来たの」

「――――」

「あなたが助けてくれた時ね……実はあたし、心の片隅で一瞬思っちゃった。ああ、触らせて損した。あと五分か十分我慢していれば、就職できたかも知れないのに――この背の高い人かっこいいけど、正義の味方みたいに助けに来てくれたけれど、でも余計なことしてくれたわって……」

「――――」

「ごめんなさい。でも、心の片隅でも、そんなこと考えちゃうなんて、あたしって駄目な女よね。でも来月の家賃どうしようって切羽詰まっていたから、つい――ごめんなさい。助けてくれたのに」

「君は、悪くない」

夏威は、カップの熱い液体をがぶりと呑みこんで、顔をしかめながら残りをごみ箱へ投げ込んだ。

「駄目な女でもないよ。逃げないで駅長室まで来てくれたし、こうして礼を尽くしてくれた。君は悪くない。悪いのは世間だ。世の中の現実のほうさ」

「夏威さん……」

「ごちそうさん。就職、頑張れよ」

夏威はそれだけ言うと、アタッシェケースを下げて足早にコーヒーショップを出た。

学芸大学

独り暮らしの部屋に戻った夏威は、スーツの上着だけを脱ぎ捨てると、セミダブルのベッドにどさりと仰向けになった。目黒通りに近い、四階建てマンションの三階だ。２ＬＤ

Kの一室を書斎にし、もう一室は和室に絨緞を敷いて寝室にしていた。

「――――」

疲れていた。苦心してまとめた法案を見てももらえなかった仕事での疲れと、駅で乱闘騒ぎを起こした疲れとが半々だった。灯りをつけない天井を見つめ、夏威は「面白くない」とつぶやいた。

「面白くない。権力使って喧嘩に勝ったのも後味が悪いし、正義のために闘ったのに、誰も感謝しないどころか迷惑だと言う。余計なことをしてくれたと言う。俺のことを、疫病神だとさえ言う」

駅長の泣く声が、また夏威の耳に蘇る。あの後、「お願いだ、何とかしてくれ」と駅長は夏威の前にひれ伏してすがりつき、許しを乞うたのだ。「お願いだ、あんたなら国交省に手を回して特別検査をやめにしてもらえるんだろう? な、お願いだ!」

だが、泣いてすがりつく駅長を、夏威は振り払った。可哀相だったが仕方がなかった。

「あなたの事情は分かるが、正義を曲げることはできない。それに、一度決定された検査が取り止めになることはない。今さら土下座されたって困る。自業自得だと思って、あきらめてくれ」

すると駅長は、泣きながら夏威の足を両手でぽかぽかと殴りつけた。力ない、情けない打撃だった。「畜生、畜生っ、出てうせろこの疫病神め!」

「俺は――」

　夏威は目をつぶり、頭を振った。

「俺は――正義の味方みたいなものを気取っている、ただの世の中を知らない馬鹿なのか……？」

　夏威は起き上がると、寝室のオーディオセットの上のコルクボードに張りつけたカレンダーを見た。予定表の隣に、小さな写真が貼られている。古い写真だ。剣道の防具をつけ、面と竹刀を脇に抱えて肩を組み、笑っている二人の少年。肩を組む二人の間に、髪の短い制服姿の少女が座り、笑っている。

「なぁ……」

　夏威は、高校時代の自分と肩を組んでいる、日に灼けた浅黒い肌の少年にぼそりと話しかけた。

「俺は、沖縄でひさしぶりに逢ったお前に、『俺はお前なんかより世の中が分かっている』というような物言いをしたが――俺も似たようなものだな。俺も世の中を何も知らない、ただの馬鹿な若造だ。

　なぁ。いったい俺たちの行く手には、どんな〈現実〉が待っているんだろうな、月刀……？」

祐天寺

灯りのない部屋にやっとの思いで帰り着くと、美砂生は全身がぼろ雑巾のように疲れ切っているのを感じた。パンプスを脱ぎ捨てると、キッチンの床に倒れ込んで息をついた。暗がりの中で低く唸っている冷蔵庫まで這って行き、ビールを取り出してプルトップを引いた。冷たく苦い液体を喉に流し込むと、美砂生は深くため息をついた。

「はぁ――」

今朝、勇んで部屋を出た時の高揚感は、何だったのだろう？　幻のように消えている。

丸の内の銀行の後で、恵比寿の新しいオフィスコンプレックスにあるもう一つの大手都市銀行の本社ビルを訪ねた。人事部長だという中年の男が応対して、一人で美砂生を面接した。そのくだりは、さっき痴漢から助けてくれた夏威という男にコーヒーショップで話した通りだ。締め切った小さな応接空にさし向かいで座らされ、低いソファだったので剝き出しになりそうな脚を気にしながら質問を受けた。通り一ぺんの受け答えをした後で、あろうことかカマキリのような中年の人事部長は、いきなり美砂生の横にどさりと座ると身体をくっつけて来たのだ。薄手のストッキングの膝をぐわしとつかまれ、悲鳴を上げそうになると「声を出すな」と低い声で脅された。「履歴書の顔写真で釣って、ミニスカートで面接受けに来て、そっちも最初からその気だったんだろう？　漆沢美砂生ちゃんよ」

「ちくしょう……」

美砂生は、キッチンの床に仰向けになったまま、悔しさに歯を食いしばった。

あの男は、投資信託のスタッフが欲しいんじゃなくて、私の履歴書の写真を見て『食ってやろう』と面接ＯＫの返事を出したというのか——？　ひょっとしたら、あんな行為をしたのはこれが初めてではないのかも知れない。あの時、美砂生の膝を撫でさすりながら「身体と引き替えに職にありつこうって子はたくさん来るんだけどなぁ、俺の場合は難しいんだよなぁ」とカマキリ人事部長は言ったのだ。

「よして下さい」

「じゃあこのミニスカは何なんだよ。え？」

「わたしそんなつもりじゃ……！」

「うちの銀行の正社員になれるんなら、一度くらい俺のおもちゃになったって、十分ペイするよなぁ。そうじゃないかい？　なぁ美砂生ちゃん」

カマキリ男はなま温かい息を耳に吹きかけた。

「や、やめて下さい」

「いいよ。クク、君だったら、特別に考えてやってもいいなぁ。君はひさしぶりの上玉だ」

「やめて下さい！」

「大声出すんじゃない。ククク、おびえて悲鳴をこらえる顔、たまんねえなあ。帰り道が楽しみだ」

カマキリ中年人事部長は、電車の中で痴漢しないと俺は感じないんだと言い、うちの銀行に入りたければ、これから帰り道の電車の中で痴漢させろ、俺のしたいようにさせろと要求して来たのだった。

美砂生が「いい加減にしてください！」と逃げ出すと、人事部長は巨大な銀行の本社ビルの廊下ではいかにもそれらしく振る舞いつつ、執拗に美砂生を追ってついて来た。正面玄関ホールへ降りるエスカレーターに乗ると後ろにぴったりとついて、「俺の趣味を知ったからには、逃がさねえぞ。逆らったらあらゆる金融機関に絶対二度と就職できなくしてやるぞ」と低い声で脅かした。

それからは、あの大騒ぎだ。

つきまとわれながら逃げるように地下鉄に乗り込んだ時、包丁を振りかざして追いかけられるほうがまだ増しだと美砂生は思った。でもその一方では頭の片隅で、援助交際に比べれば増しじゃないか、触らせて病気がうつるとか減るもんでもなしと小さな声が囁いていた。今、一度だけ変態オヤジに触られるのを我慢しさえすれば、あの人手都市銀行に入社出来るかも知れない——それは、六年間にわたる都会の独り暮らしで美砂生が身につけた一種のしたたかさだった。現実の世の中は、きれいごとだけで渡っては行けない。生活して行くためには汚れを被らなければならない時だってある……。そんな考えをする自分を美砂生は嫌悪したが、現実は山海証券に身ぐるみ剝がされ、来月の家賃も危ない状況だった。どうしよう……？　けれども実際に地下鉄の車内で背後から襲われると、当たり前だが美砂生の身体のほうが生理的に男の嫌らしい手を拒否した。怒りがわいて思わず睨みつけたが、カマキリ中年人事部長はこたえたふうもなかった。常習犯なのだろうか？

「ああ、もう──！」

美砂生は悪態をついて立ち上がると、スカートをまくり上げ、ストッキングをショーツごと荒っぽく引き下ろして脱ぎ捨て、バスルームの屑籠にぶち込んだ。気味の悪い節足動物にスカートの中を這い回られたような気がした。服もすべて脱ぎ、シャワーを浴びた。

「そうよ。冗談じゃない。一瞬でもあんなこと考えたなんて、冗談じゃないわ。この肌はまだ誰にも触らせていないのに……！」

全身の白い肌を、入念に洗った。『減るもんじゃなし』とわざと悪ぶって口にしてみても、本当は美砂生のこの肌にじかに触れた男はまだいないのだった。

「初めての相手を、大事に、大事に、待っていたのに……。ずっと捜していたのに。あんなオヤジに触らせるくらいなら、あんな変態に触らせるくらいなら、あの晩無理にでも風谷のやつを引っ張り込んで押し倒せば良かったわ！」

髪をシャンプーの泡でかき回しながらつぶやいて、思わず自分の言葉に指が止まった。

(風谷君……)

——『仕事、頑張って』

優しげに微笑する歳下の青年が、幻のように眼の前に浮かんだ。

「ひっく」

すると涙があふれ出して、美砂生はバスルームの鏡が見えなくなった。両の眼を沁みさせているのがシャワーのお湯なのか涙なのか、分からなくなった。美砂生は洗い掛けた髪はそのままに、立ったままひっく、ひっくとすすり上げた。

「風谷君——あたし哀しいよ。惨めだよぅ……」

しばらく泣いた後で、バスタオルに身体をくるんで浴室から出ると、ベッドの横の電話機の留守録の赤いランプが点滅していた。すすり上げながら、ピッと再生ボタンを押すと
『一件です』と合成音声が告げ、テープが回り出す。
『ああ美砂生？　昨夜のパーティーではごめんね。ちょっと盛り上がっちゃってさ。また電話するね。再就職、うまくいくといいね。おちついたら一緒に南の島へ行こう。じゃあ

ね』

「まどかか……」

テープがさらに回る。

『——お前の会社が大変と聞いて、うちのみんなは心配しています』

続いて録音されていた声は、久留米の実家の母親だった。

『お父さんなんか口には出さないけど、役所の欠員募集の応募資格を調べたりしています。お祖父ちゃんは放っておけばいい、美砂生は大丈夫だとか言うけれど、やっぱり心配みたい。お見合いしろとか言わないから、よかったら一度帰っていらっしゃい。飛行機代として、今日いくらかお前の口座に振り込んでおきました。お父さんには内緒ですよ』

「…………」

美砂生が見つめる中で、ピーッとテープが止まった。合成音声が『再生が終了しました』と告げた。

「…………」

美砂生は、灯りをつけない部屋の絨緞の上にぺたりと座り込んで、しばらく鼻をすすっていた。

兜町

だが、翌朝からの美砂生の会社回りは、困難を極めた。

よく眠れない一夜を過ごした後、美砂生は昨日電話とファックスで面接のアポを取ってあったもう一つの都市銀行へ出かけたが、その本社ビルの受付で「あなたの予約はありません。面接はキャンセルされました」と言われ、人事部へ通してもらえなかった。驚いて電話をし直したが、担当者は出ず、理由も教えてもらえなかった。

何故突然アポをキャンセルされたのだろう――？　首をかしげながら、それでも投資信託のスタッフとして使ってくれそうな地銀、信用金庫、中小の証券会社を根気よく当った。十社も電話して、山海証券の社員だったことを告げると、三社がすぐに面接をするから来るようにと言う。履歴書をコピーしてコンビニからファックスで送り、地下鉄で下町にある地銀の本店へ駆けつけると、今度も受付でやっぱり「あなたの面接はキャンセルになりましたので、お引き取り下さい」と言われる。妙だな、と美砂生は眉をひそめた。やはり電話で確かめると、人事部の担当者の態度が初めと微妙に変わっている。

半日歩き回って、結局地銀と信用金庫は見込みが立たず、唯一会ってくれると言った中小証券会社に望みを託して美砂生は兜町へやって来た。ここは山海証券の本社ビルが川沿いに立っているから、あまり来たくはない場所なのだが……。でも職を得るためには、嫌だとか言ってはいられない。

「はい、じゃ面接料一万円ね」

ところが、混み合ったオフィスの隅の古い長椅子で美砂生を前にした中年の担当者は、脂ぎった頭の毛を撫でつけた手をそのまま差し出して、美砂生に「まず面接料をよこせ」と言うのだった。

「えっ、面接料、ですか？」

面食らう美砂生に、忙しく人が立ち働くオフィスを背にして細い眼を暗く濁らせた中年男は、「だってあんた、うちを受けに来たんでしょ」と言う。

「は、はい。もちろんそうですが……」

「あんたがおった大手の立派な会社と違ってね、うちみたいな小さいとこはね、人事課なんて独立したセクションはないの。人件費かかってしょうがないからね。だから就職希望者には、総務課長のあたしが業務の合間を縫って面接するの。こうしてる間にも、うちの会社は人件費使ってるんだよ。あんたがものになる人間ならいいけどさ、そうでなければうちの会社が損するわけでしょ？　だから面接料」

「は、はい」

美砂生は、成績トップのカウンターレディーだった頃に買ったプラダの財布から、なけなしの一万円札を取り出して、渡した。総務課長を名乗った濁った細い眼の中年男は、美砂生の見ている前で　万円札を無造作に自分の財布にしまった。

「はい、じゃ履歴書出して」

「はい」

「漆沢さんね。住んでるのは自宅？」

「いえ。独り暮らしです」

「ふうん。そうね、ふうんふん」

男は意味不明の笑いをすると、書類を無造作にテーブルの上に置いた。

「彼氏いるの？」

「は？」

「週に何回してるの？　やっぱり君なんかだと、相手にコンドームさせないでピル呑むのかなぁ？」

ケッヒッヒ、と男は笑って、細い眼で美砂生の白い脚と顔を斜めに嘗め上げるように見た。

「――――」

「じゃ、面接は終わり。結果は追って知らせる」

「あ、あの……」

怒りがわく暇もなかった。人件費がかかるから一万円よこせと言ったくせに、面接と称する時間は、五分とかからなかった。

憤然として小さな雑居ビルを出て行く美砂生を、営業部員らしい制服を着た女の子が足音を忍ばせ、「ちょっと待って」と追いかけて来た。

「ねぇちょっと待って、あなた」

「え？」

「まさかあなた、うちの会社を受けたの？」

美砂生よりも歳下らしい小柄なＯＬは、肩で息をしながら小声で訊いた。

「そうだけど……」

でも、美砂生はあんな中年男が総務課長をしている会社なんかで、働きたいとは思わなかった。女子社員の人権が曲がりなりにも護られて、セクハラが防止されているのは大手企業だけだ、その他では泣き寝入りしているＯＬが多いのだと誰かが言っていたのを思い出した。

「あのね、教えてあげるけど、採用面接だなんて、あれ嘘よ。うちはもうすぐ潰れるかも知れないの。この間も希望退職五十名募集してたし。新人なんか、採るわけないのよ」

「何ですって――？」

「あなた、だまされたのよ、総務課長のあいつに。警察に届けたほうがいいわよ。あいつ、就職活動の女子学生からも面接料って言ってお金取っちゃ懐に入れてるのよ。他にも女子社員に悪いこと一杯してるのよ。大金取られて、泣き寝入りすることはないわ。悪いこと言わないから、警察へ行きなさいよ」

小柄なOLは、まるで自分の代わりに警察へ駆け込んで欲しい、と言いたげな顔だった。

やっぱり、私はだまされたのか——

でも美砂生は、ため息をついて頭を振った。何故だか全身に、怒りよりも倦怠感が広り始めた。

「そうなの……。でももう——いいわ」

「どうして？」

自分は芯が強いつもりだった。でもこの数日間に受けた仕打ちに加えて今日一日の徒労、そして今の小汚い中年男の行為を見せられて、闘争心が急速に萎えて行くのを感じた。

「汚いオヤジどもと争うのは、もう疲れたわ」

——『いやぁ世の中は厳しいね』

「もう嫌だわ。相手にするだけでも嫌——」

きりがない、と美砂生はつぶやいた。

この数日間、自分はなぜこんなに酷い目にばかり遭うのだろう――？　兜町の、首都高の支柱の下に日陰のコケのように群生してひしめき合う雑居ビルを美砂生は見上げる。西日が、ずらりと並ぶ証券会社の看板に反射して、美砂生の額を照らして来る。美砂生は何故か、ここはお前のいる場所ではない、お前はこんなところにいてはいけないと言われているような気がした。

「教えてくれて、ありがとう」

「え」

「早く帰って、忘れることにするわ」

自分に言い聞かせるようにつぶやくと、美砂生はカーブする首都高の騒音が遠雷のように降る下を、雑踏の中へ歩き出した。歩きながら全身からさらに力が抜けて行くのを感じた。

祐天寺

日の暮れた街灯の下を、ハンドバッグを片手に提げて電池の切れたロボットのようにとぼとぼ歩いて帰り着くと、スーツを脱ぐ間もなく部屋のインターフォンが鳴った。
宅配便でも来たのかな――実家の母親がうどんでも送ってくれたら食費が助かるな、などとぼんやり考えながら応答すると、『小宮台《こみやだい》ですが。漆沢さんお帰りでしたか？』と言う。声に聞き覚えあるな、どこで聞いたかなと美砂生は眉間に皺をよせる。

『旭日《きよくじつ》銀行の人事部の小宮台です。実は危急にお話しする件がありましてね。突然で悪いのですが』

思い出した。最初に面接を受けた、丸の内に本社を置く都市銀行の、あの人事担当者だった。

『君にとって大事なことです。突然だがちょっと今、話が出来ませんか？』

「あっ——は、はい」

美砂生は、急に目が覚めたようにはっとすると、オートロックのスイッチに手を伸ばした。

都市銀行の男は、玄関口に立つと美砂生と背の変わらない小肥りの体型だった。「君の就職について重要な用件があるから、直接話したくて急きょ寄らせてもらいました」と言う。ドアチェーンをつけたままでは失礼と考え、美砂生は小宮台と名乗った人事担当者を招き入れた。近所には喫茶店もないし、男は「君のプライバシーにも関わることだから」と言う。化粧を直して外出し直す気力もなかったし、その暇もなさそうだった。

「実は、急ぎの用なのです」

「どういう、ことでしょうか——？」

洗濯した下着を乾燥機に放り込んでおいて良かった、と思いながら美砂生はキッチンのテーブルに座った銀行の男に背を向け、コーヒーメーカーをセットした。

「ああ漆沢さん。飲み物は結構ですから、まずこれを見て下さい」

四十代の、優等生の肥満児がそのまま中年になったような人事担当者は、テーブルの上にコンピュータからプリントアウトしたらしいレポートを、まるまっちい指で広げた。美砂生はその一枚を目にした途端、息が止まりそうになった。

「こ、これは……!?」

真ん中に、拡大コピーされて少し輪郭の崩れた自分の顔写真がある。その上に、斜めにかぶさるようにでかでかと『売春婦にご注意!』という黒い明朝体文字が、塗りつぶすように躍っている。

「説明するまでもなく、君の履歴書の写しです。この上に、君が山海証券を売春で懲戒免職になったということ、バックにヤクザがついているらしいことなどが、まことしやかに解説されている。これが今朝から都内の全金融機関の、人事情報ネットワークに流されている」

「そ、そんな……」

そんな馬鹿な。

「金融機関の人事情報ネットワークは、本来、横領などの問題を起こして辞めさせられた人間を間違って中途採用しないよう、業界各社の人事担当部署が集まって非公式に作っている情報ネットです。悪意のある誹謗中傷《ひぼうちゅうしょう》に使われるものではない。しかし誰かがこのように君の中傷を流せば、どんな会社も銀行も、トラブルに巻き込まれている君をあえて採用しようとはしないだろう。ほとんど眉ツバだと分かってはいてもね。漆沢さん、こんなひどいことをするやつの、見当はつきますか？」

美砂生は、唇を嚙み締めた。

——『絶対二度と就職できなくしてやる』

（まさか……）

まさか、昨日のカマキリ人事部長か——？　あいつの口にした『逆らったらあらゆる金融機関に絶対二度と就職できなくしてやる』という言葉は、単なる脅しではなかったのか……!?

「はい……だいたい、見当がつきます」

美砂生はうなずいた。ショックと疲れが重なって、眩暈《めまい》がしそうだ。思わず眉間を押さえた。

「うむ。僕も、だいたい見当がつく。同じ業界にいて恥ずかしいことだが、大手の都市銀行の人事部の管理職にも、時々信じられないような悪《ワル》がいてね。我々は密かにそいつを、見てくれに対する揶揄《やゆ》も含めて〈大八洲《おおやしま》銀行の痴漢カマキリ〉と呼んでいるのだが、こいつは政界ともコネのある便利屋らしく、職を求める女子大生やOL相手に悪さをしているのが分かっていても、放逐することができない」

「そう――なんですか」

「僕は、あの大八洲のカマキリのやることが、普段から許せなかった。今度のことも許すわけには行かない。しかし残念ながらやつを失脚させたり、業界から放逐することはまだできない。そこで、最大の反撃として僕は考えたのだ。君を、うちの銀行へ就職させようと思う」

美砂生はしばらく、意味が分からずぽかんとしていた。小宮台は、疲れた表情の美砂生にくり返し、「君をうちで採用出来るようにしたいんだ。こういう中傷に惑わされずに採用活動をすべきだという、お手本の意味も込めてね」と言った。

「わたしを――旭日銀行へですか……?」

「そうだ。しかし、もちろん君に即戦力としての実力がある、という前提でだが」

小宮台は、持って来た紙袋から書類の束を取り出した。「君の業務知識を、悪いが今ここでテストさせて欲しい。これは投資信託や金融・証券関係の実戦知識を試す問題集だ」

そう言ってテーブルの上にプリントの束を置いた。「一時間で、全部解答してくれないか。

それをもって、明日朝の人事部の会議に掛ける。ことは急を要すると言う意味が、分かってもらえたと思うんだが――」丸顔の男のオックスフォードの黒縁眼鏡のレンズに、キッチンの蛍光灯が映り込んだ。表情はよく見えなかった。

「わ、分かりました……」

美砂生は、目の前のことが現実なのか夢の一部なのか、判然としないまま椅子に掛け、問題集のプリントをぱらぱらとめくって見た。かなり実戦的で具体的な設問だが、半分以上は答えられそうだ。

「本当に、採用してもらえるのですか……？」

「ああ。成績次第だがね」

男はうなずいた。

キッチンのテーブルで、美砂生は問題集を解き始めた。これは、地獄に仏と言うのだろうか――？　信じてよいのだろうか。旭日銀行といえば、大手都銀の中でもトップ3に入る。文字通り大銀行だ。何のコネもない、自宅通勤でもない自分がそこの正社員になれるなんて。四条先輩のアドバイスで可能性を信じて都市銀行を受けたものの、こうなるとにわかには信じ難い気がしてきた。しかし、いつしか美砂生は問題集に答える作業に没入して行った。特別な才能などない自分には、努力して得た知識だけが武器だと思った。

コポコポと音がして、「ああ、コーヒーができたようだ」と男が席を立った。

「あ、わたしが――」

「いいよ。注いで上げるから、君は問題をやっていなさい」

子熊のような体型の四十男は、キッチンの調理台で湯気を立てるコーヒーメーカーを止めた。

「カップはどこかな？」

「あ、洗い籠の中です」

男がコーヒーを注いでくれる音を聞きながら、美砂生は再び問題に没入する。七割、いや八割は確実に答えられそうだ。よし、これなら行けそうだ。

クリームは自分で入れてくれ、と男は美砂生の脇にカップを置く。

「はい。どうも――」

それにしても、自分の窮地を救いに来てくれて、コーヒーまで注いでくれるなんて、この人は何て好い人なんだろう――と美砂生が思いかけたその瞬間。キッチンの蛍光灯が背後でパチンと消された。

（えっ――!?）

真っ暗になったと思った瞬間、背後からふいごのような呼吸音とともにどさりと何かがのしかかり、なま温かい息が美砂生の耳に吹きかけられた。

「フゴォオッ」

「きゃあっ！」

「フゴォッ、フゴォッ、逃げるな。逃げるんじゃない、俺のものになれ。俺のものになれ！」

「きゃあぁっ、放して、放してっ！」

美砂生はわけが分からぬまま椅子から転げおち、キッチンの床にがちゃん、どたんと押し倒されていた。フゴォッという小型の熊のような荒い息が、絶えず首筋に吹きかけられる。小宮台という男が背後から、体重を掛けてのしかかっているのだった。美砂生は腹ばいにされ、ブラがへこむくらいに床に押しつけられ、ばたばた暴れても背中に乗った男の体重をどうすることもできず、たちまち両手首を粘着テープで縛られてしまった。嫌らしく両手を拘束する粘着テープは、男が持参したらしい。

「いやぁっ」

「フゴォッ、抵抗しても無駄だぞ、フゴッ」

穿いていたタイトスカートのファスナーを、ヒップの円みに沿って引き下ろされ、ホックを引きちぎられ、たちまち脱がされかける。

「な、なにをするんですか」

悲鳴を上げ、腰をひねって抵抗しても、たちまち引きずり下ろされてしまう。

「ひっひっひっ」

子熊のような小宮台は、暗がりで笑った。

「いい眺めだ。極上の水蜜桃だ。ひっひっひ」

「やめてっ、やめてっ」

十匹の芋虫のような、男のまるまっちい指が美砂生の剝き出しの下半身を這い回った。

「きゃあっ、やめて！」

「ひひひひ。この脚だ。この脚だ。この脚が欲しかったんだ。うう、もうたまらん」

男のたるんだ丸顔が眼鏡のフレームごとお尻に押しつけられるのを感じると、美砂生は
「ぎゃあっ」と悲鳴を上げて台所から脱出する野良猫のように全身で暴れ、男の拘束を振り切って逃げ出した。だが恐怖で立ち上がれず、ベッドのある部屋の奥へ這いずって必死に移動するのが精一杯だ。何とか立ち上がろうとするが、膝まで脱がされたスカートが脚に絡まり、派手に転んだ。ベッドに頭を打った。

「あうっ」

「おとなしくしろぉっ」

たちまちフゴォッという荒い息が首筋に迫り、美砂生を再び押し倒した。

「やめてよデブ、けだものっ！」

美砂生は粘着テープで拘束された両腕を振り回し、必死に抵抗しながら叫んだ。

「放せこのデブ、ブタ、けだものっ！」

「うるさい、お前まで俺を馬鹿にするのか、お前もクラスの他の女子みたいに俺をデブだと言って馬鹿にするつもりか、許さんぞ！　俺はな、俺はな、体育は苦手でも本当は凄いんだ。本当は凄いんだ。お前たちは逆上がりも出来ないデブだと笑うけどな、俺は、俺は、Z会三級なんだぞ！」

子熊のような中年男は、興奮したせいかわけの分からぬことをわめき始めた。

「合コンで俺を無視しやがって！　お前たち髪の毛の長いボディコンはみんなそうだ、格好の悪い男は人類だと思ってないんだろう。だが俺は思い知らせてやるぞ。復讐してやるぞ。お前たちきれいな女みんなに復讐してやる。そうさ、俺の従属物にして、俺の子供をはらませてやる。どうだ、人類で本当に強いのは俺みたいに頭の優秀な男なんだということを、お前たちみんなに分からせてやるんだっ」

「何よ、やめてよっ、あたしなんか高三の時にZ会初段取ったわよ、三級くらいで威張らないでよっ」

「生意気だこのアマ」

男は美砂生のロングヘアの頭を後ろから殴った。髪をひっつかみ、ぐいぐいと引っ張った。痛い痛いと悲鳴を上げる美砂生の耳元に、熱い興奮した息を吹きかけながら「いいか、女」とまくしたてた。

「いいか。お前は、俺のものになる。俺の愛人となるのだ。俺くらいの役職で愛人の一人もいないのは恥ずかしいからな。心配するな、ただでとは言わん、ちゃんと手当てもくれてやる、就職もさせてやる。うちの銀行の系列ファイナンス会社に、一年契約の契約社員で潜り込ませてやる。契約を更新したければ、俺の愛人を続けることだ。どうだ、いいシステムだろう、ああん？　そうすればこのマンションにも住み続けられるんだぞ」

「ふざけるんじゃないわっ、就職くらい自分の力で何とかするわっ！」

「ふん。うちの銀行に臆面もなく履歴書なんか送って来やがって、身の程知らずが恥を知れ。何が能力だ、能力で女がうちの銀行に入れるとでも本気で思っていたのか？　馬鹿ばかしい、女でうちの銀行の正社員になれるのは、金融族議員か財務省幹部推薦のコネがある、自宅通勤のお嬢様だけと百年前から決まっているんだ。お前のような根無し草の野良猫に、入り込める隙などあるものか。どのみち大八洲のカマキリにあんなメール配信されて、お前にはもはやまともな就職はないんだ。お前は俺に頼って、俺の従属物として生きるしかないんだ。分かったか、分かったら抵抗をやめて脚を開け！」

「いやぁっ、いやよっ！」

美砂生はばたばた暴れたが、また腹ばいにカーペットに押しつけられ、パンストのウエストのゴムに手をかけられた。

「ぎゃあっ、風谷君、助けてっ！」

思わず叫んだが、誰も助けに来てはくれない。密室となったワンルームマンションの内部は、照明が切られて真っ暗いままだ。暴れた拍子に美砂生の頭がベッドのリイドボードにがんと当った。すると、何故かそれをきっかけにしたように電話のベルが鳴り始めた。

プルルルルッ、と3コールの後でセットしたままの留守電メッセージが流れ始めた。誰かが美砂生に電話して来たのだ。『ただいま留守にしています。御用の方は、メッセージを録音して下さい』

「助けて、助けてっ」

「観念しろ、さっさと脱げっ」

だが、ピーッ、という信号音の後に電話の相手がしゃべり始めると、真っ暗な密室の緊迫感がふいに緩んだ。

『美砂生、お母さんだけどねぇ。どうしたのかねぇ連絡もくれないで。お父さんもお祖父ちゃんも心配しているよ。とにかく一度連絡を頂戴――』母親の声の背後には、ゴールデンタイムのバラエティー番組のお笑いの声が、ハハハハハと響いている。のんびりした田舎の茶の間の空気が、暗い密室の空間に充満し始めた。美砂生は手を必死に伸ばし、受話器を取ろうとした。了熊男が「やめろこのアマ！」と美砂生の手を払いのけようとする。するとスキにも男の手が、黒い電話機の受話器を跳ね飛ばすようにフックから外した。

「た、助けてっ！」

美砂生は叫んだ。

「助けてぇっ」

「うう、ち、畜生おぼえてろっ」

男は捨て台詞を吐くと、慌ててズボンをたくし上げながらバタバタと玄関に向かい、靴を履くのももどかしくあっと言う間に退散して行った。優秀な男というのは、気が小さいらしい。

美砂生は「はぁっ、はぁっ」と歯を食いしばって這って行くと、粘着テープで拘束された両手で受話器を拾い上げた。

「お、お母さん――？」

助かった――！　安堵《あんど》のため息が果てしなく出そうになるのを、だが美砂生はぐっとこらえ、何事もなかったかのように押し止めた。

『何なのよ？　今、凄い悲鳴と物音が聞こえたよ。どうしたの美砂生？』

「な、何でもない」

はぁ、はぁという息をこらえ、

「何でもないの。ちょっと、その、台所で天ぷら揚げてて、電話でびっくりして跳ねちゃって」

『しっかりしなさいよ。こっちじゃみんな、あんたのこと心配してるんだから』

「う、うん、大丈夫よ。あたしは大丈夫」

美砂生は乱れた髪をかき上げ、呼吸を整えていつも実家と話す時の、何でもない明るい声を出した。本当は下半身丸裸にされ粘着テープで手首を縛られて暴行される寸前だったなんて、親に悟らせるわけには行かなかった。

「あたしは、一人で大丈夫よ。会社、自主廃業決まったけど、次の仕事ちゃんと捜しているし」

『見つかりそうなの？　そっちは大変じゃないの、不景気で。お父さん心配していてね、ほら昨日も吹き込んどいたんだけど、役所の事務の関係の仕事に空きが出そうなんだって。こっちだって競争率凄いらしいんだけど、何とか口をきけないかって』

「大丈夫よ。あたし東京で何とかやれるから。大丈夫」大丈夫よ、とくり返しながら剝き出しの下半身を見やって、美砂生は唇を嚙む。強く嚙む。駄目だ、泣いちゃ駄目だ。親を心配させたっていいことなんかないんだ。こんな格好でいることなんか悟らせちゃいけない。いつも通りの声で話すんだ。これまで六年間、東京で頑張って来たんじゃないか。これくらいで、気持ち悪いデブにちょっと押し倒されたくらいで、負けてたまるもんか。こんなんで、負けて田舎へ引っ込んでたまるもんか――！

「大丈夫。うん、でもせっかくだから、一度そっちにも帰ろうかな。うん、お母さんありがとう」

電話を切ると、美砂生は物が散乱したカーペットの上にぺたんと座ったまま、深くため息をついた。「はぁ——お母さん、ありがと……」

美砂生は、暗いままの部屋にしばらくそのまま呆然として座っていたが、思いついたようにまた受話器を取り上げた。

短いコールで、友達の携帯につながった。

『はぁい、南原です』

「——う」

まどかが電話に出ると、美砂生は今度は胸からせり上がって来た安堵感に声が出ず、何もしゃべれずに泣き出してしまった。

「うぁ、うぁあああっ」

『どうしたの？　美砂生？　どうかしたの？　何かあったの？』

答えられず、ただ美砂生の喉からは、こらえていた泣き声がとめどなくあふれ出した。

「うわぁあああん、うっ、うわぁあああああっ！」

『美砂生——大丈夫？』

美砂生は、座り込んで受話器を握りしめたまま、ただ果てしなく泣き続けた。

沖縄・座間味

二日後。

美砂生は、海岸に寝転んでいた。

沖縄・那覇から小型コミューター機で二十分飛んだ慶良間諸島。その環礁に囲まれた小島のビーチにいた。日灼けしていない白い裸身をミントブルーのワンピース水着に包み、砂浜に寝そべっていた。

「ねぇ美砂生、泳がない？」

隣で寝ていたまどかが身を起こし、サングラスを額に上げて午後の海を見た。短い髪のまどかは、原色のビキニを着けている。

「うーん。いい」

美砂生は、透明な光を跳ね返す海面をまぶしそうに見やって、力なくビーチマットにうつぶせた。

「だるい」

二日前――これまでの人生で最も酷い目に遭ったあの晩。電話をかけてただ泣いていると、まどかは何も訊かずに『南の島へ行こうよ、きっと気持ちいいよ』と誘ってくれた。

どうせ九州の実家へ一度帰るつもりでいたから、ついでだ。休暇を取ったまどかと二人、美砂生は沖縄の離島へやって来た。

グアムでライセンスを取ってから、スキューバ・ダイビングもずっとやっていない。水中で魚でも眺めれば気が晴れるかと思ったが、再就職活動で身体の奥に澱《おり》のように溜った倦怠感は取れなかった。強い太陽の下、白い砂浜へやっては来たけれど、腰を上げて遊ぶつもりになれなかった。慶良間諸島の一つ、座間味島にあるペンションに荷物を放り込むと、昨日は一日ビーチに寝そべって過ごした。

今日は、ダイビングのインストラクターもしているペンションの若い主人が「潜らないなら、きれいな浜がありますから」とボートで離れ島へ連れて来てくれた。環礁の中の小さな無人島で、白い砂浜がグラビア写真のようにきれいだ。ビーチにアイスボックスとパラソルを下ろし、「夕方迎えに来ますから」と主人は戻って行った。真ん中に熱帯樹の茂みがあるだけの円い小島には、美砂生とまどかの二人だけになった。平日だから、すいているのだろう。ほかには座間味島から泳いで渡って来たらしい大型の雑種犬が一頭、砂浜を走り回って遊んでいるだけだ。そういえば座間味には、諸島のあちこちの島へ泳いで渡っては土地の雌犬に子供を産ませている有名な犬がいるらしい。

「あっ、ねぇ、後でウインドやろうか。ほらかっこいいよあの人」

まどかが指さす先、環礁の浅瀬の海面を白く蹴って、ウインドサーフィンの三角帆が走って行く。日灼けした長身のサングラスの男が、風をはらむ帆を鮮やかに操り、サーフボードを疾走させて行く。

「何やってる人だろう。かっこいいね、インストラクターかな」

「こんなシーズン前の平日に、こんなとこ来て遊んでるやつなんか、ろくな男じゃないよ」

　美砂生は見もせずに、腕枕にうつぶせる。

「あいかわらず、男を見る目厳しいね」

「最近、男不信なのよ。あんたこそどうなの？　あのパーティーの外資系」

「ああ、まあまあかな」

「ふうん」

「美砂生は、いないの？」

「何が」

「好・き・な・人」

「いたけど――」

「？」

「いたけど――違う世界に行っちゃった」

「え？」

「あぁ、あたしお腹痛い」

美砂生は水着のお腹を押さえ、顔をしかめた。

「どうした？」

「ストレスかなぁ――うう、トイレ」

「あ、この島トイレないらしいよ」

「嘘っ」

うーっ、とうめく美砂生は、ビーチマットから立ち上がると、水着の砂を払いながら「ああもう我慢できない」と熱帯樹の茂みに駆け込んだ。

まどかは「美砂生大丈夫？」と目で追ったが、美砂生は茂みの入口のマングローブに水着を脱いで掛け、樹々の間に分け入って見えなくなった。

そこへ、シャーッと波を蹴立てて環礁の水面からウインドサーフィンが近づき、砂浜へさきを乗り上げて止まった。操っていたサングラスの男が飛び降り、装具を外して帆を砂に倒すと、波打ちぎわに足跡を刻みながら上がって来た。長身のシルエットが、陽炎にゆらゆらと揺れる。

まどかが寝そべったままで見ていると、男は歩み寄って来て「やぁ」と白い歯を見せた。

「やぁ。悪いんだけど、ビールがあったらわけてもらえないかな」

「いいわよ」

　まどかはアイスボックスを開いた。男を見上げ、「特別に、ただにしてあげる」と放り投げた。

「サンキュ」

　男は受け取った銀色の缶をプシッと開けて、うまそうに飲み干した。

「ウインド上手ですね。こっちの人なんですか」

「うん。そんなようなもん」

「あたしたちは、東京から来たの」

「そうか」

「あなたも沖縄の人には、見えないけど――」

「ちょっと仕事で、しばらくこっちにいるんだ」

　その時、二人の背後で犬が鳴いた。ワン、ワンという声に振り向くと、海水に長い毛足を濡らした大型犬が、何かくわえて男に見せようとしている。

「ん？　どうしたんだシロ」

　男は、犬の顎でひらひら揺れているミントブルーの曲線状の布を見つけ、手に取った。

「これって、女の子の水着じゃ――」

「あっ、それ――」

まどかが指さすのと同時に、茂みの方から「きゃーっ」と悲鳴が上がった。

「あ、これ君のか――?」

茂みの中から胸を隠して上半身だけ見せている美砂生に、男は水着をつまみ上げて示した。だがそれをゲームだと思ったらしく、男が知っているらしい大型犬は「ワン」といきなりジャンプするとブルーの布を空中でくわえ取り、走り去ってしまった。

「あっ、こらシロ!」

「きゃあーっ、あたしの水着!」

美砂生は、犬の歯形が胸カップにくっきり残った水着で、帰りのボートに乗った。傾いた太陽が海面を黄金色にきらきら光らせる中を、ダイビング用クルーザーは上下に揺れながら走った。

「だから」

サングラスの男は分解したサーフボードを足元に置き、ウエットスーツの胸をはだけて舷側に腰掛け、ぷいと横を向いたままの美砂生に話しかけた。

「だから、わざとじゃないってば」

「――――」

美砂生は口を開かず、男の言葉を無視して水平線を眺めた。景色が素晴らしくきれいなのは、頭では分かる。でも、心が感動しようとしない。水着の下の胸は、重苦しいままだ。

「なぁ。君の友達、いつもあんなに暗いの？」

「東京で色々あったのよ、彼女。大変だったの」

まどかが煙草をつけて、男にも勧めるが「ダイバー煙草吸わない」と頭を振る。日に灼けた長身で、彫りの深いマスクは野性的な印象だが、男は意外に禁欲的だった。まどかがそれとなく視線を送ってもにやついたりしない。

「ふうん」

男はうなずいた。

「ま、人間色々あるからな」

帰りのボートには大型犬まで乗り込んで来て、一段高い操縦席にオーナーの主人と並んで座り、気持ちよさそうに潮風に吹かれている。

男は海水で汚れた白い犬を見上げると、「お前のせいだぞ」と舌打ちした。

「月刀さん、明日も午前中は潜りますか？」

舵輪を操作しながら若い主人が訊くと、男は「ああ、ポイントは任せるよ」とうなずく。ペンションが経営するダイビングショップの常連客らしい。

「南原さんたちも明日どうです？　せっかくいらしたんだから」

「そうね」

まどかはうなずいて、美砂生に声をかけた。

「ねぇ美砂生、明日は潜ろう？　せっかく来たんだしさ」

「――――」

美砂生は押し黙ったまま、水平線を見ている。

「どうしたんだ、彼女？」

「色々あって、男不信らしいの」

「？」


翌朝。

ダイビングショップのクルーザーは、機材と客を乗せて座間味の沖の潜水ポイントへ向かった。

船上には、自前の装備を身につけた昨日の男、レンタルのウエットスーツ姿のまどかと、まどかに引きずられるように乗船して来た美砂生の姿があった。快晴の下、ボートが停止すると、透明度の高い海水を通して水底の珊瑚礁が暗緑色に見えている。

「水深は二五メートルです。ウエイトを着けたら装備を点検して下さい」

アンカーを投げ入れた主人が、先にフィンを着けてレギュレーターを口にくわえ、飛び込んだ。

続いてまどかが飛び込む。水しぶきが上がる。

「──────」

美砂生は気乗りがしなかったが、潜って水中の景色でも見れば気分も変わるだろうかと、レギュレーターをくわえて舷側に腰掛け、背中から飛び込むバックロール・エントリーの姿勢を取った。

だがその時、

「おい。ちょっと待て！」

黙って見ていた男が駆け寄ると、飛び込みかけた美砂生の胸ぐらをつかんで止めた。

「なっ、何するの!?」

「馬鹿、バルブが開いてないぞっ」

「えっ」

「エア吸ってみろ」

言われてレギュレーターを吸ってみると、エアが出て来ない。背中に背負ったエア・タンクの、バルブを開けていなかったのだ。ライセンスを持つダイバーとしては、してはならない初歩的ミスだった。

「あ──」

「ぼうっとするんじゃない、危なかったぞ」

男は、手早く美砂生の背中に手を回すと、タンクのバルブを開いた。シュー ッ、とエアが流れ出る。

「――だからって」

美砂生はムッとして、ウエットスーツの胸をつかんだままの男を睨んだ。

「人の胸、つかまないでよ!」

「あ、ああ。すまん」

美砂生は男の手を振り払った。レギュレーターをくわえ、マスクを手で押さえて今度こそエントリーしようとするが、

「ちょっと待て」

男にまた止められた。

「何よ」

「あのな。ぼうっと何か悩んで考えてるような時は、潜らないほうがいい」

「余計なお世話よっ」

「命にかかわるから言ってるんだ」

「離してよっ」

水面から、若い主人が「どうかしたんですか?」と呼んだ。すると男は意外なほど厳しい声で、

「こら嶋崎、お客のコンディションもちゃんと見てねぇで、お前それでもインストラクターかっ！」

美砂生に精悍な横顔を見せて、男は怒鳴った。

「えっ、でも、そんなこと言ったたって――」

「馬鹿野郎っ、素人のお客を連れて潜った本数は、俺のほうがお前の三倍も多いんだ。飛び込む前に、全員のバルブぐらい自分の手で確認しろっ！」

その横顔を見て、こいつはなんて傍若無人で独善的で失礼なやつなんだろう、と美砂生は思った。

ひさしぶりのボートダイブは、さんざんだった。音の消えた水中世界に潜り込んで、冷たい水に体を包まれて無重力状態で海底を散歩しても、美砂生の気持ちは軽くはならなかった。

ケラマ空港

その日の午後。

一人で帰ることにした美砂生は、慶良間諸島の外地島にある飛行場の小さなコロニアルハウスのようなターミナルで、那覇行きのチェックインを済ませた。やっぱりどうしても遊ぶ気になれないわと謝ると、まどかは「気にすることないよ」と笑って、自分は予定通りもう二泊ほどして行くからと言ってくれた。

（ああ、いつまで続くんだろう？　あたしのこの、災難だらけの日々――）

バッグを足元に置いて午後遅い風に吹かれていると、吹き流しを横に配置した簡素な滑走路の向こうから、小さく爆音がした。島の天候は変わり易いのか、急に雲が出始めた空に小さな機影が現われて、降下して来るとキュッと埃を立てて着地した。

白いプロペラを二つの扇風機のようにパラパラと回し、高翼双発の小型コミューター機がアスファルトのエプロンに入って来てお辞儀するように停止した。沖縄本島の那覇空港と、慶良間諸島の間の三〇マイルを往復して結ぶ小さな定期便だ。角ばった機体のドアが開き、本島から乗って来た客がぱらぱらと数名降りる。

美砂生は、ほかの七、八人の乗客と一緒に、風の出始めたエプロンの縁に立って発着作業を眺めた。大型ジェット旅客機の発着に比べると、こぢんまりしたターン・アラウンドだ。一名の操縦士のほかはキャビン・アテンダントも乗務していない。中年男性の操縦士と、カウンターでチェックインを受け付けた女の子の事務員が二人で荷物を上げ下ろし、簡単に機体外周の点検が行われると、すぐに搭乗だ。燃料の補給もしない。近いから、必要ないのだろう。

搭乗券を見ながら、狭いドアをくぐり十人乗りの機内に乗り込もうとすると、事務の女の子が追いかけて来て美砂生に席を変更して欲しいと言う。

「飛び込みで、お客さんが一人増えたんです。重量バランスの関係で、女性の方に前に乗っていただきたいんです」

「あら、そう——でも前って？」

事務員の女の子は、こともなげに右側の操縦席を指さし「そこへどうぞ」と言う。

「えっ？　でも……」

「いいんですよ。このアイランダーは、満席の時は副操縦席にもお客さんを乗せるんです。もちろん、安全のため操縦桿には決して触らないで下さい」

「当然よ。頼まれても触らないわ」

副操縦席にぎこちなくおさまり、シートベルトの金具を「こうかな？」とセッティングしていると、急に増えたという最後の乗客が、美砂生のすぐ後ろの列のシートに飛び込むように乗り込んで来た。

「やぁ、助かったよ。急に天気悪くなって来たもんな、明日の仕事に出られなかったら懲戒もんだ」

「席、空いてて良かったですね。月刀さん」

女の子が笑って、ドアを外側から閉めてロックした。美砂生の斜め後ろに座った男が窓ごしに「またな」と日に灼けた腕を振り、笑うのが目の端に見えた。黒いサングラス。

あいつじゃないか。

（何なのよ――？）

また災難でも起きなければいいけど――と計器パネルからお腹のすぐ前まで突き出した黒い操縦桿を見やって美砂生が顔をしかめていると、左側機長席のドアから中年の操縦士が乗り込んで来て、

「みなさんベルト締めて下さい、出発します。それから特別席のあなた、操縦桿とラダーペダルには絶対に触らないようにね。危ないからね」両手を肘掛けに付けておくよう、美砂生に指示をする。

「は、はい。もちろん触りません」

すぐにレシプロエンジンがスタートされ、プロペラが回り始めた。

アイランダー機は、パーキング・ブレーキをリリースすると、ほかに機体のいないエプロンを走り出て、風の強くなり始めた短い滑走路へ進入した。

（本当に、災難が起きなきゃいいけど……）

見晴らしのよい副操縦席から、前方へまっすぐ伸びる滑走路のセンターラインを見やって、美砂生は心の中でつぶやいた。

操縦士が、天井から突き出た特徴的な二本のスロットルレバーを前方へ押すと、高翼配置の主翼に取りつけられた双発エンジンが唸り始めた。

ブリテンノーマン・アイランダーは、最大出力で離陸滑走を開始した。ブォオオオッ、という爆音とともに白いセンターラインが操縦席の足元へ吸い込まれるように消えて行き、吹き流しの立つ滑走路の末端が迫って来る。ああもう滑走路がなくなる、というタイミングで機長席の操縦桿が引かれ、高翼の機体はふわりと宙に舞い上がった。横風が強く、機首がすぐに風上へぐいと取られ、同時に主翼もそちらへ傾ぐ。操縦士の操作で姿勢が立て直され、機は揺れながら島の崖を越えて海上へ出て行く。

そして数分後に、やはり〈災難〉は襲って来た。

那覇西方洋上

すごいなぁ――

上昇して行くアイランダーの副操縦席で、美砂生は眼下の波立つ海面を見下ろしてため息をついた。双発コミューター機はやがて機首を下げ、エンジンを絞って比較的低い高度で巡航に入った。海面の白波が、手に取るように見える。前方へ視線を向けると、水平線は白っぽく淡いグレーに煙っている。

（曇ってきたな……雨になるのかしら）

胸の前の計器パネルに目を移すと、円形の無数のメーターが針をあっちこっちに向けている。どれが高度計だろう？　さっぱり分からない。でも、指示が一定していて動いている針がないということは、機が安定して飛んでいることを示しているのだろう——きっとそうだ。

美砂生は再び前方の水平線へ目を上げて、広いなぁ、すごいなぁと思った。

これから久留米の実家へ帰れば、親がうるさいだろう。独り暮らしをやめて地元へ戻って就職しろとか、お見合いしろとか言うだろう。それを振りきって東京へ戻ったとしても、自分は無一文だ。金融機関への再就職も難しい——いや、事実上無理だろう……。ビーチにいる時もダイビングをしている最中にも、その考えは頭を占領していた。美砂生はでも、今この時だけは、初めて座る操縦席からの眺めに心を吸い込まれたように雑事を忘れてしまった。

——『イーグルに乗りたい』

ふいに、美砂生は命を救われた晩のことを——歳下の男の声を、頭の中にリフレインしてしまう。

（——風谷君……）

――『イーグルに乗りたい。それだけかな』

(風谷君。あなたは……こんなにすごいものを、いつも飛ばしているの――？)

いや、訓練生だという風谷修が目指していると話した飛行機は、確かイーグルとかいう名のジェット戦闘機だ。実物を見たことはないし、どんな形をしているのか自分には想像もできないけれど、さっとこのプロペラ旅客機よりももっとずっと凄いのだろう。あの歳下の美形の坊やは――わたしの知らない世界で、どんなに凄い能力を発揮するのだろう。

もう、違う世界へ去ってしまった人なのだ、自分には手が届かないのだと分かっていても、美砂生は心の中で話しかけずにはいられなかった。

(いいなぁ風谷君――あなたには素敵な目標があって、うらやましいな……あたしにはもう、なんにも残ってないよ……)

美砂生が唇を嚙み、うつむきかけたその時――

突然、激しい衝撃が目の前で炸裂した。

ドンッ！

美砂生には何が起きたのか分からなかった。何かにぶつかったようだったが、まさか上昇気流に乗って昇って来たカモメの群れの中にアイランダーの機体が正面から突っ込んだのだとは、想像も出来なかった。低い高度では稀に鳥と航空機が衝突するバード・ストライクの危険性があるのだということも、美砂生は知りもしなかった。

だが現実にその時、複数のカモメが前面風防に真正面から一度に激突し、機長席側のフロントガラスを突き抜けていた。同時に主翼と右側のエンジンにも、吸い込まれるように多数のカモメが衝突した。海面の魚を餌にする海鳥たちは、上空の積雲に向かって吸い上げられるような上昇気流に乗って飛んでおり、出会い頭に現われた人間の飛行機を自力で避けることが出来なかったのだ。アイランダーの機体はズダダダッ！　と激しく振動した。

「きゃあっ！」

美砂生は両手で顔を覆った。機長席側のフロントガラスが粉々に割れ、白い破片が雪のように降りかかった。血まみれの海鳥が雪崩《なだれ》を打って飛び込み、操縦していた中年の操縦士の頭部を砲弾のように直撃した。「あぐっ」とうめき声を上げて操縦士はのけぞり、悶絶した。

同時に右エンジンの推力を失った双発の機体は、左右の推力バランスを崩して機首を右へ向けようと偏向し、そのモーメントで生きている左エンジン側の主翼の揚力が右側よりも大きくなって左翼が上がり、修正操作をする者がいないのでどんどん傾きを深くし、たちまち右下へ向かってロールしながら機首を真っ逆様に下げ、旋転急降下に入った。

美砂生には、空がひっくり返って頭上に海が来て、その灰色の海面に向かって自分が回転しながらおちていくようにしか見えなかった。わけが分からなかった。遠心力の凄じいGが、美砂生の身体を副操縦席のシートに押しつけた。狭いキャビンの後方からも悲鳴が沸き上がったが、頭を回して周囲を見ることも出来なかった。何が何だか分からない。とんでもないことになりつつあることだけしか、分からなかった。

ギュゥォオオオッ――――！

「きゃあぁーっ！」

波立つ灰色の海面が、回転しながら目の前に迫って来る――――！　どうしたんだ!?　何がぶつかったんだ？　何が起きているんだ――!?　飛行機が……回転しながら真っ逆様におちていく？　どうして!?

美砂生には知る由もなかったが、アイランダーの機体はわずか三〇〇〇フィートの低高度から、旋転急降下――つまり錐揉《スピン》みに入ってしまったのだ。

「せ、席を替われっ」

すぐ後ろの列の席から、サングラスの男が乗り出して操縦席のシートを乗り越えようとしたが、ベルトを外した瞬間にGで浮き上がり「うわっ」と悲鳴を上げて天井に叩き付けられた。

機体は回転するシェーカーのように揺れた。美砂生は操縦席の肘掛けを両手で握りしめ息を呑んだ。海面が近づく。頭の上で男が何か叫んだ。左なんとか、とか声が聞こえたが、美砂生の耳には入らなかった。美砂生は眼の前で回転する海面を凝視した。どうすればいいんだ——

灰色の視野が回転する。二度、三度——

ゴォォオオッ——！

ふいに、頭の芯が白くなり、不思議にあたりが静かになった。視野が回転する——つまり機体が回転している。回転を止めなければ——それにはどうするんだ……？　回転を、止める……。

（——!?）

何かが美砂生の中で囁いた。とっさに美砂生はGに逆らい、白いコットンパンツの脚を操縦席の足元にある左右一対のペダルへと伸ばした。

「く——」

その時、何故かは知らないけれど、旋転と逆方向のペダルを踏めば、機体の回転が止まるような気がしたのだ。旋転の方向は——？　右、そうだ右だ。なら左を——美砂生は、旋転方向と逆の左側ラダーペダルに茶色のパンプスの足をかけると、踏もうとした。だが重い。なかなかペダルは動かない。びくともしない。さらに力をかける。回転する機体の空気抵抗が、全てそのペダルにかかっているようだ。Gに逆らい、ぐうっと踏み込む。ズリッ、と少しだけ動く。

海面が迫る。

「くっ——！」

左脚に力を込め、思いっきり踏み込む。今度は踏めた。するとグンッ、と美砂生の踏んだ踏みしろに反応して機体の回転方向と逆の力がかかり、旋転が急激に停止した。遠心力のGが唐突に抜け、天井に叩き付けられていた荷物やサングラスの男などすべてのものが床に降ってきた。騒々しい響き。再び乗客たちの悲鳴。身体がふわりと浮き上がるような感じだ。左足に力を込め、歯を食いしばってペダルを踏み込んだ位置で固定していると、機体はもう傾がなかった。だがまだ機首は下を向いており、操縦席の窓いっぱいに灰色の波は迫って来る——！

（機首を上げなくちゃ。機首を——）

操縦桿が目の前にあった。

両手で、握った。

（機首を上げなくちゃ。このままじゃぶつかる）

美砂生は、操縦桿に白い十本の指をからめ、どうすればいい？　と考えた。機首を上げる。上げる、上げる——すると不思議に、手前に引けば上がるような気がした。

指に力を込めた。

「そうだ、ゆっくり引け。ゆっくりだぞ！」

背中から男が言い、日に灼けた長い腕が伸びてきて、美砂生の左手を上からがしっと掴み、包んだ。「そうだ。ゆっくりだ。失速させないように」

空気の抵抗がかかって重たい操縦桿を、男の手に助けられながら手前に引いた。何が「ゆっくりだ」よ、重いじゃないの——！

「くっ——上がれ、上がれっ！」

操縦桿が動いた。ぐううっ、と身体中の血液が下がるような感覚と共に、視野いっぱいに迫っていた白い海面の波が下方へ激しく流れ、頭上から水平線が目の前にぱっと現われた。

上がれ、上がれ——！

「機首を上げ過ぎるな」

足元を擦るように流れる海面の近さに、思わずもっと操縦桿を引こうとする美砂生の腕を、男の手が優しく押し止めた。

「海面上二〇フィート、上出来だ。今からパワーを出す。左足は踏んでいるか？」

「え、ええ。左のペダルね」

「そうだ。無事な左エンジンのパワーを上げると、機首を偏向させる力が増す。釣り合いを取るようにじわっと踏み込んで、足でこらえるんだ」

言うと、男は後席から手を伸ばして、天井のスロットルレバーを掴み、ゆっくりと前方へ押した。

海面すれすれを波頭をかすめるように飛んでいたアイランダーは、無事な片発の出力を上げると、ややふらつきながらも徐々に上昇に転じた。

「いいぞ。そのまま姿勢をキープしていてくれ。おい後ろのお客さん、操縦士を引っ張り出すから後ろの席に寝かせてくれ、頼む」

男は、気を失っている中年の操縦士の肩を抱えて左側の操縦席から苦労して引きずり出すと、自分の座っていたシートに寝かせ、代わりに機長席へ滑り込んだ。前面風防の破口からの猛烈な風圧が、男の髪をたてがみのようになびかせた。「うっぷ、こりゃひでぇ」と男は顔をしかめる。

「右エンジンは完全に駄目だな。火災が起きなかったのは不幸中の幸いか――ああ、もうちょっとコントロール持っていてくれ。無線のヘッドセットがどこかへ吹っ飛んでる」

男が片手でシートベルトを締めながら無線の送受信ヘッドセットを探す間、機体の姿勢はまだ美砂生の操作で緩い上昇に保たれていた。

「驚いたな。君、操縦ライセンス持ってたのか」

床を探しながら、風切り音に逆らうように、男は大声で言った。

「えっ？　そんなの持ってないわ！」

美砂生は大声で言い返す。

「では錐揉《スピン》みの回復方法が、なぜ分かった？」

「知らないわ——夢中でやってたら、いつの間にか止まった」

「馬鹿を言うな。少なくとも単発課程を修了してなきゃ、あんな操縦出来るわけがない」

「知らないわ。飛行機どころか、あたし車の免許も持ってないのよ」

美砂生は、自分が何故荒れ狂う機体の旋転を止められたのか、分からなかった。分からなかったが、今この機体が自分の左足のペダルを踏み込む微妙な力の加減で、まるで玉乗りのようにバランスを保ちながら空中に浮いていることだけは分かった。

「信じられないな。素人の女の子の機転で、錐揉みから助かったって言うのか——？　だとしたら君は——ああ、あった」

無線用ヘッドセットを拾い上げて頭に掛けた男は、操縦桿に手を添え、ラダーペダルに両足を掛けると「ああ、もういい。代わってくれ」と言った。

「あなた——パイロットなの？」

「一応ね」

サングラスを掛けたままの横顔で男はうなずき、「手を離していいぞ」と操縦を代わった。美砂生が操縦桿とラダーペダルから手と足を離すと、左右にややふらついていた機体は、暴れ馬がおとなしくなるかのようにぴたりと安定した。

「那覇の方角へ向けよう。ご苦労さんだった」

「ふう……」

美砂生はため息をついてシートにもたれると、固まったような両腕と、左脚の筋肉が震えてひきつるのを顔をしかめてこらえた。操縦している最中は気づかなかったが、緊張のあまりもの凄い力を入れていたらしい。

男は振り向くと、カモメの直撃を受けた操縦士の容態を訊いた。介抱していた島民らしいおばさんが「出血してるし、意識もないままよ」と答える。

「ほかに、怪我をした人はいるかっ？」

「こ、この子が――！」

いちばん後ろの列で、小さな男の子を膝に抱き締めた若い母親が、機長席の窓から吹き込む風圧に髪をほつれさせながら叫んだ。母親のサマーセーターの胸は、飛び込んだ海鳥の血糊で茶色く染まっている。膝に抱かれた男の子は、仰向けになって口を開けたまま目を閉じ、小刻みに震えている。

「べ、ベルトをしないで、膝に載せていたんです。景色を見たがっていたから――つい」

後は言葉にならない。母親は片手で顔を覆って泣き出す。

「大丈夫だ。空港に救急車を待機させて、すぐに運んでもらおう。安静にしているんだ」

サングラスの男が言うと、母親は激しくうなずいた。狭い機内でほかの乗客に席を移動してもらい、中年の操縦士も座席に寝かせた。

機は男の操縦で、水平飛行に入った。

だがほっとするのも束の間、機長席の男は「まずいな」と舌打ちする。

「どうしたの？」

「那覇の管制塔が、呼んでも出ない」

男はヘッドセットのマイクに何か話しかけながら、計器パネルのスイッチをいくつか入れたり切ったりしたが、美砂生には何をしているのか分からない。「駄目だ、さっきのバード・ストライクで電気系統が全部オシャカになった」と男は頭を振る。どうやら管制機関と連絡が取れないらしい。

「ＶＨＦ無線も、トランスポンダーも全部駄目だ。ＶＯＲもＡＤＦもオフ・フラッグが出てる。航法計器も全部パーだな。磁気コンパスしか使えない」

「どうなるの」

「エンジンは回ってるから飛んではいられる。晴れてればどうってことないんだが――前を見ろよ」

男に指されて前方を見ると、海の上を覆う灰色の雲が、濃さを増している。水平線自体が、煙って見えなくなって来ている。

「沖縄はもうすぐ梅雨入りだ。梅雨前線が本島上空にかぶさって、雨が降り出してる。このまま東へ飛べば本島にはたどり着くだろうが、有視界飛行で空港へ進入するのは無理だ。滑走路が見えない」

「どうすればいいの？」

「このまま飛んで雲に入るのは危険だ。せめて無線が使えれば、精密進入レーダーで誘導してもらえるんだが……。まぁ手はあるさ」

男は操縦桿を注意深く傾け、機をゆっくりと旋回に入れた。そのまま一八〇度向きを変え、沖縄本島から遠ざかる。

「ケラマへ引き返せば、まだ何とか降りられるだろう――いや待てよ」

男はまた舌打ちした。向きを変えても、今度は外地島も見えない。周囲の天候が急速に崩れているらしいことは、美砂生にも分かった。先ほど飛び立ったばかりのケラマ空港へ機首が向いているはずなのに、前方視界は灰色一色だ。

「島が見えなくなっちゃったわ。どうなるの？」

「あわてるな。まだ奥の手はある」

男は、再度機首をめぐらせて、慶良間諸島と沖縄本島の中間の、比較的雲の少ない洋上に機体を持って行った。しかし周囲の灰色の雲はどんどん増え、開いている空間も次第に狭まって行くようだ。

「君、名前は？」

「え？」

「手伝ってもらうのに、いちいち『君』じゃ呼びにくい。名前は」

「漆沢」

「下の名前は？」

「なれなれしく呼ばれたくないわ」

「こんな時に、けちけちするな。俺は月刀。月刀慧。これから君に手伝ってもらう。時計あるか？」

「あるわ」

「二分、計れ。二分経ったら合図するんだ」

「どうして――？」

「いいから」

月刀と名乗った男は、計器パネルのグレアシールドの上に、いかにも予備でございますと言うようにちょこんと載っている磁気コンパスの指示を読み取ると、操縦桿で機首の方位を微調整した。

「ようし。いいぞ。時間を計れ」

月刀という男は、美砂生が時間を計り始めると、方位を決めてただ機体を直線飛行させた。二分経った合図をすると、ゆっくりと左へ一二〇度旋回し、また同じように直線飛行をした。

「いったい、何をしているの？」

「いいから。君は時間を計ってろ、漆沢」

操縦に集中する男は、うるさそうに言う。美砂生は、名前なんか教えるんじゃなかったと思った。

那覇基地防空指揮所

航空自衛隊南西航空混成団・那覇基地の地下。

日本領空の安全を見張るための真っ暗な防空指揮所の管制卓の一つで、レーダー画面を見ていた要撃管制官の一人が顔を上げ、一段高くなった指令席の先任指令官を振り向いた。

「先任、報告します。『送受信不能』のサインを出していると思われる民間機があります」

「どこだ？」

若い要撃管制官は、自分の担当するセクターの画面を指し示し、「このターゲットです。二分ごとに方位を一二〇度変え、左回りに旋回している民間機がいます。位置は那覇西方二七〇度、二〇マイル。高度は二次レーダーに応答がなく不明ですが、低空の模様」と報告した。

「呼びかけたか?」

「那覇アプローチ・コントロールの一一九・一、国際緊急周波数一二一・五、両方で呼びかけましたがいずれも応答ありません」

「二次レーダーに『無線故障』の識別信号は?」

「出ていません。おそらく何らかのトラブルで、航空管制用自動応答装置《トランスポンダー》も不作動になっているのではないでしょうか」

先任指令官が覗き込むと、確かにおむすび型の左回り三角飛行パターンは、レーダーサイトに無線の故障を知らせるための国際標準飛行方式だった。航空機の無線がすべて故障するというケースは極めて稀なので、要撃管制官も先任指令官もそのパターンを目にするのは初めてだったが、確かにマニュアルで規定された通りの飛び方だ。通常ならば機上のトランスポンダーがレーダーサイトからの質問波に応じ、飛行高度を自動的に通報して来るのだが、その表示もブランクになっている。

「上は天候悪化で目視では着陸出来まい。近くに、エスコートにつける戦闘機はいるか?」

「訓練空域から帰投中のペアがあります。燃料もわずかですが余裕があります」

「会合コースに誘導しろ」

「了解」

「民間機がどのような状態か分からない。地上の救難隊をスタンバイさせよう。緊急態勢だ」

先任指令官は内線の受話器を取り上げ、那覇空港の救難態勢を受け持つ南西航空混成団の地上部隊に必要な指示を出した。化学消防車と救急車が、ただちに滑走路脇まで出動するだろう。

「民航の出発便は滑走路手前で待機。到着便はしばらく上空待機だ。那覇空港はこれより、遭難機受け入れ態勢に入る」

那覇沖洋上

片肺になったアイランダーを押し包むように、灰色の雲は壁のようになって周囲から迫って来た。

だが男は、辛抱強く二分おきの直線飛行と一二〇度左旋回を繰り返した。美砂生が「こんなことして何になるの?」と訊いても、面倒くさそうに「今に分かる」と言うだけだ。正確なパターンを飛ぶことに集中したいらしいが、教えてくれてもいいではないかと美砂生は思った。

「二分経ったわ」

サングラスの男はうなずき、機を丁寧な操作で旋回に入れる。所望の方位に向くと、また直線飛行。「ねぇ、怪我人の容態が――」

「疲れた。漆沢、代わってくれ」

「えっ」

「操縦してくれ。機首方位〇九〇で真っ直ぐだ」

美砂生は男に代わって操縦桿を握らされ、ラダーペダルに足を掛けてコントロールを引き継いだ。

「そうだ、滑らせずに真っ直ぐ。君は筋がいい」

「あのねぇ――」

でも、二度目に握る操縦桿で、美砂生にもコツが摑めてきた。機を安定させて水平に真っ直ぐ飛ばすには、機体の姿勢が変わらないように一所懸命細かく操作するより、外の景色を良く見て、視野自体が動かないように操縦桿をじっと保持していればいいのだ。

（そうか……。だんだん、分かってきたわ――）

空に浮かんだ機体が自分の言うことを聞く、というのは、今のこの状況をちょっと横に置いて考えれば美砂生にとって一種の快感であった。快感ではあったが、しかしこんなことを続けていて、本当に助かるのだろうか……？　誰かが助けに来てくれるとでも言うのだろうか……？　横に座ってるこいつはサングラスなんか掛けて自信ありげだけど——そういぶかった時、美砂生は後方の頭上に雷鳴のようなゴロゴロという轟きが湧くのを聞いた。

轟きは、急速に大きくなりながら迫って来る。

(何だろうこの音——後ろから近づいて来るわ)

ドドドドド——

腹の底に響くような雷鳴だ。ついに積乱雲が発生し、自分たちは嵐に呑まれてしまうのだろうか？

美砂生は緊張したが、それは嵐ではなかった。

次の瞬間、頭上の雲の壁をズドッ！　と突き破るようにして突然二機のライトグレーの機影が出現すると、美砂生の座る操縦席に影をおとして追い越して行った。二機は前方で背中を見せ、鳥が舞い降りるような機首上げ姿勢を取って減速すると、美砂生からわずかに見上げる高さで水平飛行に入った。双発のジェット噴射口《ノズル》が見える。叩き付けるような爆音だ。鋭いシルエットの二機はそのままゆっくり下がって来ると、アイランダーを左右から挟み込むように並行して飛び始めた。

(えっ——!?)

これ何《いい》だろう——？　飛行機であることは分かるが……突き立った二枚の垂直尾翼と機

首の日の丸。点滅する赤いライト。流線型のシャープなシルエットだ。それに大きい。グレーの機体はアイランダーより二回りは大きい。近づいて来ると、ジェットの排気で辺りが震えるようだ。

美砂生は、操縦桿を握りながら目を見張った。

何だ、これは――!?

機長席の月刀が、サングラスの顔を横に向けて「やぁ、迎えが来たな」と笑った。

「あ、あの飛行機、何?」

破れた風防から吹きつける風圧の中、美砂生は隣席の男に叫ぶように尋ねた。雷鳴のような爆音で、会話が良く聞き取れない。

「あれ、何?」

「えっ?」

「あの、ひこうき、何て言うのっ?」

「ああ、イーグルだ。F15イーグル!」

男が怒鳴り返した。

「これが……」

「那覇の滑走路まで、エスコートしてくれる。右側のリーダー機に従って飛ぶんだ。空港に近づいたら操縦代わってやるよ」

「――――」

美砂生は言葉も出ず、息を吞む。

これがイーグル戦闘機……？

ズドドドドッ、という双発エンジンの轟音がアイランダーの機体をビリビリと震わせ、操縦桿を握った腕を通して美砂生の身体をも震わせていた。美砂生は、双尾翼の機体の背にエアブレーキの抵抗板を立て、速度をぎりぎりまでおとしてアイランダーに並走するF15Jのシルエットに見とれた。

細長い泡のようなコクピットのキャノピーから、ヘルメットを被ったパイロットがこちらを見下ろしている。バイザーと酸素マスクで、顔の表情は読めない。ただ限りなく厳しい視線だけが、編隊の間隔を保つためか戦闘機とアイランダーの機体の両方に間断なく注がれている。機長席の窓から月刀が手を振ると、その顔を認めたらしいパイロットは、ヘルメットの目庇《まびさし》に手を上げてさっと敬礼した。

「俺の仲間だ」

月刀は言った。

那覇空港

濃密な雲の中を、二機のＦ15Ｊと密集編隊を組んで滑走路に進入したアイランダーは、月刀の見事な操縦で濡れた路面にノンショックで着地した。

ただちに待機していた消防車、救急車が全速力で駆けつけ、誘導路へ出て止まった機体の周囲を、まぶしくて何も見えなくなるような赤やオレンジの閃光回転灯で埋め尽くした。

怪我人はただちに収容され、病院へ向かった。

乗客が残らず降りた後、美砂生は副操縦席側のドアを開けて地面に降りた。空を飛んでいたのは一時間にもならない束の間だったが、一週間くらい地上を離れていたような気がして脚がふらついた。

「ふう……」

機長席側のドアを開けて月刀が降りて来ると、話を聞こうとするコミューター会社の係員を押し退けて、乗客の出迎えに来たらしい一人の老婆が駆け寄った。

「あ、ありがとうございますっ」

小柄な老婆は月刀のジーンズの脚にすがりつくと「ありがとうございますありがとうございます」とむせびながら涙を流した。驚く月刀に構わず、老婆はしがみつくように大声で泣きながら礼を言った。

「ありがとうございますありがとうございます、ありがとうございますありがとうございます。あなた様のお陰で孫が、孫が――うううううっ」

「あ、ああ。どうも……」

月刀はサングラスを外し、頭をかいた。美砂生のほうを見て、きまり悪そうな顔をした。

機体を航空会社の整備スタッフたちに引き渡した後、雨に濡れたエプロンを、美砂生は何となく月刀と連れだってターミナルのほうへ歩いた。

「とんだ災難ね」

「とんだ休暇だ」

男は鼻を鳴らした。

「疲れた」

「とんだ災難だったけど――でも良かったわ。みんな助かって」

「ん――ああ」

「あの出迎えのおばあさん、喜んでた」

「ん……」

「お孫さんの男の子が助かって。あなたのこと、救世主みたいに感謝してた」

「なんか――」

「え」

「なんか、くすぐったい。俺の柄じゃない」

「他人に感謝されるなんて、いい仕事じゃない？　羨ましいわ」

「そうかな――」

月刀はまた黒いサングラスを掛けた顔で、那覇空港のフィールドを振り返った。霧雨に煙る赤い灯火の滑走路。民間エアラインの発着するターミナルと、航空自衛隊のエプロン。戦闘機たちは出払っているらしく、さっきアイランダーをエスコートしてくれたイーグルの機体も、もう姿が見えない。

「いつも――無駄なことばかりしている……」

「え？」

「俺、普通の人にあんなふうに感謝されたことなんか、一度もなかったよ。今日が初めてなんだ。いつもは俺たちのしていることが本当に役に立つんだろうかとか、そんなことを考えながら飛んでる」

「一度きりだって、いいじゃない？」

「？」

「あたしさ」

美砂生は、雨に濡れたエプロンのコンクリートを、パンプスのつま先で蹴った。

「あたし、考えてみれば、今までに仕事をしていて他人から本当に感謝されたことって、一度もない。考えてみたら、今までに一度もなかったの。だから、たった一度でもあんなふうに人から喜んでもらえるなんて――いいな、羨ましいなって……そう思っちゃった」

「まぐれだよ、今日のは」

「まぐれでも、あたしにはなかった」

美砂生の頭の中で、『馬鹿野郎』『許欺師』と罵る声が、今の老婆の『ありがとうございますありがとうございます』に重なった。『ありがとうございますありがとうございます』『馬鹿野郎馬鹿野郎馬鹿野郎』『この許欺師』『金返せ』『ありがとうございます』『死ね許欺師』

「あたし……」

美砂生はうつむいて、髪をかき上げた。

「あたし、お客さんのためを思って頑張ったつもりだったけど、あたしの勧めた銘柄で儲かっていい思いをした人もたくさんいたはずなんだけど、あんなふうに『ありがとうございます』なんて一度も言われたことないし――『もっと高く売れたはずだ』とか『手数料安くならないのか』とかばっかりだったし、会社が自主廃業決まった後はお客さんみんなから許欺師呼ばわりだし、一生懸命働いて成績上げてやった上司からは裏切られるし収益上げてやったはずの会社からも身ぐるみ剝がされるような仕打ちをされたし……。さっきみたいに人から心から『ありがとう』なんて、一度も……。

ああ、あたし何しゃべってるんだろう？　ごめんなさい。変なことつぶやいちゃって」

美砂生が頭をかくと、だが月刀は笑いもせず、

「仕事──うまく行ってなかったのか？」

「うん。ちょっとね」

「そうか……」

「ひどい目に遭って、それで、友達が気分変えようよって島に連れて来てくれたの。だけど……」

「似たようなものだな」

月刀は真顔でうなずいた。

「え？」

「俺も、実はちょっとあってさ」

「？」

「面白くなくて、むしゃくしゃして島に行った。済まなかった。潜る時、君に余計なことを言った」

「あ──いいえ」

美砂生は、月刀の日に灼けた横顔を見上げた。

「あなたのむしゃくしゃすることって――何?」

「ちょっと……国防機密」

野性味のある彫りの深い横顔で、月刀は困ったように笑った。


当局に報告をしないといけないから、と月刀は管制塔の立つ建物を指さし、那覇空港の制限区域を出るゲートの手前で美砂生と別れた。

自分のバッグを下げた美砂生は、警備係員の開けてくれたゲートの遮断機をくぐって、空港を囲む金網のフェンスの外へ出た。目の前には道路が走り、離島路線のターミナル前の駐車場と、バス乗り場。少し歩道を行けば国内線のターミナルだ。

ゲートを出てなんとなく振り向くと、月刀のシャツの後ろ姿が見えた。長身の男はゆっくりと歩いて遠くなる。なんとなく、あの夜の風谷の背中を重ねた。タイプは全然違うな、と思った。

（まぁ――悪いやつじゃなかったかな……）

肩をすくめて、バッグを肩に掛け行こうとすると、背中から「漆沢」と呼ぶ声が聞こえた。

もう一度振り向くと、ゲートのずっと向こうから月刀が手を振って、「失業したら空自へ来いよ。悪くなかったぞ君の操縦」と笑った。

美砂生は苦笑して「ありがとう。考えておくわ」と手を振り返した。

九州・久留米

翌日の午後。

那覇から福岡行きの便が満席で取れず、結局沖縄でもう一泊した美砂生が久留米市の外れにある実家へ帰り着いたのは、次の日の午後遅くだった。

「ただいま」

何年ぶりか――前回は祖母の葬儀の時だったから三年ぶりか――に帰る実家の玄関を入ると、台所で母が夕食の支度をしていた。濃い味つけを思わせる甘辛い匂いが、美砂生を懐かしい気持ちにさせた。母は背中を見せてトントンと包丁を使う。美砂生が東京へ出て、父母と祖父だけになった漆沢家には、のんびりとまどろむような空気が漂っている。

「遅かったのねぇ」

「飛行機、混んでて――」

本当は、もう少し早く着いていた。でも西鉄の駅を降りてからすぐバスに乗る気がせず、一時間ほど久留米駅前のアーケードの喫茶店でぼうっと考え事をしていた。久留米は福岡への通勤・通学圏内だ。駅前広場のにぎわいを眺めていると、美砂生は自分の高校時代を思い出した。

「お父さん、今夜は早く帰るって」

「そう――お祖父ちゃんは？」

美砂生は、茶の間の仏壇を見やりながら訊いた。手入れの行き届いた古い仏壇には、幾葉かの白黒の写真が立てられている。いちばん新しいのが、三年前になくなった祖母の写真だ。

「お祖父ちゃんなら釣りよ。いつもの川原」

「ふうん」

美砂生は縁側にあったサンダルをつっかけると、「ちょっと出て来る」と小走りに庭を出る。

「どこへ行くの？　美砂生」

「ちょっと散歩」

祖父の雄一郎は、いつもの川原の土手で、釣り糸を垂れていた。美砂生が高校に通っていた六年前と変わらない場所だ。夕日が水面に反射して、ひょろりとした祖父の姿をオレンジ色の逆光の中で影にしていた。

応えた。

「お祖父ちゃん」

三年も会わなかったのが嘘のように、声をかけると雄一郎はこともなく「おう」とだけ

近づくと、年老いてはいるが整った横顔と、役者のような切れ長の目が昔と同じだ。

「お祖父ちゃん、釣れる？」

「ぼちぼちだな」

土手に腰掛けた雄一郎の横にしゃがむと、なんだか少女時代に戻ったような気がした。

護岸工事で土手のコンクリートが新しく立派になったほかは、六年ぐらいの歳月などこの川原では何でもないというように、夕刻の景色はあの頃と変わっていない。

「美砂生」

祖父は、昨日の会話の続きでもするように、挨拶など抜きで簡潔に話した。昔から、そういう人だ。祖母が他界してから少し弱ったかな、と心配していたが、声が少し嗄《しわが》れた程度だった。

「美砂生。東京で、何かあったか」

「え」

「お母さんが、心配しておった。何か酷い目に遭ったんじゃなかろうか――お前の電話の声を聞いて、心配しておった」

「そ、そう……」

「ま」

雄一郎は竿を上げ、外れた餌をつけ直した。

「人間、生きておれば、色々ある。色々あるが、生きていられれば、とりあえずはそれでいい」

「――――」

しばらく黙って、美砂生は祖父と並んで水面を見ていた。土手の上を、近くの中学校の運動部の生徒が隊列を組んでロードワークして行く。かけ声と、水音だけがゆったりと広がって行く。

祖父と連れ立って、夕暮れの道を家に戻った。

「お祖父ちゃん、こうやって歩いてると、なんか昔みたいだね」

「昔、か。お前の〈昔〉は、ずいぶん近くだな」

雄一郎は道の先を見ながら笑った。

帰宅すると、祖父が風呂場で足を洗う間、美砂生は仏壇の前に座って線香をあげた。

やがて役所に勤める父が帰宅し、夕食になった。茶の間は何気なく明るく、美砂生は東京での話を、何もしなかった。母も父も祖父も、訊いてこようとはしなかった。親戚のことや、結婚した近所の同級生の近況などが話題になった。食べ終わってから美砂生は、久しぶりに家の風呂に入った。

若者のいない家の夜は早い。

パジャマに着替えた美砂生が、半分暗くなった茶の間で足の爪を手入れしていると、台所の仕事を済ませた母がエプロンで手を拭きながらやって来て、「ところで、どうする気なの？」と訊いた。

「え？」

「あんた、仕事どうするつもりなの。会社あんなになっちゃって」

「ああ、うん――」

父は入り婿だったから、なんとなくおとなしい。ずばっと斬り込んで訊いて来るのは、昔からいつも母の役目だった。

「うちのことは分かってるでしょ？　あんたは一人娘で、うちの地所と財産、多くはないけど、いずれはあんたがちゃんとしたお婿さんもらうかして、継がないといけないのよ。母さんみたいに」

「それ言わないっていうから、帰って来たんじゃない」

「言わないわけに行かないでしょう。あんただっていつまでも若くないのよ。どうするつもり？」

失職してしまったことだし、縁談をまとめて欲しい、と娘が頼むのを期待しているらしかった。だが美砂生はその問いには答えず、座ったまま仏壇を見上げた。立てられた一枚の写真を指さし、母に尋ねた。セピア色に変色した、最も古びた一枚だ。それには二人の男が写っていた。

「ねぇお母さん」

「何」

「お祖父ちゃんてさ、昔飛行機乗りだったんでしょう？　戦争中」

「突然、何」

「うん。ちょっと聞きたくて――」

「ああ。ほら、何でもね、輸送機の操縦士で、南方のニューギニアあたりで敵機に追いかけられちゃあ逃げ回ってたって。逃げ回ってたから助かったんだって、たまにそう言ってたよ」

「ふうん」

「戦争中のことは、あまり話さないけどね」

「隣の人は誰なんだろう？　なんとなくあの写真、前から気になってたんだけど――」

　その写真は、戦争中に南方の航空基地で撮られたらしい一枚だった。若い頃の祖父はすぐに分かる。ひょろりと長身で、舞台役者にでもなれそうな切れ長一《ひと》重瞼《えまぶた》の日本的美男だ。

どこか美砂生に面差しが似ている。祖父の隣には、浅黒い顔をした、目の鋭い若者が立っている。祖父より少し歳下に見える。若者というより美少年という感じだ。黒目がちの大きな目が、どこか猫科の野獣を想わせる。ほっそりした体躯《たいく》も、静かに獲物に忍び寄る黒豹のようだ。昔の飛行服に身を包んだ二人は、プロペラのついた昔の飛行機を背に、不敵な微笑を見せている。

「仏壇に上げてあるんだから、なくなった人なんだろうけど……。でも誰なんだろう、かっこいい」

「戦友らしいわよ。お祖父ちゃんの」

「同僚のパイロットの人かしら」

「さぁ……あんまり戦争中のことは、お祖父ちゃん話してくれないから。母さんもお祖父ちゃんの戦争中の、詳しいことは知らない」

「ふうん」

「ねえ美砂生、そんな死んだ人じゃなくてね、あんたが帰ってきたら見せたいと思って用意しておいた写真があるのよ。ほら」

それから数日、美砂生は家で何もせずに過ごした。見合いしろなんて言わないからって約束で帰ってきたんじゃない、と抗議しても「そういうわけに行かないでしょう」と母は譲らない。「帰ってきたからには、お見合いしてもらうわよ。東京へ戻ったって、仕事なんかないんでしょう」知らないうちに、着物まで用意されている。美砂生はそれを全部無視して、昼間は祖父と釣りに出かけた。

ジーンズに麦わら帽子、ゴム草履で川原に座って、一日中祖父の横で水面に釣り糸を垂れた。

「ねぇお祖父ちゃん」

「ん」

その日の午後も、よく晴れた春の陽気だった。

「お祖父ちゃん、戦争中の話とか、飛行機の話とか、昔からあんまりしてくれなかったね」

水面を眺めながら美砂生は訊いた。朝から釣り糸を垂れていたが、まだ一匹も釣れていなかった。

「あたし聞きたいな」

「お前たちに話すことなど、何もありゃあせん」

祖父は変わらぬ素っ気ない表情で、外れた餌をつけ替える。

「昔話を聞いてやるのが、年寄りに対する親切だとか思うんなら、別にせんでいい」

「そういうんじゃなくて。ただ聞きたいの」

「毎日、逃げ回っとった。逃げて逃げて、やっと生き残った。そんな話をしても、仕方ありゃせん」

「ふうん」

「そんな話を、聞くことはない」

「ねぇ、じゃあ、あの仏壇の写真の人だけど――あの人お祖父ちゃんのお友達？」

するとと祖父は答えずに、水面に竿を振った。ポチャン、と糸がおちて浮きが水面に波紋を描いた。

「――聞くことはない」

「………」

「ほら、引いとるぞ」

「え？　あっ」


夕方まで川原にいて、魚の入ったビクと釣り道具を下げて家路につく。田んぼの脇の農道をゆっくり二人で歩いていると、雄一郎はふと口を開いた。

「なぁ美砂生」

「何？」

「東京で、何があったのかは知らんが……。世の中が不景気になれば、理不尽な争いも起きるだろう。人間、社会に出れば争いは避けられん。命を獲り合う戦争ではなくとも、理不尽な争いというものは、いつの時代も、どこにでもある」

「――うん」

「争いに巻き込まれても、大事なことはな、勝たないことだ」

「え……？」

あぜ道を歩く祖父の横顔には、鋭いような優しいような、不思議な眼の光があった。美砂生は、言われたことが分からなくて、その横顔に訊き返した。

「勝っちゃいけないって――どういうこと？」

「やっつけてはいかん。特に敵を完膚《かんぷ》なきまでに叩きのめすのは、いちばん良くない。むしろ『上手に負ける』ことこそ大事なんじゃ」

「よく――分からないけど」

正直に言うと、雄一郎は静かに笑った。

その晩、自分が高校時代まで過ごした勉強部屋で床につくと、美砂生は夢を見た。

傷ついて片肺になり、ふらつきながら空に浮かぶアイランダーの操縦席に自分は座っている。

頭上からライトグレーの戦闘機がかぶさるように舞い降りて来ると、美砂生の横に並ぶ。

これが――イーグル?

美砂生は振り仰いで驚く。これがF15イーグル?　風谷君の言っていた飛行機……?

「これ……」

美砂生は言葉も出ず、息を呑む。

美砂生はイーグルの機体を、きれいだと思う。

その姿を、呑まれるように見てしまう。

ズドドドッ、という双発エンジンの轟音がアイランダーの機体をビリビリと震わせ、操縦桿を握った腕を通して美砂生の胸をも震わせる。

なんて美しい形をしているのだろう――

美砂生は思う。

空を翔ぶ、こんなにきれいなものが、この世の中にあったのだろうか――?　あたしは、生まれた町でも上京した大学のキャンパスでも、兜町でも目黒駅前の支店のカウンターでも、こんなにきれいな姿をしたものを目にしたことがない。きれいなものなんか何も見えなかった。いつも、いつも、自分自身も含めて人間たちの見たくない部分ばかりが目の前にあった。それでも無理して、あたしは上司やお客さんに愛想を使って、元気を出して、我慢して毎日働いていた。

言いたくもないお世辞を言い、営業成績のグラフを必死に伸ばし、給料をもらって生活する。

「そうよ。生きることって、そういうことじゃない？　そういうことだと思ってたわ。面白くなくて、当たり前だと思っていた。自分の力で働いて、食べて行くんだもの。東京に居たいなら、夢だとかやりがいだとか、そんな贅沢は言っていられないわ」

イーグルのコクピットから、ヘルメットを被ったパイロットがこちらを見下ろしている。バイザーと酸素マスクで、顔の表情は読めない。だがふいにパイロットは黒い酸素マスクを外し、素顔を見せる。「似合わないことするなよ美砂生さん。自分らしくないことを、無理してすることないじゃないか」

パイロットは風谷だった。ヘルメットを被ってコクピットからこちらを見ている風谷は、あの鋭いが優しい眼をしていた。

（夢か……）

夜中に目が覚めて起き上がると、美砂生は台所へ水を飲みに行き、通りかかった茶の間の仏壇の前で足を止めた。

遥か昔、美砂生の知らない南の島で撮影された二人の男の姿は、静止したままそこに佇《たたず》んでいる。

「これ……」

美砂生は、古い写真をもう一度のぞき込んだ。若い頃の祖父が立っている光景。椰子の葉で葺《ふ》かれた小さな待機所、原っぱのような飛行場に立つ吹き流し、そして祖父が背にしている古い飛行機。星形の単発エンジンに三枚のプロペラを機首に持つ、その小さな一人乗りの飛行機が何という名で呼ばれていたのか、美砂生にはまるで見当もつかなかった。

「これ……輸送機なのかなぁ……？」

パジャマで立ったまま、美砂生は首を傾げた。

沖縄

一か月後。

短い梅雨も明け、すっかり暑くなった那覇市内のマンションの自室で、非番の月刀が寝転がってTVを見ていると、ソファの横の電話が鳴った。

『月刀、いたか』

「火浦さんですか――」

月刀は、仰向けになっていたリラックス・ソファから身を起こし、ビデオのリモコンを捜した。画面に流れていたのは予約録画した昨夜の番組だった。お前がこんなクイズバラエティーなんか見るのか、と月刀を知る者ならちょっと驚くかも知れない。

ちょうど番組はエンディングで、『司会はわたくし上岡マサシと』『森崎若菜でしたー』と男女ペアの司会者がカメラにお辞儀する映像だった。月刀はリモコンで画面を消した。

「驚いたな。何か御用ですか？　火浦さんがわざわざ俺に電話なんか……」

月刀の直属上司、というよりは基地で唯一信頼している先輩の飛行班長火浦は、『そうだ用事だ』とうなずく。

『大事な用事だ。よく聞け月刀、来月東京へ出張しろ。ちょっとデスクワークをやってもらう』

「デスクワーク？　俺がですか？」

月刀は驚いて思わず頭をかいた。

「そんな、似合いませんよ」

『いいか月刀。この間も言っただろう、一尉に昇進していずれどこかの隊の飛行班長になりたいなら、毎日飛んでいるだけじゃ駄目だ。何か勤務評定の足しになるような、デスクワークをやって点数を稼ぐんだ。俺がちょうどいいのを見つけてきてやった。今すぐ「やります」と返事をしろ』

「でも、俺――」

『大丈夫。居眠りしててもできる仕事だ。その代わり来月までにその潮焼けした髪を黒く染めておけ。市ヶ谷のお偉方の眼にも留まる場所だからな』

「居眠りしてても、ねぇ……」

詳しいことは明日話す。やるんだぞ、いいな？　と念を押して電話は切れた。

やれやれ、月刀がため息をついてTVを点け直すと、平日の午後のワイドショーが画面に出た。

『――就職活動中の女子学生にわいせつ行為を働いたとして、中央署はこの銀行員を逮捕しました』

女性のレポーターが、東京都内の大手都市銀行の巨大な本社ビルの前で、マイクを握っている。

『こちらは、その行員が勤務していた旭日銀行の本店前です。元人事部次長の小宮台容疑者四十一歳は会社訪問に訪れた女子大生A子さんに、愛人になれば就職を世話してやると持ちかけ――』

「やれやれ……」

月刀は肩をすくめた。

「どこもかしこも、世間は大変だな――」

市ヶ谷・防衛省

さらに一か月後。

六月の初め、梅雨の合間の晴れた日に、月刀はふだんあまり着ない背広型の制服にネクタイを締め、防衛省本省の廊下を歩いていた。火浦が半ば無理やり「やれ」と命じたデスクワークとは、この日行われる防衛省一般幹部候補生採用試験の試験官だった。一次の学科試験の監督だから、確かに受験生が答案を書いているのをただ見ているだけでいい。これなら本当に寝ていても出来るかな、と思っていたら少し甘かった。

「講話？　俺——私がですか？」

「そうだ。せっかく第一線の実戦部隊から、君のようなバリバリのエリート幹部に来てもらったんだ。試験開始前に十分やるから、受験生諸君に何か役に立つ話をしてくれ」

「バリバリのって……」

火浦さん、俺のことをどう言って中央に売り込んだんだ……？　月刀は心の中で火浦のサングラスの顔を思い浮かべ、『詐欺師め』と悪態をついた。

「君の受け持つ教室は、全員空自のパイロット志望者だ。現役のイーグルドライバーの話が聞ければ、いやおうなく『自衛隊に入って頑張るぞ』という決意も高まるだろう。ひとつ頼むぞ月刀二尉」

人事部の担当官の二佐に肩を叩かれた月刀は、理髪店に行ったばかりの頭をかきながらしぶしぶ指定された試験会場の教室へ向かった。一般幹部候補生採用試験とは、一般大学の卒業者から自衛隊の幹部となる者を採用する試験だ。採用されれば、防大卒者と同じ訓練コースを経て、陸・海・空の幹部自衛官——つまり士官となって行く。募集人員は全体で二百名程度、空自だけで言えば男子五十名、女子五名となっており、希望と適性によりパイロットコースへ進むことも出来る。世の中の不況が影響して、今年の志望者はかなり多くなったと聞いた。大卒で二十六歳未満なら受験資格があるので、新卒者だけでなく一般企業からの転職組も増えているらしい。

教室のドアをがらりと開けると、ふだん見学者向けの広報活動に使われている階段教室は、受験生でぎっしり埋まっていた。ざわめきが静まり、全員の視線が自分に集まるのを感じると、月刀はサングラスを掛けて来るんだったと後悔した。仕方なく教壇に立ち、抱えて来た問題用紙を置いた。

「ああ。ええと——」

驚いたことに、教室には女の子の姿がちらほら目立つ。男女の雇用を均等化する世の中の流れで、空自でも女性パイロットが養成され活躍し始めている。そのせいか受験生の二割くらいが女の子だった。月刀は、沖縄上空へ襲来した謎のスホーイの機影をちらりと思い出し、あんな危急の場へ上がって女の子なんかがものの役に立つのだろうかと思った。

「ああ、ええとですね、何というかその……」

咳払いして、自分を注視して来る百名以上の受験生を相手に何を話そうか、と途方に暮れた。参ったなぁ、俺は偉そうに一席ぶつような柄じゃない。こういう役目は、日比野のあんちゃんみたいなやつにやらせれば……。そう思いかけた時、階段教室の中ほどの席から自分を見つめている、色の白い女子の受験生と目が合った。その瞬間、月刀はごほっ、とむせた。なっ——なんだと……!?

「お、おい俺はあの時、冗談で——」

思わずつぶやきかけた月刀に、最前列の受験生がけげんな顔をする。月刀は慌てて咳払いしてごまかした。

中央の列に座って、こちらを見ているのは、確かに座間味の時のあの子だ。髪をやや短くしているが間違いない、あの子だ。その証拠に、あの時アイランダーの操縦席で漆沢と名乗った女の子は、人形のように整った顔を少しおかしそうにして、月刀に小さく会釈した。

(おい……ちょっと待ってくれ)

月刀は舌打ちした。冗談じゃない。あいつ——あの時俺に見せた空中感覚の鋭さといい、頭の回転の速さといい……あいつがこの試験受けたら、下手すると受かっちまうぞ……!

直感した月刀は、思わず口を開いていた。

「冗談じゃない——いや、あの、冗談を言っている暇がないので、受験生諸君に一言、先輩として話をしておきたい。本日試験官を務める俺は——いや私は、月刀慧二等空尉。君たちの、先輩だ。ふだんは沖縄の那覇基地で、F15イーグルに乗っている」

とたんに熱心な眼差しがうわっと押し寄せるのにたじたじとなったが、月刀は中央の列に座っている色白のきれいな女の子に受験を思い止まらせるつもりで、一生懸命考えて話を続けた。

「いいか。みんなも少しは分かっていると思うが、みんなが受けようとしている自衛官という職業は、この日本では報われない仕事だ」

月刀の本心から出た物言いに、教室は一瞬、しんと静まった。その教室を見渡し、月刀は続ける。

「俺たちの仕事は、誠心誠意自分の能力を限界まで絞り出して命がけで働いても、誰からも感謝されない仕事だ。いや、俺たちの存在すら、普通の人たちは忘れようと、無視しようとすらしている。君たちは自衛隊の幹部となっても、普通の人たちから感謝されたり歓迎されたりすることなく一生を終わるかも知れない。非難や誹謗ばかりの一生を歩むかも知れない。普通の人たちはこの国の安全が自衛隊によって護られていることに目を向けようとしない。俺たちは誰にも感謝もされず、日陰者、嫌われ者として後ろ指をさされながら、それでも命がけでこの国を護らなくてはならないんだ。やってて良かったなんて思うことは、正直あまりない。だからみんなも、受ける前にもう一度よく考えたほうがいいぞ」

「ちょっと待って下さい」

すると月刀の言葉をさえぎり、中央の列から色白の美貌の受験生が、手を上げて言い返して来た。

「でも、感謝されることだって、きっとあります。あるはずです」

「ごくたまに、まぐれでそんなことがあるかも知れない。しかし俺たちのやっている訓練は、すべて無駄になるかも知れない訓練だ。必死で努力しても、何も報われない場合だってある。いや、そういう場合のほうが遥かに多いんだ。だから君たちは、不況で安定を求めてこの道に進むというのであれば、やめておいたほうがいい」

最後の一言は、彼女に告げるつもりで話した。

「飛行機に乗りたいというだけなら自衛隊に来ることはない。危険も多い。スクランブルで出動すれば生きて還れる保証もない。俺の知り合いには、格闘戦の訓練中に空中接触で死んでしまった者もいる。死んだらリセット出来るゲームとは違うんだ。これは命がけの仕事だ」

受験生みんなが神妙に、話す月刀を見ていた。試験官を務める先輩が「やめておいたほうがいい」とか「危険だぞ」とか口走ったので、驚いているのかも知れない。

しんと静まり返った教室の受験生たちを見回して、月刀はちょっと言い過ぎたかなと頭をかいた。

「ま、つまり、だいたいそういうことだ……。分かったかな?」


月刀が採用試験の監督をしているちょうど真上のフロアでは、防衛局防衛政策課のオフィスで夏威総一郎が課長に肩を叩かれていた。

「ちょっと来い、夏威」

課長は一声掛けると、さっさと歩いて行く。信頼醸成企画官として、デスクで担当する訴訟の案件を整理していた夏威は、何事だろうと課長のワイシャツの汗ばんだ背中を見上げた。

「早く来い。話がある」

「は、はい」

夏威を引き連れ、防衛局の使われていない応接室へ入ると、黒ずんだ疲れた顔の課長はどさりとソファにふんぞり返った。

夏威がドアを背にして立って見ていると、課長はワイシャツのポケットから煙草を取り出す。

「おい、火」

「私は喫煙をしません」

「じゃ、これからは必ずライターを持ち歩け。お前が吸わなくてもだ。そして上司がその素振りを見せたなら、すかさず火を差し出せ」

「は？」

「教えておいてやる。お前は、来月からそうしなくてはならなくなる」

「どういう、ことでしょうか……？」

二か月前、自分の担当職務を逸脱し、勝手に法案など作って出そうとした行動が課長を予想以上に怒らせたのだろうか……？　そのせいで、自分をこの課から飛ばすとでも――？　しかしあの自衛隊法改正案は、防衛政策課のキャリア官僚として信念を持って提出したものだ。それに課長だって、昔は自分も同じことを考えたと言ってくれたではないか。

「この間の法案の件は、済まなかったな。夏威」

異動を匂わせながらもすぐには言及せず、課長は夏威が差し出した卓上ライターで煙草に火を点けた。

「お前が黙って引っ込めてくれたお陰で、俺の同期生は全員、しかるべきところへ天下りが決まった。とは言っても防衛官僚だからな、有力省庁のように上場企業や公団の役員になどなれるわけでもない。たかが知れているがな」

「はぁ。課長は、どちらへ」

「俺か。俺はメーカー系列のシンクタンクへ行くことにしたよ。肩書きばかりの顧問や嘱託なんてごめんだからな。頭が錆《さ》びつかないように、これからはアナリストをやる。そのうちに本でも出すかな」

「どちらのメーカーです？」

「北武新重工だ」

「北武——ですか？」

「何だ、三菱や川崎へ行くとでも思ったか？　まあそう思うほうが常識的だがな」

「課長、北武新重工というのは……ちょっと」

「ふふん、あまり感心せんか？」

「は、はぁ」

正直に顔を曇らせた若い部下を見上げ、課長は皮肉そうに笑った。

「そうやって、気持ちを素直に顔に出すな夏威。特にこれからお前が行く場所ではな。出世したければ思っていることを絶対に顔に出してはいかん。覚えておけ」

「はぁ」

「北武新重工——か。ふん、お前が感心しないのも当然だ。政治力を使って、防衛産業に無理やり参入して来たと言われる新興勢力だからな。金にまつわる噂も絶えん。しかしそういうところほど、天下りをいい条件で受け入れねば防衛産業に食い込んでいられない。せいぜいやつらの弱点を逆手に取って、老後を楽に過ごさせてもらうさ」

眉をひそめる夏威をよそに、課長は煙を吐き出した。漂ってきた紫煙のけむたさをこらえながら、夏威は単刀直入に訊くことにした。

「ところで課長。お話とは何なのでしょうか？」

うん、と課長はうなずき、点けたばかりの煙草をクリスタルの灰皿にギュッッと押しつけた。

「俺はな、自分の天下りのために、お前のような若くてやる気のあるキャリアの提案を踏みにじった。どうしようもないもうろくじじいさ。お前もさぞかし頭に来ただろう」

「あ、いえ……」

「俺がお前なら、当然そう思う。これでも昔は――初めは真面目な、国を思う防衛官僚だったんだ」

「――――」

「お前に我慢してもらった代わりに――代わりと言っちゃなんだがな――三十二年の永き戦いに敗れ、矢尽き刀折れて去っていく老兵として、俺はお前に置き土産を一つ、置いて行くことにした」

「は——？」

置き土産……何のことだ？

「夏威よ。お前を来期の、防衛参事補佐官に推薦しておいてやる」

「参事補佐官——ですか？」

「そうだ、参事官の鞄持ちだ。防衛参事官の職務については、お前も知っているだろう？内閣の下、統幕会議の上に位置して、政治と自衛隊を繋ぐパイプ役となるポジションだ。身分は官僚だが、実際は政権与党の政治家の意向を自衛隊にはめ込もうとする、『半分政治屋半分官僚』という鼻もちならない連中だ。そいつらがこの防衛省には十人もいる」

「だいたいは聞いていますが……具体的な職務についてはあまり……」

頭の回転の速い夏威でなくても、課長の言ってくれた人事が相当の抜擢であることが分かるだろう。参事補佐官といえば大臣の首席秘書官とほぼ同クラス、職級としては課長補佐に匹敵する。二十六、七の若さでそうそう就けるポストではない。

「私の日常担当する仕事のレベルでは、まだ政治というものはよく……」

戸惑いながら、夏威は答えた。この課長は、俺をどうするつもりなのだろう。少なくとも干し上げるつもりならば、昇進などさせないだろうが……。

「そうだろう。お前はまだ世の中の〈現実〉を——政治というものをろくに知らん。だから夏威、お前は来月からくそったれの参事官について、〈政治〉というものを勉強して来い。言っておくが、楽な勉強ではないぞ。そしてもしもお前が、政治家とつき合ってもやっていける神経を——そういう見上げた神経を持ち合わせていると自覚出来た場合は、夏威、その時は偉くなれ」

瀕死の黒サイのような疲れ切った課長は、ギョロリと夏威を睨んだ。死にゆく野獣の、最期の一瞥のように感じて、夏威は思わずのけぞっていた。

「——」

「いいか夏威。政治に負けるな。偉くなれ。偉くなって、少しでも日本をよくするように全力で働いてみろ。若くて意識がまだ萎えていない、お前のような若いエリートにしか出来ないことだ。これは俺が先輩として贈る、お前への最後のはなむけだ」

それだけ言い切ると、課長は「じゃあな」とだるそうに立ち上がって、部屋を出て行った。

「課長——」

夏威は、たった今鼻先に突きつけられた現実がよく呑み込めず、課長の後ろ姿が消えた応接室のドアを見つめていた。

（政治……か）

夏威は心の中でひとりごちた。

夏威は、自分が本当に見込まれて昇進させられたのか、それとも自滅させるための罠《わな》にはめられたのか、正直言って直感では分からなかった。はっきりしているのは、この国の政治と接触する世界へ、今突然自分は放り込まれることになった——それだけだった。

現実、か……。

（いったい、俺の行く手には——どんな〈現実〉が待っているというんだ……？）

第三章　撃て、風谷！

石川県・小松

それから、三年が瞬く間に過ぎた。

漆沢美砂生は、足元に荷物を置き、航空自衛隊の制服の胸にウイングマークをつけた姿で、小松空港国内線ターミナル前のバス停に立っていた。

「まいったなぁ――」

時刻表を見て、美砂生は途方に暮れていた。福岡からの便が遅れて着いたせいで、航空自衛隊小松基地行きのバスは、すでに出てしまった後だった。

「基地へ行けるバスが一時間に一本だけって……なんて田舎なのよ。まぁ、どこもそうだったけど」

制服のボトムスを、スカートでなくパンツにして来て良かったと思った。春とはいえ、空港フェンスの向こうの日本海から吹きつける風が冷たい。

田舎、田舎、また田舎か……。しょうがないけどさ、と美砂生は心の中で舌打ちする。

やっと訓練は卒業したけれど、ＯＬ時代のような都会暮らしは、もう出来ないんだろうな――


美砂生は新人の戦闘機パイロットとして、配属の決まった空自小松基地へ赴任するところだった。

失業ＯＬの身から一般幹部候補生として航空自衛隊に入隊し、部内選抜にパスしてパイロット訓練生となり、訓練コースに入った三年前――その日のことを、美砂生は昨日のことのように思い出す。あれは自分にとって、第二の人生の幕開きだった。しかし過酷な訓練に明け暮れた三年の間、美砂生が都会と呼べるような土地で暮らしたことは一度としてなかった。窓の外を鹿が散歩していた奈良の幹部候補生学校のあたりが、いちばんひらけていただろうか――？　後は地上準備課程の防府、第一初級操縦課程でＴ７単発練習機に乗った芦屋（神戸ではなく福岡県の）、Ｔ４中等ジェット練習機でＧに振り回された浜松、Ｆ15Ｊ戦闘機操縦課程でいい加減訓練生活が嫌になった新田原と、自衛官になることとは田舎で暮らすことなのだと達観してしまうほどだった。

（今日中に、赴任の申告をしなくちゃいけないんだけどなぁ……困ったわ）

美砂生の場合、自衛隊に入ることに抵抗はなかったのだが、田舎のたらい回しには閉口した。せめて全部の訓練機材を一つの基地におき、一か所で訓練をしてくれれば、技量検定試験に受かる度ごとに寮のベッドで荷造りせずに済んだのに——そうは思うのだが、着陸進入速度一四〇ノットのF15Jと八〇ノットのプロペラのT7が、同じ飛行場のトラフィック・パターンで同時に離着陸訓練など出来るわけないのは分かっている。でも空自の訓練基地ときた日には、どこもかしこも『バス一時間に一本』なんて当たり前、美砂生の出身地の久留米市の外れの辺りよりも、三倍くらい輪をかけて田舎と来ていた。防衛省の本省が新宿や四谷のすぐそばにあるのは、あれはあたしたち志望者の目をくらますための詐欺だったのだと、入隊してからすぐに美砂生は思った。

「空自の方ですか？」

声がして、ふと顔を上げると、目の前のロータリーに濃紺のオフロード4WDが止まっていて、運転席の窓ガラスが開くところだ。ルーフにもキャリアをつけた、背の高い車から聞こえた声は女だった。窓の下のボディーには、TV局らしいロゴが張りつけてある。

〈JOUW西日本海TV〉——地元のローカル局だろうか。

「基地へ行かれるんなら、乗りませんか？　バス、当分来ないですよ？」

顔が見えた。一人で運転席にいるのは、若い女の子だった。二十七歳の美砂生よりも一つか二つ、歳下だろうか。革ジャンの胸元にTシャツが覗く。

「ありがとう」

髪を短くした美砂生は、レイバンのパイロット用サングラスを外し、笑顔を見せた。

「助かったわ」

「ちょうど取材で基地へ行くところだったんですけど——声を聞いてびっくりしました」

4WDは、空港前の交差点を市内方面と逆方向へ折れ、田園に囲まれた道路へ入って行く。両側には電柱と、地元産品の大きな立て看板がたまに畑の中に立つだけだ。

「驚いたって——？」

局の車なのだろう、灰皿に煙草の吸いさしが残ったままの運転席で4WDを取り回しながら、革ジャンの女の子は「だって」と笑った。足元はジーンズ、TV局のスタッフらしく男っぽい格好だが、整った横顔はこぎれいにメイクされている。早口ではきはきとして、気が強くて頭のいい子なんだなと美砂生は感じた。

「びっくりしちゃった。女の人なんですね」

「ああ」

美砂生はサングラスを畳んで胸ポケットに引っかけた。珍しがられるのには、もう慣れてしまった。航空自衛隊に幹部候補生として入ってから、もう三年。女性パイロットの先輩はすでにたくさんいて、マスコミの取材こそなかったが、行く先々の基地で「女だ」「女だ」と驚かれて来た。それぞれの基地では必ず広報課の担当官が美砂生の素行に目を光らせ、「すべての婦人自衛官の模範となるように」と口を酸っぱくしたが、それ以上に面食らったのは基地のある地元の町の人々の反応だった。美砂生が地元の町で買物をしたり居酒屋に入ったりすると、芸能人かパンダでも来たかのように遠巻きに珍しそうに眺められ、おちつかなかった。自衛隊の航空基地があるような田舎の町の社会では、女性の職業でプレステージが高いのは小学校の先生か信用金庫の窓口係くらいで、普通の女の子は地元の高校か短大を出ると、たいてい地場産業の会社に入って経理やお茶くみをする。そして二十代の前半で親に勧められお嫁に行ってしまう。若い女の子の平均的な姿がそれだったから、女がジェット戦闘機を飛ばすなどという事態は、田舎のおじさんおばさんたちにとって驚異以外の何物でもなかったらしい。

「胸が小さいから、男だと思った？」

美砂生は笑った。

「いえ。ズボンはいて、サングラスしてらっしゃったから……。男性にしては、少し華奢だなぁとは思いましたけど——それに」

ＴＶ局の女の子は、美砂生の制服の左胸をちらりと見て、「その翼の徽章《ウイングマーク》、パイロットでしょう？　凄いわ」と驚いて見せた。そつのない語り口、標準語のアクセントで、地元の子ではないなと美砂生は思った。自分も田舎の出身で、東京に出て六年暮らしたから分かる。都会の、それも割と大きな企業で働いた経験があるのではないだろうか——初対面の人をこんなふうに自然と観察してしまうのは、証券会社の営業ＯＬ時代の習性が残っているせいかも知れない。

「たしか、均等法の影響で、〈母体保護規定〉を撤廃したんですよね？　空自」

「そうよ。だからあたしも、戦闘機に乗れることになったの。自衛隊のこと、よく知ってるのね」

「〈長期密着取材〉中ですから。さっきまで、民間のターミナル側から見た基地の全景を撮っていたんです。これから夕方のアラート待機の取材で、基地へ行くんです」

「一人で？」

「地方局ですから。三脚にカメラ据えて、一人でしゃべるんです。恥ずかしいですよ、慣れないと」

ＴＶ局の記者らしい女の子は、笑いながら片手で名刺を差し出した。

「始めまして。わたし、沢渡といいます」

４ＷＤは、舗装だけはよく整備された田舎道を走り続ける。基地のゲートは、まだ見えて来ない。

石川県の小松空港は、もともとは空自の小松基地である。日本海に面し、領空へ接近する国籍不明機へ向けスクランブル機を発進させる日本の最前線の防空基地だ。空自第六航空団の二つの戦闘飛行隊のＦ15Ｊが使用するこの飛行場を、民間エアラインも乗り入れられるように軍民共用化したのが小松空港だ。滑走路は一本しかなく、空自も民航も共同で使うのだが、民間ターミナルが飛行場の北側、空自の基地施設が滑走路を挟んで反対側の南にあるため、民航機で小松に到着した者が基地へ出頭するには、飛行場の外側の広大な田園地帯の中を車か路線バスでぐるりと走って行かなくてはならなかった。

「あたしは名刺なんか持ってないわ。ごめんね」

美砂生がそう言いながら、もらったカラー印刷の名刺に目をおとすと『西日本海テレビ報道制作部・沢渡有里香』とある。この歳下の子は、本当にＴＶ局の報道記者らしい。しかし４ＷＤの荷台に山と積まれた機材を見ると、ＶＴＲ撮影や音声収録など、取材現場の技術作業もたった一人でこなすらしい。小さな地方局とは、そういうものなのか。

「遠いのね。基地のゲート」

「民間のターミナルから滑走路を歩いて横断出来たとしても、ベースオペレーションまで直線で一キロあるんです。ぐるっと外側回ったら、とても歩ける距離じゃありません」

「本当ね。拾ってもらって良かった。ありがとう」

「いいえ。ところで漆沢さんって読むんですか？　そのネームプレート。珍しい姓ですね」

ショートボブの髪に縁どられた、整った横顔を笑顔にして、沢渡有里香は愛想よく言う。

「うん。出身は九州のほうなの」

「わたしは、東京です」

「就職でこっちに？」

「初めは東京で、商社に入ったんです。でもマスコミ志望でしたから、転職」

小さい局だから毎日こき使われっぱなしです、と笑う。だが元から明るいというより、気合いを入れて頑張って明るくしている感じがした。美砂生も昔営業をしていたから、得意先のお客に気を遣って無理に笑顔を作ったりするのは日常のことだった。

「そう。マスコミの採用って、厳しいんでしょう？　競争率凄いって聞いたわ」

東京の大学を出たなら、この子だって本当は在京のキー局に入りたかったのではないだろうか。美砂生の大学の同級生にも、アナウンサーになりたい一心で就職活動したがどこにも引っかからず、あきらめ切れずに全国のローカル局を受けまくってとうとう西表島《いりおもてじま》のケーブルTV局に就職した子がいる。現在ではその局を代表する局アナだ。マスコミへの就職は宝くじのようなもので、志望者はその同級生に限らず『入れればどこでもいい』と全国の地方局を受けまくるのだという。

美砂生がその話をすると、

「確かに、在京の民放大手やNHKは、たとえ実力があっても、短大卒じゃ入れてくれないんです。だからこっちのローカル局へ来たんですけど……」

沢渡有里香と名乗った女の子は、屈託なさそうに笑うが、笑顔の唇の端をキュッと引き締めて悔しさを噛み潰しているようにも見えた。

「でもわたし、好きでここにいるんです」

「好きで――？」

美砂生が聞き返すと、有里香は横顔で「はい」とうなずいた。

「TVの仕事が、好きだから？」

「フフ。物好きに見えるでしょう？」

「うん」

「やだ、漆沢さんって正直」

「でも、東京の彼とか、反対しなかった？」

「いいえ」

有里香は頭を振る。

「わたし東京には、彼いませんから……。いたらこんな遠いところまで来れたか、分かりませんね」

ふと真顔になると、横顔の有里香は、もの静かな文学少女タイプの印象に変わった。早稲田にもよくいたが、いつも本ばかり読んで何か考えていて、あまり笑わず、どちらかと言うと冷ややかにものを見るタイプだ。そういうタイプの女の子は営業など向いていないから、証券会社には一人もいなかった。この自分を除いては――と美砂生は思った。

有里香の運転する４ＷＤは、小松基地の滑走路の末端フェンスの外側を通った。滑走路《ランウェイ》24の進入方向を標示するアプローチライト・システムの灯火の列が、草っ原の中にフェンスをまたいで伸びている。車の頭上を、ちょうど離陸した旅客機が着陸脚を上げて収納しながら飛び越して行く。グォオオッ、と爆音が降って来る。白とブルーに塗られた双発中型の機体は、国産旅客機ＹＸ２２１だ。デビューしたばかりの最新鋭機である。美砂生が福岡から乗って来た機体かも知れない。

「でも、漆沢さんも物好きですね」

窓から旅客機を見上げながら、有里香が言う。

「どうして？」

「だって、パイロットになるなら、ああいう民間エアラインに入ったほうが、待遇もずっといいじゃないですか。港区あたりのマンションにだって住めるでしょうし、社員航空券で海外へもたくさん行けるらしいし、洋服だって買い放題でしょう？」

「あなたの言う通りね。確かに、あたしが自衛隊を受ける時、航空会社も自社養成パイロットの募集をしていたわ。向こうのほうが待遇いいのも知っていたけど――でもいいの」

「？」

美砂生は胸からサングラスを取ると、顔に掛けた。照れくさそうな顔になるのを隠すためだった。

「好きで、ここにいるの――あたしも」

旅客機に続いて、二機のF15Jが続けざまに車の上を上昇して行った。まるで雷鳴のような、旅客機とは比べものにならない叩き付けるような爆音だ。美砂生は窓から乗り出すように空を仰いだ。

「あぁ――やってる、やってる」

白っぽいグレーに曇った頭上の空間をバリバリバリッ！　と震わせ、小さな鋭角の二つの黒い影が一瞬、美砂生の視界の隅を斜めに横切って行った。

（やっと、逢えるんだ……。やっと……）

美砂生は、遥か頭上に小さくなって消える機影を、サングラスの下の眼で追った。

小松基地

「こんにちは」

小松基地のゲートに4WDを横づけすると、革ジャンをひるがえして運転席から飛び降りた沢渡有里香は門をかためる衛士に頭を下げ、ゲート脇の警備室へ小走りに駆け込んだ。

美砂生は後からゆっくり続いた。美砂生の三等空尉の制服を目にした衛士が、姿勢を正し敬礼する。

「あ、どうも」と答礼し、初めてこの基地へ来たので挨拶でもしようと警備室へ入ると、狭い警備室の中では有里香が当直の警備主任に菓子折りを渡して、「きゃっきゃっ」と笑っているところだった。

「そうなんですよぉ、ちっとも暖かくならなくて。うちのデスクにも、早くこっちの気候になれないと商売にならないぞってどやされてるんです」

よく日に灼けた中年の警備主任の一曹が、ここは夏も暑いんだぞぉと笑っている。交代でやって来たらしいもう一人の一曹も「今日は夜まで仕事かい、精が出るねぇ有里香ちゃん」と笑う。

「女だてらに、まるで一人前の報道記者だね」

「だって。密着で追いかけてるパイロットが、今日の夕方初めて編隊長任務でアラートに就くんです。これはもう撮らせてもらわなくちゃって、広報の平泉さん拝み倒して頼んだんです」

「そうかぁ。熱心なのは、うちの独身パイロットが目当てだったんだ」

「やだぁ、仕事ですよ。仕事」

有里香がからかう警備主任の肩を叩き、営業っぽくしなを作るのを見て、美砂生は自分の証券ＯＬ時代を思い出した。自分もあの頃、朝の七時から遅い時は夜の九時まで、欲の皮のつっぱった小金持ちのお客に御機嫌うかがいの電話をかけまくっては、言いたくもない愛想を言いまくっていた。「また社長ってば、男らしくないですよぉ。ここはドーンと強気で買いですよ、買い」まったくあんな台詞が、自分のどこから出てきたのだろう

──？　でもあの頃、自分は必死だった。

「漆沢美砂生三尉、着任いたしました。これから司令部へ出頭します」

「あ、いやいや、これはどうも御苦労さんです」

美砂生が挨拶すると、警備主任の一曹は相好を崩したまま立ち上がり、一礼した。その横で、有里香が部外者入場許可のリストに必要事項を書き入れている。取材で基地へ入るには、その度に報道関係者向け入場許可証を交付してもらって胸につけ、車も指定された場所に停めなくてはならない。門を入った時刻、出た時刻もすべて厳しくチェックされる。自衛隊はお役所だから、ゲートの警備主任が入場させるのにふさわしくないと判断すれば、どんなに懇願しても部外者はシャットアウトされてしまう。

「それじゃ、本日の二三〇〇時までに、許可証をここへ返して帰るんだよ」

「はい。はい。ありがとうございました」

入場許可証と駐車許可証を受け取った有里香は、深々と頭を下げてお辞儀した。長期にわたって、何度も取材に来なければならないとしたら、ゲートの警備員の機嫌は絶対に損

ねてはならないのだろう。

大変だなぁ、と美砂生は思った。公務員になってしまった自分は、あんなふうに人に愛想を言わなくなって随分になる。航空自衛隊に入っていちばん有り難いと思ったのは、上司やお客さんに愛想を言わなくても毎日が暮らせる、給料をもらえる、という事実だった。いかに自分が、あの頃無理をしていたか、今では懐かしいほどによく分かる。

だが美砂生のほんのりした懐かしさは、次の一瞬で吹き飛んでしまった。

「こらっ、沢渡君！」

突然、佐官級の制服を着た中年の男が足早に警備室へ駆け込んで来ると、「何をしている」と有里香を怒鳴ったのだ。

「君は何をしておるのかっ。うちの所属のパイロットに、広報の許可なしで接触したのかっ！」


美砂生は初め、何が起きているのか分からなかった。

有里香は腰を折らんばかりに、「平泉さん、すみません、すみません」と謝っている。

「何がすみませんだ。許可も得ずにこんな勝手な真似をされては、今日の取材はなしにしてもらうしかないな！　我々第六航空団としてもお宅の局の取材態度がこんなふうでは、これ以上協力を続けるわけにはいかん。君がこともあろうに、うちの女性パイロットに勝手にインタビューを取ろうとするなど、こちらのいちばん神経に障る暴挙に出るとは思いもしなかったぞ！」

佐官級の男は、凄い剣幕で有里香を怒鳴り、警備室のテーブルをばんと叩いた。男が手に持っていた書類には、美砂生の顔写真と身上書の内容がプリントアウトされている。

何か知らないが、自分のことも絡んでいるらしい。佐官級の中年男は赤ら顔を美砂生にも向けると、「漆沢三尉だな？　君も君だっ」と怒った。有里香が「平泉さん」と呼んだこの男の年齢は五十近く、肩を見ると階級章は三佐だった。

「私は、第六航空団広報係長の平泉だ！　先ほどのバスに君が乗っていなかったから、空港まで迎えに出ようとしていたところだ。ところが警備室を何気なく見たら、このTV局の小娘と一緒ではないか。どういうつもりなんだね、わが広報課としては君の身辺について十分に慎重に取り扱うよう会議で方針決定までしているんだ。それを勝手にTV局の車に乗るなどと、このような軽はずみな行動はね、慎んでもらわねば困るんだよっ！」

女性パイロットは空自のイメージに与える影響が大きいから、常に模範的に行動し、マスコミの取材などには勝手に応えないようにと、これまでも各基地の広報からはうるさく言われて来たが――

「まったく、一人だけでも大変なのに、何をしでかすか分からん女子《おなご》を二人も抱え込むとは――！」

平泉三佐は顔をしかめて腐って見せた。その様子は、まるで田舎の中学校の生活指導教師が「ちょっとパーマがかかってる、生活態度が悪い」と難癖をつける時とそっくりだった。年齢と階級から察するに、この平泉三佐は一般隊員からの叩き上げだろう。自衛隊以外の世界を知らずに三十年くらい生きて来た古強者だ。ということは、田舎の生活指導教師以上に融通が利かないということか……。

（この人が今度の広報担当――？　げぇ）

美砂生は、うんざりする気持ちを苦労して顔に出さぬよう抑えた。その横では、「今日の取材はなしにしてもらう」と宣告された有里香が下を向き、可哀相なくらいしょんぼりしている。唇を嚙み締め、泣き出す寸前のように見えた。ああ、このせいだったのか……有里香があたしにやたらと親切だったのは――と美砂生は合点が行った。

自衛隊は、最近『ソフト化』『魅力化』をうたって外部への広報活動には積極的になった。だが、愛想がいいのはＮＨＫや帝国新聞のような権威ある大メディアに対してで、有名でない個人ジャーナリストや地方の小さなマスコミなどには素っ気ないと言われている。たとえば大手出版社から航空関係の著書をたくさん出している、有名な航空工学の権威の教授が「Ｆ15に乗りたい」と言ったら二つ返事ですぐ体験搭乗させたのに、何年も地道に自衛隊員の生の姿を追い続けているフリージャーナリストが同じことを希望しても、「そう簡単には乗れませんよ」ともったいをつけて数年待たせたという話がある。

　有里香にとっては、小松基地に所属する士官というのは、ご機嫌を損ねてはならない気難しい営業の取引先みたいなものだったのだ。でも自分に親切にしたことが、こんなふうに裏目に出るなんて……。美砂生は思わず、四年前に死ぬほど嫌いなのを知らずに支店の上得意の地主のオヤジに竹の子を届けてしまった時の失敗を思い出していた。

「あ、あのう。平泉、三佐」

　美砂生は、女の子の前で怒りを自制することなど二十年も昔に忘れてしまったかのような、カッカし続ける五十男におそるおそる言った。

「何だね三尉？」

「あの、申し訳ありません。実はあの、あたしたち友達なんです」

「あ？」

　え――？　と有里香が顔を上げ美砂生を見る。

「友達なんです」

　美砂生は構わず続ける。

「あたしと沢渡さん、東京に居た頃、よく一緒のグループで遊んだり呑んだりしてたんです。さっき空港で何年かぶりにばったり会っちゃって、びっくりして嬉しくって、それでつい、基地まで送ってよって頼んじゃったんです。有里香が基地を取材中だなんてさっき初めて知りまして――本当に、あたし軽率でした。三佐にはご心配とご迷惑をおかけしてしまい、誠に、申し訳ありませんでしたっ」

　美砂生は証券会社時代に「俺に竹の子食わして殺すつもりかっ」と怒鳴り込んで来た地主のオヤジに平身低頭して帰ってもらった時みたいに、思い切り深々と頭を下げた。「頭なんかいくらでも下げろ。いくら下げたって無料《ただ》だ」という営業係長の声が頭の隅をよぎった。有里香は横で一瞬きょとんとしたが、すぐ一緒に並んで深々と「すみませんでした」とお辞儀した。


　十分後。


「ありがとうございました、漆沢さん」

　どうにか放免され、取材も予定通りに出来ることになった沢渡有里香は、美砂生と連れだって司令部の建物の方へ歩きながらペコリと頭を下げた。

「あんな口添えしていただいて。お陰で取材出来ます。この御礼、きっとします」

「いいのよ。あたしも昔、東京で営業のＯＬしてたの。あなたの気持ち、分かる気がするし――」

　とっさにかばったのは、車に乗せて親切にしてくれたお返しというより、有里香に自分と少し共通する部分を見つけて親愛感のようなものが湧いたせいだった。たとえ親切にしたのが小松基地所属のパイロットである自分に良くして、取材を有利に運ぼうと計算した結果かも知れないとしても、美砂生は有里香を助けてやりたかった。

「でもあなた――『女だてらに一人前』とか『男目当てなんだろう』とかああいう言い方された時さ、はらわた煮えくり返らない？」

美砂生が訊くと、可搬ＶＴＲを肩に担いで、機材の油で華奢な手を真っ黒くした有里香は「いいんです」と笑った。力仕事には全然向きそうにない白いほっそりした手が、油汚れとあかぎれでガサガサになっている。

「……いいんです。全部、仕事をうまく行かせるためですから。子供じゃないし、我慢出来ます」

それに、半分当ってますし――と有里香が小さくつぶやくのを、おりから滑走路に轟いた離陸の爆音にかき消され、美砂生は聞き逃してしまった。

赤白に塗られた管制塔を目標に、二人は基地内の広い道路を歩いた。滑走路はカマボコ型の格納庫の屋根の連なりに隠れ、ここからは見えなかった。

「でもさ、せっかくＴＶ局に入って報道記者になったのに、あんな営業みたいなこともしなきゃいけないなんて大変ね」

「いいんです。何でもします。わたし、今凄く充実しているし――この取材に、賭けてるんです」

思い詰めたように言う有里香に、美砂生は思わず訊き返してしまう。

「ねぇ沢渡さん。でもさ、自衛隊ってあなたの取材対象としてそんなに魅力的なのかしら？　まだまだこんなふうに男社会だし、融通利かないし――」

「魅力的ですよ。凄く」

有里香はうなずく。

「魅力的だったから、漆沢さんも自衛隊に来たんでしょう？　さっきあなたも、そんなふうに言われたじゃありませんか」

「それは――そうなんだけど……。そのほかにも、あたしにはちょっと色々――」

「え？」

「ああ。こっちのこと」

ベースオペレーションの前で、美砂生は「あたしこっちだから」と有里香と別れた。有里香は基地のいちばん外れにあるアラートハンガーまで行くと言う。機材を担いで一人で歩いて行く有里香の背中を、美砂生は立ったまま見送った。美砂生よりも少し背の小さい、華奢な後ろ姿だ。商社のOLだった頃は、あか抜けたスーツを着て丸の内を歩いていたのだろう。重い物など持たずにパンプスで地下鉄に乗っていたのだろう。そのほうが似合いそうな気がした。あの子はどうして、好き好んで安定した商社を飛び出して、こんなところへ来たのだろう――

（ま、人生色々あるわけか……）

心の中でつぶやくと、ふいに道の向こうで有里香が振り向き「漆沢さぁん」と呼んだ。

「何？」

「わたし、こっちに来たばかりで友達がいないんです。お友達に、なってくれますか？」

「もう友達よ。すでに」

美砂生がそう答えると、有里香は笑って手を振り、滑走路《ランウェイ》24の末端に位置するというスクランブル機の待機格納庫の方へ、歩いて行った。

第六航空団司令部

「基地司令、基地司令とよくマスコミ始め外部の人は言うのだが、我々空自の航空基地に『基地司令』という役職はない。ここ小松基地は中部航空方面隊第六航空団のベースであるわけだから、統括責任者である私は航空団司令、縮めて『団司令』と呼ばれている。外のエプロンにずらりとＦ15が並んでいるからいかにも私が戦闘機隊に直接号令するのかと思われがちだがさにあらず、航空団の組織というのはもう少し複雑に出来ておって、まず司令である私の下に直属組織として航空団司令部というものが存在する。団司令部には監理部、人事部、防衛部、装備部、そのほかに安全班、衛生班などの組織があって基地の運営に当っている。これらの事務方の組織が正しく機能して、初めて戦闘機を発進させる準備が出来るわけなのだ。司令部の下には実際に基地の運用に当る組織の各群がある。飛行群、整備補給群、基地業務群の三つだ。各群の中には群本部があり、群司令として一佐クラスの上級幹部が指揮に当っている。各群本部の下にはそれぞれ飛行隊や整備隊、通信隊、施設隊、補給隊、検査隊、車両機器隊に業務隊などの各種実働部隊が配置され、二千五百名の隊員が日夜任務についているわけなのだが――」

ベースオペレーションの航空団司令執務室。

飛行場を見晴らせる窓を背にして、デスクにふんぞり返り、若山弦蔵の吹き替えみたいなバリトンの声で一方的にまくしたてる恰幅のいい五十代の男。大きな特徴はぎょろりとした目と、耳が上下に長く仏像の耳を思わせるところか――肩の階級章は線がなく大きな星が二つ、空将補だ。デスクの正面にも『団司令・楽縁台《らくえんだい》空将補』と、でかい名札が立てられている。

「つまり、あなたがた一般の人たちが、この基地を訪れて目にする光景というのは、そういった緻密な組織の連係に基づく活動の姿なのであって――」

「団司令、大変失礼ですが」

襖一枚を横にしたような、長大な茶色の団司令デスクの左側には日の丸、右側には第六航空団の団旗が立てられている。その赤茶色の団旗の横から、吊り上がった目をした若い士官が丁寧に口を出した。階級章は二佐。美砂生よりもほんの少し年かさなくらいの年齢だが、あの平泉三佐より上官である。

「こちらの漆沢三尉は、新任の幹部であります。そのような初歩的な解説は、不要かと思われます」

ネームプレートには『日比野』とある。

「な、何と？」

団司令だという楽縁台空将補は、大仰な身ぶりで驚くと、ぎょろりと大きな目で司令執務室の中央の床に立つ美砂生を見上げた。あっけにとられたような顔で、美砂生の足先から頭のてっぺんまでを見た。

「日比野君……私はボケたかなぁ」

恰幅がよく顔もでかいので、楽縁台はまるで機械じかけで表情が動く遊園地の人形のように見えた。ぎょろりとした両眼でじろじろ嘗めるように見られ、美砂生は思わず「うぇっ」とのけぞりそうになった。だが営業ＯＬ時代の経験から、こういう会社の役員によくいるような――二千五百人も部下がいるということは、民間なら一部上場メーカーの支社長といったところだろう――偉そうなおじさんの前では、絶対に相手をばかにするような顔をしてはならないと知っていたので、ポーカーフェイスを保って我慢した。支店の得意客によくいたワンマン経営者や役員タイプのじじいには、わざとばかみたいに振る舞って見せて営業部員を油断させ、こちらの足元をすくおうとするタヌキがたくさんいたものだ。

「日比野君。この人は確か、〈一日団司令〉で基地を訪問してくれた女優の――ええと、あの……」

楽縁台空将補は、目の前の空間に、思い出すように字を描く真似をする。

「桜乃守《さくらのもり》美紀、でございますか」

「ああ、そうそう。そうだ。その桜乃守美紀君じゃあなかったのかね？」

「いえ、団司令。桜乃守美紀さんの〈一日団司令〉訪問の行事は、来週の予定となっております」

「あー、そうだったか。しまった」

楽縁台空将補は、のけぞって大げさにため息をつくと、顔をしかめて幅広の額をぴしゃりと手で叩いた。巨顔が遠くなったので、美砂生は気をつけをしながら密かにほっとした。

「最近私はボケて来たのかなぁ、日比野君よ。すっかり忘れていたよ。今日は新人パイロットの赴任があったんだったな。うんうん。そうだった」

「お忙しいせいでしょう。団司令は、第六航空団二千五百名の統括者として、組織の人員すべてに分け隔てなく、万遍なく目を配っておられます。御多忙な執務の中で、若い一幹部の着任から来週の広報行事まですべて頭にお入れになっておられるのが何よりの証拠。組織の管理者としてさすがであります。この日比野、あらためて頭が下がります」

日比野という二佐は、背筋をピッと伸ばしてデスクにふんぞり返る楽縁台空将補に一礼した。

「団司令、本日こうして着任した漆沢三尉も、組織の総員を常に見守っておられる団司令の眼差しと優しいお人柄に感動し、第六航空団の一員として勤務に邁進《まいしん》する決意を新たにしたでありましょう」

うんうん、とよく動く顔でうなずく楽縁台空将補は、でも美砂生の目にはディズニーのアニメ映画に出て来るアラビアの砂漠の悪徳商人みたいにしか見えなかった。恰幅のよい司令官は機嫌よさそうに、大きめの顔の造作をぐりぐり動かすと、部屋の真ん中に立たせたままの美砂生に向き直った。

「うん。では、あらためて自己紹介しよう。私が団司令の楽縁台。こちらは団司令部防衛部長の日比野二佐。若いが優秀な私の片腕だ」

「日比野だ。あらためてよろしく。では漆沢三尉、団司令に着任の申告をしてくれるかな？」

そう言われて、初めて美砂生は『そう言えば司令のところに赴任の挨拶をしに来たんだった』と思い出し、目をぱちくりさせた。

数分前のこと。美砂生が有里香と別れてベースオペレーションの建物に入るや、この日比野という三十歳前の士官が柱の陰から待ち構えていたように目ざとく見つけ、「やぁ待っていたぞ」と出迎えた。日比野は美砂生の腕をひっつかむようにして「さぁ団司令がお待ちかねだから」と階段をまっすぐ駆け上がり、この団司令執務室へ連れ込んだのだ。しかし美砂生が部屋の真ん中で気をつけをして着任申告をしようとすると、山のような書類をめくっていた恰幅のよい五十男は顔を上げるなり何を勘違いしたのか、いきなり第六航空団と小松基地の沿革についてとうとうと語り始めたのだ。よほど対外的な折衝などに慣れているのか、楽縁台団司令の小松基地についての解説は、一語の淀みもなく日比野二佐が止めるまで三分間にわたって続いたのだった。

「只今は女優に間違えていただき、光栄です」

美砂生はコホンと咳をしてあらためて一礼すると、直立不動の姿勢で、型通りの着任申告をした。口にする台詞は、全部決まっている。

「三等空尉、漆沢美砂生です。本日を持ちまして中部航空方面隊第六航空団第三〇七飛行隊への赴任を命ぜられ、只今着任いたしました。明日からは、ここ第六航空団が祖国防衛の要であることをよく認識するとともに――(中略)――事に臨んでは危険を顧みず、身をもって責務の完遂に努め、もって国民の負託に応えます」

ああ、間違えないで言えたわ。

最後に背筋を伸ばし「よろしくご指導のほど、お願いいたします」と敬礼すると、団司令も「うむ」と立ち上がって答礼した。横で日比野二佐もそれにならう。

「頼むぞ、漆沢三尉」

「組織の一員であることをよく自覚し、任務に励んでくれたまえ」

「は、はい」

そこへ、部屋のドアがノックされると、長身の男が入って来た。すらりとしたシルエットは背広型の制服ではなく、オリーブグリーンのフライトスーツだ。袖には二佐の階級章。黒く口髭をはやしたサングラスの男は、踵をつけて敬礼した。

「団司令、火浦二佐参りました」

「おう来たか。火浦二佐」

楽縁台は鷹揚にうなずいた。

「漆沢三尉、君の配属される第三〇七飛行隊の飛行隊長、火浦二佐だ。以後は二佐について基地の案内を受けたまえ。火浦君、頼む」

「はっ」

見たところ三十代前半、まだ若いが日比野よりは歳上の髭とサングラスの男は敬礼し、美砂生に向き直ると「来たまえ漆沢三尉。飛行隊ベースオペレーションを案内しよう」と言った。静かな語り口だが、よく響く低い声だった。何を考えているのかよく分からない日比野二佐と違って、この人は男っぷりがさわやかだわと美砂生は少しほっとする。

「第三〇七飛行隊は、君を歓迎するぞ」

髭の男は美砂生を見下ろし、微笑した。

「ありがとうございます」


色白の、整った顔をした漆沢美砂生が長身の火浦に連れられ執務室を出て行くと、閉じられたドアを見届けてから楽縁台は顔の表情を消し、「ふむ」とうなずいた。

「ふむ――あの女、少なくとも馬鹿ではない。私をばかにしたような顔をしなかった」

「は」

横で日比野がうなずく。

「漆沢美砂生――一般幹部候補生空幕《くうばく》六五期、履歴では早大法学部出身です。自衛隊入りする前には、大手証券会社での勤務経験あり……。少なくとも、馬鹿ではないでしょう」

日比野は、美砂生の身上データが細かく記載された写真付き人事調査ファイルをめくる。同時にボールペンでいちばん新しいページに、たった今の団司令に対する反応も素早く書き加えた。

「この間のあれは、ひどかったからな」

「はい団司令。この間のあれは、同じように我々がとぼけて見せてカマをかけたら、あからさまに『何言ってんのよ馬鹿なオヤジ』という目で我々を見下しました。おまけに『あたしを女優の秋月玲於奈と見間違うのは、まぁ無理もないですけど』とかぬかしました。あれに比べましたら――」

　日比野はため息をつく。

「ま、増しは増しです」

「一応、大卒だからな。少しは常識もあろう」

「はい。この間のあれは、航空学生出身でした」

「そうだったな。まったく、航空学生出身パイロットという連中は、腕前を鼻にかけて組織の重要性を軽視するやつらばかりだ。この間のあれなど典型的ではないか。そのうち上空で問題でも起こさないかと、私はこのところ毎日はらはらしておるのだ」

「まったくです。航空学生出身の連中は、大局的な判断も出来ず、何かといえば『文句があるなら腕で来い』というようなやつばかりです。その上で女と来た日には――第六航空団二人目の女性パイロットがあれより増しだったのは、不幸中の幸いです」

「だが日比野」

　楽縁台は、出世競争で悩みごとを抱えた企業の重役がやるように、ぎょろりとした目を鋭く細めると横目で日比野を睨んだ。先ほどの大仰な身ぶりも大げさな顔の表情も笑顔も、抜けおちたように消え、まるでシーンをカットされた直後の俳優が演技をやめて不機嫌な素顔に戻ったかのようだ。

「女のパイロットはもう要らん、もう寄越すなと、私があれだけ言っておいたのに何故また空幕は女を寄越したのだ？　これはどういうことだ」

「はぁ。漆沢三尉本人が、小松基地配属を希望したからとも考えられますが――」

日比野は人事ファイルの任地希望欄を見た。

「第一希望が、小松第六航空団となっています」

「希望したって、その通りにするような空幕か」

「それは、そうですが……」

「いいか日比野。現状を見れば、全国でうちだけがF15の女のパイロットを二人も押し付けられたことになるんだぞ。連絡機や輸送機なら女のパイロットは今や空自にゴロゴロいるが、ファイターパイロットとなると話が違う」

「はぁ、では空幕は、当第六航空団をイメージアップの前進基地とする心積もりなのでは。『女の子二人で編隊を組ませれば絵になる』とか――何せ最近の大臣官房広報課は、ミーハーですから……」

「そんな生易しい問題ではない。私には分かる。今回の一連のこれは、猿ヶ京のやつのさしがねに違いない。やつが密かに根回しして仕向けてきたのだ。やつの汚い陰謀だ」

「猿ヶ京――猿ヶ京空将補、ですか……？　あの第五航空団司令の」

「やつしかおらん」

楽縁台は顔をしかめた。

「私は、日頃からやつの動きはつかんでいる。猿ヶ京がこの三か月ほど、定期便のＣ１を使って新田原から市ヶ谷へ足繁く通っておることは分かっていた。だが隠れてこんな陰謀を画策しておったとは――くそっ、してやられたぞ！」

楽縁台はデスクをばんと叩いた。

「団司令、いったいどういう――」

日比野は、思いつめたキツネみたいな顔を、さらに深刻そうにしていきりたつ上司を見た。

「日比野」

楽縁台は、日比野をさらにぎょろりと睨んだ。

「いいか。お前は、私がこの第六航空団の防衛部長に抜擢した時、『このご恩は一生忘れません、生涯団司令について行きます』と誓っておったな？」

「はっ。団司令とわたくしは、年代は違えど栄誉ある防大弁論部の先輩後輩であります。団司令の御出世なくして、この日比野の立身《りっしん》も有り得ません」

「では優秀なお前のことだから、知っているだろう。現在、市ヶ谷の統合幕僚会議で、空幕のトップを務める白久些《しらくさ》航空幕僚長は一年後に定年を迎える。二番手は府中航空総隊の江守総隊司令官だが、江守総隊司令は我々制服の人望が厚い代わりに内局キャリアたちとの折り合いが悪く、しかも幕僚長とほぼ時期を同じくして定年を迎えられる。おそらく総隊司令官のまま終わるだろう。そうすると、そうするとだ——」

楽縁台は革張りの椅子にふんぞり返ると、宙を睨んだ。

「次につけているのは、この第六航空団司令楽縁台と、第五航空団司令の猿ヶ京ということになる」

「猿ヶ京空将補は、確か団司令と防大の同期であられましたね」

「ふん、あんなやつ同期とは思っとらんがな。だがとにかく一年後、空幕では航空幕僚長と総隊司令官が揃って退官するという事態が生じる。そしてその時、次の幕僚長の椅子に着くのが私と猿ヶ京のどっちになるか、という競争が存在するのは事実だ」

「団司令と猿ヶ京空将補が同期であられるということは——もし幕僚監部の慣例に倣えば、どちらかが幕僚長になられると、どちらかはいさぎよく空自を去られるということになるのですか?」

「だからそれが問題なのだ。私とあいつと、どちらが幕僚長になるのか……片方が幕僚長、もう片方が仲良くその下で総隊司令官という配置は、私とあいつが同期である以上、ありえない。つまりだ、この一年で航空幕僚長の一つの椅子を争う競争を闘い、もし敗れれば——敗れた片方は三十年あまり勤めた空自をやめ、どこかの兵器メーカーの顧問にでもなってお情けのような薄給を頂戴しながら老後の余生に入るしかなくなる、ということなのだ！」

「だ、団司令に限って、そのようなことは有り得ないと思われますが……」

「私も実力で負けるつもりはない。すでに独自の人脈を使い、市ヶ谷へ働きかけてもいる。しかし私の根回しが功を奏するのも、私に職務上の落ち度がないと仮定してのことだ。自衛隊の組織が上へ行く程減点主義なのは知っておろう。いいか日比野。もしこれから一年の間に、この第六航空団で何らかの不祥事が起きたとしたら、私はどうなると思う？」

「不祥事……？」

「この小松の環境を見ろ。夏の雷、冬の雪と一年通して自然条件が厳しい上に、日本海の訓練空域へ向かう途中には日本と韓国やロシアを結ぶ国際航空路があって民航機が往来し、周辺の北陸の海岸線には原発まで立ち並んでいる。このような立地条件の当基地に、腕前のへたくそな女の戦闘機パイロットを二人も放り込んだりしたら、何が起きるか――私にも想像がつかんが、そのうちに何か起きそうなことは、誰にでも明らかだろうが。そして何か起きた時に管理責任を取らされるのは、この私だ！」

「あ――」

「猿ヶ京のくそったれめ、やつは第五航空団司令である立場を利用し、新田原で訓練した新人パイロットのうちいちばん問題のありそうな女二人を、ここへ放り込みおったのだ。こんな人の足をすくうような手に出て来るとは、あのサルめ――！　分かっておろうが日比野、私がもし負ければお前も一蓮托生で幕僚監部入りはお預け、一生現場の基地勤務だ。だが私が勝てば、お前は来年にでも一佐に昇進して飛行群司令になるだろう。この意味は分かるなっ？」

「は、はっ。重々承知であります」

「よし。では、我々が今後すべきことは何だ？」

「問題の種の、排除であります」

「その通りだ」

これからの一年が出世競争の勝敗を決する正念場だという楽縁台は、デスクに両肘をつき、勉強は出来そうだがスポーツはあまり得意そうでない痩せた日比野をじろりと睨み上げた。

「いいか。どんな手を使っても構わん。今の漆沢とあの鏡と——やっかい者になる女パイロット二人、やめさせるか追い出すかどっちでもいい、一日でも早くこの基地から叩き出すのだ！」

「わ、分かりました団司令。とりあえずは広報係長の平泉三佐を呼び、二人が日常生活で不祥事を起こさないよう監視させましょう。平泉は叩き上げの真面目な幹部ですから、命令すれば二十四時間態勢で厳しく見張るでしょう」

「早速そうさせろ」

第三〇七飛行隊

「さっきは、日比野のやつにしてやられたよ」

団司令執務室のある四階から、中央階段を歩いて下りながら火浦は美砂生に言った。

「してやられたって——どういうことですか？」

美砂生は、黒いサングラスの横顔を見上げた。こんなふうに黒いサングラスをかけた長身のパイロットを一人知っている。美砂生に戦闘機パイロットとなるきっかけをくれた二人のパイロットの一人だ。だが火浦はその男ほど野性的な感じはせず、端正な横顔にも品が漂っている。そしてもう一人とは——似ても似つかない。歳も全然違う。

「実は俺も、君が出頭するのを待っていたんだが。日比野のやつに先に君をつかまえられてしまった。お陰で団司令に会う前の注意事項を、ブリーフィングしそこねた」

「注意事項——ですか？」

「空将補は、君が着任申告をする前にわざと馬鹿みたいなふりをして見せなかったか？あれは芝居だぞ。ああやって鈍いふりをして見せ、新任幹部の反応を見ているんだ。噂では、あれで上司への忠誠度や従順度を五段階評価でつけてるって話だ。あの楽縁台空将補は、とんでもないタヌキさ」

「ああ。それなら——たぶん大丈夫です」

美砂生は笑った。

「あたしも、すっとぼけておきました。目をつけられないように」

「すっとぼ——？　君は、面白いことを言うな。まぁ無事に済んだのなら何よりだ。つい先だって百里から転任してきた君の先輩は、もろにはめられちまってね」

先輩——？　誰のことだろう。

「こっちだ。まず飛行隊オペレーション・ルームを見せよう。明日からの君の仕事場だ」


一階の飛行隊オペレーション・ルームへは、司令部の中央通路を通って行く。すれ違った通信隊や整備隊の隊員たちが小声で「おい女だ」「女だ」と囁き合うのを聞き流して歩く。いつものことだ。

「新しいパイロットは女だ」

「また女かよ」

「これで二人目だな」

「月刀一尉がまた苦労させられるぞ」

でも、いつもより囁き声が多いような気がする。二人目——？　何のことだろう。

廊下の突き当たりに〈ＴＨＥ　３０７ｔｈ　ＳＱ〉とプラカードのかかった大きなガラ

ス張りの部屋があり、サンルームのようにエプロンと滑走路が見渡せる。そこがF15戦闘機を擁する第三〇七飛行隊のオペレーション・ルームだった。

「みんなに紹介したいところだが、この通り午後の飛行訓練に出払っていて、誰もいない。紹介は明日朝のモーニング・レポートの場でやるよ」

火浦は、がらんとした室内を手で示して肩をすくめた。ブリーフィング用のテーブルを多数配した広い空間は、まるで放課後の人のいない教室のようだった。奥の壁面には、石川県沖の日本海の空域図の横に、今日のフライトスケジュールを書き込んだ大きなホワイトボードがある。

「君は、わが飛行隊の第一飛行班に所属してもらう。飛行班長は俺の後輩で、腕のたつ男だ。せいぜい鍛えてもらい、一日も早くOR（オペレーション・レディネス：実戦要員）になってくれ」

美砂生は「はい」と返事しながら、ホワイトボードの上にずらりと並んだ飛行隊所属のパイロットの名前を日で追った。一日を縦の時間帯で割って、訓練空域での各種訓練、アラート待機、スタンバイとそれぞれの枠にパイロットのネームプレートがマグネットで貼り付けてある。目を走らせ、美砂生はいったんは胸の高鳴りを覚えたが――

（駄目だわ。TACネームで書いてある……）

これではどれが誰なのか分からない、と美砂生は小さく唇を噛んだ。短い英文字で記されたパイロットたちのコールサインがずらりと並ぶ。

「漆沢。隊のスケジュールボードはＴＡＣネームで運用している。君のプレートも作らせてある」

　火浦はボードの端を指さした。ＴＲ（トレーニング・レディネス：訓練要員）と表示された端っこの欄に、〈ＦＡＩＲＹ《フェアリ》〉と記された真新しいプレートがあった。

　美砂生はそばに近寄って見上げた。ああ、これがあたしだ——とうとう実戦部隊へ来たんだな……。

「ソードはどこだ？　新人に会わせたいんだが」

「ティンクを連れてＧ空域へ上がっています。じきに戻ると思いますが」

　火浦とスケジュール運用係の隊員が交わす会話を聞きながら、美砂生は、新参者の自分は飛行隊のパイロットたちのＴＡＣネームを憶えるだけでもひと苦労だなと思った。ＴＡＣネームとは、パイロットが上空で交信する時にお互いを呼び合うための個人コールサインだ。映画の〈トップガン〉でトム・クルーズが仲間に『マーベリック』と呼ばれ、一般にも知られるようになった。米軍と共同作戦をする関係上、航空自衛隊でも真似してこれを使うようになった。ボードにはアローとかドラゴンとか英文字のプレートが並んでいるが、日本人がこれをやると何となく〈太陽にほえろ！〉で刑事同士があだ名で呼び合っているみたいに聞こえ、恥ずかしかった。喜んで使っているパイロットもいるが、美砂生はあまり好きではなかった。

（どれなんだろう？　風谷君のプレート……）

美砂生は、数十名のパイロットのプレートに目を走らせた。ほとんど全員が、ORだった。

F15の操縦資格を取り実戦部隊に配属されても、すぐにスクランブルに出られるわけではない。訓練基地の戦闘機操縦課程ではイーグルの飛行機としての操縦法を教わるだけが精一杯で、戦闘機としての戦技訓練はほとんど受ける暇がない。銃の構造や取り扱いは知っていても、実際に的を狙って撃ったことがないのと同じだ。実戦に出るための戦技訓練は、配属された実戦部隊で教官役の上司や先輩から仕込まれる。所定の戦技訓練を修了して技量チェックにパスしなければ、TRと呼ばれる訓練要員から、OR――すなわち実戦要員となり、アラート待機に就くことは出来ない。美砂生はまだ、一人前に『戦闘機パイロットです』と名乗ることは出来ないのだ。今のところボードのTRの欄には、自分のほかに〈TINK〉というプレートが一枚、貼られているだけだった。

「TR――あたしと、もう一人だけなんですね」

「ああ。だがそいつは、百里から転任して来た君の一年先輩の新人だ。小松の空域に慣れるまで、一応TRあつかいにしてアラートからは外している。純粋な意味での新人は、今のところ君一人だ」

火浦に言われて見ると、〈ＴＩＮＫ〉の横に水性マジックで『小松空域慣熟訓練』と添え書きされている。よその基地から転任して来た実戦要員のパイロットなのだ。飛行隊で半人前は、今のところ自分一人だけらしい。頑張らなくてはいけない。

「そいつは、航空学生出身で君より歳は下だが、なかなか腕の立つやつだ。新田原を卒業してから一年百里にいたが、向こうで〈二機編隊長〉資格もすでに取得している」

「配属一年で、もうですか？」

「半年で取ったそうだ」

「半年？」

美砂生はプレートを見上げて目を丸くした。

「そうだ。ティンクには慣熟が済んだら、早速アラートに就いてもらうつもりだ。君も頑張ってくれ。さてフェアリ、ヘルメットロッカーや装具室は専門の係員に明日案内させるとして、アラートハンガーでも見に行くか」

火浦はガラス張りの窓から滑走路の北東側末端の方を指さし、スクランブル機の待機格納庫を見に行こうという。

「我々のいちばん重要な仕事場だからな、フェアリ」

「は、はい」

「じゃ、行こうフェアリ」

「あ、あのう……」

「何だ」

「あのう隊長、そのフェアリっていうTACネーム、浜松の時のあたしの教官が無理やり付けたんです。あたしが自分で付けたんじゃありませんから」

「？」

「いえあの、『二十七にもなって何がフェアリだ』とか、よくからかわれるんです」

「ははは。実は俺もな、自分にドラゴンと付けたはいいが、本当言うとちょっと恥ずかしいんだ」

火浦は頭をかいて見せた。

「じゃ、地上では君のことは名前で呼ぼう。行くぞ漆沢」

アラートハンガーは、磁方位二四〇度で海岸線と交差するように伸びる小松基地の滑走路《ランウェイ》24の北東側末端に、斜めに滑り込めるように接続する形で設置されていた。グレーに迷彩されたシェルターの中に二機のF15Jがいつでも発進出来るように待機しているはずだが、外側からその姿は見えなかった。

「我々空自の戦闘機パイロットにとって、最も重要な仕事は、言うまでもなくふいにやって来る領空侵犯機に対してスクランブルをかける、アラートの任務だ。我々戦闘機パイロットの指は、バルカン砲や空対空ミサイル《AAM》の引き金にかかる。パイロットの指一本が、国の命運を左右することもあるんだ」

空は相変わらず曇っていて、日が傾くのは見えなかった。夕刻の迫る基地の場内道路を歩きながら、火浦は話した。

「今日アラートに就いている二人のパイロットは、うちの飛行隊でも若手でね。リーダーはつい最近〈二機編隊長〉の資格を取って、今夜が初めての編隊長任務だ」

「ああ、そういえば取材のTVの人が、そんなこと言ってました」

「そうか。ビーグルは、腕はいいんだが気の優しいやつでね。編隊長になるのに少し時間がかかってしまった。俺個人としては、戦闘機パイロットは優しい男でなくてはならないと思っている。しかしタフな——したたかなところもないと、生き残っては行けない。スクランブルの編隊長は、地上からの命令があれば僚機を率いて侵入機に向かって行かなければならない。会敵すれば、後は何が起きるか神のみぞ知る、だ。自分一人の判断で、自分はもちろん、僚機も危険にさらすことになる。危急の場面で開き直れるしたたかさがあるかどうか——操縦の技量よりも、上はパイロットのそういう精神面を厳しく見ている。風谷のやつが編隊長資格を取るのに二年もかかったのは、そういうところもあってね——」

「えっ」

風谷――!?

「どうした漆沢？」

急に立ち止まってしまった美砂生を、火浦は不思議そうに見た。

飛行場のいちばん外れにポツンと、しかし堅固に護られて立つアラートハンガーには、戦闘機を格納するシェルターに付属して、パイロットスタンバイルーム、コントロールルーム、整備員スタンバイルームに給湯室などがある。

「あのう、隊長」

パイロットスタンバイルームのドアに手を掛けた火浦に、美砂生はこらえ切れぬように言った。

「あの。お手洗い、どこでしょう？　何だか雰囲気で緊張しちゃって――」

「廊下右手の突き当たりだが――でも女子トイレは無いぞ」

「すぐ戻ります」

駆け込むと、幸い洗面所には誰もいなかった。美砂生は急いで胸ポケットから櫛《くし》を出し、飛行場の風で乱れた髪を整えた。ああやっぱりこんなボサボサになってる――とつぶやく。

「あっ、しまった口紅――！」

私物の入ったバッグは、団司令執務室へ上がる前にベースオペレーションの事務室へ預けたままだ。

「しまったどうしよう……こんな時に限って、どうしてこんな格好なのよ」

ああどうしよう、三年ぶりに逢えるっていうのに——とつぶやきながらとりあえず髪の毛だけ急いでとかし、二歩下がって、小さな鏡の中の自分の服装をあっちこっち確認する。左胸のウイングマークは曲がっていないかと、指でつまみ整える。それから鏡の中で軽く手を上げ、「やぁ」とか言ってみる。なんかぎこちないなとつぶやき、今度ははすに構えてちらりと横目で「あら、あなたもこの飛行隊にいらしたの？　久しぶりね」と素っ気なく言ってみる。これもなんかなぁとつぶやき、今度は両手を胸の前で組むと「風谷君ありがとう。あなたのお陰であたし、自分の生きる道を見つけられたわ」ちょっと言えねぇよこんな台詞。頭をぼりぼり掻く。ああ何て言おう——とつぶやくが、そこで時間がないことを思い出し、美砂生は「いけね」と駆け出すと、洗面所を出て火浦の横に戻った。

「お、お待たせしました」

火浦は廊下のベンチで煙草を吸っていた。

「ウンコでもしてたのか？」

「いえ。済みません、男の人が先に入っていて」

「今度施設課に言って、ハンガーにも女子専用トイレを造らせよう。君で二人目だからな」

そう言いながら、火浦は煙草を消してスタンバイルームのドアを開ける。

どきりとする美砂生。だが革張りのリラックス・ソファが並んだ室内には、誰もいなかった。

一人掛けの休憩用ソファの上には雑誌が伏せて置かれ、正面には低い音量でＴＶがつけられたままになっていた。備品なのか、ひどく古いビデオデッキが繋がれていて、ノイズの走る画面では女刑事が変質者の犯人に追い回されながら悲鳴を上げている。刑事役の色白の女優は、確かさっき団司令が自分と『見間違えて』見せた桜乃守美紀だ。相棒役の秋月玲於奈が「止まれっ、止まれったら！　撃つぞ」と雨に濡れながら叫んでいる。去年の人気ドラマだが、へたくそな芝居だ。アラート待機中の二人のパイロットは、ここで退屈しのぎにビデオを鑑賞していたらしい。だが、スタンバイルームを空けてどこへ行ったのだろう――？

「班長、風谷と川西は？」

「ああ。やっこさんたちな、『機体の状態が気になる』とか言って、ハンガーだよ」

通りかかった作業服姿の初老の一曹が、火浦に訊かれて奥のドアを指さした。ここの当直の整備班長らしいが、かなりのベテランなのだろう。階級が上の飛行隊長にも対等みたいな話し方をする。

「俺たちがな、いくら完全に整備したよと言っても、『どうしても気になる』とかほざきおってな」

「すまんね班長。でも、俺も初めての編隊長任務の時はそうだったよ。緊張して、TV見てても機体が気になって仕方なくなるんだ」

火浦は「ハンガーへ行ってみよう」と美砂生をうながし、スタンバイルームの奥のドアへ進んだ。

美砂生は整備班長に「初めまして。これからお世話になります」と会釈して通る。目尻に皺のある初老の班長は、鋭いが優しそうな目を細め「ほう、この人もべっぴんさんだ」と笑って一礼した。

シェルター式のハンガーへ入る通路には、頑丈な二枚のドアがあった。防爆構造になっているらしいドアをくぐりながら、美砂生は胸がどきどきするのを抑えられなかった。

(やだなぁ。口紅、はげてるからなぁ……)

酸素マスクにファンデーションがつくと整備員が怒るので、フライト訓練の時には化粧が出来ない。でも今日は制服での出頭だけだったから、美砂生は赴任休暇最後の今朝、久留米の実家を出る時に薄めにメイクをして来た。でも最後に顔を直したのは福岡の空港の出発ロビーだ。あれから機内でお茶も飲んだし、だいぶ時間も経っている。

二つ目のドアをくぐると、ひんやりした薄暗い空間に出る。湾曲した耐爆シェルターの天井の下に、二機のF15Jがシルエットになって佇んでいるのが見える。見上げるような大きさの機体だ。ハンガーは小さめの体育館くらいの広さがある。この中のどこかに、風谷修がいるのだ。

風谷君に会ったら、何て言おう……。

美砂生は唾を呑み込んだ。

（『あなたのせいで、あたしもパイロットになっちゃった』って言ったら、どんな顔をするかな……。あたしの胸のウイングマーク見たら、どんな顔するかな……。そしてもし、『あなたを追いかけてここまで来たのよ』なんて――ああ、言えっこない）

希望通りに小松基地への配属が決まった先月から、何週間も考えて来た台詞を美砂生は頭の中でくり返し思い浮かべた。でも、『来ちゃった』『あたし、来ちゃったよ』そう口にするのがやっとかも知れない。命を救われたあの晩から、ずっと逢ってない。彼の顔を見るのは、三年ぶりだ。

手前の機体の搭乗ラダーのところに、Ｇスーツを腰に着けたフライトスーツの後ろ姿がある。しかしちょっとシルエットが違うな、と美砂生は思う。

「おい川西、風谷いるか」

火浦が声をかけると、「先輩ならあっちの機体です」と答える。やっぱり違う。今夜、風谷の僚機を務める後輩のパイロットなのだろう。川西と呼ばれたパイロットは、横顔もまだ少年っぽい。三年前の風谷はこんなふうだったろうか――？

「そうか。じゃあ漆沢、君は適当に見学していろ。俺はコントロールルームで当直と話して来る」

「は、はい」

火浦はそう言うと、すたすたと出て行った。残された美砂生は、川西という若いパイロットの階級章が自分と同じ三尉であるのを確かめると、「あの。じゃ、この中見てもいいかしら」と声をかけた。

「ああ、ええ。もちろんどうぞ——えっ」

川西は振り向いて美砂生の姿を目にすると、びっくりしたような、まぶしそうな顔をして、「ご、ご案内しましょうか?」と言った。

「いいわ。だいたいわかるから」

美砂生は言い、一人で歩き出した。

静かなアラートハンガーの、ひんやりした空気の中を、隣に見えているもう一機のイーグルへ近づいて行った。機首ナンバー921のF15Jが、そこに翼を休めていた。機首の陰から覗くと、搭乗ラダーの下に整備用の移動テーブルが置かれ、工具類と整備ログが並んでいる。と、すらりと細い少年のようなシルエットが機体の下から出て来ると、ログを広げてめくり、ページの内容に目を通し始めた。

パサッ、と整備状況を記したログの広いページをめくる音が聞こえる。スクランブルのないアラートハンガーは、静寂に包まれている。

（いた……）

風谷修が、そこにいた。飛行服姿で、機体の状態を点検していた。

（風谷君――大人っぽくなってる……）

三年ぶりに見る風谷の顔は日に灼け、頬がそげ、目には厳しい光があった。もともと美形なので、睫毛の長さと眼光の鋭さがあいまって『セクシーだ』とさえ美砂生は思った。三年前のあの頃の、夢見る少年のような甘い表情は消えてはいないが、二十四歳になったこの男のほんのわずかな隠し味になってしまった――そんな気がした。

カチン、と音がして美砂生ははっと我に返った。知らぬうちに足元に転がっていたレンチを踏みつけてしまったのだ。

その音に、美形の青年は顔を上げた。

その表情が、止まる。

「――!?」

こちらを向いた前髪の下の両眼が、天井の淡い水銀灯を反射して鏡のように一瞬、光った。いきなり目が合ってしまい、美砂生は音が出るくらいに胸がどきんとした。「あ……」と声を出そうとしたが、うまく口が動かなかった。

「き――」

風谷も、信じられないようだった。眉をひそめ、「まさか、美——」と言いかけた。

「……そうよ」

美砂生はかすれた声でやっとそれだけ言った。

(覚えていてくれた……!)

あたしを、覚えていてくれた……。こみあげて来る熱いもので眼が潤むのを、どうすることもできなかった。F15Jの左主翼の付け根で呆然とこちらを見ている風谷に向かい、歩み出そうとした。

だがその時だった。

「駄目じゃない、風谷さん」

ふいに別の女の声がすると、美砂生の歩みをさえぎるように、物陰からショートボブのシルエットがぱっと飛び出して来て風谷の前に立った。

「ほら。風谷さん髪の毛」

革ジャンを着たショートボブの後ろ姿が、風谷に向き合って背伸びし、その髪に櫛を入れ始めた。

「くせになってるわ、ここ」

「あ——いいよ」

「駄目よ」

沢渡有里香は、ぷっとふくれたような声を出して「わたしのカメラのフレームに収まるんですから、ちゃんとしてもらわないと」と風谷の頭を直す。

「ちょっと待ってね。すぐだから」

「あ、ああ――」

風谷は沢渡有里香に髪をとかされながら、びっくりした目で美砂生を見た。

「――」

美砂生は言葉が出せず、それ以上近づけずに、Ｆ15の機首の手前から風谷を見ていた。

「わたしがいないと、あなたはすぐに無精するんだから。この間あげたシャンプー、使ってる？」

「――」

「――」

「はい、いいわ。もう一度外部点検、続けて」

「――」

「――」

「風谷さん？」

「あ、ああ」

「ＶＴＲ、回しますからね。『待機中も機体の点検に余念がない風谷三尉』用意、スタート!」

気がつくと、921号機の機首の反対側にはスタンドが立てられ、さっき有里香が担いで行った可搬VTRカメラが据えられている。仕事に集中しているのか、沢渡有里香は美砂生が見ているのに気づきもしない様子で、カメラに戻るとファインダーに目を着け、主翼の前の風谷をレンズで追った。

風谷が三分ほどかかって機体外回りの点検を終えると、有里香はスタンドをたたんで「ありがとう。いい絵が撮れた」と笑った。

「スクランブル、かからないといいわね。待機が終われば食事に行けるもの。もっとも、報道記者としては、緊急発進してもらったほうが絵になるんだけれど――あら?」

有里香は、機首の先で立って見ている美砂生に初めて気づいたのか、驚いた顔で、

「漆沢さん。ご見学ですか――?」

「あ、いえ――いえ、ええ。そうよ」

「やだぁ。恥ずかしいところ見られちゃったわ」

「恥ずかしい?」

「埃まみれで撮影しているところ」

「あ、ああ」

「キー局の報道記者なら、スーツで記事読むだけなんですけど、わたしはこういうこともするんです」

「でも、楽しそうだったわ」

「楽しいですよ。仕事ですもの」

有里香は、離れて向き合っている風谷と美砂生の顔を不思議そうに交互に見て、「ひょっとして——お二人って、お知り合い？」と訊いた。美砂生はなぜか頬が熱くなり、思わず反射的に頭を振って「いいえ。全然」と口にしていた。

「全然、知らないわ」

口にした『全然』には、自分でも気づかぬうち『有里香とでれでれしないでよ』という抗議の思いを込め、美砂生は語調を冷たくしていた。

——『それが、無茶苦茶だって言ってるんだ』

『余計なお世話だっ、帰れ馬鹿野郎！』

（そう言えばあいつとあたし、喧嘩してたんだ）

今さらながらに思い出した。

美砂生が否定するのを聞いた有里香は、ほっとしたように「そう」とうなずいた。

「そう——ひょっとして、風谷さんあなた、漆沢さんのこと知ってるのかしらって思っちゃったわ」

「……そんなことはない」

風谷も頭を振った。

「僕の隊には、すでに女性パイロットが一人いるから。また来たのかって……」

また来た——？　また女が来たという意味か？　風谷のその言葉に、美砂生は頭のどこかをカチンと小突かれた気がした。

「そう、そう言えば三〇七には鏡さんがいるものね。それで驚いたの？」

フライトスーツの胸の糸屑をつまみながら有里香がそう訊くと、風谷は「ああ」とぎこちなくうなずいた。

「だから別に、知らない人さ」

「でも漆沢さんが美人だから、ハッとしちゃったりして——？」

「そんなことないよ」

そんなことない——？

「年増の人に興味もないし」

年増——!?

「あら、いくらなんでも失礼よ。こちらに」

有里香が風谷と自分の顔を交互に見て笑う声を聞いていると、美砂生は何だか、胸にこみあげていた熱いものが、急速に嫌な味の苦い生唾に変わっていくような感じがした。熱さが、風邪の悪寒に変わるような気がした。

「じゃ、ハンガーの撮影が済んだから、わたしベースオペレーションへ戻るわ。名残惜しいけど」

「あ、ああ」

「お仕事、頑張ってね」

「ああ。君も」

有里香は風谷と会話しながら撮影機材を手早くたたむと肩に担ぎ、足早にハンガーを出て行く。

足音が遠ざかり、機体のそばに二人で残され、でも美砂生は唇を噛んでそっぽを向いたまま、風谷の方を見ることができない。見れば何だか、感情がわやくちゃになりそうな気がする。

風谷も、立ったまま何も言わない。

（ああ。駄目だわこんなんじゃ……。あたし何をカッカしているの？　この子がかっこよくて女の子にもてるのは、当たり前じゃない。何をへそ曲げてるのよ、もっと心を広く持たなくちゃ。せっかく小松配属が決まって、同じ飛行隊で飛べることになったんじゃない。

三年も訓練で苦労して、やっと望みがかなったんじゃない――)

美砂生は呼吸を整え、(そうだ。歳上らしく大人に振る舞おう)と思い直した。風谷を見て、口を開こうとした。

「ええと、あの――」

その声に、風谷も顔を上げる。

だがその時、

「風谷さぁん」

隣の機体の陰から、行ってしまったはずの有里香がふいに顔を出すと、

「ねぇ風谷さん、今度の非番にまたあのレストランへ行かない? あの崖の上の。夕日のちょうどいい時間に、わたしが予約を入れておくから」

「あ、ああ――」

「あさってよね? 非番」

「あぁ」

かすれた声で風谷がうなずくと、「また蟹食べようね。じゃあまたね」と手を振りながら、有里香はハンガーの出口へ消えて行った。

アラートハンガーの静けさの中に、再び沈黙が漂った。最初にそれを破ったのは、美砂生の鼻をすする音だった。「ふうん」と美砂生は素っ気なくつぶやいた。

「そうなんだ。この飛行隊にいたの、あなた。全然知らなかったわ」

「美砂生さん――」

風谷はあらためて美砂生の姿を見た。

「――その格好、何？」

「何って……」

美砂生は自分の左胸を指さした。

「あなたと同じ」

「冗談だろう？」

風谷は目を見開いた。

「美砂生さん、証券会社は――」

「営業なんかもうやめたの。こっちのほうが向いてるって分かったし……ある人に『筋がいい』って、ほめられたわ。訓練課程でもずっとアベレージ評価よ。ピンクカードは一度ももらわなかったわ」

「どうして――？」

「どうしてパイロットになった？　そんなことあなたと関係ないでしょ。あたし自身の人生の選択」

「そうじゃなくて、どうして入隊した時、僕に教えてくれなかったんだ」

「あら、あなた、あたしと、何か関係があるの？」

「あるのって――」

「うぬぼれないでよ」

唇を尖らせる美砂生に、風谷は抗議する。

「冷たいじゃぁないか美砂生さん。さっきも沢渡に僕のことを『全然知らない』とか――」

「あなただって、すっとぼけて見せたじゃない」

「あれはつい――君が冷たそうにしたから……済まなかった」

「うるさいわね。あたしに向かって何が『また来た』よ。人をよけい者みたいに言って。あなた、女のパイロットは自衛隊の広告塔の金具くらいにしか思ってないんでしょ？　失礼だわ」

「美砂生さん」

「何よ。気安く呼ばないでよ、年増に興味はないんでしょっ」

美砂生はぷっとふくれて、あさっての方を向いた。耐爆シェルターの天井に組まれたグレーの鉄骨構造が、なぜかぐにゃっと曲がって見えた。

「何よ。北陸の蟹は、美味しいでしょうよっ」

府中航空総隊司令部
中央指揮所

「今、上で幕僚長を見かけたよ」

中央指揮所・先任指令官の葵《あおい》二佐は、夕方の交代を引き継ぐ時、雑談のつもりで同僚に話した。

「珍しいよな、うちの総隊司令とは仲悪いのに」

「ほう、どこで？」

「応接室の前の廊下にいた。雑上掛《ぞうがみがけ》参事官も一緒だったな。会議でもあったのかな」

すでに映画などで何度も一般に紹介され、おなじみになった府中航空総隊司令部の地下中央指揮所だ。深さは地下四階。階段状に後方へ広がりながら高くなる、大型の映画館のようなスペースに、CG利用の大型情況表示スクリーンと、何列もの要撃管制卓が並ぶ。薄暗い中で通話ヘッドセットをつけ、管制卓のレーダー画面に向かっているのは、十数名の当直要撃管制官たちだ。葵は昼間のシフトの先任を務めた同僚とバトンタッチして、全体が見渡せる少し高い段に設置された先任指令官席についた。

「各セクター主任、情況を報告せよ」

「北部セクター1、2、3、異常なし」

「中部セクター1、2、3、異常なし」

「西部セクター1、2、3、異常なし」

「南西セクター1、2、異常なし」

日本列島の周辺すべてを、防空レーダー・ネットワークで監視する中央指揮所の情況表示スクリーンには、国籍不明機を示すオレンジ色の三角シンボルは一つも表示されていなかった。

「よろしい。このところ数日、静かじゃないか」

階級の割りにまだ若い葵二佐は、情況を確認して問題がないことを確かめると、うなずいてコーヒーカップを自分の席の卓上ディスプレー脇のホルダーに差し込んだ。何事もない時は、することがない。三十二歳の葵は、情況表示スクリーンを眺めるふりをして、昨夜の詰将棋の続きを頭の中に呼び起こした。米長先生ならどうするだろう、と思いながら、次の一手をそらで考え始めた。

「おい葵」

交代を済ませて帰るはずの同僚が、後ろから肩を叩いた。防大の同期の同僚は、「お前、白久些幕僚長の最近の噂、聞いているか?」と小声で言う。

「幕僚長がどうしたんだ?」

「あの人な、一年後に定年になるわけだが、どうやらその後政界に打って出る腹づもりらしいぞ」

「政界――？　本当かよ。あのまま定年で辞めてもどこかの重工メーカーの顧問になれるんだろうし、叙勲で勲章だってもらえるんだろう？　何を好き好んで選挙なんか――」

「自衛官から天下りしたって、実際企業では使い物にならないからな。先輩たちの寂しい後ろ姿を見て、我慢ならなくなったんじゃないのか？　ま、本人じゃないから分からないけどさ。白久呰空将は昔から権力志向の気があるからな。聞くところでは、内局の雑上掛参事官を通して、自由資本党の大物政治家に接触しているらしい。『将来の自衛官全体の地位向上のためご協力を』とか言って、今からあちこちに支持を呼びかけて歩いているらしい」

「それで、府中にも来たってわけか」

「もうすぐやめちまうからいいけど、あの白久呰幕僚長、この先雑上掛参事官に頭が上らないぜ」

「雑上掛ってさ、防衛官僚のくせに政治家気取りで、自由資本党の使い走りだって、本当かな？」

「さぁな。料亭にはよく行ってるらしいぜ。どっちにしろ、俺たちには縁のない世界の話だけどな――じゃ、お疲れ」

「お疲れ」

小脇に『参院選今度も保革逆転か』『大神川河口堰建設法案、野党が抵抗』などの見出しが躍る新聞を抱え、同僚が帰ってしまうと、葵は静かにさざめく中央指揮所の空間を見渡して「ま、俺には関係ないさ」とつぶやいた。先任指令官である葵の席の背後には、一段高くなって総隊司令官を始め航空総隊の上級幹部がずらりと座れるように造ったトップ・ダイアスがある。だがふだん何事もない時には、そこに偉い人たちが座ることは滅多にない。日常の運用は、二佐クラスの先任指令官に任されていた。

（最近、静かだな。中国も北朝鮮もロシアも、おとなしいじゃないか。今夜も何事もなく終わるかな。当直明けで帰ったら、録画しておいた米長先生の対局ビデオでも見るか……）

葵一彦は、防大の卒業時の成績は良いほうだったが、出世に執着するようなところはなかった。自分の好きな仕事を面白くやりたい、と考えていた。

空自へ進んだ時は、最初は戦闘機に進もうと思い、適性検査にもパスしていた。だが部隊研修で百里基地へ行って見ると、頭脳労働というよりスポーツ選手に近い戦闘機パイロットの生活には違和感を覚えた。知略を尽くして敵を陥れるというより、戦闘機パイロットの仕事は、地上の言うなりにマッハ二で飛んで行って、上空で指揮所の指示通りに動くだけに見えた。個人の知力や戦術は余り活かす機会がなさそうだった。そこで将棋が好きだった葵は、全国の基地の戦闘機部隊を自分の駒のように動かせる総隊司令部の要撃管制官に志望がえをしたのだった。二十代は全国各地のレーダーサイトや基地要撃管制室を回って現場も経験し、　年前からはここ総隊司令部の先任指令官を任されるようになった。

地上では日没が近い——壁の時刻表示に目をやった葵は、これから夜通し、明け方まで退屈が続くのだろうかと心配した。

だが心配は、すぐ必要なくなった。

「先任。中部セクター2、国籍不明機《アンノン》探知」

スピーカーを通して、中部2——すなわち日本海方面担当の要撃管制官の声が響いた。

同時に情況表示スクリーンの日本列島の北陸沖に、オレンジ色の三角形が一つ、忽然と出現した。

「国籍不明機接近。亜音速。推定単機。高度は推定四〇〇〇〇。進路南東。民間機のフライトプランに該当なし」

何だ、これは——？　葵は眉をひそめた。

「二次レーダー確認しろ」

「トランスポンダーのシグナルなし。識別信号出していません」

「あれはどこから来たっ？」

「分かりません。レーダー・カバレッジの中に、いきなり出現しました。こいつは何か変です！」

葵はそれを聞き、職業的反射神経を起動させると席の横の赤い電話を取り、同時に管制官に命じた。「小松のF《エフ》を上げろ。スクランブルだ！　俺は総隊司令官をお呼びする」

小松基地

「美砂生さん」

小松基地のアラートハンガーでは、美砂生と風谷がまだ喧嘩していた。

「ふんっ」

「美砂生さん、何をカッカしているんだ」

美砂生があんなに待ち望んだ三年ぶりの再会は、何がいけなかったのか失速して錐揉みに入るみたいにこじれてしまった。美砂生にはそれを、どうすることもできなかった。いきりたつ自分の感情も、抑えることができなかった。風谷の前に出るとどうしてこうなってしまうのだろう？　そう頭の片隅で考えても、有里香が風谷に向かって背伸びして、髪の毛をとかすのを見た時の不快感は、長年訓練に堪え忍んで来た美砂生の神経を逆撫でしていた。

「何よ、気安く呼ばないでって言ってるでしょ」

風谷といることが不快ならば、さっさと背を向けてハンガーを出て行けばいい。でも、それをせずに憎まれ口を叩きながらも美砂生はそこに立っていた。腹が立っても、彼の顔を見ていたいのだと、自分の気持ちに気づいた美砂生はまた腹が立った。

「ああ、あなたの顔見てるとイライラするわ！」

「美砂生さん。僕は今日が初めての編隊長任務で、緊張しているんだ。こうしていてもエンジンスタート手順が頭にちらついて仕方がない。久しぶりに逢えたのは嬉しいよ。でもこれ以上、コンセントレーションを乱さないでくれ」

コンセントレーションが乱れる、と口にするのは風谷も美砂生に特別な思いを抱いているということなのか――？　でも乱さないでくれ、と言うのは暗に『この場所から出て行ってくれ』という意味ではないのか。

関係ない有里香の取材は受けたくせに、仮にも同僚のあたしを追い出す――？

「ふざけないでよ！　なーにがコンセントレーションよ、アラート待機中にハンガーで女の子といちゃいちゃデートして。あなた日本の国防を何だと思ってるのよっ」

「大げさに言うなよ。妬いてるのか美砂生さん」

「妬いてる？　うぬぼれるなよ青二才。あたしがあなたのことを追いかけて、ここへ来たとでも思ってるわけ？　冗談じゃないわ。さっきも言ったけどね、あたしは自分の意思でこの道を選んだんだから。あなたのこと追いかけて空自に入ったとか、あなたの影響でイーグルに乗りたくなったとか、あなたに逢いたい一心で小松を希望したとか、そんなこと全然ないんだから！　あなたを追いかけて来たとか、そんなことは全然ないんだから！　それだけは、誤解しないでよねっ」

　美砂生は肩を上下させてぷりぷりと怒った。

「誰が追いかけてなんか来るもんですか！　あたしは迷惑してるのよ。あなたなんかと同じ飛行隊に配属されて、これから何年も一緒に飛ばなくちゃならないなんて、気が滅入るわよ。あなたの僚機なんて絶対やりたくないわ。あなたみたいな女々しい子供みたいな男の僚機なんて、金輪際ごめんだわっ」

「女々しい子供みたいなって、どういうことだ」

「そうじゃない。あなたそうだったじゃない。ひょっとしたらあなたまだ、あの時にふられた初恋の相手だか誰だかが忘れられなくて、あの有里香って子とつきあっててもグジグジ想い出したりしているんじゃない？　誘われても勇気がなくて、寝られないんじゃない？」

「ひどい言い方するなよっ、沢渡とはまだ何も」

「何もしてない？　ああそう。そうよね。あなた二枚目ぶってても勇気なくて、女に誘われても何も出来ないんだものね。自分さえクールでいられれば、女に恥かかすなんて平気だものね。何よ最――」

　美砂生が「何よ最低っ」と言いかけて終わろうとしたその瞬間、突如としてシェルターの天井を震わせて非常ベルが鳴り渡った。

ジリリリリッ！

『ゼロワン・スクランブル！』

同時にコントロールルームの当直幹部の声が、天井スピーカーから耳を叩くような最大音量で緊急発進の発令を告げた。

『スクランブル！　スクランブル！』

ハンガーの正面上方に、赤い『ＳＣ』が点灯する。大勢の整備員たちがスタンバイルームからドワッとなだれを打って駆け込んで来る。

「冗談じゃない、ホットだ！」

風谷は反射的に足元の整備用移動テーブルを機体から離れる方へ蹴飛ばすと、美砂生にはもう目もくれずに搭乗ラダーに飛びついた。

ジリリリリリッ！

コクピット・スタンバイ態勢もバトル・ステーション態勢も飛び越し、突然発令されたホット・スクランブルにアラートハンガーは大騒ぎとなった。人の渦に突き飛ばされるように、美砂生は９２１号機の機体から引きはがされた。美砂生の揺れる視界の中で、風谷が搭乗ラダーを駆け昇って行く。機付き整備員がそれに続く。「どいて下さいっ」悲鳴に近い声を上げ、女子整備員がポニーテイルをなびかせて機体の下腹へ潜り込むとＡＩＭ９

Lの安全ピンを引き抜いた。

「アーマメント、クリア」

「ハンガードア開けっ、ぐずぐずするなっ」

「921、右、始動！」

「エンジンの前に立たないで下さいっ！」

美砂生はハッとして、急いでハンガーの隅へ走った。走りながら振り向くと、ヘルメットをかぶった風谷がキャノピーから右手を上げ、指を二本立てて『右エンジン始動』を合図している。F15は地上支援車両を使わず自力でエンジンを始動するから早い。ヘルメットとハーネスの装着を手伝った機付き整備員が飛び降りるように離れる。キィイイイインッと鋭く立ち上がるプラット・アンド・ホイットニーF一〇〇エンジンの燃焼排気音に背中を叩かれ、ハンガーに付属するコントロールルームに逃げ込むように駆け込んだ時には、すでに二機のイーグルは左右のエンジン始動を終えて整備員のOKシグナルを受け、パーキングブレーキをリリースするところだった。

『ブロッケン・フライト、チェックイン』

『ツー』

『小松タワー、ブロッケン1、スクランブル。リクエスト・イミーディエイト・テイクオフ』

当直幹部と火浦が見守るコントロールルームには無線の交信がスピーカーから流れている。風谷の声は一〇〇パーセントモードの酸素マスクを通してくぐもり、ノイズが混じっている。美砂生が息を切らしながらガラス越しに見ると、ヘルメットと酸素マスクで目だけの存在になった風谷は敬礼して見送る整備員たちに答礼し、機体を前進させる。美砂生の方など、一度も見てはくれなかった。９２１号機はヒィイイインッと高周波のエンジン音でハンガーの壁を震わせながら誘導路へ出て行く。二番機が続く。二機のライトグレーの双尾翼の機体は、たちまちコントロールルームの窓から消えてしまう。

（風谷君……！）

エンジン音でぶたれたようにうぉんうぉんとうなる耳を押さえ、美砂生はアラートハンガーを飛び出すと外の草地を走った。夕闇の迫る飛行場の誘導路を、風谷のＦ15は点滅する赤い衝突防止灯と右翼端の緑の航行灯を背後の日本海に滲ませるように光らせ、滑走路を目がけて滑るように走って行く。

「はぁっ、はぁっ」

滑走路が見渡せる誘導路脇の草地に出ると、美砂生は肩を上下させながら風谷のイーグルを目で追った。民航のエプロンから出てきた太平洋航空のＹＸ２２１がＮ１誘導路で停止し、道を譲った。二機のＦ15Ｊは止まらずに滑走路へ入って行く。美砂生が新田原基地の訓練で習った通りのマックスパワー・チェック。風谷の一番機が轟音を上げ走り出す。

「風谷さん、頑張れーっ」

気がつくと、美砂生の右横にポニーテイルの女子整備員が立ち、離陸して行くイーグルに声援を送っている。さっき風谷の機体の下で、サイドワインダーの安全ピンを抜いていた子だ。まだ二十歳過ぎだろうか、化粧っ気のない横顔は少女のようだ。振り返ると美砂生の左横では、草地の中で沢渡有里香がVTRカメラを担ぎ、轟音を叩き付けて離陸する風谷のイーグルを追っている。急なスクランブルに司令部の建物から走って来たのか、そのへんに余分な機材を放って散らかし、髪のほつれも気にせず、乱れる呼吸を必死で整えながら画面がぶれないようにカメラを支え続けている。風谷の一番機がたちまち夕闇の曇り空に消え、見えなくなる。十五秒の間隔を置いて二番機が走り出す。爆発音と聞き間違うような、ダーン！　と叩き付ける爆音。アフターバーナーだ。新田原の訓練飛行では、騒音問題と、エンジンと燃料がもったいないという理由で、アフターバーナー離陸はやらせてもらえなかった。

（凄い加速――！）

凄い。みるみる加速する。滑走路を三分の一も使わずに、川西三尉の二番機は路面を離れて軽々と急上昇に移る。着陸脚を収納する。さらに機首が上がる。あっという間に、二番機も見えなくなる。美砂生は『なんて速い発進だろう』と背筋に震えが走るのを感じた。新田原の訓練みたいに手順とチェックリストを何べんも確認していたら、たちまちリーダーに遅れてはぐれてしまうだろう。

これが実戦――スクランブルなのか……！

個人用チェックリストに貼っていた、いちごの名前シールは剝がそう、あんな悠長なことをしていられる雰囲気じゃないわと美砂生が気持ちを引き締めた時、ふいに背後から肩を叩かれた。

「おい」

「――？」

振り返ると、基地のメイン格納庫を背にして、フライトスーツを着た長身の男が美砂生を見ている。野性味のある、彫りの深い顔だ。三年たってもあまり変わっていない。

「やめておけと言ったんだぞ、俺は。こんなところまで来やがって」

「月刀さん……」

二機のスクランブル機が遠ざかり、雷鳴がおさまるように飛行場は静かになっていく。草地を吹く風の音さえ聞こえるようだ。待たされた定期便のＹＸ２２１が離陸して行くが、爆音はおとなしい。自分のつぶやく声が聞こえないようなことはない。

「後悔しても知らないぞ。漆沢」

「あの」

予想はしていたが、ふいの再会が続く日だ――美砂生は日に灼けた長身の男に向き直った。

「あの、師匠に向かってこう言うのも生意気ですけど。あたし自分の人生は、自分で決めますから」

「師匠——？」

「あたしに最初の操縦訓練をしてくれたのは、あなたです。そうでしょ？」

「あのなぁ」

「今度お会いしたら、一度そう呼んでみようと思ってたんです。お久しぶりです。月刀一尉」

美砂生はぺこりと一礼した。

「そんなかしこまって、言うな」

月刀は、幹部候補生の採用試験会場で美砂生に出くわした時と同じ、驚いて困った顔をした。

「ただでさえ組織の責任者とか、デスクワークとか、柄じゃなくて困ってるんだ。火浦さんが君のことを任すって言って来た時も、『一人も引き受けるのは無しですよ』ってずいぶん断ったんだけどな。結局押しつけられてしまった」

「じゃ……」

「いいか。俺としては不本意だが、君は明日から俺の第一飛行班で飛ぶ。言っておくが、訓練コースをピンクカード無しで卒業したくらいでいい気になるな。ただ飛ばすのと実戦はわけが違うんだ。俺たち自衛隊のパイロットが直面している現実に、君も明日からさらされる」

「頑張ります。これもご縁というものですから」

「馬鹿。預かった以上、しごくからな」

月刀は美砂生の頭を小突き、スクランブル編隊の飛び去った曇り空を見上げた。

「風谷は、行ったか……。あいつも二年かけて俺が鍛えて、編隊長にしたんだ。ここへ来た時は、どうしようもない色白の軟弱男でな――」

美砂生も並んで、風谷の飛び去った空を見上げた。月刀はサングラスの目で、夕暮れの日本海の空を眺めながら「畜生、暗くなる」と舌打ちする。

「あいつ――大丈夫かな」

「スクランブルの理由は、何なのですか？」

「国籍不明機《アンノン》が突然出現したらしいが――よく分からん。いきなりのホット・スクランブルは俺も前に沖縄で一度経験しているが……。あまりいい予感はしない」

府中・総隊司令部
中央指揮所

「小松のF、上がりました」

「国籍不明機《アンノン》の進路は？」

「依然として変わりません。小松北西沖九八マイル、一五六度の直線進路で領空境界線へ接近中。このままでは十一分で領空へ入ります」

　何者なんだこいつは？　葵はスクリーン上のオレンジ色の三角形を睨む。ロシアの大型偵察機なら、領空境界線に接線でかするように近づくのがパターンなのに、こいつはまっすぐに突っ込んで来るではないか……。いったい、何のつもりだ——？

「スクランブル編隊を誘導。急がせろ。会敵線の手前で四三〇〇〇まで上げるんだ。念のため百里にもバトル・ステーションを指示」

「了解」

「了解」

日本海上空

『ブロッケン・フライト、ベクター・トゥ・ボギー。ヘディング310、エンジェル43バイゲイト、フォロー・データリンク』

「ブロッケン・ワン、フォロー・データリンク」

編隊長になって初めてのアラート待機で、こんな突然のスクランブルがかかるなんて――！

酸素マスクのマイクに答えながら、操縦桿を握る風谷はハーネスで射出座席に縛りつけた両肩を上下させた。航空学生としての四年間の訓練、実戦部隊へ配属されてこれまで二年の修業の日々を思い出し、おちつけおちつくんだと自分に言い聞かせた。はぁ、はぁと自分の呼吸がフライトインターフォンを通してヘルメットのイアフォンに響く。うるさくてたまらないが、どうしようもない。雲を突き抜けると上空にはまだ夕日が輝いている。モクモクした日本海特有の積雲の上面を、オレンジ色の光線が染めている。遊びで飛んでいたならこの光景をどんなに美しいと感じたことだろう。夕日が目にしみる。額の汗を拭きたいが、機首方位を修正するほうが先だ。三一〇度。三一〇度だ。畜生、前には誰もいない。機首上げ姿勢四〇度で機を上昇させながら後方を振り向く。屹立した双尾翼の間から雲と海面が見えるが、川西の二番機は遠いのか、どこにいるのか分からない。あいつ、ちゃんとついて来ているだろうな……。畜生、俺はまるでひとりぼっちだ……。

（二番機で飛んでいた頃は、リーダーについて行くことだけ考えていれば良かったのに――）

高度三〇〇〇〇をたちまち超える。アフターバーナーは点火しっぱなしだ。凄じい推力で機体がビリビリと細かく震えている。何かやり残した手順はないか――？　忘れていることはないか――？　風谷は操縦桿で機体の姿勢を一定に保ちながら、せわしなく思考をめぐらせる。俺は編隊長だ。侵入機に近づけば、そのことだけで頭が一杯になるだろう。今のうちに確かめておくんだ。チェックリストはどこへ行った？　ああ駄目だ、足元なんか捜していられない。大丈夫だ、まさか着陸脚を上げ忘れたりはしていまい。そんなポカをしていればとっくに機体は壊れているはずだ。速度はマッハ〇・九五を維持。ああもう三五〇〇〇フィートを超えた。目標高度はいくらだ――四三〇〇〇か。畜生、今までは一番機の動きだけを見ながらついて行けば良かったのに、自分が一番機じゃ、高度表示をちゃんと読まなきゃならないじゃないか。考えることが、ほかに一杯あるというのに――！

高層雲のレイヤーを瞬時に突き抜ける。もう頭上に雲はない。黒っぽい紫色の空間だ。何もない空間にぽつんと一人で浮かんでいるようだ。比較対照物がないのでスピード感がないのだ。

風谷は、小松の滑走路を離陸してからまだ一分三十秒しか経っていないのに、もう三十分も飛んでいるような気がしていた。ヘッドアップ・ディスプレーの向こうに広がる空には、まだ何も見えない。今まで二番機としてスクランブルに上がった時には、前方には必ず編隊のリードを取る一番機のテイルが浮かぶようにぽつんと見えていた。風谷は一番機の後方のどこに占位しようかだけを考え、ただつき従って行けば良かった。ロシア空軍の偵察機と出会っても、日本の安全保障にかかわるような判断は、防空指揮所と編隊長とでやってくれた。だが前方には何もない。誰もいない。要撃会敵進路を示すデータリンクの矢印と円が、ディスプレーの中でただ音もなく動き続け、風谷を接近する国籍不明機と会合するコースへ導いて行くだけだ。風谷の呼吸はおちつくどころか、ますます速くなる。両肩が重い。痛い。くそっ、F15に乗り始めてもう三年目なのに、俺はまるで初心者みたいじゃないか――

（畜生、誰か話しかけてくれ。編隊長がこんなに辛いなんて思わなかった。息が詰まりそうだ。誰か何か言ってくれ――！）

総隊司令部

「ブロッケン1、指示高度を突き抜けている。エンジェル43へ下げよ」

要撃機を誘導している管制官が音声指示を出したので、葵は「どうした？」と乗り出した。

「小松のFが、上昇指示高度の四三〇〇〇で止まらず、突き抜けました。高度修正を命じました」

「あいつはひょっとして新米か――？」

葵は、情況表示スクリーンの北陸沖へ進出して行く緑色の三角形のシンボルを見やった。デジタルでブロッケン1の横に付加されている高度の表示が、453を示している。斜め後ろに続くブロッケン2の高度表示もつられたように430を超えて増えてしまう。編隊長が指示高度を突き抜けてしまったので、続く二番機もつられたのだろう。

「新米のようです。二番機もです」

「なんてこった……」

葵は、頭を抱えたくなった。

日本海上空

「――うわっと」

風谷は、ヘッドアップ・ディスプレーでくるくる増加するデジタルの高度表示が見えているようで目に入らず、水平飛行に移るべき四三〇〇〇フィートを突き抜けてしまった。あっという一瞬のことだったが、反射的にスロットルを戻してアフターバーナーを切り、操縦桿を押さえた時には指示高度を二〇〇〇フィートあまりもオーバーしていた。中央指揮所の要撃管制官からすかさず『エンジェル43へ下げよ』と指示が来た。その声をヘルメットのレシーバーに聞きながら、身体が浮き上がりそうになるマイナスGをこらえて風谷は高度を下げ、修正した。身体中から汗がどっと噴き出した。

「川西、すまんっ」

要撃ミッション中に余計な会話はしないことになっているが、風谷は後方について来ているはずの川西三尉に思わず謝っていた。川西は航空学生の二年後輩で、三〇七飛行隊でORになって間もない。

『大丈夫です、風谷さん』

俺がしっかりしなくては……。責任感と、一言でも声を出して会話をしたことで、風谷はようやく少しだけおちつきを取り戻した。

「はぁ、はぁ。よし、アンノンはどこだ……」

総隊司令部

「ブロッケン1および2、会敵線手前四八マイルで高度四三〇〇〇に到達。国籍不明機、領空境界線へ七〇マイル。接触まで三分。領空まであと九分」

「よし。目視確認を待とう」

葵は、汗を拭きたいのを我慢しながらうなずいた。先任指令官がハンカチを出して汗なんか拭いていたら、指揮所の全員に余裕のない焦った気分を与えてしまう。我慢して、鷹揚に構えるのだ。

しかし、

「先任、大変です」

そこへ中央指揮所の当直幹部の一人が、小走りにやってくると葵に小声で告げた。

「総隊司令が来られましたが――大変です。シビリアン・コントロールがくっついて来ました」

「何だと?」

舌打ちする葵。

「畜生、来なくていいのに……!」

嫌な予感がした。周囲の環境が悪くなり、余計なプレッシャーがかかると、棋士はカンが狂い悪手《あくしゅ》を連発する、という名人の言葉が脳裏をかすめた。

振り向いて見上げると、防衛参事官の雑上掛がいつものクシャクシャの不機嫌そうな顔で、白久些航空幕僚長と江守総隊司令官、それに総隊司令部監理部長、防衛部長、運用課長などの上級幹部らを後ろに従え、トップ・ダイアスに座るところだ。さっき見かけた上の廊下では、この東大出のキャリア官僚に白久些幕僚長が腫物にでも触るようにニコニコしてつき従っていたのが印象的だった。一般に制服組は内局キャリアに人事権を握られていて頭が上がらぬものだが、あれほどペコペコするのも珍しい。でもどうして参事官が指揮所へ乗り込んで来るのだろう？　いぶかしんで見ていると、雑上掛のすぐ後ろには切れ長の目をした長身の参事補佐官も着席し、アタッシェケースを広げる。雑上掛が面白くなさそうに懐から煙草を取り出すと、ポーカーフェイスの若い補佐官は背後から手品のようにライターの手を伸ばし、火をつけた。

「幕僚長、説明したまえ。どうなっておる」

雑上掛はしわがれた口から煙をプハーッと吐き出し、ふんぞり返ったまま尋ねた。

（しかし――いくら『参事官は防衛大臣の命を受け、これを補佐する』と防衛省設置法に定められているとしても、あの政治家みたいな偉そうな態度は何なんだ。ここは制服の担当部署だぞ）

葵は不快に思ったが、

「はっ、参事官、ただちに。総隊司令官、情況を説明したまえ」

下ぶくれの白久些幕僚長は文句を言うどころか汗を拭きながら、隣の江守総隊司令官に命じた。

「分かりました」

若手の要撃管制官たちが『親父』と呼んでいる江守空将補は、白久些に比べると五十代とは思えぬ鍛えた胸板だ。左胸にまだウイングマークを付けており、パイロット資格を維持していることが分かる。俳優の誰かにも似ている江守は、ムッとした表情を隠さずに命じた。

「葵先任。情況説明を」

「は、はっ――」

この忙しい時に、と思ったが葵は仕方なく立ち上がり、トップ・ダイアス中央にふんぞり返る雑上掛参事官に一礼し、一様に面白くなさそうな顔の上級幹部たちを見回しながら情況の説明をした。参事官の右横で白久些空将は引き続き汗を拭いている。やめて欲しいと葵は思う。雑上掛の左横では江守空将補が何か言いたそうなのを我慢している。その後方では、若い参事補佐官が感情を抑制したような切れ長の目で、指揮所全体の様子を見ている。

「――というわけで、正体不明の国籍不明機が北陸沿岸に急速接近中です」

「正体不明の国籍不明機とは、どういう言い方だ二佐？　正体不明だからアンノンと言うんだろう」

　この忙しいのにうるせえな、と葵は思った。その気持ちを察したように、江守空将補が横から、

「先任指令官は、国籍不明機の出現の仕方がいつものパターンのどれにも当てはまらず、唐突であったため総隊司令官である私に報告して来たのです」

　総隊司令官である私に、というところに、江守は『ここの責任者は自分だから、余計な口を出さないで欲しい』という意味を込めているようだった。

　通常は内局のキャリア官僚が、現場の防空指揮所にやって来てあれこれ口を出すなど、ありえない。口を出す権限もないはずだ。だが、総隊司令官の江守を指揮する権限は上官である航空幕僚長にあり、その白久此航空幕僚長は雑上掛参事官に頭が上がらない。これでは、間接的に文官の雑上掛がこの中央指揮所を仕切っているのと同じであった。

「とにかくだね、総隊司令。諸君らも聞いて欲しい。緊急事態を耳にした私がわざわざ今ここへ降りて来たのは、現在が国政にとって重要な時期だからだ。くれぐれも安全保障上の『間違い』が起きぬよう、慎重にことに当たってもらいたい。これは大臣のご意志、ひいては総理のご意志でもある」

国の政治にとって重要な時期、とか言うのは、要するに鰻谷《うなぎだに》首相の改造内閣がスタートして臨時国会が開催され、さらに二か月後には任期満了に伴う参院選が迫っているからという意味か――?　葵は、雑上掛参事官のしわがれた不快そうな声を聞きながら、『あんたは国民の安全と政権与党の安定と、どっちが大事なんだ?』と心の中で悪態をついた。

小松基地

「漆沢。どうだ、実戦部隊へ来てみた感想は?」

月刀に訊かれ、美砂生はうなずいた。

「スクランブルの発進が、あれほど速いとは思いませんでした。雰囲気もぴりぴりしているし――さすがは日本の安全を護っている最前線ですね」

美砂生は素直に答えたつもりだったが、その瞬間、背中で誰かが笑う気配がした。

「ふん、おかしい」

嫌な感じがして振り向くと、声の主は女の子だった。フライトスーツ姿の浅黒い肌の女の子が草地に立ち、猫のような鋭い目で美砂生を見ていた。

誰だ、こいつは。

「な、何よあなた」

「おかしいからおかしいって言っただけ。ふん」

「おかしいって、何が？」

明らかに歳下で、階級章も同じ三尉だ。美砂生はムッとして浅黒い肌の子に訊き返した。

「何がおかしいのよっ」

「日本の安全を護ってる最前線？　自衛隊が日本を護れる？　ふん、ちゃんちゃらおかしいわ。あんた本当にそう思ってるわけ？」

猫のような黒目がちの眼を情けなさそうにひそめ、フライトスーツの女の子はクスクス笑った。

「ふん。甘ちゃん」

「何ですって」

なんて失礼なやつだ――！　見るとオリーブグリーンのフライトスーツの左胸にはウイングマーク、右胸には三〇七飛行隊のマスコットらしい黒猫のエンブレムが縫いつけられている。こいつ、三〇七のパイロットなのか？

「あんた、誰よ？」

思わず睨み返すと、月刀が間に入った。

「おい、初対面で喧嘩するな。鏡《かがみ》も挑発するんじゃない。漆沢は実戦部隊に来たばかりなんだ」

「――」

「――」

「睨み合うな。漆沢、こっちは鏡黒羽《くろは》三尉。うちの飛行班のパイロットだ。TACネームはティンク。君より歳下だが、飛行経験は一年先輩だ。

鏡、こちらは漆沢三尉。一般幹部候補生出身で明日から一緒にTR訓練に入る。仲良くやれ」

「あたし漆沢美砂生。よろしく」

一応ぶっきらぼうに手を差し出すと、鏡黒羽と紹介された女性パイロットは無視し、ぷいとあっちを向いてさっさと歩いて行ってしまった。

何よ、すっげー性格悪い。

「おい待て、鏡」

「汗かいてこんなところに立っていたら、風邪をひきます」

そのまま行ってしまう。

「どうしたのかな。あいつ、いつもはあれほど礼儀知らずじゃないんだが……」

月刀はポリポリ頭を掻いた。

美砂生は、鏡黒羽という歳下の女の子の背中を見た。性格は悪そうだが、いいプロポーションをしている、と思った。草地を歩いて行くフライトスーツの後ろ姿はすらりとしなやかで、どこか猫科の野生動物を想わせる。数秒前に睨み合った猫のような精悍な黒い眼を想い出し、美砂生はつぶやいた。

「あの顔──どこかで……」

「ん」

「いえ。会ったはずはないけれど、どこかで見たような気がするんです。どこだったかしら──」

　想い出せなくて、眉をひそめると、

「秋月玲於奈じゃありません？」

　そばに立っていた、ポニーテイルの整備員の子が口を出した。作業服の胸には『角田』とある。

「整備隊でも、先月から評判なんですよ。新任の鏡三尉は、秋月玲於奈そっくりだって」

「秋月玲於奈って──ああ、あの芝居のへたくそな女優？」

　すると聞こえたのか、二十メートルも向こうへ行っていたのに鏡黒羽はキッと振り向いて睨んだ。

「うるさいわね」

「何よ、あなたに関係ないでしょ」

　また睨み合おうとした美砂生の背後に、タイヤを鳴らしてジープが停止した。エンジンをかけたままの運転席から、火浦が呼んだ。

「月刀、防空指揮所で風谷の様子を見よう。漆沢三尉、君も指揮所で要撃ミッションを見学しろ。おい鏡、君もだ。乗れ」

火浦は、草地の中に膝をついて、VTRカメラを抱き締めるようにして呆然と空を見上げている沢渡有里香にも声をかけた。

「沢渡君。司令部まで送ろう。君も乗りたまえ」

助手席に月刀が飛び乗り、ジープの後席の荷台に、女三人で膝を突き合わせて乗ることになった。

鏡黒羽はぷいと横を向いて何も言わず、沢渡有里香は大きなカメラを大事そうに抱えたまま、風谷の飛び去った夕暮れの空をぼうっと見ている。全力疾走して来てイーグルの離陸を何とか収録し、半ば放心状態なのか。いや、それだけではなさそうだ。

「――風谷さん……」

ぐすっ、とすするような声で有里香はつぶやいた。その機材の油で黒く汚れた横顔を、美砂生は覗き込んだ。

「どうしたの？」

「……………」

「心配なの？」

問いかける美砂生に答えず、揺れるジープの荷台で横顔の有里香は唇を噛む。

美砂生は、その横顔に『彼といつから付き合っているの？』と訊いてみたい自分を抑えた。

「大丈夫よ。あれでもあいつ、プロのファイターパイロットなんだから。無事に帰って来るわ」

「──帰って来ません」

「え？　でも」

「風谷さん──ずっと帰って来ません」

「……どういうこと？」

「彼──時々、うわの空なんです。わたしと食事をしていても、時々、どこか遠くを見ていて……。あの人にはきっと、わたしの入って行けない自分だけの世界があって、そこから出て来ようとしない。三年前に初めて出逢った時から自分の世界を飛んでいて、一度もわたしのところへ帰って来てくれたことなんかないんです。彼があしてスクランブルに飛んで行くたびに、わたしは物凄く、独りぼっちで取り残されている気がするんです」

「つきあってるんでしょう？　あなたたち」

「つきあってることに、なるんでしょうか……」

有里香はまたすすり上げた。

「……ひょっとすると、彼はまだ――」

「？」

「まだ――あの子のこと……」

有里香はつぶやくと、膝の間に顔を伏せた。

総隊司令部

「国籍不明機、領空境界線へ五〇マイルに接近。領空まであと六分。小松ブロッケン1、国籍不明機へ三二マイル。接触まであと二分」

「目視確認を通報させろ」

「了解しました」

「国籍不明機の正体も意図も、見当がつかん……。これでは――いや待てよ。ひょっとしたら……」

葵は、何かが頭に浮かんだ。

そうだ。一昨年の〈要撃管制年次研究レポート〉で読んだ、沖縄那覇基地直上への領空侵犯事件だ。三年前のあの時も国籍不明機は唐突にレーダーに出現し、一直線に沖縄へ向かって来たはずだ。確か、侵犯機は所属正体不明の偵察型スホーイ、侵入コースは那覇直上へ直進。それに対し、要撃を担当した南西航空混成団司令から警告射撃の許可が出されたはずだが……。事の次第は、どうだったか――

葵は、その事例の詳細を思い出そうとしたが、

「先任指令官」

うざったそうなしわがれた声が頭上からして、記憶の糸をたぐりかけた葵の思考を断ち切った。

「は、はっ」

畜生、人の長考を邪魔するんじゃねえ、と思いながら葵は振り向き、仕方なく立ち上がった。自分の不快そうな顔の表情を隠し切れたか、自信がない。俺は上司に気を遣って仕事する官僚やサラリーマンじゃない、要撃管制官なんだと心の中でつぶやく葵に、雑上掛参事官は言う。

「いいか二佐。何が起ころうと、くれぐれも軽はずみな行動には走るな。要撃機にもよく伝えろ」

「は、は。すべて法と規定に厳格にのっとり、中央指揮所の総員、全力で忍耐強く対処いたします」

「よろしい」

呑んだ。

畜生、八秒も無駄にした。葵は着席するなり情況表示スクリーンを睨みながら、紙のコーヒーカップを握り潰そうとしたが、中身が残っていたのでこぼすといけないから一口で呑んだ。

小松基地

「俺はタワーに寄ってから行く。月刀、先に二人を指揮所へ連れて行ってくれ」

てっぺんに管制塔が立つ司令部の前でジープを降りるなり、火浦は月刀に言い残して走った。

「よし。行こう」

「月刀さん、わたしも連れて行って下さい！」

有里香が、長身の月刀の腕にすがりつくようにして懇願した。

「風谷さんのことは、二か月前から密着取材しているんです。お願いします！」

「う。ううむ——そうだな。指揮所内部の撮影さえしなければ、いいかも知れないが……」

だがそこへ、待ち構えていたように中年男の制服が立ちふさがった。

「おい月刀一尉、冗談ではないぞ！　報道関係者が基地の防空指揮所へ入るなど、許可できんっ」

　平泉三佐だった。駐車場を整理する警備員がよく『こっちへ入るな』とかやるように、カメラを抱えた沢渡有里香の目の前で両手を広げ、全身で拒否の姿勢を示した。

「広報係長。撮影さえしなければ、いいんじゃないですか？」

「駄目だ駄目だ駄目だっ」

　言って聞くような様子ではない。

「地元ＴＶは、帰れ帰れ」

　仕方ない、君はオペレーション・ルームで待っているんだと有里香に言い残し、月刀は美砂生と黒羽を連れて地下防空指揮所の入口へ急ごうとするが、

「ちょっと待て、鏡二尉、漆沢三尉」

　また警備員が偉そうに呼び止めるみたいに、平泉は二人の女性パイロットを呼び止めた。

「君ら二人な、今あの地元ＴＶと一緒のジープに乗っていたようだが、何か余計なことは話さなかっただろうなっ？」

　それを聞いて、黒羽は『バッカみたい』という顔で平然と平泉を無視して通った。

「あっ、こら、待てこら。おいこら」

「平泉係長、わたくしたちはこれでも責任ある自衛隊の幹部です。ちゃんと自覚はしています。あまりご心配はなさらないで下さい」

黒羽の態度はとても自覚ある自衛隊幹部とは思えなかったが、黒羽が失礼なぶん、カッカする中年を美砂生は丁寧になだめて通らねばならなかった。

背中を睨みつけられているのを感じながら、月刀、黒羽に続いて一階の通路を行くと、地下へ降りる階段の手前で、フライトスーツの毛深い大男が壁にもたれてうざったそうに立っていた。オリンピックに出る柔道選手のような巨漢だな、それに濃い顔——と美砂生が思った瞬間、濃い眉の大男は「おい月刀」と呼び止めた。

「おい月刀、お前今日は、女子高生引き連れて遠足の引率か？　ご苦労だな」

ふふん、と大男は腕組みしたまま、北海道のヒグマみたいにうっそりと笑って見せた。歳の頃は月刀よりも上の三十代半ばか——しかしその巨軀と太い腕を見上げると、本当に熊みたいに強そうだ。

「鷲頭《わしず》さん」

月刀がムッとしたように言い返す。

「鷲頭さん、元はと言えば、あなたが第二飛行班で引き受けなかったから、俺が鏡も漆沢も二人一緒に預かることになったんじゃありませんか」

「ふふん、知らねえよ。火浦のやつが決めたことだ。後輩でも隊長の決定には従わないとな」

肩を見ると、フライトスーツに縫いつけられた階級章は三佐だ。

「俺は忙しいんだ。あいにくと俺の仕事は戦闘機の操縦でな。自衛隊の広告塔のお守りなんかやってる暇はねぇんだよ」

自衛隊の広告塔――？

美砂生がムッとするのと同時に、横で黒羽もキッと男を睨み上げるのが分かった。入隊してから現在まで、自分のような女性パイロットが陰でそう揶揄されているのは感じて来た。飛行訓練でも、女の子は途中でやめさせると自衛隊として格好がつかないから、点を甘くしているんじゃないのかとも言われて来た。毎回の訓練飛行の後に担当教官から渡される成績カードが、一度も『赤点』を意味するピンクカードでなかったのは女の子だから甘くつけられたんだ、という陰口には、美砂生自身腹が立った。

しかし、このように面と向かって『広告塔』呼ばわりされたのは、三年間でこれが初めてだった。

「鷲頭さん。その『広告塔』という言い方は、やめてくれ」

月刀が言ってくれたが、

「あんなふうに広報係を芸能プロのマネージャーみたいにこうるさくひっつかせて、あれでパイロットだって言えるのか？　広告塔じゃねえか」

「鷲頭さん。ここにいる二人は、実戦に出してどうだかは未知数だが、少なくともフライトのセンスは本物ですよ」

「本物？　ほう、それじゃ本物かまがい物か、俺がいずれ味見させてもらうとするかな。へっへっ」

何だこいつ――！

横の黒羽はこの人物が誰なのかすでに知っているらしく、ぷいと横を向いて無視して通って行く。

美砂生は、大男が嘗め回すような目で『味見』と言ったので、三年前ＯＬ時代に地下鉄で痴漢に遭った時のことを思い出してブルッと身体が震えた。

「おい、おびえてるのかい、色白の姉ちゃん？」

大男は面白そうに笑いを浮かべた。

「鷲頭さん。ここにいる漆沢三尉は、一般幹部候補生出身だ。いずれ俺たちの上司になる幹部なんだ。一応の敬意は、払ったらどうなんです」

月刀は抗議するが、

「ふふん、広告塔に上司になられちゃあおしまいだな。そんときゃ俺は団司令へ申し出て、民間へでも出てやるさ。司令は喜んで放り出すだろうさ。もっとも俺なんかを受け入れる航空会社が、あればの話だがな」

へっへっ、と笑い、熊のような大男はポケットに手を突っ込み、行こうとする。まるで月刀に嫌みを言うために、わざわざこの通路で待っていたみたいだった。

「まぁ『広告塔』にも色々あるわな。お前、よっぽど広告塔の世話を焼くのが好きらしいな、月刀」

背中でそう言う大男を、月刀は「鷲頭さん！」と呼び止めた。

「何だよ」

「二度と、俺の前で『広告塔』という言葉を使わないでくれ。俺は我慢できずにまたあんたを――」

「ほう。千歳の時みたいに殴るって言うのか？　面白いじゃねえか。お前はもう一匹狼じゃない。責任のある二〇七空の第一飛行班長さんなんだぞ。え？　部下の前で先輩殴って、示しがつくのか」

言い捨てると、大男は笑いながら歩み去った。

月刀は、大男の背中を数瞬睨んでいたが、気を取り直したように「行こう。時間が惜しい」と美砂生をうながした。

男同士の睨み合いの事情を、尋ねている暇もない。美砂生は月刀に続いて分厚いコンクリートに固められた狭い階段を走って降りた。地下二階の気密扉をくぐると、そこが第六航空団の防空指揮所、別名小松基地要撃管制室だった。高校の教室一つ分くらいある暗闇の中に、情況表示スクリーンと、その下に横長の管制卓が設置され、ヘッドセットをつけた当直要撃管制官数名がレーダー画面とキーボードに向かっている。

『国籍不明機、領空境界線へ三八マイル』

スピーカーから声が聞こえる。

すでに黒羽は、いちばん後ろの壁にもたれて、北陸地方と日本海を拡大した情況表示スクリーンを腕組みして眺めていた。

「ここでも要撃管制オペレーションは行なえるが、日本海での要撃ミッションは通常府中の総隊司令部中央指揮所が統括して指揮することになっている。スピーカーから聞こえるのは、府中の声だ」

月刀が説明した。

管制卓に着席する要撃管制官たちの後ろには、さっき団司令室で会った防衛部長の日比野が立ち、痩せた背中をおちつきなく揺らしている。防衛部長とは、要するに作戦部長のことだから、こういった場面では小松基地の要撃の指揮を取るのだろう。スクリーンを見上げる後ろ姿から、いらいらが伝わって来るようだ。

『国籍不明機、領空まであと五分。ブロッケン1、接触まであと一分』

スクリーンでは、日本海の北西から斜め一直線に下がって来るオレンジ色の三角形が一つ。位置座標と速度の横に『ＵＮＫＮＯＷＮ』の紅い文字。それに向かって緑色の三角形が二つ、斜めに北上して洋上で出合おうとするところだ。

美砂生は、あれは何だろうと思った。

「風谷と川西が行くぞ」

月刀がスクリーンに顎をしゃくった。だが月刀は同時に、洋上から直線を描いて近づくオレンジ色の三角形を見やって、何か気づいたように「こいつは……？」と小さくつぶやいた。

美砂生は、小さな緑の三角形の動きに目を凝らし、ごくりと唾を呑み込んだ。

（風谷君……）

日本海上空

四三〇〇〇フィートの高空からは、水平線まで一〇〇マイルの範囲が見渡せる。風谷が振り向くと、屹立する双尾翼の間を通して、本州の山々が蒼黒く闇に沈みながら遠ざかるのが見えた。

日が没するにつれ、輝いていた雲の上面が急速にオレンジからグレーに塗りつぶされて行く。北陸の海岸線の街々の灯りは分厚い雲に隠され、見えない。風谷は、自分が仲間の棲む土地を離れてたった一人、外敵に向かって行くのだと感じた。

暗くなって行くコクピットの中は、亜音速の風切り音だけだ。外気温はマイナス五六度。

軽い与圧はかかっているが、酸素マスクなしでは意識は三十秒ともたないだろう。

（――瞳）

計器の輝度を調整しながら、ふと風谷は想う。

瞳、君はどこにいる……？

あの雲に覆われて暗い、本州の島のどこかにいるのか……？　僕は――ここにいる。僕はイーグルに乗っている。でもこの仕事は、君とつき合っていた頃に思い描いていたような、格好いいものでも気持ちのいいものでもない。僕は、自分自身が強くなるためにこの道を選んだ。でも、ファイターパイロットになれても、僕は強くなれたのか？　この頃また、時々君を想い出す。

瞳。家庭をつくっているのか。子供はいるのか。僕はまだ、たった一人だ。たった一人で、これから正体の知れない外敵と対峙するために、向かって行くんだ。こうして人知れず飛んで行くことが、君を護ることになるのだろうか――なるのならそれでいい。でも正直僕は今、怖くて仕方がない。

長い髪の制服姿の少女が、一瞬脳裏をかすめる。『きれいね』夕日の校庭で制服の少女は振り返る。長い髪が逆光にきらめく。『ねえ見て、きれい』微笑する幻を、風谷は目をしばたたき、打ち消す。

計器類の暗さを、迫り来る夕闇に合わせ絞ると、風谷は前方へと視線を上げる。

「どこだ、どこにいる――」

酸素マスクの中は冷たく乾燥して、つぶやくと喉がカラカラに嗄《か》れるようだ。

風谷はオレンジの残照に縁どられた水平線に目を凝らし、走らせた。

データリンクの指示は前方を指し続け、接近する国籍不明機へ二〇マイルまで迫ったことを告げる。間もなく目視で見える距離だ。しかし夕日が水平線に隠れてしまう。周囲は濃い紫色に急速に包まれて行く。アンノンが航路を外れた民間機でもない限り、標識灯は点けていないだろう。また、付近には鳥取県の美保ＶＯＲから韓国へ向かう国際航空路が伸びている。民間旅客機を侵入して来る国籍不明機と誤認したりしたら、笑いものになるどころか、日本の防空態勢に穴を開けることになる。

「レーダーを使おう」

索敵レーダーの電波を出せば、相手が電子戦装備の軍用機の場合、たちまち警報システムがレーダー波を感知してこちらの接近を教えてしまうだろう。だが発見できずにすれ違うわけには行かない。風谷はレーダーを入れた。Ｆ15ＪのＡＰＧ63レーダー火器管制システム《FCS》が、自動捜索《オートサーチ》モードで索敵を開始した。同時にデータリンクの指示が消えた。戦闘機が自機のレーダーを使うと、その時点で地上からの誘導は不要とみなされ、終了するのだ。

いた！　前方やや右。一七マイル、一六マイル、一五マイル、速い。近づくぞ――！

「川西、いるか」

『はい先輩、三マイル後方です』

「アンノンをコンタクトした。インターセプトするぞ、続け！」

『了解！』

風谷は操縦桿を右へ倒し、イーグルの機体を捕捉のための急旋回に入れた。目標を逃してはならないと、思い切ってバンクに入れた。機体は風谷のコントロールに機敏に反応して傾き、紫色の水平線が右七〇度の垂直近いバンクで縦になり、頭上から足下へ流れ出す。Gで全身がズシンと重くなり、操縦桿を握る腕は砂袋のようになる。Gスーツに自動的に注入された圧縮空気が下半身を締めつける。風谷は左手のスロットルでパワーを入れ、急激な機動での速度低下を防ぎながらさらに操縦桿を引いて旋回半径を小さくする。

「くっ――――！」

ヘルメットの目庇越しに視線を上げ、斜めに流れる水平線に沿って旋回の前方を睨むと、やや下方を飛んで行く鋭角の小さな機影が目に入った。

（見えたっ）

風谷は無線に短く「目標発見《タリホー》！」と告げると、日本本土へ向け飛んで行く機影の真後ろへイーグルをロールアウトさせた。水平に戻ってGが抜け、頭がツンとして眩暈がする。こらえる。正面のやや下方に機影が見える。距離は四マイルか――旋回しているわずかな間に、内側へ入られたらしい。ロシアの大型機ではない。速い。風谷は機首を下げて高度差を速度エネルギーに替え、旋回で失ったスピードを回復しながら小さく見えている国籍不明機の背後へ近づいて行く。

　こいつのシルエットは何だろう？　まるで戦闘機のように見えるが――

「川西、一マイル後ろについてくれ。写真とバックアップを頼む。これから近づく」

『了解』

『ブロッケン1、目視確認了解した。国籍不明機の所属・機種を知らせよ』

「待ってくれ。今接近する」

　スピードを回復したF15は機影よりもわずかに優速となり、風谷の眼は紫色の闇の中に浮かぶ灰色の小さなシルエットの輪郭を捉えた。

「見えた。アンノンは可変翼。色はグレー。あれは……スホーイ――スホーイ24のように見える」

小松基地

『ブロッケン1、侵入機はスホーイ24か？』

『スホーイ24のように見える。垂直尾翼の形状から――タイプはフェンサーEかF』

　その天井からの声を聞き、月刀がダッと管制卓に飛びつくと、後ろからマイクをひっつかんだ。

「風谷、そいつは国籍マークをつけているか!?」

「やめろ月刀、作戦中だぞ。口を出すな！」

日比野がマイクを奪い返す。

総隊司令部

『スホーイは国籍マークをつけていません。識別記号も——この位置からは何も確認できず』

「やつだ……」

葵は情況表示スクリーンのオレンジ色の三角形を睨んだ。その隙にも、三角形はズリッと領空境界線へひとコマ進んだ。小松から上がった二機のF15、ブロッケン1と2を示す緑の三角形は、今やオレンジを追う形で後方につき従っている。

「あれは三年前に沖縄へ来たやつだ……！」

葵がうなると、管制卓につく要撃管制官たちが顔を見合わせ「三年前のやつ？」「あの領空侵犯事件のスホーイかっ？」とざわめく。要撃管制官で三年前の沖縄領空侵犯事件を知らぬ者はなかった。

トップ・ダイアスに居並ぶ幕僚たちの中にも息を呑む者がいた。ふだん会議やデスクワークばかりしていて現場をよく知らない出世コースの幕僚でも、三年前の沖縄の事件で『何もしないでただ水平飛行している領空侵犯機』に結局警告射撃すら出来ず、那覇と嘉手納の上空を通過させてしまうという失態を演じた事実を忘れている者はなかった。あの事件の後、日本の防空態勢の欠陥が露見しないよう、マスコミ発表の文言をひねり出すのに大変な労力が注がれた。確か、機器の故障で迷い込んで来た外国航空機を自衛隊機が親切にエスコートした、というニュアンスに変えたのである。

「運用課長、あの時作られた〈領空侵犯時のマスコミ対応〉ガイドマニュアルはどうなっていた？」

「いえ監理部長、三年前のあれは作成半ばで担当者が異動になり、結局そんな裏マニュアルを作るのはいかがなものかということにもなり、作られずに終わってしまったのです」

「マニュアルはないのか？」

「ありません」

「なんてこった――とんだ貧乏クジだ」

当時の騒ぎを見て知っている監理部長と運用課長が、スクリーンに映される情況はそっちのけで小声で言い合う。総隊司令部監理部長も運用課長も出世コースのポストで、通常一年も勤務すれば市ヶ谷の幕僚監部へ異動出来る。トップ・ダイアスに座る上級幹部たちは、月単位でくるくる異動しているのだ。二人とも『まさか自分たちがそのような事態に当ろうなどとは』という顔だ。

だが自らがパイロット出身で、中央指揮所にもよく降りて来る総隊司令の江守は違っていた。江守は腕組みをしたまま「先任指令官」と葵を呼んだ。

「葵先任。あれが三年前の沖縄事件と同じスホーイであると確信するのか？」

「司令、まだ確証はありません。しかし国籍マークはおろか何の識別記号もつけていない灰色の機体、出現のパターン、どれもが三年前の領空侵犯事件のスホーイ24と酷似しております」

「ううむ――」

スクリーンを見上げる江守。

「国籍不明機、領空境界線へ一六マイル。進路変えず。領空侵入まで二分」

「ブロッケン1、音声警告を開始」

『ブロッケン1よりコントロール、アンノンは警告に反応なし。引き続き呼びかける』

小松基地

『進路一六〇で進行中のスホーイ24へ。貴機は日本領空へ接近している。ただちにコースを変え退去せよ。繰り返す。貴機は日本領空へ接近している』

天井スピーカーには、風谷が国籍不明機へ呼びかける声が響く。酸素マスクを通した風谷の声は、英語、ロシア語、中国語、朝鮮語で繰り返されるにつれ、次第に嗄れてこわばっていく。イーグルの酸素系統からマスクに供給されるエアは乾燥している上に、大変な緊張なのだろう。

要撃管制室の全員が、固唾《かたず》を呑んで聞き入る。画面のオレンジ色の三角は、コースを変えない。

管制卓に取りついた月刀が、「くそっ」と唸る。日比野がいらいらと見上げる。発進させた要撃編隊は中央指揮所のコントロールに入ってしまったから、今は見ているしかない。

風谷は警告を繰り返すが、国籍不明機は何の反応も示さない。

『繰り返す、ただちに退去せよっ、ごほっ』

美砂生はスクリーンを見上げ、思わず手に持ったハンカチを握り締めた。

「風谷君……」

隣で、壁にもたれた鏡黒羽がフッと皮肉そうに笑うのが聞こえた。

「な、何よ」

「別に」

黒羽は何も言わず、ぷいと横を向く。

飛行隊長の火浦が遅れて管制室に入って来て、月刀に「どうだ？」と訊く。

「やつは言うことを聞かない。火浦さん、間違いない、あれは三年前に沖縄へ来た——」

「無駄口をたたくな月刀」

日比野がさえぎる。

日本海上空

（こいつは——）

風谷はこれまで、接線を描いてかすめるように領空へ近づいたロシアの偵察型バジャーを何度か目撃したことがある。もちろん、スクランブルで上がった二番機の位置からだ。赤い星を尾翼につけた彼らは国籍不明機としては『老舗《しにせ》』であり、行動パターンにはある程度予測が効く。一説には、ロシア空軍では日本領空へ近づいても侵入することは禁止ているとも言う。対外的に公言している建前だとしても、日本の要撃機の目の前で無茶な行動に出るロシア機を風谷は見たことがない。まるで型にはまった伝統芸能のように、バジャーたちは三回警告されるとおもむろに鈍重そうな機首をめぐらせ、公海上へ去って行ったものだ。だからといってこれからもそうとは限らない。日本側の要撃機が上がらなければ侵犯せずに帰ったかどうかも分からない。だが少なくとも、事を荒だてる気はないように見えた。

しかし、この目の前の可変翼の超音速偵察機——こいつはいったい、何のつもりだ……!?

「貴機は日本領空へ接近している。ただちにコースを変え退去せよ。繰り返す。貴機は日本領空へ接近しているっ、ただちに退去せよ！」聞いてるのかこの野郎っ、と風谷はスロットルレバーに置いていた左手の拳で自分の膝を叩きつけた。

こいつは本気で領空侵犯するつもりか——!?

風谷はヘッドアップ・ディスプレーの中に浮かぶ、灰色の機影を睨みつけた。国籍不明のスホーイ24は平然とまっすぐ飛び続ける。風谷がこれまで多く目にした赤い星のマークはない。旧ソ連製の機体でも多くの国に輸出されている機種だ。どこの国のものか分からない。機影の前方には、先ほど風谷が後にして来た本州中部の山々が黒い稜線となり、グレーの雲海の上に姿を現わす。

「畜生。もう領空へ入るぞ——」

総隊司令部

「司令」

葵は江守を振り仰ぎ、北陸の海岸線へじりじりと近づくオレンジ色の三角形を指さした。

「国籍不明機《アンノン》は警告に反応しません。やはり三年前の沖縄事件の機体である公算が高い。このまま進行し領空侵犯した場合は、強制着陸させましょう」

む、とこちらを見返した江守を睨み返し、葵は進言した。江守の右横では、監理部長がピクッと頬をひきつらせ『とんでもない』という顔をしたが、何か言われる前にと葵は早口で続けた。

「アンノンはまた、平然と本土上空を飛んで見せるつもりかも知れません。このまま嘗められ続けるのは、航空自衛隊の沽券《こけん》にかかわります。日本の安全保障にとっても重大な瑕《か》疵《し》となります」

「うむ――」

監理部長と運用課長、その配下の幕僚たちがサッと横目で江守の顔をうかがった。不安げに何か期待するような視線もある。総隊司令官の江守が「そんなことはやめよう」と言ってくれるのを待っている顔だ。しかし腕組みした江守は、数瞬考えた後、葵にうなずいた。

「よし。侵犯した場合は強制着陸させよう。先任指令官、要撃機に指示を出せ。緊急着陸飛行場は小松または美保を予定する。各方面に連絡、ただちに地上準備態勢を手配せよ」

うえっ、と一様にのけぞるような驚きがトップ・ダイアスに走り、同時に管制卓の要撃管制官たちが顔を見合わせ『やったぜ』『やるぞ』という表情でうなずき合い、関係各方面への緊急電話が取り上げられようとしたその瞬間、

「ちょっと待てちょっと待てっ！」

トップ・ダイアス中央から、雑上掛参事官がこれ以上ないという渋面で怒鳴り上げた。

「いかんいかんいかんっ！　何を口走っておるのかっ、お前たちはたった今、法と規定にのっとり忍耐強く対処するとわしに誓ったばかりだろうが！」

「お言葉ですが参事官――」

「ええい黙れ、先任指令官！　二佐ふぜいでわしに口答えするでない。わしの言葉はここにいる航空幕僚長の言葉、わしの命令は幕僚長の命令である」

雑上掛の横で、白久些幕僚長がムーミンのような下ぶくれの顔をハンカチで拭きながら
「あ、うん、うん」と小さくうなずいた。

「参事官。総隊司令として申しあげます。領空を侵犯した他国軍用機を要撃機が強制着陸させるのは、国際法にも現行自衛隊法にもかなう、合法的かつ正当な実力行使であります」

「だめだだめだだめだ江守っ！　たとえ領空侵犯しても、実力で強制着陸など絶対にだめだっ！　君は何を考えておる、二か月後には参院選だぞ。マスコミに叩かれるような真似は一切するなっ」ゲホゲホゲホと怒鳴り過ぎてむせこんだ雑上掛が懐から煙草を取り出す

と、後ろから目の鋭い若い補佐官がさっとライターを出し、ポーカーフェイスを保ったまま「大臣にご報告しますか？」と訊いた。

「ゲホゲホ、あぁ夏威、そうしろ」

雑上掛はむせながら、しかし小声で、

「ただし夏威、お前が話せ。わしはあの若造にへりくだるのは御免だ。どうせすぐにやめるんだしな」

「かしこまりました」

市ヶ谷・防衛省

防衛省本省舎二十四階奥の大臣執務室では、日本国旗と大臣旗が両脇に立てられたデスクの後ろの窓に、ネオンの灯が瞬き出していた。

「ああ？　何だと」

秘書から受け取った受話器を耳に当てた防衛大臣・長縄《ながなわ》敏広は、先月スタートした鰻谷第二次改造内閣で初入閣した若手の二世議員だった。長縄家は、北関東の馬群《まぐん》県を地盤とし、先々代から国政の場に出て来ていたが、入閣は初めてのことであり、地元を挙げて勝利気分に沸いているところだった。

「何か起きたのか。領空侵犯の恐れ？　いやー参ったな、私は防衛のことはよく分からんのだよ」

長縄は、これから重工メーカー主催の〈就任祝い〉で、赤坂の宴席へ出かけるところだった。片手で新品のネクタイを結びながら電話につぶやくと、傍らに立っていた二人の秘書のうち、白髪の年配の男の方が「若、そのようなことをおっしゃるではありません」と小声で素早く諭した。「若は一応、防衛族として知られる御身であり――」

四十一歳の長縄は「うるさいな」と顔をしかめ、送話口を手でふさぐと、

「おい小山崎、これから俺のことは『大臣』と呼べと言ったはずだぞ！」

電話を持ったまま長縄は、何故か初老の秘書の横に立っているもう一人の若い秘書を「言葉に気をつけろバカヤロー」と怒鳴って蹴飛ばした。ダークスーツを着た二十代の若い秘書は「も、申し訳ありません」とひれ伏して土下座した。長縄は、せっかく馬群県の中心都市を拠点にする重工メーカーの会長が「そろそろ先生も銀座だけではなく、芸者遊びもお覚えになりませんと、長老の先生方に笑われますよ」と赤坂の料亭を借りきって席を設けてくれたのに、総隊司令部からの緊急通報で行けなくなりそうなのでイライラを隠さず、若い私設秘書を「俺は自慢じゃねえが兵器の値段には詳しくても白衛隊法なんか一度も読んだことねぇんだバカヤロー、北武新重工の宴席に行けねえじゃねぇかバカヤロー！」と続けて蹴りつけた。地元後援会から預かった若い秘書は「大臣申し訳ありません、

申し訳ありません」と上着の背中に足跡をつけられながらもひれ伏して謝り続けた。長縄は、地元では小さい頃から代議士の家の三代目として『若さま』『坊ちゃま』と育てられたので、〈他人に対する我慢〉というものが一切なかった。ただし先代から家に仕え、選挙もすべて取り仕切る〈長縄家の大番頭〉と呼ばれる小山崎秘書にだけは、頭が上がらないのだった。

「若――いえ大臣、とにかく国籍不明機が領空侵犯などした時に、大臣が赤坂で芸者を揚げていたなどともしマスコミにかぎつけられますと――」

「うるせぇな分かってるんだよ小山崎！　仕方ねえ北武の宴席はキャンセルしろバカヤロー」

「御意」

「さんざん苦労に苦労を重ねて金を工面して、やっとのことで勝ち獲った閣僚ポストだぞバカヤロー、問題なんか起こして就任一か月で手放してたまるかバカヤロー」

長縄はさらにひれ伏す若い秘書を一発、二発蹴ると、ハッ、ハッと呼吸を整えてから手で覆っていた受話器を顔に当てた。

「夏威補佐官と言ったな。とにかく一切問題は起こすな。憲法と専守防衛の精神にのっとり、慎重かつ忍耐強く情況に対処するよう総隊司令官に伝えてくれたまえ」

総隊司令部

補佐官の夏威が市ヶ谷の大臣執務室へ電話で報告している最中にも、中央指揮所では進行する情況に対し激論が交わされていた。

葵は、『総理の命を受け防衛大臣を補佐する』という、事務次官にも迫る地位の雛上掛にこれ以上逆らったら、奥尻島のレーダーサイトに飛ばされてしまうかも知れないとは危《き》惧《ぐ》したが、先任指令官としての責任感から言わずにはおれなかった。

「参事官。もしこのままあれの侵入を許せば、今度は本土上空の強行偵察を――いえ、強行偵察で済めばよいのですが……。あの国の核兵器開発は、すでに極秘裏にかなり進んでいるとも伝え聞きます」

「先任指令官、不穏当な発言はよせっ！」

雛上掛が何か言う前に監理部長が叱りつけた。

「どこが不穏当な発言なのです、監理部長。私は最悪の可能性を――」

「勝手に国籍不明機の素姓を決めつけるな！　君のような徒輩《やから》のそういう不用意な発言によって北朝鮮から抗議を受け外交問題に発展した場合、政府がどれだけ迷惑するか知らんではないだろう。君の仕事は国際情勢を推察することではない、言われた通りに黙ってここの指揮をとればよい」

一佐の階級章をつけた監理部長は、法務・総務・マスコミ対策を始め総隊司令部の事務方をまとめる、企業では総務部長に相当する役職だったが、自分が雑上掛の側に立っているのを表明するかのように、「参事官の平和を愛するお心が分からぬのかっ」と大声で葵をなじった。

葵がムッとして言い返そうとした時、

「国籍不明機、領空境界線を通過っ！」

担当管制官の声が、中央指揮所にこだました。

小松基地

「くそっ、入れちまったぞ！」

スクリーンを見上げて月刀が管制卓を叩いた。

「俺なら、ぶつけてでも追い出してやるのに！」

唸りながら月刀はまたマイクをひっつかむ。

「風谷っ、真後ろからロックオンして脅かせ！」

「月刀、作戦中に口を出すなと言ったはずだっ」

「あいつは俺の生徒ですよ日比野防衛部長！　指導を担当する飛行班長として、放ってはおけない」

「だからと言って二か所から指示を出したら混乱する。マイクを返せ、こら」

日比野と月刀は管制卓の前で揉み合った。

「返せこら！」

「悔しくないんですかっ！」

「何だとっ？」

「あんたは三年前、沖縄でやつに嘗められた時のことが悔しくないんですかっ？　やつはあんたの下手くそな操縦をあざ笑って――」

「う、うるさい黙れっ」

日比野は背伸びするように月刀のフライトスーツの胸倉をつかんだ。

「言いたいことを好きに言いやがってこの野郎っ。これだから、航空学生は馬鹿なんだっ」

「馬鹿とは何だ、馬鹿とはっ」

「お前は馬鹿だ月刀！　自衛隊の幹部なら、我慢しろ。頭に来ても、我慢しろ！　いいか教えてやる。自衛隊幹部のいちばん大事な仕事は、おちょくられてもあざ笑われても、我慢することだっ」

日本海上空

「コースを変えろ。コースを変えろ！　畜生聞いてるのかっ」

ヘッドアップ・ディスプレーの中のシルエットは、直進しながら姿勢を微動だに変えない。槍ヶ岳や黒部ダムを擁する日本アルプスの山並みが進路前方に迫って来る。風谷は、割り込んできた月刀の声で『ロックオンして威嚇《いかく》する方法があるんだ』と思い出し、スロットルに置いた左手の中指で目標指示コントロールスイッチを動かして、レーダー画面上で一マイル前方のスホーイを挟み込もうとした。

（くそっ、指が滑る……！）

簡単な操作が一度でうまく行かず、二度目でやっとロックオンした。兵装選択を機関砲モード。ヘッドアップ・ディスプレーにＡＳＥサークルとガン・クロスが同時にパッと現われる。ついでにレーダーをスーパーサーチモードに変え、ビームを前方へ出しっ放しにする。これでスホーイのコクピットでは『後方から狙われている』とロックオンの警報が鳴り響くはずだ。

「どうだ、この野郎……」

だが、正体不明の可変翼機は向きを変えない。

『先輩っ。やつは俺たちが撃てないと知っていて、嘗めているんですよ！』

二番機の川西が、行動基準を破ってたまりかねたように口を出して来た。

「く、くそぉっ」

もう海岸線に到達してしまうぞ。

「コントロール。アンノンは音声警告に従わず、間もなく海岸線を通過する。指示を乞う」

『ブロッケン1、少し待て』

「アンノンの翼下のポッドが増槽なのか爆弾なのか判別出来ない。指示を乞う」

『少し待て』

少し待て……？　こんな時に総隊司令部は何をやっているんだ。強制着陸の手順に移るなら、侵入機の真横に並んで合図しなくてはならない。ただでさえ言うことを聞かないのに、早くしないとこいつはどこまでも侵入して東京まで行ってしまうぞ──

風谷は肩で呼吸していた。こんなに緊張したのは初めてだった。すでに両肩は痛いほどにこわばり、喉は嗄れてカラカラに痛み、操縦桿とスロットルを持つ両手はいつ震え出すか分からなかった。風谷はふと、『何もかも放り出して地上へ還りたい』と思った。そう思っている自分に気づき、あわててヘルメットの中で頭を振った。汗がバイザーの中で飛び散り、目に入り、しみた。

(——くそっ、逃げちゃ駄目だ。逃げちゃ駄目だ！　俺は、スクランブルの編隊長なんだ……！)

風谷は深く呼吸をくり返し、中央指揮所に呼びかけた。

「コントロール、このままでは領土上空に入られる。警告射撃の許可を乞う！」

総隊司令部

『警告射撃の許可を乞う！』

スピーカーからの声に、江守がうなずいた。

「よし。ブロッケン１に警告射撃を許可せよ」

「だめだだめだだめだっ！」

すぐに雉上掛が打ち消した。

「今の命令は無しだ。要撃機に撃たせるなっ！」

「参事官、しかし」

「だめだだめだ、威嚇射撃なんてとんでもない！　『自衛隊機が発砲した』と新聞に書かれるんだぞ。ＴＶが騒ぐぞ。どれほどの政治的混乱を招くか分かっておるのかっ。目立つことは一切するな！」

政治的混乱じゃなくて自由資本党の支持率低下だろう、と葵はトップ・ダイアスを横目で睨んだ。

「参事官。先ほど先任指令官が指摘したように、あのスホーイが核を抱いているテロ機である可能性も否定は出来ません。ブロッケン1のパイロットは、主翼の下のポッドが増槽なのか爆弾なのか、暗くて判別出来ないと報告している。いや、翼下に吊り下げなくても、技術の低い原爆なら胴体内に仕掛けてある可能性も否定は出来ません。このままあれを領土上空へ入れれば、国の安全が――」

「うるさいうるさいっ！」

雑上掛はしわがれた顔を激しく振った。

「核だと、馬鹿者！　そのような文句を仮にも自衛隊幹部が口にしてはならん。我が国が核テロに見舞われる可能性を自衛隊幹部が想定しているなどとマスコミにかぎつけられたら、人心を不用意に混乱させるだけだ。マスコミが騒いだら防衛省の責任は、政権の責任はどうなるのだ。核などという言葉は、おくびにも出してはならん。頭の中で考えてもいかん。領空侵犯機による核テロなど、決してあってはならん。あの侵入機が核など抱いているはずはないのだ。そのような事態は、あってはならん！」

あってはならんって――もしあったらどうするんだ馬鹿野郎、という葵の思いを代弁してか、江守司令は辛抱強く反論する。

「恐れながら参事官。この中央指揮所の指揮権は、総隊司令官である私にあります。撃墜を目的としない警告射撃を行わせることは、自衛隊法にも抵触せず、私の職務権限であります」

「だめだ江守司令。わしの命令は、君の上官である航空幕僚長の命令である。そうだなっ?」

雑上掛は横の白久些をギロッと睨んだ。内局とうまくやることで江守を出世で抜いた白久些航空幕僚長は、逆らわなかった。

「は、はい参事官。その通りであります」

「江守司令、参事官は平和を愛する専守防衛のお心から助言なさっておられます。ここは要撃機に軽はずみな行動はさせず、何とか穏便に――」

監理部長まで汗を拭きながら口を出した。

うう、と江守は唇を噛む。

『こちらブロッケン1。アンノンは針路を変えず。間もなく海岸線通過。警告射撃の許可を乞う!』

葵はその様子にたまりかね、奥尻島に飛ばされるのも覚悟して、再び立ち上がった。

「皆さん、これをご覧下さい!」

トップ・ダイアスのお偉方が何か言う前に、葵は手もとの指令席のキーボードを素早く操作した。

「これは、国籍不明機が針路を変えない場合予想されるコースです。飛行ベクトルを出します！」

　すると、日本海に拡大されていた情況表示スクリーンがぐっと後退して中部全域が東京湾までフレームに入り、オレンジ色の三角形の予想コースが点線で伸び始めた。斜め右下へ。どんどん伸びて行く。

　それを見て、中央指揮所の全員が息を呑んだ。

「何だ」

「何だと」

「国籍不明機は、このままですと北陸沿岸から日本アルプスを越え、このように進行します」

「まさか」

「東京？」

　思わず壇上の江守と視線が合う。

「東京へ――直行だとっ？」

東京・赤坂

「玄関前の総務部員が何か話してます――宴席がキャンセルになった……キャンセル、そうだ。大臣は来ない」

集音マイクのレシーバーを頭につけ、暗幕の隙間から料亭の門前をうかがっていた報道部員が眉をひそめ、三〇メートル向こうの会話を聞き取った。

「どうした?」

八巻貴司は、聞き耳を立てる報道部員の横で自分も集音マイクのモニター用ヘッドセットをつけた。八巻の取材チームは、今ある重工メーカーに関わる汚職疑惑を追っている。今夜は大八洲TVのロゴが入った中継車は使わず、スタッフがどこかから調達してきた白いワンボックス車に取材用機材を積み込み、一時間前からこの赤坂の路地の奥に目立たぬよう駐まっている。窓に暗幕をかけて監視しているのは、一軒の古い料亭だ。

八巻は、大八洲TV報道局のディレクターだ。三十歳。独身なのは、女の子をとっかえひっかえして遊んでいるからだろうと周囲からは見られている。実際、クールぶった二枚目の八巻は一部の同性にはひどく嫌われるが、本人はそれほど不真面目ではない。報道ディレクターという仕事は、突然入った情報により取材対象に急いで張り付かなければならないことが多く、デートの約束をしたところで守れる確率など三割もありはしない。だがすっぽかされた女の子は、勝手に浮気されたと勘違いする。

「言うほどもてねえんだよ、俺は……」

「は？　何かおっしゃいましたか」

「口癖だよ。おい、あそこに立ってる北武の総務の若いやつ、今『大臣は急用だ』とか言ったな？」

「はい、確かに――」

大八洲ＴＶ報道局が収集した情報では、新進大手重工メーカー〈北武新重工〉の魚水屋《うおみずや》会長が、新しく就任した長縄防衛大臣を今夜ここで接待するという。

魚水屋会長の率いる北武新重工も、先月新入閣したばかりの長縄大臣も、ともに馬群県を地盤にして勢力を拡大してきた間柄だ。だが三代前から代議士をやっている長縄家はともかくとして、特に目を惹くのは三十年前まで片田舎のモーター屋に過ぎなかった北武新重工が、今や大手重工メーカーに成長して三菱や川崎と並ぶ一大防衛産業となっている事実だ。これは、兵器のライセンス生産を先行大手よりも安い値段で請けまくったという商売のうまさもあるが、上方商人の血を引く魚水屋が、なりふり構わず政治家に金をばらまき続けた成果ではないかと業界では見られている。日本の自衛隊に兵器を納入する防衛産業界は、ここ半世紀極めて安定した構造を保って来た。いくら『安くします』と言ったところで、古参の占拠するマーケットに新参メーカーが食い込むのは至難なのである。それを、短期間で欠損補充専門とはいうもののF15戦闘機のライセンス生産まで任されるようになり、同時に民間用新型旅客機の開発では主契約者として受注するなど、不自然なほどに目覚ましい成長ぶりだ。誰の目にもこれは、政治を利用しなければ不可能だった。

「北武の工場で造ったイーグルに、美砂生のやつを乗せられるかよ……」

「は？　何かおっしゃいましたか」

「独り言だよ。畜生、魚水屋の尻尾を今夜こそつかんでやろうと思ったのにな――」

料亭の門前に、出迎えのために立っていた若い総務部員二人が引き揚げるのを確かめ、八巻は電話を取った。

「――報道局か？　俺だ。今、赤坂の現場から掛けている。防衛大臣が『急用』で宴席をキャンセルしたようだ。何か起きていないか？」

霞が関・財務省

〈霞が関の不夜城〉と呼ばれる財務省の石造りの古い省舎でも、証券局のフロアは一部の者たちから〈九龍城〉と呼び習わされている。二十四時間態勢で職員が常駐し、世界のマーケットの情勢を追い続けている証券局では、日本と世界各地の突発的な災害・戦争・経汲事件などにより、いつ金にまつわる大騒動が飛びこんでくるか分からないからだ。

四条真砂のデスクで電話が点滅した。電話のベルを生かしておくと、あまりにも多くの着信でうるさくて仕方がないから、このオフィスの電話はすべて赤い着信ランプの点滅のみにセットされている。

「はい、あたし」

真っ赤なマニキュアの指で、真砂は受話器を取り上げる。女言葉を意識して口から排除している女性キャリアが多い財務省で、四条真砂は平然と女として振る舞う。今日もエポカの真っ赤なミニスカートのスーツに身を包み、課長補佐のデスクで夕暮れの霞が関をバックに脚を組んでいた。財務省では、証券局の課長補佐に書類を届けなければならない時、廊下トンビと呼ばれる入りたての若い職員に『九龍城の女ボスに密書を届けて来い』というい方をする。わけが分からずにキョトンとすると、『証券局のフロアでいちばん目立つ、宝塚の男役みたいな課長補佐だ』と教える。

「ああ、八巻君？　久しぶりね。どうしたの。ようやくあたしを口説く気にでもなった？」

三月の企業決算期を控えた東京、名古屋、京都、大阪の各証券市場が午後三時でクローズし、香港と上海が四時でクローズし、ひとまず無事に『アジアの一日』が終わった直後だ。証券局のフロアは、この先ロンドン市場がオープンする日本時間の夜七時まで、一息ついた雰囲気になる。政府主導による平均株価安定策、すなわちプ《P》ライス・キーピ《K》ング・オ《O》ペレーションの真っ最中ではあったが、真砂はロンドンが開く前に小一時間、息ぬきに呑みに出ようかと部下の課員たちに話していたところだ。国内企業の三月期決算が株の益出しに頼らざるをえない昨今、ＰＫＯの指揮に当たる証券局の緊張は重い。

『とんでもない。畏れ多くてあと百年は手が出せませんよ』

電話の向こうで八巻は短く笑う。その声の背後が静かで、報道部の騒がしい空気が感じられないのはまたスクープ目当てで張り込みでもしている最中か、と真砂は思った。『ちょっと姉御のお耳に入れておいたほうがいいと思いましてね』と八巻は声をひそめる。

「どういう件？」

『防衛大臣と北武新重工会長との宴席が予定されていたのですが、たった今キャンセルされました。長縄大臣の「急用」だそうです。うちの報道局にも確認しましたが、緊急閣議でもないし、国内に自然災害も起きていない。近隣諸国にも安全保障に影響しそうな紛争は起きていません――ただし、一般のＴＶ局に分かる範囲でですが……』

「そう」

『数十分以内に、何か起きていることが判明するかも知れません。あるいは何事もなく、大臣が腹をこわしたとか、その程度のことかも知れませんが』

「ありがとう、八巻君―

　真砂は素っ気なくうなずいた。

「情報の見返りは、あたしの調査結果とバーターでいいかしら？」

『そんな。この次のパーティーで、一杯ご馳走して下さい』

「そう。いつもすまないわね」

　真砂は受話器を置くと、頬杖をついてフウッとため息をついた。ワインシャツの襟を緩めてモニターに向かっている十数名の課員たちの疲れた姿が視野に入る。この不況続きだ。三月期の決算を手持ち株で益出ししないと乗り切れない企業は、日本中にいったい何社あるだろうか……？　数千社──いや従業員三百人未満の企業を入れればおそらく数万社をくだらないだろう。ＢｉＣの使い捨てボールペンの頭で眉間を軽く叩くと、真砂は半分がたオフィスに残って業務を続けている課員たちに「ねぇ、みんな」と声を掛けた。

「ごめん。呑みに出られなくなっちゃったわ。ちょっと忙しくなるかも知れない──井出君」

　情報解析で頼りになる若い部下を呼ぶと、さっと立ち上がって直立不動の姿勢を取った。

「はっ、何でありましょうか課長補佐」

「自衛隊、警察、総務省、海上保安庁──それから念のため文科省原子力安全委員会と国交省航空局ね。何か変な動きがないか調べて」

「どこかで大地震か原発事故でも──？」

「まだ分からない。財務省の名前出さずにうまくやってね。うち《うち》の名前聞くと、どこの省庁もみーんな都合の悪いこと隠すんだから」

「お言葉ですが課長補佐、警察庁は、日常的に変な動きばっかりですが」

「警察は公安と、国際テロ対策室だけでいいわ。後はあなたのチームで手分けしてかかって」

「かしこまりました」

財務省の証券局がそんな情報調査までするのか、と普通の人が知れば驚くかも知れない。しかし平均株価を暴落させるような事態が万一起きれば、決算を乗り切れずに倒産する企業は千の単位だ。

真砂はそのほか若い課員何名かに表からの一応の調査を指示すると、コンピュータをマニキュアの指でたたいて個人的なネットワークにアクセスし、独自の情報集めにかかった。だてに異業種交流会などを主宰していたのではない。こういう時のために人脈は広範囲に広げてある。『皆さんこんばんは。何か変わったことはありませんか』シンプルだが効果的なメッセージが、真砂の指の操作で全国の二百数十か所へ向け、一斉に発信される。官庁、企業のオフィス、研究機関、個人の事務所、自宅で仕事をしている人たちもいる。

「何もないといいけど……下手をすると、二時間後にオープンするロンドン市場から影響が出るわ」

つぶやきながら、受話器を取りあげて今度は防衛省の内局に勤務する大学の後輩をコールした。

「ああ、団君？　あたし。最近ごぶさたね。ねぇ突然で悪いけどさ、そっちで何か変わったことが起きていないかしら——何って、変わったことよ、変わったこと。うん。え？　話せない？　そう、何が起きているか話せない——とても忙しいので答えられない。そう。どうもありがとう、それで十分よ」

電話を切り、唾を呑み込み、続いて国交省の知り合いにコール。

「轍原君？　あいかわらず遅くまでご苦労様。いえ、お誘いじゃないの。ねぇ突然で悪いけどさ、何かそっちで変わったことが起きてないかしら。そう。じゃ、何かあったらコールをくれない？」

話していると、早くも目の前の画面に赤いリボンの熊が現われ、トコトコ歩いて返信を二通、ポストに入れた。電話を戻しながらクリックすると、二通とも地方都市からのメッセージだ。

『こんばんは真砂さん。変わったことと言っても時々あることとですが、先程うちの近所の航空自衛隊小松基地からスクランブルが上がって行きました。とてもうるさいです。ところで今度の学会の会合が、来月東京であるのですが……』

『おはようございます姉御。たった今、近所の百里基地からスクランブルが上がって目が覚めました。いつものことですが、うるさくてしょうがないです。ところで今度の作品の撮影ですが、来月……』

スクランブル――？　真砂は紅い唇にボールペンをくわえた。自衛隊が卵焼きを作っているのか？　なぁんて冗談で済ませられたらどんなにいいだろう。空自の緊急発進か――いつだったか日本海で起きた不審船事件を真砂は思い出す。朝鮮半島からと思われるスパイ漁船を、海上自衛隊と海上保安庁が警告射撃をくり返しながら追跡し、結局逃げ切られた事件。あの時は、アジア方面の海運株に貿易株、水産株、食品株を始め、こんなところまで影響するのかというような分野まで日本株が一斉に値を下げ、ドルが上がり、その反動で輸入関連株がまた値を下げた。騒ぎの影響は幸い数日で鎮静化したのだが――

「井出君」

真砂はさらにキーボードを叩きながら、大きな声で部下を呼んだ。

「確かあなたの友達に、航空無線をモニターする趣味の人たちのフォーラムがあったわよねぇ？」

総隊司令部

「百里よりバキシム1および2、上がりました。いったん太平洋上へ出て上昇、会敵高度四〇〇〇〇へ二分で到達します」

スクリーンの茨城県の上に、新しい緑の三角形が二つ現われた。百里からも要撃機を上げた。これで侵入機をはさみ撃ちにする態勢が取れる……。

葵は情況表示スクリーンを睨みながら、顎に手を当てた。

（だが、戦闘機をいくら上げたところで、俺たちに何が出来るんだ？　侵入機が明らかな攻撃態勢でも取らない限り、発砲も禁じられている俺たちに）

三分前。侵入したスホーイが東京へ直進しているという事実がスクリーン上で明らかにされた直後、江守司令から「侵入機を強制着陸させよ」との命令が正式に出された。さすがにもう強制着陸の決定に反対する者はなかったが、雑上掛参事官が「本土上空での警告射撃は一切まかりならん、もし流れ弾が民家におちたらどうする！」と発言したため、威嚇射撃は出来ないことになってしまった。確かに、流れ弾が市街地に着弾して住民に被害が出れば、マスコミが大騒ぎして責任を追及し、トップ・ダイアスに居並ぶ幕僚たちの出世街道は今夜でお終いだろう。江守だけが不服を表明しただけで、参事官の言葉に逆らう幕僚は一人もなかった。ただちに、スホーイをチェイスする小松のF15に命令は伝えられた。

しかし、威嚇射撃も無しでやつを強制着陸させられるのか――？　一切の警告に耳を貸さず、一言も応答しない不法侵入機がおとなしく指示に従って、こちらの基地に着陸するとは思えない……。

『こちらブロッケン1、アンノンは命令に従わず。引き続き命令を続ける。警告射撃の許可を乞う』

要撃機の若い編隊長の声は、酸素マスクのマイクを通して嗄れ切り、苦悶の表情が見えるようだ。

「警告射撃は許可出来ない、ブロッケン1。繰り返す、正当防衛・緊急避難以外の発砲は、一切許可出来ない。発砲せずに強制着陸させせよ」

上空に命令を伝える若い管制官も、額から汗をしたたらせ苦しそうだ。発砲不許可を伝えると、悔しそうに指令席の葵を振り向いた。葵は後輩のその視線に、思わず目をつぶり唇を噛んだ。

（くそぉっ、こうなれば打てる手は二つだ……）

侵入機が東京へまっすぐ向かう進路を取っていることを『急迫した直接的脅威』とみなして撃墜するか、あるいはこのまま何もしないか。どちらが最善手で、どちらが悪手だ――？　もしもやつが日本の壊滅を狙うテロ機だとして、こちらが撃墜行動を取った場合、初弾で撃ち漏らせば低空へ降下し逃げ回るだろう。市街地上空へ入られたらアウトだ。手が出せない。一撃で撃墜できたとしても、民家のあるところへおちたらどうなる――？　核物質を携行していて、それが飛び散ったら――？　いや、可能性は核ばかりではない。

葵の思考は駆けめぐる。

だがもしもやつが、日本の上空を横切るだけが目的だとしたら？　何もしないでこのまま飛ばしても東京上空を通過して、太平洋上へ飛び去るのではないか。それならば何も手を出さないほうが、少なくとも人命に被害は出ない。自衛隊の面子は丸つぶれになるかも知れないが……いや待て。このまま東京へ近づけて、やつが沖縄の時のように何もしないで飛び去る保証なんてあるのか――!?　そんなものはどこにもないぞ――

小松基地

その頃、小松基地の第六航空団司令部は『国籍不明機の強制着陸に備えよ』という中央からの突然の指令に、パニック状態となっていた。要撃ミッションの実施要領では、国籍不明機を基地へ強制着陸させた場合、小銃で武装した隊員を誘導路の両側に隙間なくずらりと配置し、着陸した機体を誘導・監視すると定められている。しかし、ちょうど夕刻で日勤の隊員がすべて帰宅した直後だった。夜勤配置の二百名足らずではどうしようもない。

「ええい、何をしている！　早く全隊員を招集せんかっ」

司令部オフィスに降りて来た楽縁台がいきりたっても、隊員を呼び集めるための外線電話は、小松基地全体でわずか十回線しか引かれていなかった。

「団司令、基地内の隊舎にいる若い隊員はすぐ集まりますが、三百名だけです。残りは現在、連絡網を使って官舎・自宅などを呼び出し中ですが、二千名を呼び集めるには最低でも二時間必要です」

「二時間？　馬鹿者っ、国籍不明機は二十分、いや下手をすると十分で降りて来るのだぞ！　みんな携帯電話を持っているんだろう、司令部の回線だけでなく、個人の携帯も使用せよ」

「団司令、個人の携帯電話の基地への持ち込みおよび使用は、規則で禁じられております」

「そんなこと言っておっても、みんな鞄に入れて持ってきているのだろう？　怒らないから使え」

だが、機密保持のため携帯は持ち込み禁止だと規則で定めたのは楽縁台だった。鞄から携帯を出したりすれば、団司令の定めた規則を日常的に破っていたことがばれてしまう。「怒らない」と言ったって、ただでさえ日頃から部下にカマをかけ、本音を言わせては後でバッサリ処分する楽縁台である。そんな言葉を信用して、自分の携帯を取り出す者は事務の曹士にいたるまで、司令部には一人もいなかった。

「団司令、大変です」

そこへ装備部長が駆け込んで来た。

「今、武器庫を開けて小銃を準備させているのですが、肝心の小銃弾薬庫の鍵を管理している担当幹部が帰宅してしまい、家に連絡してもまだ帰っておりません。きっとどこかで呑んでいるのです」

「何だとっ？　弾薬庫の夜間担当幹部は誰だ？」

「小銃弾薬庫の夜間担当幹部は、おりません。夜勤手当て節減施策で、昨年から配置しておりません。昼間の担当幹部がキーボックスをロックして帰宅してしまうと、本人でなければ開けられません」

その〈夜勤手当て節減施策〉を考えついたのは、楽縁台であった。航空基地なのだから、ミサイルや機関砲弾ならともかく、普通の鉄砲なんか使うわけがないと小銃用弾薬の二十四時間管理体制をやめにしてしまったのだ。夕方五時を過ぎたら、最小限の人員以外みんな帰宅させてしまうようにしたのも楽縁台である。行革の折、無駄な経費が浮いた、明日の空白を担うリーダーはこうでなくてはいかんと昨日まで白画自賛していたのも楽縁台である。

「どういたしましょう団司令。とりあえず集まった若い隊員に、弾倉なしの64式を持たせて誘導路の脇に並べましょうか？　どのみち弾があったところで、〈演習手当て節減施策〉で実弾射撃訓練などこの一年間誰もやっていませんから、撃ったって当たるわけありません」

「ば、馬鹿なことを言うなっ」

「団司令。ここは、総隊司令部中央指揮所に当基地が国籍不明機受け入れ不能であると正直に申告し、隣の美保基地へ行ってもらうようにしたらどうでしょうか。現在の態勢ではとても――」

監理部長が進言した。

「ふ、ふざけるなっ、そんなことは、口が裂けても言えるものかっ!」

仏像のような長い耳を両脇に張りつけた楽縁台の大きな顔が赤くなり、次いで蒼《あお》くなった。

中部山岳地帯上空

「貴機は日本領空を侵犯したっ。これより強制着陸を命ずる、我に従え!」

風谷は正体不明のスホーイの右横に並ぶと、主翼を振りながら必死に『我に従え』と命令し続けた。しかしコクピットの風防を黒い遮光フィルムで覆った電子戦偵察機は、機首を南東へ向けたままピクリとも針路を変えようとしない。速度も高度も変えず、まるで声を嗄らす風谷を馬鹿にでもするような、悠然とした飛び方だ。

「畜生っ」

風谷は眼下に黒々と流れる山々の頂を見ながら、このままではどこまでも日本領内へ入って行ってしまうぞと唇を噛んだ。

「これは明らかに侵略行為じゃないのか。どうしてこいつを、撃っちゃいけないんだっ！」

総隊司令部

「司令。我が国の安全を最優先とするならば、ここはアンノンが東京へ直線に向かっている事実を〈急迫した直接的脅威〉と判断し、まだ山岳地帯にいるうちに撃墜すべきと考えます。法的な問題はクリアできるはずです」

葵は振り向いて立ち上がり、江守に進言した。

だが、

「黙れ先任。二佐風情が、国の命運を左右するような言を叶くのではないっ」

腕組みする江守が何か言う前に、その横から監理部長が葵を怒鳴りつけた。

「しかし監理部長。このままアンノンを東京へ進ませて、よいのですかっ」

「我々自衛隊は、あくまでシビリアン・コントロールのもと専守防衛に徹し、軽はずみな行動を取ってはならないのだ」

「軽はずみなって――あいつが核を抱いていたらどうするのです？　よろしいですか。北朝鮮が南に侵攻する場合、まず日本を核で先制攻撃し、在日米軍と自衛隊を行動不能にする。これは今や有事シミュレーションの定石です。先制核攻撃は、何もテポドンミサイルだけではない。発射が事前に探知され、命中率も低い弾道ミサイルよりも、あのように特攻機で不意打ちを食らわすほうがよっぽど確実かも知れません！」

「馬鹿なことを言うな葵二佐。今日現在、北朝鮮が南侵を開始する態勢に入ったという情報はない。君はさっきからあれを北だ北だと決めつけてかかるが、そう断定する証拠もないのだぞ」

防衛部長が口をはさんだ。

「私もこれを第二次朝鮮戦争の前ぶれとは思いたくありません、防衛部長。しかし、あれが我が国を混乱させようとする目的で侵入して来たことは、疑いようのない事実であります」

「航法計器や電子装備の故障かも知れん。自動操縦が外れず、無線も使えないとしたらどうだ」

「それならば、国籍マークや一切の識別表示を消している意味が分かりません。核の危険性を言うのが私の反応過敏だとするならば、では、やつの増槽の中身が神経ガスである可能性は？　また旧ソ連から崩壊のどさくさに持ち出された天然痘ウイルスが朝鮮半島のあの国に渡り、培養されているという情報もあるのです。やつが何かまき散らした時の被害は――いや、実際に何も飛び散らなくともこの事実が漏れ風評が広がっただけで、国内はパニックに陥ります。放射能、あるいは細菌の噂で株価は暴落し円は急落し、日本の安全保障に対する国際的信用はがたおちになります。信用がおちれば海外での取り引きは不利にされます。たとえばジャパン・プレミアムを数パーセント上げられただけで、倒れる銀行が国内に十数行もある。波及する影響は計り知れません。その時の被害と、責任は……」

「もういい先任指令官。君は自衛隊をやめて軍事評論家に弟子入りでもしたらどうかね」

監理部長が遮った。

その時、

「いや。葵二佐の言うことは、私も考えていた」

腕組みして黙っていた江守が口を開いた。その肝の据わった低音に、トップ・ダイアスの幕僚たちがざわっと反応するように注目する。

「雑上掛参事官。アンノンは五〇〇ノットで東京へ直進中です。日本の安全を考えるのならば、ここは我が自衛隊としては急迫した直接的脅威を排除するため、〈対領空侵犯措置〉の規定にのっとってあの国籍不明機を撃墜すべきと考えますが、いかがでしょうか」

江守は、自分の右横に座る不機嫌そうな初老のキャリア官僚に尋ねた。

しかし、

「そんなこと、なんでわしに訊くんだ？」

何故か雑上掛は、急に関心なさそうなしらけた顔になると、肘掛けで頬杖をついてあくびをした。

「いかがでしょうかってなぁ、そんなこと訊かれたって、わしゃ知らん」

「は？」

雑上掛は「ふぁわ」とため息をついた。

「意外だねぇ、君が部外者のわしにそんな伺いをたてるとは。ここの責任者は君だろう江守空将補。撃墜命令を出すなら君の責任において判断し、出したまえ。どうしましょうなんて訊かれたって、わしゃ知らんよ。ふわぁ」

「しかし、参事官」

「ああ暑い暑い。ここは空調が効かんな」

雑上掛は懐から扇子を取り出すと、さっきまでこの場を仕切っていたことなど嘘のように、あさってを向いてパタパタと扇ぎ始めた。

「君は何か勘違いしていないか江守君？　わしはただ、諸君ら制服がまじめに勤務にいそしんでおるかどうかを見学しにちょっと寄っただけだ。諸君らに、ああしろこうしろとか意見したり、何か命令したり、ここの指揮権を掌握しようと試みた事実などは、一切ない。

部外者がただ見学しているだけなんだからな、ここの最高責任者は総隊司令官である君だ。国籍不明機をあそこまで入れてしまった責任も、これから取るべき措置を決定する一切の責任も、すべては総隊司令官にある。そうだな幕僚長っ!?」

即身仏のような小柄でしわくちゃの雑上掛が横目でギロリと睨むと、白久些幕僚長は汗を拭きながら「は、はい。その通りであります」とうなずく。

「聞いたか江守。わしゃただ見学しとるだけだ。いちいちわしに伺いなどたてるな。君の判断で、君の失点を取り戻すべく、必要と思われる措置を取るならば取りたまえ。ああ暑い暑い」

「――分かりました」

江守は唇を嚙み締め、我慢強くうなずくと、先任指令席に立って見上げたままの葵に命じた。

「小松ブロッケン編隊に命令。武器の使用を許可。アンノンを撃墜せよ」

中部山岳地帯上空

『コントロールよりブロッケン1、アンノンを撃墜せよ。繰り返す。アンノンを撃墜せよ！』

その指示がヘルメットのイアフォンに聞こえた時、すでに風谷の緊張は限界近くに達していた。だが高ぶり切った神経のせいで逆に『実戦に入るのだ』という躊躇《ちゅうちょ》や恐怖を抱かずに済んだことは確かだ。

「よし川西っ、やるぞ！」

叫ぶと同時に、風谷は攻撃に移っていた。風谷の左手の神経は訓練通りに働いた。親指が主人の意志に反応しスロットルの脇についたスピードブレーキ・スイッチを後方へクリックすると、ほとんど同時にF15の背で抵抗板が立ち上がり、ガクンというつんのめるような衝撃とともに機体を急減速させた。風谷のイーグルは並走していたスホーイの後方へ瞬間的にバックし、今や『敵機』となった旧ソ連製電子戦偵察機の垂直尾翼が左眼の視野の端一杯になる。

「――くっ」

風谷は上半身が前へのめってショルダーハーネスが両肩に食い込むのをこらえ、スピードブレーキの反動で機首が跳ね上がりそうになるのを操縦桿で押さえながら、同時に兵装選択スイッチを機関砲モードに入れ直して操縦桿をわずかに左へ傾け、スホーイの後流の中へ入った。ガクガクと激しく揺れる中を、そのまま後方へ下がり続ける。先ほど強制着陸を命じるためにスホーイの真横まで出て並走したので、機関砲のロックオンは外れてしまっている。少なくとも一〇〇〇フィート後方まで下がって、もう一度火器管制《FCS》システムにロックオンさせ直さなければならない。ベテランの戦闘機乗りならばＦＣＳのロックオンなどやり直さず、至近距離から直接照準でぶっ放したかも知れない。こんなに相手のすぐ後尾にかじりついているのだ。しかし風谷には、訓練の手順通りにロックオンの操作を行わないと、その先の手順が出て来なかった。頭がカァッと熱くなり、とっさの応用が効くような状態ではなかった。

「川西、バックアップしろっ」

『了解。先輩の半マイル後方、五〇〇フィート上方につけています』

川西の声が自分より冷静だ。二番機は気楽なのだ。あいつにはまだこのプレッシャーは分かるまい。俺だって、今夜初めて体験したんだ——左手の親指がスピードブレーキを畳む。減速Ｇが抜ける。中指が目標指示コントロールをクリック。ロックオンした。双発のノズルがヘッドアップ・ディスプレーの中で四角いコンテナに囲まれる。レーダーはスーパー・サーチモード。真っ正面へビームを出し続けてスホーイのテイルを捉えている。正面前方、距離わずか一二〇〇フィート。よし、外しようがない。

「フォックス・スリー！」

風谷は右手の人差し指で、操縦桿のトリガーを引いた。トリガーは二段スイッチだ。一段目でガン・カメラが作動、さらに引き絞るとＦ15の左主翼取付部に内蔵されたバルカン砲の六本の砲身が油圧モーター駆動で猛烈に回転し、一発二五〇グラムもある20ミリ砲弾を毎秒百発の勢いで撃ち出すのだ。

しかし、風谷の指がトリガーの二段目のスイッチを引こうとした瞬間――突然目の前の空間がブワッと白色に輝いた。暗闇に突然小型の太陽が出現したかのようだった。風谷はあまりのまぶしさに一瞬何も見えなくなり、わけが分からなくなった。

「う、うわぁっ」

同時にスホーイがクルッとロールをうって急降下し目の前から消えたのに、風谷は気づかなかった。そのタイミングの絶妙さは、まるでスホーイがこちらの交信を聞いていたかのようであった。レーダーをスーパー・サーチモードにしていたのが災いし、鉛筆のように狭いビーム範囲からこぼれおちるように急降下して下方へ逃れたスホーイの機影をFCSは見失い、ロックオンが外れた。

『先輩、フレアだ！　やつがフレアを撒いたっ！　下方へ逃げましたっ』

後方で監視する川西の声がなければ、風谷は何が起きたのかも分からなかっただろう。機関砲を撃とうと後方へ迫った相手の眼前に欺瞞用熱源《フレア》をばらまいて逃げるなどという戦法は、航空自衛隊では訓練していない。F15にもフレアの装備はあるが、熱線追尾ミサイルに追われ回避機動を行う時にミサイルをそらすため使う物だと教わった。闇夜で発火するフレアがこんなにまぶしいのだとも、今初めて知らされた。

『やつは下です！　下へ逃げたっ』

「く、くそっ」

風谷が反射的に機を背面にし、顔を上げて地面方向を見た時には、すでに謎のスホーイは可変翼を開いて旋回半径を小さくし、一八〇度向きを変えて更に高度を下げ、山岳地帯の山々の間に分け入って行くところだった。風谷にはそれが見えなかった。

「どこだ、どこへ行った!?」

『ブロッケン1、アンノンは右旋回し進行方位三五五度、急降下中。ただちに捕捉せよ』

中央指揮所の声に、風谷は「くそっ」と歯がみしスロットルを絞ると、機を背面急降下に入れた。同時に操縦桿を引き、宙返りの後半のような要領で降下しながら機首の向きを一八〇度変える。スプリットSと呼ばれる機動だ。風谷は管制官の言う方角へ機首を向けつつ、さらに降下する。

『アンノンはさらに低空へ降下、山の陰に入った。地上レーダーから機影をロスト。そちらでコンタクトできるか』

「今やってる！」

だが目視では何も見えない。下は黒部峡谷だ。何の灯りも無い黒々とした山岳地帯へ背面で急降下して行くのは初めての体験で、背中がゾクッとするのを抑えられなかった。風谷は昼間に洋上の訓練空域でしか、このスプリットSをしたことがない。ヘッドアップ・ディスプレーの高度スケールが惜し気もなく減って行く。この辺りの山頂高度は一万フィートを超すはずだが、風谷は飛んだことがない。夜間の山岳地形追随飛行は、『危険過ぎる』として訓練でも行われていない。降下して行く先は真っ暗闇で、何も見えなかった。戦闘機のノズルはアフターバーナーを点火していなければ炎を出さないので、標識灯も点けていなければグレーの小さな機影は闇に完全に紛れてしまうのだ。風谷はレーダーを自動捜索モードに入れ直し、前下方の空間を探った。ＡＰＧ63レーダー火器管制システムの優れたルックダウン能力だけが頼りだ。目の前の真っ暗な闇のどこかにあのスホーイがいるはずなのだが、闇は墨汁のように濃く、空と山肌の区別もつかなかった。真っ黒い夜の海中に果てしなく潜って行くかのようだ。天地の感覚が次第になくなって行く。引き続き三〇度近い急角度で降下し続けているのに気づき、「あっ」と思って風谷は反射的に機首を引き起こした。同時に後方から川西が『先輩、高度、高度！』と叫ぶ。高度表示が一一〇〇〇で止まり、ほとんど一瞬おいて足の下に黒々とした山の頂がふっと現われ、すれすれに機の腹の下をかすめて行った。山岳特有の気流で機体がガクガクッと揺さぶられた。レーダーの操作に注意を取られ過ぎた。闇で上下水平の感覚がなくなり、機の姿勢が分からなくなっていた。

『風谷、それ以上高度を下げるな！　闇夜に山頂高度よりも下へ潜ったら危険だぞ』

イアフォンに月刀の声が割り込んできた。

「わ、分かってます」

しかし、やつを見失うわけには行かない。ヘルメットの中から冷や汗が頬を伝うのを感じながら、風谷はレーダー画面を注視した。くそっ、どこへ逃げた——いた！　三マイル前方だ。高度は四〇〇〇フィート下——いや、もっと下がって行く。速度は三五〇ノットにおちているが、山岳地帯の峡谷を闇夜に飛ぶには無謀と言えるほど速いスピードに見えた。レーダーが捉えた菱形のターゲットシンボルは、まるで谷底を縫うように左右にふらふらと蛇行する。この距離ならばぎりぎりサイドワインダーの射程内だろう。今日は翼下にＡＩＭ９Ｌサイドワインダー熱線追尾ミサイルを二発携行している。風谷は兵装選択を〈短距離ミサイル〉にセットし直し、左の中指でスロットルについた目標指示コントロールをクリックしようとする。だがその瞬間、レーダー画面から菱形のターゲットシンボルがふっと消えた。

（何だ）

急角度に曲がる峡谷の陰へ、スホーイが回り込んだのだ。複雑な地面反射の中から敵機の反応を拾い出すＦ15のＡＰＧ63パルス・ドップラーレーダーといえど、曲がりくねった峡谷を縫って逃げる目標を追えるようには出来ていないのだ。

「こいつは——こんな闇夜に峡谷飛行が……？」

尾根を一つ飛び越す。するとレーダー画面に再びターゲットシンボルが現れる。今度こそロックオンしようと操作するとふっと右へずれて消える。スホーイはまた峡谷を回り込んだのだ。くそっ、まるで忍者だ、と風谷は舌打ちする。どうしてこいつは、こんな飛び方ができるんだ――？　普段この付近をよく飛んでいる俺でさえ、怖くて降りて行けないというのに。こいつはまるで、谷底の地形を知りつくしているようじゃないか――！

総隊司令部

『またターゲットをロストした。川西、上方から見えないかっ？』

『見えませんっ』

二機のＦ15のパイロット同士の交信が、天井スピーカーから響く。正面の情況表示スクリーンからは紅い三角形のシンボルが消え、日本海に近い山岳地帯の上を二つのグリーンの三角形がゆっくりと蛇行しながら移動するだけだ。

「何だ、ぶざまだな。Ｆ15っていうやつは世界最強の戦闘機というふれこみではなかったのか？」

雑上掛が扇子をパタパタやりながら毒づいた。

「――――」

江守は腕組みをしたまま、スクリーンを睨んでいる。パイロット出身の江守には、現役時代に旧式のＦ86Ｆ戦闘機を駆って米軍のＦ４ファントムに模擬空戦を挑み、当時の新鋭機であるファントムに性能差を克服して勝った経験がある。実戦に入れば、戦闘機の性能だけで敵に勝てるとは限らない。剣豪の宮本武蔵が太陽を背にして佐々木小次郎に挑んだように、周囲のすべての状況を自分の味方に出来る、パイロットの経験と技量がものを言うのだ。

「こうなってしまえば、我々は現場の指揮官である編隊長を信じ、任せるしかありません」

参事官にそう答えてから、江守は「しかし――」と低くつぶやいた。

「なぜやつは日本の山岳地帯を、ぶっつけ本番であんなに低く飛べるのだ……？」

小松基地

（風谷君……）

風谷が侵入機を追って山にぶつかりかけた時は、要撃管制室の全員が息を呑んだ。黒羽などは顔をしかめ、やってられないという表情で横を向いたものだ。美砂生は管制室のいちばん後ろで、ただ手を握り締めてスクリーンを見上げているしかなかった。三年ぶりに再会したばかりだというのに、いきなり風谷の窮地を目の当たりにしなければならないとは……。戦闘機パイロットを職業にして、実戦部隊で働くということは、こういうことなのか――

「やつはなんであんなことが出来るんだ、月刀？　スホーイ24の可変翼が低空地形追随飛行に向いているとしても、エントリーポイントを決めてマップに従って飛ばなくては、闇夜の峡谷飛行など無理だ。たとえ暗視装置があっても、あんなふうに任意の場所から飛び込んで、うまく地形を避けられるわけがない。日本の山岳の詳しい地形データだって、米軍ならともかく日本海の向こうから来たあんなやつが持っているとは考えられん」

「だからすぐに山にぶつかりますよ火浦さん」

スクリーンの前で、火浦と月刀が言い合う。

「だが、さっきからのやつの機動を見ていて、本当にそう思えるか月刀？」

「――――」

「やつはいったい何者なんだ――？　風谷の攻撃を避けた、あの絶妙のタイミングを見ただろう。我々の交信をちゃんと聞いていたとしか思えん。やつは何者だ？　そしていったい、何をしに来たんだ」

やりとりを聞いていた美砂生がふと気づくと、横に背の高い巨漢がゆらりと立っていた。さっき上の廊下で月刀に言いがかりをつけ、美砂生を広告塔呼ばわりした鷲頭というベテランパイロットだった。いつの間にか要撃管制室へ降りて来ていたのだ。嫌だ、また何か言われるのかしら、と美砂生は思わず身をひねったが、毛深い大男は美砂生など眼中にもない様子で、腕組みして仁王立ちしたまま無言で前方のスクリーンを睨んでいる。先ほどの斜に構えた表情も影をひそめ、驚くほど真剣な目つきだ。

（この人——？）

その時、管制卓に向かった管制官が、「アンノンを再探知！」と叫んだ。

「やつは峡谷を抜けました。高度五〇〇〇、そのまま北西へ直進、海岸線を通過し洋上へ出ます！」

月刀と火浦が、信じられんという表情で顔を見合わせる。

総隊司令部

「アンノンは海上へ出ました。亜音速に加速、針路三二〇で直進。間もなく領空から出ます」

防空レーダーが目標を再探知し、興奮した管制官の声が響く。

「ブロッケン編隊に指示。侵入機が領空外へ出ることを確認せよ。その時点で撃墜命令は取り消せ」

江守の命令に、中央指揮所にはホッとした空気が広がった。

「了解しました。領空離脱を確認させ、撃墜命令は取り消します」

やつが引き返した……！

去って行く紅い三角形に、葵は肩にのしかかっていた重さが取れるのを感じ、江守の指示を復唱しながら心の中で思わず「ありがとう――！」と手を合わせた。あのまま領土上空を好きに飛び回られていたら、どうなっていたことか……。トップ・ダイアスにずらりと居並ぶ、一様にホッとした顔つきの幕僚たちも同じ気持ちなのではないか。いや、俺以上に逃げて行くスホーイに感謝しているんじゃないのかと葵は思った。気づくと制服のシャツの襟が、汗でぐっしょりと濡れていた。

（しかし――逃げて行く領空侵犯機に思わず感謝するなんて、我ながらなんて情けないんだ……）

一分と経たずに、紅い三角形はズリ、ズリと北西へ進み、沿岸一二マイルの領空境界線を出た。

すると監理部長と運用課長がすかさず席を立ち上がり、扇子を持ってふんぞり返る雑上掛に駆け寄って「ありがとうございます参事官、危機は去りました。これも参事官の平和を愛する、忍耐強いご指導のお陰でございます」「誠に力強いご指導、ありがとうございました」と頭を下げて最敬礼した。白久些幕僚長も立ち上がり、汗を拭きながら「正しいご指導ありがとうございました。全航空自衛隊を代表し、御礼申し上げます」と頭を下げた。それを見た江守以外のトップ・ダイアスの幕僚全員が、ばたばたと立ち上がると雑上挂の席へ押しかけ「ありがとうございました」「参事官ありがとうございました」とぺこぺこやり始めた。振り返ってそれを見た葵は、いい加減にしてくれと思った。その中で江守だけは、撃墜命令を解除しても腕組みしたまま国籍不明機の針路を目で追っている。航空自衛隊としては、侵入機が領空を出て行ったのならもう武力を行使する根拠はなくなる。しかしあの人は、これでこの事態が終わるとは思っていないのだと葵は感じた。

そして実際、事態は、少しも終わってはいなかったのだ。

日本海上空

『アンノンは領空を離脱。撃墜命令は解除。繰り返す、撃墜命令は解除。武器は使用するな。防空識別圏を出るまで引き続き監視した後、帰投せよ』

「ブロッケン1、了解」

風谷は酸素マスクの中ではぁ、はぁと深く息をつき、左の親指で兵装選択スイッチを切った。肩が痛い——まるで岩のようだ。いや、まだ油断はできないぞと風谷は前方の海面を見下ろす。

かすかな星明りの下、洋上へ出たスホーイは五〇〇〇フィートほど下方をゆったりと水平飛行している。風谷にはその機影が見えていた。正体不明の電子戦偵察機——あいつはどこから来て、どこへ帰って行くんだと風谷は思った。だが風谷の思考もそこまでだった。中央指揮所からの撃墜命令が解除されるや、それを聞いていたかのように灰色の電子戦偵察機はフワッと上昇し、追尾しながら監視する風谷の真ん前に浮かび上がって来たのだ。

（なっ、何だ——!?）

謎のスホーイ24は、先ほどまで逃げ回っていたのに、今度はまるで『撃てるものなら撃ってみろ』と言わんばかりに、風谷のヘッドアップ・ディスプレーの真ん中に惜し気もなく後ろ姿をさらした。

「こ、こいつ……！」

その時、

『クックッ』

何だ——？　風谷は眉をひそめた。クックック、とヘルメットのイアフォンに笑い声のようなものが聞こえたのだ。錯覚か？　いや、そうではない。かすかな声だが——

「川西。今何か言ったか？」

『何も。いったい誰の声です先輩？』

「お前にも聞こえるのか」

『——クックッ。クックック』

笑い声……!?　耳を疑う風谷に、低い揶揄するような笑い声は語りかけて来た。

『撃ちたければ、撃ってみたらどうだ。自衛隊』

日本語――!?

『我々は、〈亜細亜《アジア》のあけぼの〉だ』

「何だとっ？」

風谷が訊き返す暇もなく、ふいに目の前からスホーイのテイルがふっと消えた。風谷が目で追い切れないほどの、素早い急旋回だった。忍者のように姿を消したスホーイは次の瞬間、アフターバーナーに点火すると一気に上昇し、日本海上空を西の方角へ逃走する。

「ま、待てっ」

アフターバーナーの火焔でスホーイが左へ離脱したことを知った風谷は、ピンク色の焔を目印に機を左旋回に入れ、スロットルを最前方に叩き込んで追った。F15は加速する。軽いマック・ジャンプ。超音速。マッハ一・一、一・二。まだ胴体下に増槽をつけたままだから、マッハ一・五がリミットだ。

「待てこの野郎っ」

やつは今何と言った……？　アジアの何とかとか言ったのか――？　いったい何のことだ。風谷は船舶のいない海面上であることを、下をちらりと見て確認し、「増槽捨てるぞ」と無線に言いながら増槽投棄スイッチを押した。バスッと軽い衝撃とともに機体が軽くなり、機首が上がろうとするのを操縦桿で押さえる。ぐんと加速感が増す。

『ツー、投棄した』

『ブロッケン1、許可なく増槽を投棄するな』

中央指揮所の管制官が割り込んで来た。

「ブロッケン1よりコントロール、アンノンは超音速で逃走している。こちらも超音速で追尾する」

『了解した。だがすでに領空外の公海上に出ている。防空識別圏を出るまで見届けたら引き返せ』

「アンノンは日本語で交信して来た。モニターしたか」

『こちらでは確認していない。何のことか』

「アンノンが呼びかけて来た。日本語だ」

総隊司令部

「日本語？　何のことだ」

葵は指令席から立ち上がると、セクターを担当する管制官の席へ歩み寄って訊いた。

「分かりません。アンノンがブロッケン編隊に、弱い電波で何か呼びかけた模様です」

「交信は録音しているか」

「はい。電波の記録は自動的に録られていますから、解析は可能ですが――」

葵はトップ・ダイアスを振り返って見上げた。すでにスクリーンを見ている幕僚は江守を除いて一人もいなかった。監理部長が「結構なお扇子ですな」と雑上掛に愛想を使っている。それに合わせて取り巻く全員が「結構ですな」「結構ですな」「ここは暑いですからな」と調子を合わせる。

「くそっ。ブロッケンに引き続き監視を命じろ」

小松基地

「やつは今、何と言ったんだっ？」

「さぁ。分かりません、『アジアの何とか』とか。電波が弱くて聞き取れませんでした」

頭を振る管制官のコンソールから、いきりたった月刀は録音テープをガチャッと勝手に取り外す。

「あっ、月刀一尉、困ります」

「うるさい、こっちで巻き戻して聞き直す。君はそのまま情況をウォッチしていろ」

「おい月刀、勝手な真似をするな」

空いている管制卓へ行こうとする月刀を日比野が止めるが、月刀が「やつの声を聞きたくないんですかっ？」と向き直ると、うう、と口ごもった。

「月刀、早く再生しろ」

火浦が促した。

日本海上空

『ブロッケン1、防空識別圏までアンノンを追尾し、引き続き監視せよ』

中央指揮所からの指示は、それだけだった。引き続き監視せよ、か——風谷はマスクの中で唇を嚙んだ。それだけか。やつは明らかに、俺たち航空自衛隊を嘗めて馬鹿にして来たのに、監視することしかできないのか……？　俺だって自衛隊に何が出来て何が出来ないか、分かってはいるつもりだが——

（くそっ）

風谷は追う。高度三五〇〇〇フィート。速度マッハ一・八。ヘッドアップ・ディスプレーの真ん中に見えているピンク色のテイルノズルの焰が、少しずつ近づいて来る。いつの間にか向こうも増槽を捨てている。しかし最大速度は音速の一倍半がいいところだ。スホーイ24は可変翼の超音速機とは言え、もともとは地上攻撃用の機体だ。イーグルの追尾を振り切れるものか——！　しかし追いついたところで、すでに撃墜命令は解除されてしまった。何も手は出せないのだが……。

再び後方三マイルまで接近した時、スホーイはアフターバーナーを切って亜音速に戻った。超音速で何分飛んだだろうか、すでに日本海の中ほど、鳥取県のはるか沖の山陰地方と韓国沿岸に挟まれた洋上空域に来ている。日本の防空識別圏の外縁もこの辺りだ。せっかく追いついたが、間もなく追尾をやめ引き返さなくてはならない。風谷は悔しさに、もう一度レーダーを入れるとスホーイの後ろ姿をロックオンしてやろうとした。そんな脅かしにびびるような相手ではないことは、分かってはいたが――

だが風谷は、スホーイがわざとアフターバーナーを焚いて後ろ姿を見やすくし、風谷たち空自の編隊を誘って引き連れて来たのだとは知らなかった。

次の瞬間。風谷はロックオンしようとしてレーダーの表示に驚いた。スホーイの小さな機影のさらに前方数マイル、くっきりと大きな反応が浮かび上がったのだ。その大きなものは速度が遅い。スホーイと風谷たち二機は、たちまちその大きな反応の物体に、追いついて行く。

「何だ、これは――？」

『先輩っ、民間機です。前方に大型民間機！』

川西が後方から叫び声を上げた。

「何だと」

『俺たちは民間航空路に入っちまっています！』

総隊司令部

「先任、民間機です！　ア、アンノンが民間機を追尾していますっ！」

「何だとっ!?」

「今、便名を出します」

スクリーンを見て驚いた担当管制官はキーボードを急いで操作し、国交省航空局・東京管制部からのフライトプラン・データを画面上に呼び出す。

「当該機は韓国籍。韓国東海貨物航空１１２便、関西空港発、釜山行きの定期便カーゴ機です。機種はエアバスＡ３１０！」

「スクリーン拡大」

「了解。アンノンは民間機に急速接近中。距離一〇マイル、九マイル、八マイル。止まりません！」

その叫びを聞き、トップ・ダイアスで雑上掛を囲んでにこにこ笑いながら世間話を始めていた幕僚たち全員が顔色を変え、一斉にズームアップされるスクリーンを見上げた。拡大されたのは朝鮮半島南部と山陰地方のちょうど中間、鳥取県の美保ＶＯＲから韓国釜山へ向かう国際航空路Ｇ５９７だ。紅い三角形が航空路を北西へ進む民間貨物機の白い菱形シンボルに、後方からズリッ、ズリッと肉迫して行く。白いシンボルにはＫＥＣ１１２という便名ナンバーと、ＦＬ３５０、ＣＳ４５０とデジタルの飛行データが付加されている。何も知らずに飛ぶ貨物機の白いシンボルに、紅い三角形が後ろから追いすがり、やがてほとんど重なって行く。

「み、民間機に警告だっ。急げ！」

「は、はい！」

だが、葵の指示は間に合わなかった。

『コントロール！　緊急事態！　アンノンが民間カーゴ機を攻撃したっ』

市ヶ谷・防衛省

その頃。防衛省本省二十四階の廊下では、大臣専用エレベーターの前で秘書を引き連れた長縄と、補佐官ら幹部職員を引き連れた防衛事務次官の鱶島保善が押し問答をしていた。

「どうしてエレベーターに乗ってはいかんのだっ。地下の統合情報センターへ行きたいのだよ、私は。ここを通してくれ」

「なりません大臣。誠に失礼千万承知の上ですが、ここをお通しするわけには参りません」

いきりたつ四十代前半の背の高い長縄を、てかてかした頭の腹の出た五十代の鱶島は見上げるようにしながら両手を挙げて押し止めた。そして細い眼をにこにこと笑いの形にして、

「大臣、今は執務室にて待機され、情報をお待ちになるのが適当かと思われます、はい」

「どうしてだっ。府中からの通報では、国籍不明機が領空へ接近し、緊急事態が起きているというではないかっ。ここの地下の統合指揮所の情報センターなら、リアルタイムの情況がスクリーンで見られるのだろう？　執務室で事務員の伝言など待っていられるかっ。どいてくれ！」

「お、お待ち下さい」

押し渡ろうとする長縄を、鱶島は汗を拭きながら押し止めた。

「お待ち下さい、困ります」

「何が困るのだ。この大臣自らが緊急事態の陣頭指揮を執ると言っているのだぞ。なぜ駄目なのだ」

「だから困るのです」

「何だと？」

「大臣、いったん大臣が地下に入られるということになりますと、大臣お一人をスクリー

ンの前に座らせるわけには参りません。そうなれば通常の当直スタッフに加え、指揮所のフル稼働要員全員に非常呼集を掛けなければならないマニュアルの決まりでございます。それには大臣のほかに総理、総務大臣、経産大臣、国家公安委員長など国の安全保障会議のメンバーすべてが万一地下に入られることを想定し、総理や大臣の身の回りのお世話をするスタッフまでが含まれておるのです。いったん大臣が地下へ入られれば、数百名の職員が自動的に呼び出しを受ける仕組みになっておるのでございます」

「呼べばいいだろう。こういう時のために、諸君ら防衛省の職員には給料を払っておるのだ」

「そんな騒ぎを起こしませば大臣――たちまち防衛省付きのマスコミの連中が嗅ぎ付けます」

鱶島は声をひそめた。細長い眼の奥はあまりに細くてよく見えなかったが、笑ってはいなかった。

「幸いまだ表に出ていませんが、府中からの情報ではすでに国籍不明機は領空どころか、領土上空へ侵入してしまいました。これは一大失態であります。我々防衛省の一大失態が、マスコミにばれます」

鱶島は、『我々防衛省』の『我々』というところを強調した。

「もちろん国籍不明機の一機、ふらふら入り込んで来たところで我が国にとって何も実害はありはしません。しかし、我々防衛省が『領空境界線を護り切れなかった』『重大な判断ミスがあった』などとマスコミに変な書き立てられ方をすれば、我が防衛行政にとっては多大な支障と、停滞を生じまする」

多大な支障と停滞、には来年定年退官となる鱶島自身の民間企業天下りが駄目になる事態も含まれていたのだが、キャリア官僚の階段を登り詰めた狡猾な北極海のセイウチのような鱶島はそんな裏事情などおくびにも出さなかった。

「し、しかし次官。国籍不明機が領空へ入り込んだことは、いずればれてしまうんだぞ。国交省の管制機関のレーダーにだって映っているんだろう」

「ですから、マスコミ対策を練るための時間を稼ぐのです。数時間でも、マスコミに発覚するのを遅らせて、その間に公式発表の文言を考えさせます。防衛省に傷がつかないようにするには、たとえ一時間でもマスコミにばれるのは遅い方がよいのです」

鱶島は、さらに声を低めた。

「長縄大臣。これはわたくしとあなたの、名誉のためでございます。この鱶島思いまするに、何かといえば不祥事、失言などの責任を総理から取らされ、ご就任わずか数か月で無念の涙を吞み、この省舎を去られて行かれた歴代の大臣を何人目にしてきたことか……」

それを聞いて長縄はウッ、と声を詰まらせた。

「ここは、大臣におかれましては、あまり騒ぎ立てられず——鷹揚に構えられ、どこかの宴会がパーティーにでもご出席いただいていたほうが、かえってマスコミへのカムフラージュになりまする。なぁに国籍不明機の一機くらい、我が領空へ近づくのは日常のこと、領空侵犯一件くらいで大臣御自らがばたばたされていては、みっともないですよ。あっはっはっはっは」

鱶島は急に声を大きくし、自分よりも一回り以上も歳下の二世議員の高級スーツの埃を払いながら、はっはっはと笑った。

だがそこへ、防衛局の若い職員が廊下を息せききって走って来た。

「た、大変ですっ。たった今日本海上空で国籍不明機が、民間航空機を撃墜しましたっ！」

日本海上空

「な――」

風谷は眼前の光景が信じられなかった。夜の闇の中に赤色の尾灯、左右翼端の緑と赤の航行灯、白色にフラッシュする衝突防止灯を光らせて浮かぶエアバスA３１０の丸みを帯びたシルエットは、無灯火のスホーイよりもはるかに目立って視認出来た。そのシルエットにスホーイは後方から肉迫し、やがて機首の下面から固定武装の23ミリ機関砲が発射したらしい赤い閃光がパッ、パッと瞬くと、曳光弾の光の筋がエアバスのシルエットに吸い込まれるように伸びて行き、一拍おいて大きな機影の右エンジン部から火球がふくれ上がった。貨物機の機体はあっけなく横転し、右翼から火を噴きながら墜落して行った。民間機は自衛隊機とは違うＶＨＦ周波数を使っているため、やられた韓国の貨物機の悲鳴は、幸か不幸か風谷には聞こえなかった。

あまりに一瞬の出来事で、風谷にはどうすることもできなかった。

「な——何をしやがるんだっ！」

銃撃した後、反転離脱するスホーイを風谷は本能的に追っていた。

『先輩！　やつは日本の方へ戻ります！』

「分かってる、追うぞ続けっ」

ククク——イアフォンに、またかすかな笑い声が響いた。

「貴様っ、何をするんだ！」

風谷は、ヘッドアップ・ディスプレーの中を急降下して行く灰色の可変翼のシルエットを追いながら、無線の笑い声に怒鳴りつけた。だが笑い声は何の興奮も見せず、平然とつぶやくように、

『クックックッ——我々は〈亜細亜のあけぼの〉。人民を救う平和の使者、〈亜細亜のあけぼの〉』

「何だとっ？」

『正義と平和の使者〈亜細亜のあけぼの〉が、お前たち人民の敵に制裁を食らわす。クックック』

総隊司令部

『アンノンが民間機を撃墜したっ。やつは日本空域へ反転、さらなる被害が予想されるっ、この航空路を早く閉鎖してくれっ！』

日本海上空からの声が天井に響き渡ると、中央指揮所は再び騒然とした空気に包まれた。

「小松、美保両基地の救難隊に指令。ただちに出動、民間機の救助に当たれ」

指示を出す江守の横で、雉上掛が手にした扇子をぽろりとおとし、「げ、撃墜だと⁉」と目を丸くした。「ど、どこの飛行機だ」撃墜の声を聞くまで、情況をまるで見ていなかったらしい。雉上掛の周囲で愛想を使っていた幕僚たちも、さっと血相を変えてそれぞれの席に戻る。その後ろで、目の鋭い参事補佐官がホットラインの受話器をつかむ。

小松基地

「風谷君……！」

美砂生のつぶやきも、騒然となった要撃管制室のざわめきにかき消されてしまう。「救難隊をただちに出動させろっ」わめく日比野の横で、月刀と火浦がテープ再生の作業を中断し、スクリーンを見上げる。国籍不明機の紅い三角形は、山陰沖の航空路を進む次の民間機に近づいて行く。

「火浦さん――！」

「うむ。まずいぞ、これは」

その大騒ぎを、壁にもたれた黒羽が腕組みしたまま、フンと皮肉そうな顔で見ている。

日本海上空

風谷に『亜細亜のあけぼの』と名乗った謎のスホーイは、航空路をやって来た次の獲物に襲いかかった。今度も韓国の民間機だった。しかも貨物機ではなく、窓に灯りの並んだシルエットは旅客機だ。

「や、やめろぉっ！」

『クククク。お前たち人民の敵を、制裁する』

スホーイは軽々と反転し、四発の大型旅客機の後尾の射撃位置に占位する。風谷が追う。

『先輩、今度のは旅客機ですっ』

「分かってるっ。コントロール、こちらブロッケン1。緊急事態、緊急事態だ！」

総隊司令部

「国交省航空局へただちに警告。航空路G597をただちに閉鎖、民間機の通行を禁止しろ！」

葵が叫ぶが、担当管制官が振り向いて「先任、駄目です！」と叫び返す。

「関空発ソウル行きの旅客便が、すでに当該空域へ進入し、アンノンに追尾されています！」

「何だとっ」

「コリアン・パシフィック32便、今度も韓国籍の民間機です。機種はエアバスA340、四百人乗りの大型旅客機です！」

小松基地

「月刀、風谷の残燃料はいくらだ」

火浦が訊く。

「あと四十分というところです。後続のスクランブルを上げますか」

「いや。後続を今から上げても、あの空域まで十分はかかってしまう。昼間の訓練でG空域へ上がっていた連中もみな降りてしまった。ここは風谷たちだけが頼りだ」

月刀と火浦の横で、管制官がヘッドセットを押さえ「ア、アンノンが攻撃態勢に!」と叫ぶ。

市ヶ谷・防衛省

鱶島次官に丸めこまれるようにして執務室へ戻った長縄は、二人の秘書を横に立たせたまま椅子を蹴りとばしていた。

「バカヤロー、俺を二世議員だと思って軽く見やがって!　畜生、バカヤローッ」

「だ、大臣、それでは次官のお勧め通り、今から赤坂の宴席へでも足を運ばれますか?

すぐに連絡すればまだ――」

　言いかけた若い秘書を、長縄は「バカヤロー！」と怒鳴って蹴とばした。

「宴会へ出ろなんていうのが鱶島の策略だと分からねえのかバカヤロー、そんな口車に乗ればなぁ、マスコミに民間機撃墜の責任を問われて防衛省が叩かれた時、緊急事態下に芸者を揚げていた俺だけに非難が集中し、鱶島のやつが助かるという算段は目に見えてるじゃねえかバカヤロー！　そんなことも分からねえのかこのバカヤローッ」

　長縄は、床でひぇぇと悲鳴を上げる若い秘書の背中を、がしがしと踏みつけた。

「いいかっ。俺が入閣させてもらうのになぁ、派閥のボスの鰻谷総理にいったいいくら払ったと思ってるんだバカヤロー、十五億だぞ、十五億！　それを入閣一か月で、ふいにしてたまるかバカヤロー！　もし責任問題を追及されて辞任にでも追い込まれたら、たった一か月で十五億だぞ。大臣の椅子が一日あたり五千万だぞ。国際線のファーストクラスの百倍高いぞバカヤロー、俺はまだ、投資に見合う見返りを、何も稼いじゃいないんだバカヤローッ！」

　夢中でまくしたてている長縄に、小山崎秘書が「若、いえ大臣」と受話器を差し出した。

「府中の航空総隊中央指揮所より、ホットラインでございます」

　受話器を取らされた長縄は、ネクタイを直しながら肩をはぁはぁと上下させ、呼吸を整えた。

「私だ。長縄だ。夏威補佐官か。うむ、ご苦労。情況はどうだ？　何、撃墜されたのは貨物機？　では撃墜された乗員には気の毒だが、人命の被害は最小限で済んだわけだな。うむ、うむ。何――？」

　話を聞いている長縄の顔が、わずかばかりだがパッと明るくなった。

「撃墜されたのは韓国の民間機か――！　さらにもう一機追尾されている――それも日本の飛行機ではないのだな？　そうか、それは……うむ。分かった。分かった、また報告を頼む」

　受話器を置いた長縄は、ワイシャツの汗を拭きながら一人で「よし、よし」とうなずいた。

「大臣、どうされました？」

「小山崎、喜べ。俺はまだまったく不運ではないぞ。これは不幸中の幸いだ――！」

日本海上空

　四発のエンジンを主翼につけた優美な大型エアバスの背後に、スホーイの双発ノズルのシルエットが忍び寄って行く。エアバス機は、日本に近い国際航空路で突如背後から狙われるなど想像もしていないのだろう、ゆったりと朝鮮半島を目指して水平飛行を続けている。

「航空路Ｇ５９７を進行中のＡ３４０！　こちらは日本の航空自衛隊だ。貴機は後ろから狙われているぞ！　ただちに反転、急降下せよ！」

旅客機は機内が与圧されているから、一発でも砲弾が胴体に当たって穴が開けば急減圧が起きて外板が裂け、悪くすれば墜落を待たずに乗客が外へ吸い出されてしまう。それを回避するには、とりあえず急減圧が起きない低空まで旅客機を降下させるしかない。あのスホーイを機動してかわすのは不可能に近いから、風谷に出来るのは一刻も早く低空へ降下するよう呼びかけることだけだった。

「聞いているか、Ｇ５９７を進行中のＡ３４０」

二重装備の無線のうち片方を民間用の国際緊急周波数一二一・五メガヘルツにセットし、エアバス機を呼び出しながら風谷はスホーイのさらに後方へ回り込んで、可変翼の後ろ姿をヘッドアップ・ディスプレーの正面に捉えた。さらに呼びかけながら兵装選択を機関砲モードにすると、旅客機の後尾に張り付いたスホーイは簡単にロックオン出来た。レーダーで測定された目標射距離と、ガン・クロスが灰色の電子戦偵察機のテイルに重なって浮き上がる。

「くそっ、緊急周波数を聞いてないのかっ」

風谷は呼ぶのをあきらめ、無線を切り替えた。

「コントロール！　こちらブロッケン1、アンノンは旅客機への攻撃態勢に入った。このままではやられます、アンノン撃墜の許可を乞う！」

総隊司令部

『──アンノン撃墜の許可を乞う！』

その声に、葵は江守を振り仰いだ。

「うむ。撃墜させろ」

江守はうなずいた。

だが、葵が指令を出そうとした瞬間、

「ちょ、ちょっと待てちょっと待てっ！」

それまで惚けたようにスクリーンを見上げていた雑上掛が、急に気づいたように大声を出した。

「今の命令は取り消しだっ。撃ってはいかん！」

「参事官、なぜ撃ってはいかんのです」

江守は抗議するが、

「そんなことも分からんのかっ！」

小柄な雑上掛は怒鳴りつけると、中央指揮所の全員が振り返って注視する中、トップ・ダイアスから立ち上がって畳んだ扇子でスクリーンを指した。

「見ろ。あの空域は、わが国の領空外である」

さっきは部外者だとか言いながら、また偉そうに干渉し始めた雑上掛を、葵はイライラと見上げていた。畜生、何を言い出すんだこのおっさん、一秒でも早く撃墜命令を出さねばならないのに――！

天井スピーカーから『アンノン撃墜の許可を――許可はまだですかっ！』と必死の声が響き渡るが、雑上掛は意に介さず続ける。

「今、国籍不明機に狙われているのは、韓国の民間機だそうではないか。あれは他国の航空機である。わが国の領空でないところで、他国の航空機を護るために自衛隊機が発砲するのは、〈集団的自衛権〉の行使に当たる。したがって撃ってはいかん！」

集団的自衛権――？

「し、しかし――」

『やつは射撃位置に着いた！　早く許可をっ！』

「撃ってはいかん江守。同盟国が攻撃されたことを理由に、他国間の武力紛争に介入する集団的自衛権の行使は、内閣法制局の判断によって憲法違反とされている！　そんなことも分からんのかっ」

「しかし参事官、今まさに民間旅客機が撃墜されようとしています。見過ごすわけには行きません」

「駄目だ。我々防衛省自衛隊の使命は、我が国の誇る平和憲法を護ることである。撃ってはいかん」

　何だと——！

　しわくちゃの不機嫌そうな顔でまくしたてる雑上掛を見上げていると、葵の胸には言いようのない怒りが湧いた。同時に、『参院選今度も保革逆転か』『大神川河口堰建設法案、野党が抵抗』という同僚の持っていた新聞の見出しが目に躍った。気がつくと葵は立ち上がって叫んでいた。

「み、見殺しにするんですか旅客機をっ！」

「何だ貴様は。わしに口答えするか！　無礼だぞ！」

「無礼を承知で言わせていただきます！　撃墜されようとしている民間機を見殺しにすることが、我々自衛隊の使命だと言われるのですかっ」

「見殺しではない、平和憲法を護るのだっ」

「平和憲法って——これは明らかに見殺しじゃないですかっ。旅客機を見殺しにすることが、平和憲法を護ることなんですかっ？」

「どこかの国の国籍不明機が韓国の航空機を襲っとるのだ。これは明らかに他国間の国際紛争である。他国間の国際紛争に自衛隊が武力で介入するのは憲法違反である。国際紛争を解決する手段としては、わが国は武力を永久に放棄しておる。よって撃ってはいかん」

「憲法、憲法って、人命が――」

「黙れ。貴様たち自衛隊員は、平和憲法の大切さを分かっておらん！　平和憲法を死守することは、何ものにも替えがたい自衛隊の重要な使命である」

「しかし参事官。わたくしは、先任指令官として、やられそうな民間機を見殺しにすることはできません！　今まさに四百人からの人命が――」

「貴様は自衛隊幹部の身分で、世界でいちばん素晴らしい平和憲法を無視し、踏みにじろうというのかっ。この雑上掛の命令が聞けんというのかっ！」

命令――？　勝手にひっかき回しておいて何が命令だ!?　今までさんざん我慢して傍観して来たが、その言葉についに葵は切れた。

「なっ、何が命令ですかっ！　あんた、あんたさっき自分は見学してるだけだって――」

壇上の雑上掛を指さして叫び始めた葵を、後輩の若い管制官たちが「葵さん」「葵さんっ」と後ろから群がって引き止めた。「葵さん我慢して下さいっ」だが葵は後輩たちの腕を振り解き、

「ええい放せっ、何だよ、偉そうにひっかき回すのはいい加減にしてくれよこのクソじじい！　あんたはどうせ自由資本党の鰻谷首相の子分で、野党に憲法違反とか言われて足引

っ張られると参院選で負けるから旅客機を見殺しにするんだろうっ。それだけじゃないぞ、新聞読めば誰にだって分かるんだ。今野党の機嫌を損ねるとどこかの川に河口堰だかダムだかを造る法案が保革逆転の参院で潰されるから、そのために旅客機を見殺しに――」

「黙れ無礼者っ、貴様は解任だっ、出て行け！」

雑上掛は顔をタコのように真っ赤にしていきりたち、その顔を見た中央指揮所の保安要員たちがダッと左右から葵の席へ押し掛ける。だがその騒ぎを、江守の「お待ち下さい！」という一喝が止めた。一瞬場内はしんとなった。

「お待ち下さい、参事官」

江守は感情を抑え、冷静に進言した。

「先任指令官はまだ二佐であります。二佐の人事権は、直属上司である私に帰属しています。葵二佐を解任するかどうかは後で私が決定します。それよりも我々は、現状を打開しなくてはなりません」

日本海上空

いったい総隊司令部は何をやっているんだ――!?　スホーイを真後ろから照準しながら、風谷は汗ばんだ指をトリガーに掛けて歯嚙みした。

パッ、と目の前に真っ赤な閃光がひらめいた。

「くそっ、やつが撃った！」

曳光弾の筋は、吸い込まれるようにA340の主翼へ伸びて行く。だが火は噴かない。

外れたのか。いや、わざと外したのか――？

『ククク……』

風谷のヘルメットの中に、またあの楽しむような笑い声が響いた。

『クク、なぶり殺しだ。お前たち日本人が、アジアの人民にしているようにな』

「何だとっ」

『ククククク』

「くそぉっ」

風谷は、もう待っていられないと思った。目の前で数百人が殺されようとしているのだ。

「川西やるぞっ」

指で機関砲のトリガーを引き絞ろうとする。だがガン・クロスの重なるスホーイの向こうに、さらに大きな四発機のシルエットが重なるように浮かんでいる。

（くそっ、駄目だ。この角度からでは、流れ弾が旅客機に当たってしまう――！）

同時に後方で見ている川西からも、

『先輩、これでは角度が悪過ぎます！』

「分かってる、上方からの斜め射撃しかない！」

総隊司令部

江守が「現状を打開しなければならない」と言っても、集団的自衛権を持ち出して「撃つな撃つな」と主張する雑上掛に反論出来る者は、トップ・ダイアスに居並ぶ幕僚たちの中にはいなかった。いや、幕僚たちの中には、雑上掛と同様に自分が責任を取らされずに済むのならこのまま何もしないで放っておいた方がいい、と考える者も多かった。

沈黙の数秒間が流れた時。

「恐れながら、参事官」

ふいに、無言で雑上掛の後ろに座っていた目の鋭い参事補佐官が、控え目に手を上げた。

「参事官、申しあげたいことがございます」

参事補佐官・夏威総一郎は、このポストに就任してからこれまでの三年間、ずっとかつての上司の教えを守り、雑上掛参事官の後ろでグッと言いたいことを我慢して来た。何か言いたくても絶対言うな、言わないことがキャリアの出世の鉄則だと、あの防衛政策課長は去りぎわに夏威に教えていた。しかし雑上掛にまともな意見をした先任指令官の葵二佐が、目の前を保安要員に両脇を抱えられて連れて行かれるを見るに及んで、夏威は我慢がし切れなくなり、ついに後ろから口を出した。

するといっても雑上掛は、臼久些幕僚長を睨んだ時よりももっと冷たい横目でヂロッと夏威をねめつけ、

「何だ夏威、貴様わしに意見をするのか」

「意見ではございません。参事官に正しい知識を思い出していただくのも、補佐官の務めでございます」

夏威はあくまで慎重に、『助言する』ではなく『思い出していただく』という表現を使った。進言するのはよいが、慎重にやらなくては――キャリア官僚の世界では、何が正しいかよりも誰が正しいかが重要なのである。正しいことを進言しても、権力を持ったおっさんに臍《へそ》を曲げられたら何にもならない。

「何だ、言ってみろ」

それでも通常なら「うるさい、若造は引っ込め馬鹿野郎！」と怒鳴られてやむを得ない場面であったが、数十名の制服自衛官たちの手前か、雑上掛は不機嫌さを抑えて「言ってみろ」とうなずいた。

「はっ、参事官。参事官がただ今おっしゃいました集団的自衛権のご指摘は、誠に正しく、この夏威も目から鱗がおちる思いで拝聴いたしました」

夏威はあくまで低姿勢に、この三年間で習得した『上級キャリア官僚が明らかに間違っ

ている時にそれを指摘する話し方』に沿って我慢強く続けた。

「しかしながら参考知識として、国連海洋法条約というものがございます。参事官はとっくに御存じの法知識を今さらこの夏威が申しあげることもございませんが、目の前のこの事態は、『公海上における海賊行為』に相当すると判断することも可能であります。各国の軍隊には、我が国も批准している国連海洋法条約によって、〈公海上の海賊行為を取り締まる警察権〉が認められております」

夏威は、こんな言い回しじゃ時間がかかって仕方がないと思ったが、雑上掛に臍を曲げられるわけにはいかなかった。自分のこの進言に、数百の人命がかかっているのだ。

「この事態は他国間の紛争と第一義的に解釈できますが、しかし国籍不明機が自らの国籍と所属を明らかにしない以上、国家間紛争と見るよりも、次元の低い海賊行為とみなすこともまた正しいのではないでしょうか。そうであれば、自衛隊機には警察権を行使出来る権限が発生いたします」

「ううむ……」

雑上掛も東大法学部の出身だったから、こういうふうに専門的に言って聞かせないと聞く耳を持たない。さらに不機嫌そうに腕組みをし、「ううむ」と唸り始めた雑上掛に、夏威はたたみかけた。

「参事官。ここは、自衛隊機に警察権の行使を認め、人命を護るため武器の使用を許可されてはいかがでしょうか」

「参事官。今の補佐官の参考意見は、もっともであります。私からもお願いします」

江守も言う。雑上掛は考え込む。

「ううぅむ――」

早くしろおっさん、早く決めないと旅客機が撃墜されるぞ――！　夏威は頭を低くして、防衛省ナンバー2と言われるしわくちゃの五十男の顔を見上げた。考え込む雑上掛を、江守司令、そしてトップ・ダイアスの幕僚たちも息を呑むように注視する。

だが、

「だけどなぁ、自衛隊は〈軍隊〉ではないしな」

雑上掛は逃げた。

「参事官」

「日本の自衛隊は軍隊ではない。自衛隊が公海上でそのような取り締りを行なったという先例もない。よって警察権を行使出来ると解釈するのはなぁ」

「しかし参事官――人命がかかっております」

夏威は、これで将来事務次官になるための道も絶たれるか、という覚悟でずいと膝を乗り出した。

畜生――月刀、俺は官僚としてぎりぎりの戦いをしてやる。攻撃命令をもぎ取ったら、お前は全力であの国籍不明機を叩きおとしてくれ――――！

だが雑上掛は、やはり頭を振った。

「わしの一存ではそう解釈し、許可することなどできん。夏威、大臣に電話して訊け。あの若造は責任を取らせるために大臣室に座らせておるんだ」

「はっ、ただちに」

くそっ、間に合えばいいが――――！　幕僚たちが見守る中、夏威はホットラインをひっつかんだ。

日本海上空

「やつはいたぶるように撃ってる！」

風谷は、スホーイと旅客機の高度よりも三〇〇〇フィート上昇し、斜め上方の位置から見下ろしていた。風谷たちがどんな行動を取ろうとお構いなしにスホーイはエアバスの後尾に張り付き、背後をがら空きにしたまま水平飛行で射撃を楽しむように散発的にパッ、パッと撃つ。コリアン・パシフィック航空のＡ３４０は曳光弾の筋が二、三回横を通過してから射撃されていることにようやく気づき、一二一・五メガヘルツの国際緊急周波数に韓国語で何かわめきながら左右に蛇行を始めた。だが大型四発機の急旋回はのったりしていて、スホーイは軽々と後尾の射撃位置を保ってしまう。

「くそっ、あんな避け方じゃ避けたうちに入らない。コントロール、ブロッケン1はこれよりアンノンを攻撃する」

『待てブロッケン1。手を出してはならない』

「手を出すなと言っても、ここから先は緊急避難だ！　攻撃するぞ」

『ブロッケン1、こちらの流れ弾が旅客機に着弾する可能性がある。撃ってはならない』

「斜め射撃なら大丈夫だ、やらせてくれっ！」

『ただいま防衛大臣に攻撃許可を照会中だ。もう少し待て。許可あるまで手を出すな』

風谷の目の下で、一筋の曳光弾がA３４０の右主翼に吸い込まれた。あっと思ったが爆発は起きず、代わりに噴出した燃料が黒い棒のように主翼の下から伸び始めた。

「早くしてくれっ、やられちまう！　コリアン・パシフィック機、低空へ逃げろ！　降下するんだ！」

だが日本語で叫んでも、緊急周波数には悲鳴が沸き起こるばかりだ。風谷も定型の警告文しか韓国語を話せない。A３４０は操縦室がパニックになっているのか、左右への旋回を繰り返すばかりだ。

市ヶ谷・防衛省

「えっ、解釈？　そんなこと私に訊くなよ」

ホットラインの受話器を握って、長縄は困った声を出した。眉間に皺をよせる長縄の横で、二人の秘書が心配そうに見ている。雑上掛のように集団的自衛権を盾にして、何とかこの問題から逃げようと考えていたのは長縄も同じだった。解釈など訊かれても、困るだけだった。「とにかく、法解釈なら内閣法制局に訊いてくれ。え、時間がない？　人命がかかっている？　そんなこと言われてもねえ……」

そこへ、鱶島事務次官を先頭に、先ほどの防衛省キャリアの首脳部がどかどかと入り込んで来た。

「大臣、失礼いたします」

「ああ、ちょっと待ってくれ夏威補佐官――何だね次官、ノックくらいしたまえ」

受話器をふさいで顔をしかめる長縄に、

「大臣。今回の事態にかんがみまして、防衛省内局首脳部として、事態に対処する統一方針を決定いたしました。それについて大臣の御裁可を頂きたく、急ぎ参上いたした次第でございます」

鰊島は慇懃に言った。長縄は、次官たちが何をしに押しかけて来たのか分からなかった。

「防衛省首脳部の統一方針？　何だね」

「は。今回の国籍不明機の韓国旅客機襲撃に関しまして、我が防衛省としましては、全力を挙げてこれを傍観し、一切手を出さないという方針に決しました。これにつき、大臣の御裁可をお願いします」

「手を出さない？」

「はい。放っておいても、北朝鮮から来たと思われる国籍不明機が公海上で韓国の民間機を撃墜するだけです。我が国の自衛隊がこれに介入するいわれはまったくございません」

「しかし、関西空港発の便だ。日本人の乗客だって乗っているんだろう。邦人の人命が……」

「そんな次元の問題ではありません。下手にこれに関与すれば、南北朝鮮間の紛争に我が国が介入したことになり、後々重大な外交問題に発展する恐れがあります。また下手に射撃をすれば、自衛隊機の流れ弾が韓国機に命中する可能性もあり、自衛隊機が韓国機を撃墜したことにされてしまう恐れもあります。むしろあの国籍不明機は、それを狙っている節《ふし》もあります。最悪の場合、防衛大臣の辞任だけでは済まず、内閣が倒れ政権が交代する可能性も考えられます。そのようなことになっては――」

鰊島は脅かすように、細い眼を光らせて上目遣いに長縄を見た。

「うっ、ちょ、ちょっと待ってくれ」

長縄は『防衛大臣辞任』という台詞に思わずのけぞりかけたが、その横から小山崎秘書が小声で、

「若。だまされては駄目です。やつら責任を全部若におっかぶせるつもりで来たんですぞ」

「どういうことだ」

「韓国から『自衛隊が旅客機を見殺しにした』と抗議されたり、マスコミから『日本人乗客を見殺しにした』と叩かれた時、やつらは大臣が手を出すなと命じたことにして、言い逃れるつもりです。やつらは自分たちの保身さえ出来れば、日本人乗客の生命なんかどうだっていいのです。冗談ではない、口車に乗れば本当に辞任ですぞ」

「し、しかし、自衛隊機に発砲させれば、うまく撃墜出来てもその法解釈の責任を野党から叩かれる。やっぱり辞任だ」

「若。ここは、辞任だけは何としてでも避けて下さい。閣僚入りのためにかき集めて総理に払った十五億、まだ全然返済していません。このままでは三代続いた長縄の家は、お終いです」

「何をこそこそと話し合われておられるのですか大臣？　政治家は即断即決が身上でございましょう。草葉の陰からお父上に笑われますよ。はっはっ」

「ああ、ごはん」

　長縄は鱶島始め内局首脳部のキャリアたちに向き直ると、頭の中で必死に考えながら応答した。

「諸君、官僚諸君の考え方は分かった。しかし、ここは人道的に、見過ごすわけにはいかないのだ」

「では、攻撃をお命じになるとでも？　日本が戦争に巻き込まれてもよいと言われるのですかっ？」

「いや。自衛隊機に攻撃させるわけではない」

「では、どうされると？」

「うう――それは……。ちょっと待て」

総隊司令部

「はっ？　どういうことでしょうか？」

　夏威は受話器を握りしめ、眉間に皺を寄せた。

『だから、張り付いている自衛隊要撃機に命じてくれたまえ。武器を使用せずに、万難を排して韓国旅客機の撃墜を未然に阻止するのだ』

長縄大臣は、電話の向こうで苦しげに言った。

「ぶ、武器を使用せずに、万難を排して撃墜を阻止、でございますか――?」

『その通りだ、夏威補佐官』

「武器を使用せずに撃墜を阻止する――ということは、つまりどういうことなのでしょうか」

『航空自衛隊には、優秀な現場指揮官がたくさんいるのだろう。方法とか、後は任せる』

「大臣のご命令ならば、そう伝えますが――しかし自衛隊機といえど、相手から撃たれれば、正当防衛のために最低限の戦闘はする権利があると考えられます。それについては、よろしいでしょうか?」

『当然だ。よい報告を期待している』

日本海上空

『コントロールよりブロッケン1、発砲はするな。正当防衛以外の目的で発砲してはならない。防衛大臣命令だ』

「何だって? じゃあどうすればいいんだっ」

『武器を使用せずに、万難を排して撃墜を阻止せよ。繰り返す、武器を使用せずに撃墜を阻止せよ』

「どういうことなんだっ」

風谷は嗄れ切った喉で、中央指揮所の管制官を問い質した。

『武器を使用せずに万難を排し撃墜を阻止せよ。以上が防衛大臣命令である。すまんブロッケン1、これしか言いようがない』

風谷と同年代らしい要撃管制官は、苦しそうに答えた。

小松基地

「割って入れとでも言うのかっ！」

スピーカーの交信を聞いて、月刀が怒った。

「月刀、旅客機との間に割り込んで、主翼に二、三発当てさせて正当防衛に持ち込めないか？」

「あなたと私のペアならともかく、風谷にそんな芸当無理です！」

『ブロッケン1、命令を了解。これより割り込んで銃撃を阻止する』

「やめろ風谷っ」

月刀がマイクをひっつかんだ。

「無理するんじゃないっ、そいつはお前のかなう相手じゃないんだっ！」

「交信に割り込むな月刀っ」

日比野がマイクを奪い返す。その頭上のスクリーンの中、風谷の機を示す緑の三角形が向きを変え、高度の表示が減り始める。月刀はスクリーンを見上げて「やめろ風谷っ！」と叫ぶ。

「…………」

美砂生は、「もういい風谷」と怒鳴る月刀の背中を、呆然として見ていた。

──『いつも──無駄なことばかりしている』

「もういい風谷！　引き返すんだっ」

──『必死で努力しても何も報われない』

スクリーンを凝視する月刀の背中を先頭に、要撃管制室の全員の視線が風谷のブロックン1を示す緑の三角形に集中した。付加されたデジタルの高度表示が、さらに急速に減って行く。

日本海上空

『もういい風谷、引き返すんだっ！』

ヘルメットに月刀の怒鳴り声。しかし二年間指導を受けてきた月刀にそう言われても、風谷は前方へ押した操縦桿を戻すことは出来なかった。イーグルの機首が下がり、ヘッドアップ・ディスプレー一杯に旅客機とスホーイの機体が斜めになり迫って来る。無理するな、戻れ――か。口ではどうとでも言えるさ。でもこうやって撃たれている旅客機を目の当たりにしてみるといい。それを救えるのがここにいる自分一人だけと分かっていて、反転して帰れるか。

「放っておけません、班長！」

風谷は怒鳴り返した。

『先輩――！』

「川西、お前はバックアップだ、来なくていい」

言うと風谷は、さらに操縦桿を押し込み、親指でスピードブレーキを展張させた。ザァァアアッ！　という激しい風切り音が背中を震わせ、イーグルは真っ逆様に降下する。あの旅客機とスホーイの隙間の空間だ、あそこにこの機体を押し込むのだ――風谷は機首を突っ込んで行く。と、その時入れっぱなしにしてあったFCSが眼下のスホーイを自動的にロックオンし、ヘッドアップ・ディスプレーに機関砲モードの十字のシュート・キューが表示された。

（――！）

何としたことか、FCSがスホーイを捉えていた。それも絶好射線だった。コンテナが目標を囲む。機関砲ロックオン。接近してもまったくズレない。

驚いた。こんな照準、訓練でも出来た試しがない。偶然か、気合いを込めて機首を下げたせいか。

風谷は目を剝いた。

いま引き金を引けば、やつを真上から撃墜出来る……!?　完璧に、エアバスへの流れ弾なしで？

「――くっ」

風谷の指が、無意識に操縦桿のトリガーにかかった。可変翼を中間位置へ開いたスホーイ24の上面がヘッドアップ・ディスプレーにはみ出すばかりに近づいて来る。機関砲射撃をするなら、偶然だが絶好のポジショニングだ――！　スホーイのシルエットはさらに拡大し迫る。デジタルの射距離表示一〇〇〇フィート、八〇〇フィート、五〇〇フィート――一段目の引き金を絞る。ガン・カメラ作動。そして二段目――灰色の可変翼の付け根カディスフレーから完全にはみ出す。人差し指に力がこもる。
（どうする、やるのか？　いま撃てば――）
風谷は酸素マスクの中で息を止める。
（――いま撃てば、やつを木っ端微塵に出来る）
ぶつかるばかりに近づく。黒いフィルムを張ったコクピットがくっきりと見える。
四〇〇フィート。
（やつを殺せる！）
そう思った瞬間。

――『風谷君』

ふいに眼の前に、振り返る少女の顔が浮かんだ。夕日。長い髪。制服を着た月夜野瞳が、振り返ると風谷に微笑した。

――『風谷君、優しいのね』

「――はっ」

三〇〇フィート。赤い衝突警報が点滅する。

「くそっ！」

風谷はトリガーを離すと、操縦桿を引きスピードブレーキを畳んだ。機首が水平線より上を向くまで一気に引き起こす。凄じい下向きG。イーグルの機体は腹でスホーイのコクピットを擦るようにして、双発エンジンのブラストを噴きかけながらスホーイの直前に躍り出、行く手を遮った。風谷は腹をえぐられるようなGの苦痛に顔をしかめ、うめいた。

「ううっ、くそ」

『いい腕だ、自衛隊』

と、血液が下がってカァッと熱くなった風谷の頭に、あのつかみどころのない冷たい声がした。

『ククク、死ね』

総隊司令部

『う、うわぁあああーっ！』

天井スピーカーに悲鳴が響き渡った。

悲鳴とともにガンガン、ガンッと金属構造体を巨大なハンマーでぶったたくような衝撃音が轟いた。

「ブロッケン1が攻撃を受けた模様！」

「被弾したのかっ？」

「ブロッケン2、ブロッケン2、情況を知らせよ」

その叫び合う声を、葵は中央指揮所の外の地下通路の電灯の下で、壁越しに聞いた。

「やられたのか……？」

葵が振り向くと、両脇を挟んで拘束していた保安要員の若い一曹二名が、手を離した。

「どうしたんだ。留置場へ連れて行かないのか」

「私たちだって、情況はちゃんと見ていました。先任は、悪くなんかありません」

「そんなことを、言うんじゃない」

葵は、疲れた喉の回りに指を差し入れ、制服のネクタイを緩めた。

「自衛官なら、命令に従うんだ。自衛官とは、そういうものだ。たとえ命令したやつが馬鹿でも畜生でもな。命令が実行されなかったら軍隊の組織は機能しない。俺のように、考えてものを言ったり、上の御意向を曲げようとしてはいけないんだ」

「そうでしょうか」

もう一人の若者が、葵を見て言った。

「私たち自衛官は、本当に自分の意見を言ってはならないのですか？　自衛隊は軍隊ではないと教わりました。軍隊ではないのだったら、少しくらい自分の意見を主張してもよいのではないですか。現に、葵先任は――」

「俺は、本音と建前がちゃんと使えない馬鹿さ」

葵は、かすかに笑って頭を振った。

「いいよ、もう疲れた。連れて行ってくれ」

小松基地

（風谷君が、やられた……!?）

風谷の『うわぁあぁーっ！』という悲鳴と機体の被弾する凄じい衝撃音は、小松基地要撃管制室にもリアルタイムで響き渡っていた。

「嘘……」

美砂生のつぶやきは、声にならなかった。

「風谷！」

「風谷っ！」

「く、くそっ」

月刀、火浦、日比野の三人の背中を、美砂生はただ呆然と見ていた。

『ブロッケン2、情況を報告せよ！』

スクリーンの上、さっきまで表示されていたブロッケン1の緑の三角形が、消失する。

『こちらブロッケン2。風谷機は被弾、パイロットはベイルアウト！　旅客機も被弾しました。旅客機も今の射撃で被弾！』

『ブロッケン2、パラシュートは確認したか』

『暗くて見えませんっ』

赤い三角形が次第に現場から離れ、高度表示の数字を減らして行く。

『アンノンはどうした』

『分かりません、離脱しました。あぁっ、りょ、旅客機が降下し始めた！　コントロールを失い海面へ向け降下し始めたっ』

川西三尉の叫びは、美砂生の両耳から侵入し、ツンッと頭の芯を錐のように突いた。

『旅客機は火災を起こし始めた！　燃えている』

「うっ」

美砂生は両耳をふさぎ、スクリーンから顔を背けた。風谷君はベイルアウトした。そう言っていた。死んではいない。死んではいない。パラシュートは見えないと言ったがきっと死んではいない……。

（ああ、風谷君……！）

耳をふさぐ美砂生の腕を、横から黒羽がちょん、ちょんとつついた。

「あのさ、漆沢三尉」

「何よ」

「民間へ転職するんなら、早いほうがいいわよ」

日本海上空

「旅客機は間もなく海面に突入するっ。救難ヘリを、救難ヘリを早くっ!」

川西は、火を噴きながら海面へ降下して行くエアバスの真横を、なす術もなく伴走していた。機関砲の直撃弾を受けて四つのエンジンのうち三つが火焔を噴き、右翼が燃え上がっている。小さく並んだ窓の中に乗客の悲鳴を上げる顔がちらちらと見えている。だが川西には、どうしようもなかった。たまらずに顔を前へ向けると、真っ黒い海面が迫って来た。高度表示が情け容赦なく減り、電波高度計の対地接近警報が『プルアップ、プルアップ』と合成音声でがなりたてる。川西は仕方なく、操縦桿を引く。エアバスはそのまま沈み込んで行く。操縦士の必死の回復操作が見えるようだ、四発の機体は最後に機首が引き起こされ、浅い角度で黒い海面を赤々と照らしながら、尾部から着水した。白いしぶきが上がる。一拍おいて主翼が倒れ込むように着水し、巨大なしぶきが水中爆発のように拡散

した。

川西は機を上昇させながら円形に燃える海面を振り返り、酸素マスクの中で唇を嚙んだ。

「ち、畜生っ、撃墜許可さえ出ていれば――――！」

『ククク――』

「ど、どこだっ？　貴様どこにいるっ」

川西は視界のよいコクピットから夜の空の全周を見渡し、密かな笑い声の主を捜す。

『ブロッケン2、どうした』

『クククク、燃えてしまえ。人民を搾取する人でなしの鬼どもめ、間違った悪いやつらめ、いい服を着たまま燃えてしまうがいい』

「〈亜細亜のあけぼの〉だと、ふざけやがって」

川西はレーダーを自動捜索モードに入れた。いた――――！　低空へ降下しながら北西へ離脱して行くスホーイの機影が、白い菱形のターゲットシンボルで表示された。

「逃がすか、待ってろ！」

川西は操縦桿を倒し、ターゲットシンボルに機首を向け、追った。スロットルを最前方へ叩き込む。アフターバーナーが点火する。

「こちらブロッケン2、編隊長が撃墜された。これより正当防衛によりアンノンを撃墜する！」

総隊司令部

「駄目だ駄目だ駄目だっ」

　雑上掛が叫んだ。

「あの二番機は何も分かっとらんぞ。正当防衛というのは、自分自身が攻撃されて命が危ない時のやむを得ない反撃のことを言うのだ、僚機がやられた時の仕返しではない！　ただちに発砲を禁止せよ」

『こちらブロッケン2、アンノンをミサイルでロックした。これより攻撃する』

「発砲させるな。あの二番機の馬鹿にミサイルを発射しないよう命じろ！」

「ブロッケン2、待て。攻撃は禁止だ。自分が攻撃されるまでは正当防衛にはならない。発砲は禁止。繰り返す、発砲は禁止」

　雑上掛の命令で、若い担当管制官は仕方なく川西機にミサイル発射を中止させた。だがしかし、攻撃を中止させた直後にスクリーンの紅い三角形は追われる態勢から反転し、たった一つになった緑の三角形に向かって行く。管制官は驚いて、ヘッドセットを押さえながら川西機に叫んだ。

「ブロッケン2、ブロッケン2！　アンノンが反転、そちらへ向かった。12オクロック、

三マイルだ。対向接近中！」

小松基地

「川西、逃げろっ！」

月刀がマイクに叫んだ。

「そいつに手を出すんじゃない、逃げるんだ！　回避して全速で逃げろっ」

だが遅かった。

『う、うわぁあああっ』

悲鳴と共にガガガッ、という衝撃音が途中まで聞こえ、ふっつりと途切れた。

「かっ、川西ーっ！」

緑の三角形が、止まったまま高度表示を減らす。そして五秒とたたずにスクリーンから消えた。

「対向射撃で――それも一連射で撃墜だと？」

「川西は脱出できたのか？」

「分かりません」

美砂生はその光景に、声も出なかった。

(あの子が……!?)

あの子もやられた――? ついさっき会ったばかりだ。美砂生の顔を見てびっくりしたような顔で、頰を赤らめて格納庫を案内してくれようとした、まだ少年っぽい男の子が――

「川西……」

さすがに黒羽も腕組みしていた両腕を解き、スクリーンを呆然と見上げる。

その横を、仁王立ちで見ていた鷲頭が巨体をひるがえして無言のまま出て行く。出ぎわにぼそっと何かつぶやいたようだったが、美砂生には気づく余裕もない。

総隊司令部

「ブ、ブロッケン2、応答なし……。レーダー反応、消失――」

若い担当管制官は、スクリーンを見上げたまま呆然とつぶやいた。緑の三角形が消え、紅の三角形が高度を急速に下げながら画面の左上へ逃げて行く。替わって右下から超音速で画面に入って来たのは、百里基地から上がった別の要撃機だ。だがバキシム1、2の二機が現場にたどり着くはるか前に、紅い三角形は低空へ降下してレーダー・カバレッジを脱出、スクリーンから姿を消した。その後を、日本海沿岸の各基地から出動した救難ヘリ、救難捜索機が多数、二つの民間機着水現場に群がり集まるように北上して行く。

「お、俺のせいだ……」

若い管制官は、ヘッドセットをもぎ取ると、両手で頭を抱えてううぅっ、と泣き始めた。

「うっ、うっ、お、俺のせいだ！　俺が発砲禁止命令なんか伝えたから、あのパイロットは――」

コンソールに突っ伏して泣き始めた管制官の背中に、同僚たちが立ち上がって集まり「田代」「おい田代、しっかりしろ」と叩く。だがその頭上から、

「こらっ、お前たち何をやっとるか！　さっさと救難態勢の連絡調整をせんか！　まったくどいつもこいつも、航空自衛隊のやつらは役に立たんわっ」

雑上掛は怒鳴り散らすと、ふんぞり返っていた中央の席を立ち上がった。

「わしはこれから、首相官邸で総理にご報告しなければならない。幕僚長、行くぞ」

その声に、トップ・ダイアスに着いていた幕僚たちが一斉にざざっと席を立つ。だが出て行こうとする雑上掛の前に江守が立ち上がり、道を塞いだ。

「何だ、江守？　君は何か文句でもあるのか」

「いえ。参事官。しかし撃墜されたパイロットのうち一名は、殉職した可能性があります。せめて」

「せめて、何だね。君ら自衛隊員は、軍人だろう。軍人なら国のために死ぬのは、当たり前である」

「じ、自衛隊は――」

「何だね」

「――」

「用がないなら、そこをどけ」

雑上掛は江守を押しのけ、夏威補佐官に鞄を持たせると、白久蛍幕僚長を筆頭に幕僚たちを大名行列のように引き従え、「ああ大変だ。忙しい忙しい」とつぶやきながら中央指揮所を出て行った。

日本海上空

三十分後。

美砂生は、小松基地救難飛行隊所属のＵ１２５Ａ捜索指揮機のキャビンで、横腹に大きく開けられた捜索窓から黒い夜の海面を見下ろしていた。

「月刀一尉、先行した指揮機からです」

Ｕ１２５Ａは、双発の小型ビジネスジェットを改造した十人乗りの機体だ。遭難現場へいち早く向かい、遭難者の発見と、救難ヘリの誘導を行うのが任務である。機上無線席、捜索オペレーター席に挟まれた狭い通路を、呼ばれた飛行服姿の月刀が前方のコクピットへ移動し、副操縦士からヘッドセットを「すまん」と受け取る。エンジンの音で話している声は聞こえない。

あの後、小松基地の全救難機に緊急出動が命じられた。月刀は「俺も行く！」と要撃管制室を飛び出そうとして、ふと気づいたように「漆沢、鏡、お前たちも来い。手助けが必要だ」と言った。美砂生は飛行服に着替える余裕もなく、黒羽とともにジープで救難飛行隊のハンガーへ連れて行かれた。U125Aのステップに足を掛けるが早いか、双発のジェット機は小松の滑走路に走り出て、離陸した。乗員たちは呼び出されたスタンバイ要員で、基地で出動待機していた本隊はとっくに貨物機とエアバス機の着水現場へと急行していた。民間機で多数の被害が出た以上、空自としては身内の隊員の捜索・救助にさけるのは後からかき集めた要員と機材だけだった。

「風谷が見つかったんですかっ？」

ふいに月刀が無線に怒鳴った。

「分かりました、ヘリを急行させて下さい。えっ、乗客の生存者救出が最優先？　だからといって、身体を張って旅客機を護ろうとしたパイロットを、放っておくと言うのですかっ！　重傷を負っているかも知れないんだっ。え？　団司令の命令？　ふざけるのもいい加減にしてくれ、乗客を救助した帰りにでも拾ってくれればいいじゃないかっ！」

月刀はぷりぷりしながら通路を戻って来た。

「風谷三尉は、見つかったのですか」

「ああ。射出座席のディンギーが海面で見つかった。生きているかどうかはまだ分からん。我々は川西の捜索に向かう。漆沢、鏡、お前たちは窓に張り付いてしっかり捜せ」

それだけ言うと、月刀は機上通信席へ行き、無線で小松の団司令部を呼び出すと、「うちの飛行隊のパイロットの捜索に、ヘリを一機回してくれっ！」と猛烈に文句を言い始めた。

美砂生は、捜索窓から夜の海面を一生懸命見ようとしたが、底なしの暗闇のようで、何も見えない。黒羽も反対側の窓から下を見ているが、ふてくされたように腕組みをして、窓の強化ガラスに額をくっつけている。やはり何も見えないのだ。

「何も見えないわ……」

「いいんですよ三尉。そんなに必死に見なくても、今の時代は赤外線スキャナーと全周捜索レーダーで漂流物は必ず見つかります」

捜索オペレーター席から、ヘッドセットをつけた航空士の三曹が振り向いて言った。

「その捜索窓は、気休めです。このU125Aは、普段も見張り要員は乗せていないんです。発見したらそこの投入口からマーカーを投下しますから、お二人とも作業の邪魔にならないよう、そのまま窓に貼り付いていて下さい」

川西機の遭難現場と見られるポイントへ向かう途中、黒い海面が赤々と燃えている場所を通過した。着水した旅客機は最低二十分くらいは浮いているものと聞いたが、機体の損傷が激しかったのだろう、燃える海面には垂直尾翼の先端すら目には入って来なかった。数機のUH60J救難ヘリが、周囲をホヴァリングしながら救難員をホイストで海面に降ろしている。

「生存者が何人かいるようです。着水してから脱出する余裕があったんでしょう。よかったですね」

三曹が無線を聞きながら言った。そこへ、

「月刀一尉。団司令部からの連絡で、このまま旅客機の救助現場にとどまって映像を中継せよとの指示なんですが、どうしますかっ。何でも、NHK始め在京TV各局からの要請らしいんですが――」

コクピットから機長が振り向き、困ったように言った。月刀はそれを聞くと、日灼けした顔を真っ赤にして怒った。

「もう一度無線を貸してくれ、俺が直接掛け合う！　まったくあの団司令のタヌキ親父は、部下の命よりも自分の体面のほうが大事なのかっ」

東京・赤坂

首相官邸では、広い前庭に早くも報道機関のテントが照明をつけ、駆けつけた中継車が衛星アンテナを夜空に向けている。官邸内部一階の大広間では、急きょ招集された緊急閣議に先だって、首相の記者会見が始まろうとしていた。

「ああ皆さん、ご苦労だね」

壇上に立った肥満体の男は、内閣総理大臣・鰻谷大道六十六歳。茶色い顔を脂でてかてかと光らせ、報道陣のフラッシュを浴びた鰻谷は愛知県選出で当選十五回、建設族の親玉的議員と言われていたが、一部の記者からは〈スター・ウォーズ〉に登場する両生類型宇宙生物の親玉の名前で呼ばれていた。

「では総理、早速質問に入らせていただきます」

進行役の公共放送の記者が言うと、各TV・新聞などの記者が一斉に手を上げた。

「総理、今回の事件で自衛隊機の行動に問題はなかったのですかっ」

「総理、自衛隊機が挑発、あるいは過度に追跡したから国籍不明機は民間機を撃ったのではないのですかっ」

鰻谷はゴフッと鼻息でマイクを鳴らすと、

「ああ、今回ね、自衛隊機の行動では、憲法に違反した行為は一切なかったと確信しております」

「先ほど官房長官から、国籍不明機の所属については確認できない、また集団的自衛権の行使に当る可能性があったので自衛隊機は国籍不明機に手を出さなかったと説明を受けましたが、では自衛隊機は、追われている民間機が韓国の飛行機だという理由で撃墜されるのを黙って見ていたというのですか」

「ひどい」

「そりゃひどいぞ」

「見殺しにしたのかっ」

「人道上許されない行為だわっ」

「いや、見殺しとかね、そのようなことはない。出来る法の範囲内で、国籍不明機の不法行為を防止しようと、努力したのだ」

「その努力というのは、具体的には武器を使用し国籍不明機の行動を阻止するということですかっ」

「やろうと思えばね、その選択肢も採用する準備はあった。ただ手をこまねいていたわけではない」

「それは自衛隊機が、他国の軍用機、防衛省筋では北朝鮮とはまだ確定できないとのことですが、とにかくどこか他国の軍用機に対して、攻撃する準備をしていたということですかっ」

「国籍不明といえど、どこか他国の軍用機と自衛隊は交戦しようとしていたのかっ」

「恐ろしいわ、戦争の準備じゃないのっ」

「そりゃ問題じゃないのか」

「そうだ問題だ」

「憲法違反だっ」

「ああちょっと待ってくれ、憲法違反ではない。結局ね、攻撃は集団的自衛権の行使に当るとの判断から、法にのっとり、今回自衛隊機は発砲をしなかったわけだ」

「では、何もしないで見殺しにしたんですねっ」

「ひどいわっ」

「人道上問題だ」

「そうだ問題だっ。法解釈がどうのとか言って、殺されようとしている数百人の民間人を見殺しにしたんだ」

「何てひどいんだ、政府と自衛隊は、自分たちさえよければいいのかっ」

「ああ、違う。何度も言うようだが、実力行使で国籍不明機の不法行為を阻止出来る用意もあったし、現に自衛隊機は、撃たれている民間機との間に割り込んで――」

「割り込んだ、ということは実力を行使したということじゃないんですかっ」

「特攻隊と同じだ」

「やっぱりそれは戦争行為と同じだ」

「体当たりするなんて、子供たちの教育上、いったいどう思っているんですかっ」

「ああ、割り込んだというのは、体当たりではなくてだね――」

「総理。結局、発砲しなくても自衛隊機は韓国と国籍不明機との紛争に介入したわけです。そのことによって、我が国が紛争当事国から不必要な攻撃にさらされる危険性も考えられるのに、総理はなぜそのような行為を認められたのですかっ」

「責任問題だ」

「問題だ」

「問題だっ」

「ああ、ちょっと待ってくれたまえ――」

　鰻谷は鈍重そうな首を左右に動かして場をとりなそうとしたが、帝国新聞と日本で発行部数一、二を争う中央新聞の女性記者の興奮した叫びは、止めようがなかった。

「だいたい、自衛隊なんか持っているからいけないのよ！　自衛隊がなくなって米軍が出て行って原発がなくなって自由資本党が潰れれば、きっと世界は平和になるんだわっ！」

会見会場の大広間は、収拾がつかなくなりかけ、「緊急閣議が始まりますから」と官房長官が無理やり幕を引いてもなかなか騒ぎは納まらなかった。

鰻谷は、官邸二階の閣僚会議室へ向かいながらネクタイをゆるめ、ぐるるるっと喉を鳴らした。

「まったく、ああ言えばこう言う、こう言えばああ言うでマスコミの連中というのは――!」

「総理。マスコミは後で何とかするとして、野党対策はどうされます」

上着を持ってつき従う政策秘書が訊いた。

「うむ。やつらには『憲法を守って集団的自衛権の行使を避けた』の一本で通すしかないだろう。今、平和世界党の千畳敷かた子の機嫌を損ねるわけにはいかん。例の河口堰の建設予定地は、こともあろうにあの千畳敷のばぁの地元選挙区なんだからな」

「総理。とりあえずは長縄の三代目の若造を切って、責任を取らせますか?」

後ろから官房長官が追いついて来て訊く。だが鰻谷はちょっと考え、「待て」と頭を振る。

「あの小僧からは、まだ搾り取れそうだ。もう少し生かしておこう。とにかく参院選を控えた我が党には、金が必要なんだ、金が」

霞が関・財務省

「ロンドン市場、オープンと同時に円が売られています。まずいですね。一ドル一四〇円を割り込んでどんどん下がっています」

ＴＶの画面に特別報道番組が流れる横で、証券局の各モニターには日本時間夜七時に開いたばかりのロンドン市場の値動きが表示されていた。細かい数字とグラフは、生物の体温や心拍数のように微妙に波動をくり返しながら動き続けるが、やがてはっきりとした傾向を示し始めていた。原因は、ＴＶの画面に映っている黒い海面の炎だ。ヘリコプターの投光機の光の輪の中で、ぐったりした民間人の乗客がウエットスーツの救難員に抱えられて吊り上げられて行く。日本人か韓国人か判別はつかないが、黒く濡れた赤いコートは二十代の若い女性のようだ。『生存者が今吊り上げられます。三月の冷たい日本海の海中に投げ出され、救助されるまで四十分。果たして医療施設に収容されるまで、生命力はもつのでしょうかっ』

画面が切り替わる。

『こちらは外務省前です。ただ今、北朝鮮・朝鮮民主主義人民共和国政府から公式声明が出された模様です。それによると今回の民間機撃墜事件に北朝鮮は一切関与しておらず、すべて六ヶ国協議による経済・エネルギー支援に資金を拠出したくない日本政府・韓国政府と米軍によるでっちあげであるとの主張です。北朝鮮政府はただちに日本政府に対し、公式な謝罪と、謝罪のしるしとしてコメ一〇〇万トンの無償供与を要求して来ました。これに対して外務省は――』

また画面が切り替わる。

『外務省前からお伝えしている途中ですが、ただ今ソウルから中継が入った模様です。ソウルから衛星中継にてお伝えします。ソウルの鍋島さん、鍋島さん聞こえますか』

「まずいわね。一四〇円割れか……」

四条真砂は、モニターの数字に舌打ちした。

「これで輸入関連株は確実にダメージだわ」

「確かにまずいですね。自動車や鉄鋼が総ワクをはめられてる以上、輸出にも期待はできません。決算期を前に、平均株価に与える影響は深刻です」

スタッフの前にする画面には、一ドル一四四・六という数字が表示され、震えるように一四四・八になる。その後も数字はおちつく気配がない。

「仕方ないわ。モニター続けて」

真砂はスタッフに指示すると、証券局のオフィスを振り向いてパン、パンと手を叩いた。

「みんな聞いて。明日の国内相場は荒れるわ。体力がもたないから半交代制にする。今から第一班は仮眠に入って。第二班はモニター。あたしはボスのところへ行っているから、何か急な変化があったら連絡。もし東証の幹部が泣きついて来ても、局の方針が決まるまでは一切答えないこと。いいわねっ」

「はい」

「はい」

「はいっ」

「課長補佐、ちょっと――」

井出という解析専門の若い職員が、出て行こうとする真砂を小声で呼び止めた。

「先ほど言いつけられた、航空無線愛好ネットワークからなのですが……。ちょっと妙な報告が」

「妙な報告？」

真砂は足を止めた。

「はい。能登半島在住のメンバーからの報告なのですが――先ほどの騒ぎの中で、国籍不明機と自衛隊機との間に直接交信があったと。それを傍受したというのです。妙なんですよ。あの韓国民間機を攻撃した国籍不明機、弱い電波でですが、自衛隊のイーグルに日本語で話しかけたというのです」

「日本語――？」

「ええ。意味不明の名称を名乗り、わけの分からないことをつぶやいてたと……」

日本語……。

真砂は眉をひそめた。

「その交信テープ、手に入らない？」

「ネットを通じれば、すぐに送ってはもらえます。受信状態はあまり良くないそうですが……」

「お願い。何か重要なことが分かったら教えて」

真砂は井出に指示し、局長のオフィスへ報告に出ようとしたが、その背中をまた別のスタッフの声が呼び止めた。

「課長補佐、ロンドン市場が荒れ始めましたっ。アジア路線を持っている航空会社の株が軒並みストップ安、ヨーロッパ系航空機メーカー関連株が早くも下がり相場、海運株も下がり始めています。ドルは上がり続けて止まりません！」

日本海上空

「風谷三尉が発見されました。映像を出します」

Ｕ１２５Ａ捜索指揮機の機上無線席で、無線オペレーターが振り向いて呼んだ。捜索窓から黒い海面を見ていた美砂生、黒羽、そして月刀が無線席のコンソールへ駆け寄る。

電送画像だ。小さな5インチのモニターに、粗い夜の映像が揺れてブレながら現われる。

「救出に駆け付けた、うちの隊のヘリからの映像です。映りは良くないですが――」言いながらオペレーターの航空士は揺れる画像を調整する。

（……！）

美砂生は、ごくっと唾を呑み込んで小さなモニター画面を見た。黒い波の間から、暗緑色のフライトスーツに包まれたぐったりと動かない人影が、救難員に抱えられるようにして吊り上げられて来る。

「生きてるのかっ」

美砂生の気持ちを代弁してくれるように月刀が訊くと、オペレーターはヘッドセットを押さえ、

「メディックからは、『意識がないから早く病院へ向かえ』と――それだけです」

低空にホヴァリングするヘリのデッキに、引きずり上げられるずぶ濡れのフライトスーツ。ぐったりと動かない。顔も見えない。風谷は生きているのだろうか。さっきまで必死に役目を果たそうと、たった一人のコクピットで喉を嗄らして叫んでいた風谷は……。

――『う、うわぁああーっ！』

（風谷君……！）

美砂生は、画面を食いいるように覗き込んだが、濡れた前髪に覆われた風谷の顔は見えず、仰向けにされてヘリの内部へ運ばれて行くと、もうデッキ開口部と黒い海が映っているだけになった。

「助かるのか、風谷はっ？」

「分かりません。私もベイルアウトして着水したパイロットを何度か拾いましたが、意識がないというのは初めてで――」

無線オペレーターが月刀に頭を振りかけた時、捜索オペレーター席の航空士が「赤外線スキャナーに反応！」と叫んだ。

「前方二マイルの海面、戦闘機の残骸らしき漂流物――やや広範囲に、散らばっています！」

十五分後。

U125Aからの通報を受け、川西機と思われる残骸――尾翼と胴体の一部が浮かんでいる海面に駆け付けてくれたのは、空自ではなく付近を航行中だった海上自衛隊護衛艦の艦載ヘリだった。

白い横腹に日の丸を染めぬいたSH60J対潜ヘリのデッキから、救難員ではなくダイバー二名が夜の海にジャンプして飛び込む。ホヴァリングするローターのダウンウォッシュで、黒い海面に白い円形の波紋が広がる。その光景を、U125Aは上空を旋回しながら見守り続けた。ヘリの投げかける光の輪の中で、黒い海面が白く泡立ち、その中にライトグレーの鋭角の金属板がちらちらと見え隠れする。あれは確かに、見慣れた塗装の色だ……。

『尾翼の一部と思われる物件を確認した。現在、我々の母艦が急行中なので、母艦が回収作業を行ないます。それでよいですか』

海上自衛隊のパイロットが、気の毒そうな声で確認して来た。

「ありがとうございます」

月刀が無線に答える。

「エンジン部は沈んでしまったでしょうが、コクピットを含む機首部分は、見つかりませんか？」

『ちょっと待って下さい――今、下のダイバーより報告。海中で機首部分と思われる残骸を発見。海面に激突した時かなりの衝撃があったらしく、折れた模様です。コクピットは直撃弾を受けたらしく、原形を留めていない――遺体の一部があるが、今引き揚げますかと訊いています。どうされますか？』

遺体の一部……

川西三尉の——？

美砂生は唇を噛み締め、目を伏せた。顔から血の気が引いているのが自分でも分かった。隣で黒羽も言葉を失っている。

『遺体も機体と同様、原形を留めていません。このままでは母艦が到着する前に魚に食われる、とダイバーが言っています』

「分かりました……。回収出来る部分だけでも、今お願いします」

月刀はそう言って、マイクを切った。

東京・赤坂

緊急閣議が終わった。

鰻谷総理から引責辞任を求められずに済み、かろうじて首の皮一枚がつながった防衛大臣長縄敏広は、黒塗りの公用車のバックシートに沈み込んで冷や汗を拭いていた。

「ああ、死ぬかと思った。銀座へやってくれ、銀座へ。息ぬきしないと身体がもたん」

「しかし若、いえ大臣。先ほどは苦しい中、よくぞおやり遊ばした。歴代大臣のように官僚の義生こもならず、乗り切られたのは立派です。『武器を使用せずに撃墜を阻止せよ』

とは、これ以上に巧い命令の仕方はございません。この小山崎、これで安心して先代の墓前にご報告できるというもの――」

小山崎秘書が助手席から振り向いて言うが、

「よせよ。おだてて自信つけさせようっていうんだろ。閣僚の地位がこんなに危ういなんて想像もしていなかったよバカヤロー……」

長縄は深くため息をついた。

「あの逃げた国籍不明機……結局見失ったらしい。またいつ襲って来ないとも限らん。いったい俺の防衛大臣は、いつまでもつんだ――」

「若。閣僚ポストは危ういですが、日本でこんなに美味しい職業もございません。今のうちに、稼げるだけ稼いでおくのです」

「分かってるけどさ……」

そこへ、助手席の自動車電話が鳴った。

「若。北武新重工の魚水屋会長でございます」

差し出された受話器を、長縄は「何だよ」とうざったそうに受け取った。耳に当てると、七十に手が届く日干しの秋刀魚のような禿げ頭の叩き上げ経営者が、電話の向こうで『毎度どうも先生、魚水屋でございます』と低姿勢に愛想を言う。

「ああ、あんたか。今日は急用で失礼したな」

『いえいえ、滅相もございません。まったく大変なことになりまして。お気の毒でございます』

「宴席ならまたセットしてくれ」

『いえいえ先生。宴会の用件ではございません』

「ん？」

けひひひ、と老人は笑った。

『どうもこのたびは、Ｆ15戦闘機が二機も消耗されたそうで、お気の毒でございます。つきましては早速でございますが、欠損補充の発注をされてはいかがでございましょう』

電話の向こうで、つかみ所のない笑みを見せて揉み手をする痩せた老人の顔が見えるようだった。

「補充？　戦闘機のか」

『空自のＦ15の欠損補充につきましては、当北武に扱わせていただけるお約束でございます。先生へのキックバックにつきましては、発注価格の一パーセントでいかがなものでございましょう』

「追加予算かぁ……。財務が何て言うかなあ」

『そこはそれ、先生のお力でＦ15の一機や二機』

「一パーセントくらいじゃ、やる気が出ないなあ。見返りはこの際、二パーセントでどうだ？」

『そっ、そんな滅相もない。先生それでは私どもの儲けがなくなってしまいます』

「じゃあやめようかなあ。追加予算の申請」

『では、間を取り一・五パーセントでいかがなものでしょう？　周辺装備品もご一緒に発注されれば、かなりのものでございますよ』

「一機八十億として、二機でキックバックが二億四千万か……。どうしようかなぁ、どうせ総理に半分取られるんだしなあ――」

つぶやきながら長縄は、十五億までいくらだ？　と回らぬ疲れた頭で暗算していた。こうして利権が使えるうちに、閣僚に就任するためにばらまいた十五億の返済を一日も早く終えなければ、長縄の家も自分もお終いだ……。総理に半分上納して自分の取り分は一億二千万。すると十五億まではあと十三億八千万か。十三億八千万――十二億八千万稼ぐには、Ｆ15はあと何機おちればいいんだ……？

小松基地

深夜。

救難隊のエプロンでは喧騒が続いていたが、Ｆ15を格納した三〇七飛行隊のハンガーは静かだった。高い天井の下、水銀灯に照らされて、四機のイーグルがじっと翼を休めていた。

「ここにいたのか」

一人たたずんで機体を見上げている美砂生を見つけ、月刀が入って来た。人気のないハンガーの空間に、カツ、カツ、カツと足音が響いた。

「月刀さん……」

フライトスーツ姿の美砂生は、疲れた顔で近づいて来るサングラスの男を振り返った。

「何をしてた、漆沢？」

「機体を見ていました」

「そうか」

月刀は美砂生に並ぶと、サングラスを取ってイーグルの機体を見上げた。F15は大きく、前脚の高さが美砂生の身長と同じくらいある。

「風谷な、命を取り止めたそうだ」

「本当ですか」

「さっき病院から連絡が入った。意識は失っていたが、幸い全身打撲のみでほとんど外傷もない。だが旅客機の乗客のほうは……生存者わずか八名だそうだ。そのうち幼児が一人。その二歳の女の子の母親は助かったが、父親は駄目だったらしい」

月刀はため息をついた。

「風谷君が――風谷三尉が、助けたんですよね？　その人たち」

「そういうことに、なるかな……。でも八名を救ったと称えるより、残り数百名を護り切れなかったと世間は非難するかも知れない」

「そんな」

「そういうものさ。世間やマスコミが俺たちに向ける視線というものは」

つい数時間前――夜の海上に、群がるように集まってきたマスコミ取材ヘリの遠慮なく嘗めるようなライトを、美砂生は思い出した。川西機の残骸を回収する海自の護衛艦が、ライトアップされた彫像のように浮かび上がる。暗視装置を付けたダイバーが、何度も作業を中断する。その度にＵ１２５Ａが上空から注意するがお構いなしに、取材ヘリたちは引き揚げられる残骸の上に蠅のように群がり集まる。

「どうして」

美砂生は月刀を見上げた。

「どうして――あたしを連れて行ったのですか」

「ん」

「救助活動、足手まといになるって分かってたのに。どうしてあたしと鏡三尉を現場へ連れて行ったんです？　何の役にも立たなかったわ」

「見て欲しかったからさ」

「え」

「見て欲しかったからさ、君に。親しい人間が殉職するところを見るのは、俺には初めてのことじゃない。でも君は——見る必要がある。俺たちの闘いの現実を、見る必要がある。そう思ったのさ」

月刀は静まり返った格納庫の中をコツ、コツと歩き、F15のすらりとした機首の下面に、ポンと手で触った。「なぁ」と月刀はつぶやくように言う。

「世界最強のイーグル。連日の命がけの訓練……。でも現実には、どこかからやって来た国籍不明機にバルカン砲の一発すら撃てず、俺たちは負けてしまった。最強のはずのイーグルが、武装といえば機関砲一門しか持たない対地攻撃機改造のどんくさい電子戦偵察機に翻弄《ほんろう》され、二機も撃墜されてしまった。世界のどんな国の空軍でだって、今夜のようなばかげたことは起きないだろう。起きっこない。しかし日本の自衛隊では、こういうことが起きるんだ」

「————」

「いつか君に言っただろう。俺たちのしている訓練は、全て無駄になるかも知れない。必死で努力しても、何も報われないかも知れない……。俺たちの闘いは、そういう闘いなんだ——

月刀は、振り向いて美砂生に問うた。

「漆沢。それでも君は、自衛隊で闘うか――？」

「――――」

美砂生は、唇を噛み締めた。

目を閉じた。

目を閉じると、アイランダーに併走してくれたイーグルの姿がまだくっきりと頭に浮かんだ。海中の残骸を目にした後の現在《いま》でも、その姿から受ける浮き立つような熱い気持ちは、変わらなかった。

「あたし――」

美砂生は目を上げて言った。

「あたしは――まだよく分かりません。だけど……あたしは、この子が好きだし」

美砂生はイーグルのライトグレーの機首を、顎で示した。

「……乗っている人たちも、好きだし」

日本海中央病院

『風谷君』

『ねぇ、きれいね』

『優しいのね』

『風谷君？』

『遠くへ行くの？　行っちゃうの？』

『わたしを置いて行くの？』

『風谷君……』


『ククク。死ね』


「う――」

風谷は、目を開けた。

白い天井が見えた。病院のベッドにいるのか、と気づくまで、数瞬かかった。

「俺は――被弾して……」

そうか。脱出したんだ――旅客機はどうなった？　川西はどこにいるんだ？　情況が知りたい。

「うっ」

起き上がろうとして顔をしかめ、うめいた風谷を、気づいて入室して来た看護師が「駄目ですよ」と優しく押さえつけた。

「あなたは絶対安静です」

「旅客機はどうなったんですかっ」知りたいんです、と床に押さえつけられながら頼むと、懇願する熱心さにほだされたのか、医師を呼びに行った。

小松空港からいちばん近い大病院らしい。やがて騒がしい廊下から看護師が戻って来ると、風谷一人の小さな個室にポータブルＴＶを置いてくれた。

「先生方は、生存者の人たちの手術にかかり切りです。あなたは全身打撲だけで身体は問題ないようだから、これでも見ているようにと――」

中年の看護師は、ＴＶのリモコンを握らせながら、哀れむように風谷の前髪の下の眼を見た。

「戦闘機のパイロットの人なら、神経は太いだろうから見せてもいいだろうって先生は言うんだけど、あなた大丈夫かしらね」

「？」

「うちの長男、中二なんだけど……。時々小松から上がって行くあなたたちの飛行機を見て、僕もパイロットになりたいとか言うのよ。だけど私は、絶対にさせない――ああごめんなさいね、あなただってきっと、命がけで何とかしようとしたんでしょうね。お大事にね」

看護師が出て行くと、風谷は手を伸ばし、「今何時だろう」とつぶやきながらTVをつけた。

深夜でも延長放送されているNHKの報道特別番組の画面が、パッ、パッと息をついて現われた。

(——!)

いちばん最初に風谷の目に飛び込んできたのは、画面に映される名簿だった。

「名簿……」

手から力が抜け、リモコンがシーツの上にするりと抜けおちた。風谷は息をつき、手で力なく顔を覆った。

——『クク、いい服を着たまま燃えてしまえ』

『続いて、救助されて病院に収容された乗客の方々のお名前です。日本人三名、韓国人四名、アメリカ人一名です。日本人三名のうちお一人は、二歳の幼児です——』

男性アナウンサーの声が、下を向いた風谷の耳に容赦なく染み込んで来る。

『福岡真一さん三十五歳、京都府宇治市。柴田瞳さん二十四歳、神戸市垂水区。柴田里恵ちゃん二歳、同じく神戸市垂水区。続いて韓国人の方の——』

くり返して申しあげます、とアナウンサーは告げる。生存者は次の八名です——

（八人、たったの……）

風谷の顔から、血の気が引いた。冗談じゃない、本当なのか？　川西は無事に還ったのか？　基地に戻って話を聞かなくては……！　俺が間に割り込んでもやつは……やつは撃ったのか、旅客機を。

（俺は……何をしたんだ）

風谷はシーツの上にうつぶせ、唇を噛んだ。

俺は——何をしたんだ。いや、何もできなかった。命をかけたつもりで、何もできなかった……！

目を強く閉じると、急降下する風谷のコクピットの前面に迫る灰色の機影が蘇った。亜音速で近づく正体不明のスホーイ24の胴体上面だ。シュート・キューのI字線が重なり、さらに迫って来る。

「あの時……」

——『風谷君』

「あの時俺が……」

──『風谷君、優しいのね』

風谷は仰向けになると、自分の右の手のひらをじっと眺めた。指は細かく震えていた。

『──福岡さんは、ソウルで開かれる学会に出席するため、この便に乗った模様です。続いて──』

アナウンサーの感情を出さない声は、個室に響き続ける。しかし風谷には、リモコンを拾い上げてＴＶを切る力も出なかった。

『──柴田瞳さん二十四歳、神戸市垂水区。里恵ちゃん二歳、同じく神戸市垂水区。柴田さん親子は、夫の克則さんと一家三人で、克則さんの赴任先のソウルへ向かう途中でした。収容された病院は、現在情報が錯綜していますので分かりしだいお伝えします。続いて韓国人の生存者の方のお名前を──』

だが風谷は次の瞬間、何かに気づいたようにハッと目を上げた。

病院の正面玄関を、救急車とパトカーの赤色閃光灯が眩しく正視できないほどに埋め尽くしている。ＴＶの中継車は門前でシャットアウトされ、地元警察署の警官たちが等間隔に並んで警備をしている。深夜二時だというのに、時々「どけどけ、下がれ」と怒号が飛びかう。何だと思って振り向くと、〈人殺し自衛隊！〉〈自衛隊廃止！〉〈自衛隊をなくしてアジアに真の平和を〉と墨書した横断幕を張り、どこかの団体のデモ隊が警官隊と押し問答している。その群衆の騒ぎの中を、革ジャン姿の沢渡有里香は何も持たずに泳いで行った。腕から〈報道〉の腕章も外してしまう。

「カメラや腕章持ってると、とても入れてくれないからな、これじゃ……」

裏口に回り、「あのう、済みません。呼び出された厨房の調理員なんです」と警備の警官に告げる。西日本海TVの家庭番組の取材で見たことがある、市内の給食業者の社名を言って「パートなので身分証がないんですけど、会社から大変だからすぐ出て来いって呼ばれて——でも正面玄関のお巡りさん、入れてくれないんです」

話が具体的だったせいか、寒そうにしている若い警官は通してくれた。東京のキー局の人間ではこうは行かないだろうな、と思いながら病棟の通路に足を踏み入れると、内部は表の騒ぎと打って変わって暗くひんやりと静まり返っている。裏の方から通路をたどって行くと、正面玄関と救急の受入口から上階へつながる廊下とロビーだけが明々と照明され、白衣の職員たちが早足で動き回っている。

「風谷修さんの病室はどこですか？」

開いていた受付で、押し出しよく訊いた。

「どなたさん？」

「い、妹です。たった今東京から着きました」

「今夜の関係者の方は六階ですよ」

「ありがとう」

「ああでも、今自衛隊の偉い方が上がって行かれたから、面会は後にされるかも知れませんよ」

「面会？　じゃ、意識は戻ったんですね！」

すると受付の男性職員は声を低めて、

「風谷さんという方は意識は戻って、全身打撲とかすり傷だけで助かったそうなんですが──あまり病院内で、自衛隊関係者の方は嬉しそうにしたり、大声を出さないようにして下さい。頼みますよ」


だが言われた六階へ駆け上がり、ナースステーションで病室を訊いて急ぐと、風谷が運び込まれたという個室のドアから、いきなり制服姿の楽縁台空将補と日比野防衛部長が歩み出て来た。廊下で鉢合わせしそうになり、取材で顔を知られている有里香はとっさにカーテンの陰に身を隠した。

「どこへ行ったんでしょうね？　風谷三尉は」

「うむ。とにかくマスコミに余計なことを口走らないよう、見つかり次第釘をさすのだ。

いいな？」

「はい団司令」

廊下を行ってしまうのを確かめてから、有里香は忍び足で病室のドアへ向かった。

（ここか――）

ドアは施錠されておらず、静かにノブを回して個室へ足を踏み入れると、壁につけた白いシーツのベッドが一台、あるだけだった。確かに風谷がいたのだろう、シーツは誰かが急いでベッドを降りたかのようにめくれ、足元にサンダルは無い。小型のTVが、NHKの繰り返される報道を流している。あの事件から八時間も経って、報道すべき事実など出尽くしたのだろう、これまでの事実経過と、乗客名簿がアナウンサーから繰り返されるだけだ。

「全く、女子アナたちはどうしたのよ？　こういう汚れ仕事だけ、おじさんたちに押しつけて――」

と、その時つぶやきかけた有里香の唇が止まり、目が画面に現われた名前にくぎづけになった。

『――これも生存が確認された方のお名前です。柴田瞳さん二十四歳、神戸市垂水区』

「あのう、あのう、救出された柴田瞳さんの病室はどこですかっ？」

廊下へ飛び出し、最初にぶつかった白衣姿の女医をつかまえて尋ねると、疲れた顔の三十代の女医は「あなたは？」と訊いた。

「月夜野さんの――いえ柴田さんの友達なんです。会社の元同僚です。彼女はどこですかっ？」

今度は少なくとも、嘘ではない。有里香は白衣の胸をつかまえるようにして、一生懸命頼んだ。女医は「仕方ないわね」とつぶやいた。

「奥の無菌室で、酸素吸入と点滴中。あちこち骨折しているし、まだ意識は戻っていないわ」

「そう――ですか……」

「二歳の娘のほうは、今集中治療室へ入っています。今夜中が峠ね」

「顔、見られますか」

「でも、明日にしたほうがいい。生きたままここへ運び込まれただけで、奇跡に近いのよ」

「お願いします！」

頭を下げて頼むと、女医はため息をついて、

「ずいぶん熱心な見舞客が、二人もいるのね」

「――」

「いいわ。来なさい」

女医は白衣のポケットに手を入れて、有里香を奥へ連れて行ってくれた。

「運が良かったのか、何かに護られてでもいたのかしらね――あの若い母親と二歳の娘だけが、胴体中央部の破口から海中へ投げ出されたらしいわ」

「――――」

「こういう時って……運とか、信じちゃうわね」

女医は静かに、ため息をつくように言った。

有里香は案内してもらいながらも、つい今し方ＴＶの画面で目にした名前が、信じられなかった。

「柴田瞳さんは、あのドアの向こう。廊下からガラス越しにベッドが見えるわ。静かにね」

「あ、ありがとうございます」

「特別よ。私が防衛医大の出身で小松基地にお世話になったことがなかったら、追い返しているでしょうね。あなたも、さっきの彼もね」

女医にドアを指され、有里香はもう一度礼を言うと、無菌室を覗ける廊下のドアを静かに開けた。

有里香は、息を呑んだ。

（……！）

やはり風谷が、そこにいた。

借り物のパジャマに頭を包帯で巻き、無菌室を眺められる気密ガラスの窓の前に一人で立っていた。

風谷は有里香に気づかず、一心に中を見ていた。横顔の視線の先には、白い空間のこちら側に一台のベッドがある。分厚いシーツにくるまれ、酸素吸入と点滴をつけられた女性の顔が小さく見えている。印象が変わってしまったかどうかは、その程度の見え方では有里香にも分からない。かつての月夜野瞳――今では二十四歳で誰かの妻になっているという柴田瞳が、そこに横たわっていた。

「……風谷さん……」

小さな声で呼びかけても、ガラスの中を食いいるように見つめる風谷の耳には、入らないようだ。

有里香はそこに立ちつくして、ガラスに額をつけるようにしてすり上げる風谷を見ていた。

それ以上、話しかけることは出来なかった。

前髪に隠れた風谷の横顔の頰に、涙が伝っていた。風谷はガラスを力なく叩くようにしてすすり上げ、「瞳――」とつぶやいた。

「瞳……僕は君を護れなかった……。済まない」

済まない、瞳――ガラスに額をつけ、歯を食いしばるようにして風谷は嗚咽《おえつ》した。

第六航空団司令部

　病院から戻った後、楽縁台は結局、夜通し団司令部で寝ずに過ごすことになった。引き続き行われている洋上捜索活動の指揮、沈んだ二機のF15の残骸捜索の手配、海上自衛隊・海上保安庁との連絡、中央へ上げる報告書案のチェックなど、処理しなければならない仕事は山のようにあった。その上に、TV各局から取材の申し込みが殺到していた。それもいつもの地元ローカル局ではない。NHKを始め有名な在京のキー局ばかりである。楽縁台は午前三時を過ぎると、疲れた顔が逆に生き生きし始めた。このような大惨事のさなかにあって、一方では『このトラブルを見事に乗り切って出世につなげてやる』『ここは俺の一世一代の見せ場だ』とムラムラ張り切る自分があった。二機のイーグルは府中の指揮下に入っている時に撃墜されたのだから、楽縁台の管理責任にはならないのである。

　よし、ここは一発記者会見を決めてやる。悲壮さを漂わせながらも、民間機の乗客の捜索救助に全力を傾注している司令官の顔っていうのはこんな感じかな？　と団司令執務室で髪の毛をとかしながら鏡に向かって顔を造っていると、市ヶ谷の航空幕僚監部から直通回線が入った。

『第六航空団司令ですね。そちらにTVなどの取材申し込みが殺到しているようですが、現地司令官は一切マスコミのインタビューには答えないで下さい。他の幹部・隊員についても同様です。ただちに徹底させて下さい』

「そりゃ、どういうことだね」

『空幕の決定です。問題が微妙過ぎるので、マスコミ対応は今後全て中央で行います。くれぐれもカメラに写って何か口走ったりしないように。よろしいですね』

「部下には滅多なことを言わせるつもりはないが、私はいいだろう」

『駄目です。中央新聞と民放の何社かが結託し、〈今回の惨事は自衛隊が国籍不明機を追い回したせいで起きた〉〈自衛隊機は旅客機を見殺しにした〉という論調のキャンペーンを張ろうとしています。最終的に〈自衛隊は国民の敵だ〉というところまで持って行くつもりでいるらしい。これに対し防衛省は現在〈自衛隊機は身を呈して旅客機を救おうとした〉というカウンター・キャンペーンを準備中です。全ては中央で実行します。したがってあなたは何もしゃべらないで下さい。よろしいですね?』

電話を切った楽縁台が、気が抜けたようにムスッとしてデスクに座っていると、明け方の執務室のドアをコン、コンとノックして疲れた顔の日比野が入って来た。

「団司令。ご指示通りのものが出来ました」

やはり寝ていないらしい日比野は、楽縁台のデスクに一冊のファイルをどさりと置いた。

コンピュータのプリントアウトを綴じたものだ。

「第六航空団の第三〇七、第三〇八両飛行隊所属のパイロットから選抜しました特別メンバーの名簿です。全員のこれまでの飛行訓練成績、適性テストでの評価など全てのデータをコンピュータに入力してふるいに掛け、特に格闘戦に強そうな者ばかりを十名選んだのですが……」

「うむ。ご苦労」

楽縁台は、赤い目で取り上げたファイルをパラパラと繰って、ぽんと〈決済〉の籠に放り込んだ。

「司令部のコンピュータが選んだのなら、間違いはなかろう。早速今日からその十名で〈特別飛行班〉を編成し、特訓に入らせたまえ。あのスホーイは、今度いつまたやって来るか分からんのだ。ミサイルや機関砲の使用許可が難しい以上、こちらは格闘戦の押さえ技で押さえ込むしかないのだからな」

「あ、あのう。司令」

だが日比野は、ファイルをろくに見もしなかった楽縁台に、もじもじと言った。

「何だ」

「もう一度、メンバーをよくご覧になって下さい。本当にそれで、よろしいでありましょうか」

「何だと？」

楽縁台は、〈決済〉籠に放り込んだファイルを取り上げると、うざったそうに一ページずつ見た。個人個人の成績や適性データの数字など、眺めていて面白いものではない。今にも寝てしまいそうになるが、最後の二枚のファイルを目にするや、勤続三十年の五十男は金壺眼をぱちくりさせた。

「――お、おい日比野。何だこれは。冗談か？」

「いえ団司令。実は何度コンピュータにかけてみても、その二人が十名の中に残ってしまうのです」

「馬鹿を言うな」

「私もまさかと思い、五回やり直しました。しかし〈格闘戦に強いファイターパイロット〉という要求を入れてアウトプットさせると、何度やっても同じ結果になるのです」

日比野はため息をついた。

「独断で外そうかとも考えましたが、一応はご相談をと思いまして……」

「火浦、月刀、鷲頭といったところは確かに妥当だろうが――しかし何故この二人が十名の選抜メンバーの中に入るのだ？　飛行経験だって全然浅いはずだぞ」

「経験は浅いのですが――その二人の最後の項目、〈潜在的空中戦適性〉の項の評価をご覧下さい」

言われて、「どこだどこだ」とめくったページの下の方を見やった楽縁台は、疲れて血走った目を瞬き一ば、馬鹿を言うな」とつぶやいた。

「馬鹿を言うな。あのド新人の色白の華奢な姉ちゃんが、空戦の神様だとでも言いたいのか？」

「私が言っているんじゃありません。司令部のコンピュータが言っているんです」

「とにかく、謎の敵に対するための特別選抜チームに、こんな人選は駄目だ、駄目！」

楽縁台はファイルを投げ返した。

「やっぱり、そうですよねぇ……」

「私に言われるまでもないだろう。すぐに適当な代わりのメンバー二名を捜したまえ」

「かしこまりました」


楽縁台は執務机の椅子にふんぞり返り、しばらく朝焼けに染まって行く空を見ていたが、ふいに何か思い付いたように顔の造作を動かすと、机上の内線電話を取った。

「――ああ日比野か、私だ。先ほどの件だがな、やはり思い直した。この際コンピュータの出した通りの人選で行ってみよう。そうだ、特別飛行班に漆沢と鏡を入れる。そうだぞうだ。ちょっといいことを思い付いたのでな」


（本作品はフィクションであり、実在の個人・団体などとは一切関係がありません）

この作品は2000年6月徳間書店より刊行された『僕はイーグル①』を改筆し、改題したものです。

徳間文庫をお楽しみいただけましたでしょうか。どうぞご意見・ご感想をお寄せ下さい。
宛先は、〒105－8055　東京都港区芝大門2－2－1　㈱徳間書店「文庫読者係」です。

徳間文庫

スクランブル

イーグルは泣いている

2008年9月15日 初刷
2009年9月5日 3刷

著者 夏《なつ》見《み》正《まさ》隆《たか》
発行者 岩渕徹
東京都港区芝大門二─二─二 〒105─8055
発行所 株式会社 徳間書店
電話 編集〇三(五四〇三)四三五〇 販売〇四八(四五一)五九六〇
振替 〇〇一四〇─〇─四四三九二
印刷 本郷印刷株式会社
製本 ナショナル製本協同組合

ISBN978-4-19-892854-4 (乱丁、落丁本はお取りかえいたします)

徳 間 書 店

なんにもうまくいかないわ	平安寿子
命の遺伝子	高嶋哲夫
あじあ号、吼えろ！	辻 真先
アウトリミット	戸梶圭太
ドクター・ハンナ	戸梶圭太
天国の罠	堂場瞬一
スクランブル イーグルは泣いている	夏見正隆
スクランブル 要撃の妖精	夏見正隆
スクランブル 復讐の戦闘機㊤	夏見正隆
スクランブル 復讐の戦闘機㊦	夏見正隆
スクランブル 亡命機ミグ29	夏見正隆
ベッドの中の他人	夏樹静子
あしたの貌	夏樹静子
アリバイの彼方に	夏樹静子
訃報は午後二時に届く	夏樹静子
黒白の旅路	夏樹静子
死なれては困る	夏樹静子
最後に愛を見たのは	夏樹静子
死の谷から来た女	夏樹静子

そして誰かいなくなった	夏樹静子
乱愛の館	鳴海 丈
棘	鳴海 章
月のない夜	鳴海 章
スピン・キッズ	中場利一
あがない	中野順一
鬼女面殺人事件	西村京太郎
日本ダービー殺人事件	西村京太郎
南伊豆高原殺人事件〈新装版〉	西村京太郎
八ヶ岳高原殺人事件〈新装版〉	西村京太郎
会津高原殺人事件〈新装版〉	西村京太郎
スーパー雷鳥殺人事件	西村京太郎
ハイビスカス殺人事件	西村京太郎
美女高原殺人事件〈新装版〉	西村京太郎
スーパーとかち殺人事件	西村京太郎
会津若松からの死の便り	西村京太郎
特急ワイドビューひだ殺人事件	西村京太郎
十和田南へ殺意の旅	西村京太郎
死者はまだ眠れない〈新装版〉	西村京太郎

松島・蔵王殺人事件	西村京太郎
オホーツク殺人ルート	西村京太郎
怒りの北陸本線	西村京太郎
特急「しなの21号」殺人事件	西村京太郎
南紀殺人ルート	西村京太郎
行先のない切符	西村京太郎
阿蘇殺人ルート	西村京太郎
南紀白浜殺人事件	西村京太郎
下り特急「富士」殺人事件	西村京太郎
出雲神々への愛と恐れ	西村京太郎
消えた巨人軍 新版	西村京太郎
狙われた寝台特急「さくら」	西村京太郎
華麗なる誘拐 新版	西村京太郎
ゼロ計画を阻止せよ 新版	西村京太郎
神話列車殺人事件	西村京太郎
南伊豆殺人事件	西村京太郎
盗まれた都市 新版	西村京太郎
JR周遊殺人事件	西村京太郎
十津川警部の事件簿	西村京太郎

徳間書店

怒りの白き都〈新装版〉　西村寿行
魔の牙〈新装版〉　西村寿行
蒼き海の伝説〈新装版〉　西村寿行
殺意が見える女　新津きよみ
時効を待つ女　新津きよみ
現代の小説2005　日本文藝家協会（編）
現代の小説2006　日本文藝家協会（編）
現代の小説2007　日本文藝家協会（編）
現代の小説2008　日本文藝家協会（編）
現代の小説2009　日本文藝家協会（編）
チチ、カエル。　西田俊也
少女A　西田俊也
紫苑　花村萬月
どこにもない短篇集　原田宗典
漂流街　馳星周
古惑仔　馳星周
クラッシュ　馳星周
楽園の眠り　馳星周
私刑警察激弾！　広山義慶

うしろ好き　広山義慶
H（アッシュ）　姫野カオルコ
海が聞こえる　氷室冴子
海が聞こえるII　氷室冴子
定年外事刑事　柊治郎
非合法員〈新装版〉　船戸与一
夜のオデッセイア〈新装版〉　船戸与一
群狼の島　船戸与一
蟹喰い猿フーガ　船戸与一
龍神町龍神十三番地　船戸与一
海燕ホテル・ブルー　船戸与一
流沙の塔上　船戸与一
流沙の塔下　船戸与一
緋色の時代上　船戸与一
緋色の時代下　船戸与一
佐渡・密室島の殺人　深谷忠記
殺意の陥穽　深谷忠記
尾道・鳥取殺人ライン　深谷忠記
審判　深谷忠記

影の探偵　藤田宜永
女が殺意を抱くとき　藤田宜永
月光　誉田哲也
天使の守護のアリエッタ　松岡圭祐
私刑　南英男
嬲り屋　南英男
殺し屋刑事　南英男
潰し屋　南英男
闇捜査　濡れ衣　南英男
裁き屋稼業　悪逆　南英男
裁き屋稼業　邪欲　南英男
逮捕前夜　南英男
抹殺検事　南英男
逃亡前夜　南英男
犯行前夜　南英男
特捜指令　荒鷲　南英男
特捜指令荒鷲　動機不明　南英男
特捜指令荒鷲　射殺回路　南英男
猟犬の血　南英男